# 照夜白

蔡东——著

孟繁华 张清华/主编

山东文艺出版社

图书在版编目（CIP）数据

照夜白 / 蔡东著. —济南：山东文艺出版社，2023.6
（情感共同体·80后作家大系 / 孟繁华，张清华主编）
ISBN 978-7-5329-6879-4

Ⅰ．①照… Ⅱ．①蔡… Ⅲ．①中篇小说—小说集—中国—当代②短篇小说—小说集—中国—当代 Ⅳ．①I247.7

中国国家版本馆CIP数据核字（2023）第063731号

## 照夜白
ZHAOYEBAI

蔡　东　著

| 主管单位 | 山东出版传媒股份有限公司 |
|---|---|
| 出版发行 | 山东文艺出版社 |
| 社　　址 | 山东省济南市英雄山路189号 |
| 邮　　编 | 250002 |
| 网　　址 | www.sdwypress.com |

| 读者服务 | 0531-82098776（总编室） |
|---|---|
|  | 0531-82098775（市场营销部） |
| 电子邮箱 | sdwy@sdpress.com.cn |

| 印　　刷 | 肥城源盛印刷有限公司 |
|---|---|
| 开　　本 | 710毫米×1000毫米　1/16 |
| 印　　张 | 19.5 |
| 字　　数 | 248千 |
| 版　　次 | 2023年6月第1版 |
| 印　　次 | 2023年6月第1次印刷 |
| 书　　号 | ISBN 978-7-5329-6879-4 |
| 定　　价 | 68.00元 |

版权专有，侵权必究。如有图书质量问题，请与出版社联系调换。

# 总序
# 80后：一个情感共同体

孟繁华　张清华

"情感共同体"，是新近兴起的历史学流派——情感史研究的概念。这个历史学研究流派被称为史学研究的新方向，它在考量客观事实的同时，还关注到人的道德、行为、信仰与情感等因素。美国学者苏珊·麦特和彼得·斯特恩斯指出，对情感的研究改变了历史书写的话语——不再专注于理性角色的构造，而情感研究已有的成果已经让史家看到，不但情感塑造了历史，而且情感本身也有历史。当然，研究历史与情感的关系和研究文学与情感的关系，是完全不同的两回事。借助历史研究的"情感共同体"概念，意在说明，这个共同体是一个真实的存在，而并非空穴来风。

将80后作家群体看作一个"情感共同体"，当然也只是一个比喻，一如我们此前将70后看作"身份共同体"一样。任何比喻都是有欠缺的，但可以将比喻对象更形象地呈现出来。另一方面，即便是80后本身，他们也从不同的方面将作家看作一个"共同体"。80后有代表性的批评家杨庆祥，写了《80后，怎么办》一书，引起很大反响，特别是在80后群体中，反响更强烈。张悦然说："十年前80后主要是一种反叛形象，主要写的是叛逆青春，那时候的80后肯定不需要《80后，怎么办》这本书。但是到了现在，变化非常大。我的问题在于，这代人是不是变得太快了一点，好像青春结束得太早了一点，一下子就进入了一种很委顿的中年的状态里面。正是在这样快速的消失当中，我们这一代人需要停下来审视自己。"由此可见，杨庆祥的困惑切中了一代人的思想脉络。他书中提出的问题，比如"失败的实感""历史虚无主义""抵抗的假面""沉默的'复数'""从小资产阶级梦中惊醒""我们这一代没有真正的青春""我依然属于弱势群体""能够受到一些公平的待遇就可以了"等，因有极大的"共情性"，而受到了同代人的关注。这是80后内部对"情感共同体"认同的一个佐证。但无论如何，杨庆祥还比较客观。他终究还认为"我们是比50后、60后和70后更幸福的一代人"。这当然是另外一个话题。

在现代社会里，每个人都是当然的单个主体，但每一代人也必定有某种共性，虽然这共性也是被建构和解释出来的。80后的共性是什么？也许很难说清楚，杨庆祥的阐释或许也不能说服所有人。要想为他们找一个最大的"公约数"，确乎很难。但是，从某种意义上来说，这一代人有着相似的文化与社会境遇，却是事实。这种境遇在我们看来，或许就是一种历史的"错位感"与"迟到感"。他们成长的阶段，刚好是中国社会迅猛变革与走向市场化的年代，他们的童年与青春时代，经历了中国社会价值观的剧烈转换；而等到他们长成的时候，中国的社会已历经世纪之交，进入了一个阶层逐渐固化、机遇相对减少的时期。相对优越的成长环境、比较早地受到关注，与成年后的某种失落之间的落差，带给了这一代人特有的困惑与迷茫。

从这个意义上，与其说他们是一个"情感共同体"，不如说是"经验共同体"，只是这样说不够清晰和强烈而已。要想说得有效，而不只是"求正确"的话，那么"情感共同体"是一个必要和不得已的强调。但是须知，在情感体验与情感表达之间，也同样存在着巨大的差异，人的个性差异在文学表达中，尤其有决定性的作用，更何况，人所表达的情感，也未必是他内心感受到的真情实感。所以，从根本上说，即便是同代人，他们的创作也未必在同一个声音频道里。因此，恰是这些相同和差异，一起构成了这代人的整体特征。我们必须承认，现在我们讨论的80后作家，与刚刚出道时的80后作家已经非常不同。对那时的80后作家，社会和文学界都有不一样的看法，比如有的人认为，他们过早地被市场裹挟和被书商包装了，他们没有经历上几代作家所经历的那些制度性的历练，所以在他们之中也就"看不到跟经典写作接轨的作者"。同时还有一种看法，就是他们除了书写个人成长经验之外，很难进行真正的"创作"，对社会问题和社会公共事务还不具备处理的能力。

然而时过境迁，经过十多年的锤炼和努力，以及社会不同方面的合力培育，现在的80后已经蔚为大观，且早已实现了"纯文学"意义上的承前启后，逐渐成熟并走向了文学创作和批评的一线。为了培养文学批评队伍，中国现代文学馆已先后邀请了十余届客座研究员，这些人中的相当一部分是80后，十余届中已有数十人，其规模已足以令人生畏。更有第三届客座研究员，还将他们自己命名为"十二铜人"，显然隐含了自我认同的情感关系。鲁迅文学院多次举办"青年作家高级研修班"，参加者也多为80后。更有专门以培养"文学新锐"为己任的文学刊物或栏目，比如专门举荐文学新锐的《西湖》杂志，以及《人民文学》的"新浪潮"，《十月》的"小说新干线"，《北京文学》的"新人自荐"，《作家》的"处女作"，《天涯》的"新人工作间"，《民族文学》的"本刊新人"，《中国作家》的"新实力"等等，都培养了一大批80后作家。正如80后青年批评家行超所说，最近的这二十年，既是中国社会经济、文化思潮、价值取向发生巨大转变的二十年，也是80后一代从青春期的少男少女成长为家庭支柱和社会中坚力量的二十年。80后一代在生理和精神上的全面成长，必然导致如今的80后文学与此前呈现出若干显见的变化，世纪之交那种与市场需求、商业逻辑等相纠缠的青春文学，已逐渐在他们笔下消失，取而代之的，是在内容、主题、艺术手法等多方面都变得更加成熟、更加复杂的多样性的写作。到今天，在纯文学刊物、出版市场、网络文学等各个文学场域，80后作家都占有重要的位置。而这代人写作历程中所经历的变化，恰恰构成了中国文学在新世纪发展流变的一个面向。

从诗歌领域来看，80后的一代，似乎已经没有当年70后登场时那种明显的策略意识。他们既不急于标张自我文化身份的独异性，也不刻意强调与前代的继承性，在诗风上是相当"稳健"的一代。从社会身份看，他们也主要有两类，一类是"学院派"的，一类是"非学院派"的——隐藏于社会各界与三教九流，但共同点是，文化素养都相对较高。其中"非学院派"的一类在写作上更接地气，像丁成、阿斐、唐不遇，还有女诗人中的郑小琼、李成恩，他们都是现实感非常强的诗人，当然表达个性都各自有鲜明特点；而茱萸、胡桑、严彬、王东东则都属学者型的诗人，有很强的学院背景和诗学素养，他们的写作可以说都非常自信，有从容不迫的气度，既充满知性，同时又不掉书袋，殊为难得。这两类诗人，并没有像"第三代"那样分为"民间写作"和"知识分子写作"，他们几乎已经消弭了这些对立和差异。即使是像郑小琼这种出身底层、从"打工诗人"群体中成长起来的写作者，也体现出良好的素养，也写过许多具有先锋气质的，以及"纯粹植物"意义上的诗歌。

总体上，80后一代的文学评论家、小说家、诗人、散文家，已经全面覆盖当代中国文学的各个场域。为了推动这个文学群体的健康发展，鼓励青年作家创作，我们在编辑"身份共同体·70后作家大系"之后，应出版社之约，不得不继续勉力集合"情感共同体·80后作家大系"，深感使命难违，与有荣焉。但实在说，又恐因为年龄阻隔、代沟之障，对他们的理解和阐释其力难逮，说出外行话来，令方家和晚辈嗤笑。所以，多不如少，与其在这里喋喋不休，不如让读者自去判断。

致敬山东文艺出版社的朋友们,他们高瞻远瞩的文学眼光和情怀令我们感佩不已;也致意80后的青年才俊,他们的积极响应也令我们倍感欣慰。让我们一起努力,继续为中国当代文学的发展添砖加瓦。

是为序。

# 目 录

**总　序**　80后：一个情感共同体 …………　1

朋霍费尔从五楼纵身一跃 ………… 1
日光照亮北斗 ………… 19
她 ………… 41
无　岸 ………… 59
木兰辞 ………… 85
毕业生 ………… 113
天　元 ………… 147
照夜白 ………… 187
净尘山 ………… 207
来访者 ………… 243

**代后记**　谈谈短篇小说 …………　295

# 朋霍费尔从五楼纵身一跃

## 1

海德格尔行动筹划了已有半年，总是快成了，到底又没成。周素格透过玻璃窗往外看，大晴天，阳光从无云的天上浩浩汤汤地涌过来，阳台、花坛、泳池，到处积着白亮的光，看得她一阵眩晕，转回头来向着室内，眼睛里似蒙上了一层雾翳。

钟点阿姨负责清洁的最后一个地方是厨房，眼看阿姨晾抹布摘围裙了，周素格才下定决心，还是张嘴吧。

她把阿姨拉到卧室里，问，你再待两个钟头行吗？

阿姨警觉地扬起下巴，说，活儿干完了，瓷砖缝都用牙刷来回刷了。

再待两个钟头，不干活儿，看电视。

对方正犹豫着，她补上一句，这两个钟头也付给你酬劳。

阿姨朝门外努嘴，他呢？

他不跟我出去，你俩一起看电视吧。

你出门办重要的事情？

周素格点点头，是，有重要的事情紧着办。

她走到电梯口，盯着楼层显示屏，电梯在十七楼停了一会儿，动了，每层一顿,她没再等,转身沿楼梯走下来。她步子急促地走出小区,穿过斑马线,进入路对面的公园,找到一张长椅,坐下来。

眼前是一块草地,网球场那么大。她望着草地,心里只有一种感觉:辽阔,太辽阔了。她陷进椅子里,身体本来像一把扎紧的线穗,这会儿倏地全松开了。风是暖润的,阳光从树叶间漏下来,碎碎地落在身上。她向后仰头,眯起眼睛,看到无云的天空像一张干净的没有皱纹的脸。

头顶的树叶,被阳光照耀成半透明的片片琉璃。她呼出一大口浊气,顿觉全身一轻,眼睛也清明起来。目之所及,往常混沌沉闷的那一整块绿,活泛跳闪起来了,在初夏澄净的阳光里,各有各的意态。凤凰木、鸡蛋花、垂榕、香樟,她一一辨识了出来。

还有更多的树,绿得深浅不一,叶片形状各异。她有些惭愧,此前,她一直以为它们是同一种树。她沿着被树荫覆盖的小路往公园深处走,细细地看树干上的标牌,绢柏、大叶紫薇、菩提、黄缅桂、木莲……远处的斜坡上,孤零零长着一棵树,正开着蓝色的花,一种恍恍惚惚的蓝色,花朵聚集在树梢,如一场场梦境般,浮在空气里。她走近了看,这棵树叫蓝花楹,它还有一个更美的名字,蓝雾树。

她倚着蓝雾树坐下,身下的草,在这背阴的地方,绿意更加凛冽鲜明。不远处,一个老太太正领着一个三四岁模样的小女孩玩耍,小女孩看起来很不高兴,她一做状要哭,老太太就慌了,把她抱起来轻轻摇晃着。晃一会儿,老太太试探着把小女孩放下,小女孩不依,老太太就蹲下身子藏在灌木丛后,然后猛然露出头来,嘴里发出"叭、叭"的声音,小女孩嘻嘻笑了。周素格看到,孩子暂时得到安抚后,老太太转过身去疲倦地闭上眼睛,很快又睁开,眼皮奋力往上一努。她挤眉弄眼,不断露出夸张的表演式的神情。周素格望着老太太,只觉得累,觉得伤心。再远处的花墙下,聚集着成堆的老人和孩子,好像大家聚在一起,度过一个下午就不那么艰难了。照看孙辈的老人大多是胖子,不是源自单纯享乐的胖，是终日劳累精神紧张暴吃出来的那种胖。她们穿超市开架销售的廉价服装，兼之头发稀疏一脸横肉，看起来总有些不堪。周素格知道，她们本来不是这个样子的。她感叹着，把目光从花墙处收回来。

老太太又神秘地消失在灌木丛后，她再露出头来时，小女孩没有笑。她只好抱起女孩，去了花墙那边。过了一会儿，一个年轻女人走过来，坐在蓝花楹树冠的阴影里，看起来有些心神不定。很快，她的手机响了。她受了惊吓般从包里翻找出手机，说，怎么了？我还在商场，衣服没挑好呢，回不去。她有些急，到底怎么了，你说呀。她说，你别把孩子送过来了，我回去吧。

周素格同情地看着年轻女人，电话那边应该是她丈夫，周素格猜测着，又是一个无比重要的女人，刚出来不到半个钟头，丈夫就通知她，孩子哭了闹了，也可能，没说孩子想妈妈掉眼泪了，就一句话：你回来看看就知道了。不祥的气息从电话里透出，女人的心往下一沉，然而又觉得这情境甚是熟悉，未及辨认清楚，嘴里已答应回去了。

年轻女人没有马上回家。女人把自己摊平躺倒在草地上，躺了一会儿才起身离开。

周素格看看表，她也是时候回家了。她走出浓荫，置身于夏日阳光的明亮中，明亮得像歌剧女演员的一长串高音。

路上，她想着美好的蓝雾树，想着发生在蓝雾树旁的两幕小小的悲剧，一步一步地往家里挪。

昨天晚上，她想出去散散步，没什么，就是出去散个步而已。她刚站起身来，他马上也跟着站起来。她看一眼他脸上的表情，即刻判断出，这会儿他不是成年人。她说，你先坐下，别动。她边往储藏间走，边回头看他，他动作迟缓地坐下了。

储藏间里放着一把椅子，楸木框架，布艺软包的靠背和坐垫，可折叠，最大展开角度一百二十度，真是一把宽大舒适的座椅。半年前，她找遍家具卖场才寻获到这样一把椅子，她掩饰不住自己的满意，以至于连九五折的折扣都没有要到。她以为自己早就准备好了，准备好做那件事了，工具齐备，具体实施时动作的步骤和要领也烂熟于心，或者说，她在意念中已完成过很多次。她甚至专门为那件事起了个代号，就叫"海德格尔行动"。

她坐在椅子上，椅子含着她，储藏间的杂物含着她。每次在储藏间待久了，看着木架上一层层放好的生活用品，就好像看到了一层层时间，云母片岩般的时间。小小的杂物间盛放着过往那些有密度有兴致的生活，分类放置的用品，代表着过去某段时期在某个领域的阶段性狂热。她时常在清晨午后的某些时刻讲究仪式感和器具之美：生活中需要这样的时刻，哪怕有些做作，哪怕心知肚明这不是常态。储物格里是软布覆盖的茶具，抽屉里是闲置的烤盘，角落里是蒙尘的长方形塑料盆——她喝茶、烘焙和种菜的残留，那些曾经热烈的过日子的兴头。

实施海德格尔行动所必需的工具，被她藏在储藏间最隐秘的地方，一个暗格里，跟她的白玉吊坠、珍珠手串和金饰放在一起。工具说平常也平常，但毕竟不是常见的家庭日用品，托老家的亲戚专门找了寄过来，颇费了番周折。

她抠开木板，往里头看，先看见的不是发光的黄金珠玉，是那件颜色暗沉的工具，一下子就扑到眼睛里。

她已经很久不佩戴首饰了，但始终记得首饰接触身体时的感觉。夏天戴上珍珠那一瞬间的微凉，冬天热热的白玉坠子从毛衣里拉出来时胸口的虚空。

她抬起手来，准备取出工具。手缓缓地接近柜门，她看见自己手上的皮肤变柔润了。有光透过玻璃窗，照进幽暗的储藏间，月亮出来了。

她挽起窗帘，重新坐到椅子上。月光顺着黑暗淌过去，跟那天晚上的月光一样，柔软、轻逸，静静地在房间里漾着。得有十年了吧，那个夜晚，依然清澈地浮在无数个模糊晦暗的日子上面。

那晚，她走进卧房，摁下吸顶灯的控制面板，灯管沙沙响了两声还是熄灭了，房里却有光。她走到窗前，发现了天空中的月亮，月光沿着她散开的头发披拂而下。看到手臂上的光，她蓦地愣住了，仿佛是多年来第一次意识到夜晚还有月亮。清光湛湛，溶掉了一大片黑夜，月亮周围，是冰环一般的莹白的清朗，接着，才是灰蓝色的夜空。他也走进来，跟她并排站着。她说，我想起来了，以前读过的古诗都活了，有自己的气息和体态了，我好像一下子能回到古时候，亲眼看见写诗的那些人。你看看，唐朝的月亮，不也是这一个吗？他说，我知道，不用多说了。他们两人，彼此心领神会，他们两人和月亮，也心领神会。久远古老的月光，雪一样轻盈地落在他们的身体上，又化成了水，流向地面。月亮是痴的，多少年它都没变。他们在月光下并排坐着。她全身松弛，只觉得安详，她在他脸上也看到了踏实和平静。那一刻她确信，他们抓住了一点儿不变的东西。那是个安全和确定的晚上，每次世界又让她惊惶难安时，只要一想起有过那样一个晚上，她就觉得心里踏实了。总有一些不变的东西。

此刻，她坐在椅子上，为明明没做成的事歉疚：你想做什么？你想对他做什么？她合上暗格的门板，使劲摁了摁，像是要把那个邪恶险峻的念头关在里面，关严了，封死了，直至化成时间的灰。

她走出储藏间，把他从沙发上拉起来，说，走吧，我们一起散步去。

他们沿着人工湖的步道散步，月光在湖面的开阔处随水波潋潋地晃荡。他跟在她身后，不像影子，像是长在她身上了，硬石头一般，磨着她，坠着她。

夜里躺在床上，他抓着她的手才能入睡。自从朋霍费尔被发现摔死在小区天井后，他的情况就更糟糕了，清醒的时候越来越少。熟睡时，他依然花一部分力气攥住她的手，甚至嘟嘟哝哝地，抓起她的手指头来用力吮吸。她夜梦很多。有时候会梦见朋霍费尔，被他揽在怀中，直直向上的尖长耳朵、全蓝的圆睁的眼睛，使得它保持住一副惊奇的表情；相较于雪白细滑的长毛和秀丽的尖脸，他更喜爱它这副惊奇的表情，好像时刻对世界有所发现。还有的时候，她梦见自己坐在飞机上，看到绵延的山向着一条河倾倒下去，流水被压扁，渐渐停驻在河道里，不动了。

第二天，周素格请钟点阿姨在家里多待了两个钟头，她独自一人来到公园，认识了一种叫蓝花楹的树。

## 2

我出门有紧急的事情要办。周素格眼巴巴地看着钟点阿姨。

钟点阿姨在家里做了三年，名字她总记不住，只记得姓张。试用的那次，张阿姨做完清洁，和扫帚拖布一起并立在房间一角，喊准雇主出来检查。当着人家的面，周素格只随意扫了一眼，点头说好。等阿姨走了，她才蹲下去，伸长胳膊往电视柜里头摸，摸到最里面，看不到的地方，还是湿乎乎的，擦过了。谢天谢地。她在心里叫道。她俩年纪应该差不多，但周素格一直叫她阿姨。

阿姨说，你怎么又要出去办事？是上个月还是上上个月，不是办过了吗？

哪能是一桩事呀。你不用干活，就坐在沙发上看电视。咖啡、茶，想喝什么就喝什么。水果、鸡蛋卷、核桃酥，饿了就吃。

你出去多久？

三四个小时吧！

是三个还是四个？

四个。

那不行，待四个钟头就六点多了，我还要赶回家做晚饭，我男人——

这次酬劳加倍。是急事，阿姨，你当帮我个忙。

张阿姨用百洁布猛搓几下人造石台面，抬起头来说，去吧，你去吧。

为了节省时间，周素格选择乘地铁，转一条线再坐三站，就是博物馆了。

几天前的傍晚，潦草的饭菜又被端到油腻的茶几上，她招呼他过来吃饭。两人一边看电视，一边把食物塞进嘴里。就是填饱肚子而已，他们已很久没有坐在餐桌前，好好吃一顿晚饭了。

本地新闻依旧是高空坠物、涵洞抢劫、孩童出走，节目快结束时才播报了一条文化新闻，她听着听着，猛地抬起头来，盯住电视画面。屏幕里像透出一道光，另一个世界的新异的光，一下子照亮了接下来黯淡的一晚。她站起来在屋里走来走去，越想越兴奋。兰森。她脱口叫出了他的名字。

随即，她意识到了什么，脚步放慢了。暮色在这一刻步入房间，她沉默地坐下来，夕照的光犹疑无力地浮动、抖颤着，悬垂在白日的边缘，屋里明明暗暗。不知道什么时候，黄昏转了个身，不见了，天黑了下来。

夜里她睡不着，照例精骛八极，心游万仞，头脑变得机敏异常。石器时代文物特展。石器时代，石器时代。她在心里默念这四个字。她已经五十多岁了，却突然想到该去博物馆看看，突然对石器时代的人怎么生活发生了兴趣。她也想跟他说，像以前那样，无论多么复杂幽微的感受，也无论这复杂幽微是用多么破碎的语言表述出来的，彼此总是会意，不住地点头，并用欣赏的眼神看着对方。现在，她的高兴或悲伤，都没法邀请他品鉴了。

到底该怎样摆脱他呢？无数个想法像透明的汽水泡泡成串地升腾。第二天一大早，她下定决心，实施海德格尔行动。当然，上午一定要对他和善些，要忍住脾气少训斥他。她打算吃过午饭就取出木椅子和粗麻绳，捆住她的丈夫，确保他待在家里不会乱动煤气，也不会跑出去走丢了。她将拥有完整的一下午时间。想着想着，她就笑出声来了。

午饭是精心烹制的，红烧排骨、小白菜炒豆皮、西葫芦鸡蛋饼、海带汤，一一端上餐桌。吃饭的时候，因为知道海德格尔行动已矢在弦上，她对他就格外耐心，一脸笑模样，往他碗里夹排骨，轻声细语地让他多吃。落地镜映出餐桌和餐桌旁的两个人，她瞥了一眼，见镜中的自己正在微笑，只觉得别扭，镜中笑容蓦地消失了。她夹起几根豆皮，掉了一根，又瞥一眼镜子，心里有点发毛，怎么越来越不认识自己了，越来越拿不准自己了。说不清楚，真说不清楚。

他好像知道她是谁，眼神里没有茫然的不安。她收拾碗筷时，他突然拉住她的胳膊，让她坐下。

她只好坐下。他慢慢从裤兜里掏出来一个什么东西，放在她手心里，郑重地压了压。她低头一看，竟然是一张皱巴巴的五十元钞票。

丈夫脸上带着讨好的笑，像献宝一样，给了她五十块钱。她想起了自己的母亲。母亲去世前的几年已不能走路，隔一阵子，歪在床上的母亲就跟犯了错一样地往外掏钱。她又急又气不知道该说什么好，母亲就讪讪地把钱重新放回枕头下面。

她把钱塞回到他手里，说，你是不是害怕什么？害怕我不管你？钱你自己收着吧。

他说，给你的。

她小心翼翼地问他，给我的，你知道我是谁吗？他低下头，攥紧了钱。

她叹口气，说，我是周素格，你爱人周素格。你叫乔兰森，科大的哲学老师。咱家还养过一只猫，白色的安哥拉猫，你起的名字，朋霍费尔。

他认真听着，过了一会儿，他说，知道，都知道。

周素格心里已然后悔，怎么又提起朋霍费尔了，万一他像上次那样拉着她到处找猫怎么办？她记得他遍寻不获的失魂样子。再度提起朋霍费尔，她心里是咯噔一下的。她忽然觉得有点不对劲，朋霍费尔是一只年届中年的猫，身手还算敏捷，经常上上下下地攀爬，五楼也不算高，它怎会落得如此下场呢？

无论如何，她都知道，博物馆是去不成了。一天天等着盼着，终于到了保洁日，她抓住钟点工来家里做清洁的机会，独自一人来到市博物馆。

一步就跨进了三百万年前。这里是另一个世界了，离她的生活足够遥远。她从没像现在这样渴望遁世，一瞥见几个中老年妇女在电视屏幕里晃动，她就烦躁不安，她对所有的时装电视剧都过敏。

第一眼看到石核、石球、刮削器，她呆住了。跟精巧无缘，但也绝不粗陋，她观察着小小的石球，一侧是毛糙的岩石粒，一侧光滑。它起起落落，砸开过多少颗坚硬的果实，她想象着那个场景。刮削器更让她惊叹，那磨过的一溜薄石片边，那一点非天然的弧度，现在这样看着，既叫人心生谦卑，又不禁后怕：那惊心动魄的一磨，到底是怎么发生的？要是没有那道灵光闪过，此刻我又在哪里？

旁边的展柜陈列着蚌饰和牙饰。她仔细一看年代，石球和蚌饰，竟然相距两百万年，现在，它们只隔了两面玻璃。

她来到展厅中间的独立展柜前，里头是一块赭色的化石，它曾经是一只披毛犀的头骨。化石后面的背板上贴着披毛犀的复原图，还有一小段文字介绍。披毛犀是独来独往的猛兽，体长约四米，鼻上一根长角，长毛垂地，皮厚得像装甲。

石镞、陶鼎、纺轮、玉琮，每一样她都看入了迷。最让她心动的是一支骨笛，用鹤的骨头制成的笛子，笛子的一头已有些残破。她久久地盯着这根被制成笛子的鹤骨，鹤骨娉婷，搭在两块肥圆的石头上。笛声如一缕轻烟从笛孔里飘出来，淡青色的烟，淡青色的笛声，升到穹顶处，顿了下，散开了。她的身体猛然一抖，灵魂归窍。

展厅里渐渐暗下来。最后，她重新回到披毛犀的化石前，把手放在玻璃上，轻轻摩挲着。她真想骑着这头长毛垂地的猛兽，穿过一片空阔的草原，进入密林深处。

走出博物馆时，傍晚的光线像一声声叹息，拉得长长的，落在红砖地面上。

地铁上，她看到一个小女孩，嘴贴住芭比娃娃的耳朵说着什么。女孩不时地觑看父亲，警惕、防备。周素格暗自揣度着女孩的心思，觉得很有趣。父女俩下车后，她也快到站了，蓦地，想起家里的他来。

他会不会也需要独自待一会儿呢？就像小女孩偷偷跟芭比娃娃说话，其实并不想被大人听到。她胸口一热，是悲哀涌上来了，有微微的灼烧感。他出神想事儿的时候，她总是在他身边走来走去，就算他真需要一个人待着，她也绝不敢再给他独处的机会。

她在小区门口就见到了张阿姨，张阿姨手里攥着个布兜，焦急地站在门口张望。一看见雇主，她就快步迎上去，说，你可回来了，以后我可不给你看家了。你家老乔总问我是谁，告诉他了也没用，五分钟一问，他还，他还……你快上去看看吧。张阿姨一脸上当受骗的表情。

周素格问，你出来多久了？他跌倒了？张阿姨说，不是，你自己上去看吧。

她没再多问，一路小跑上去，慌慌张张地把钥匙捅进锁眼，推门一看，他坐在沙发上，坐的位置跟她出门时一样。没有摔伤，不是脑溢血，这场景远没有她想象中那么可怕，她暗自舒了一口气。再走近看，她啊了一声，知道张阿姨为什么扭扭怩怩了。原来他尿了，尿液顺着沙发淌，淌到地板上，汪着一摊。

她皱皱眉头，埋怨道，你傻啊，怎么不去卫生间呢？

他气鼓鼓地看着她。沉了一会儿，他抬起手来指着她骂，第一句叫骂甚是响亮，接下来的几句却断续低弱，莫名地泄了气，很快没了声息。

她继续说，你会用马桶，你不会连这个都忘了吧？

她看到他半闭上眼睛，两只手放在大腿根处缓缓收拢成拳头。坏了，他开始运气了,他已经在运气了。她心里暗暗叫苦,根据以往的经验,他这是在酝酿下一波疯闹。她说,不要,不要,求求你乔兰森,你千万别闹。

忽地急中生智,她大叫一声,先于他躺倒在地上,开始翻滚。她抢占了客厅中心的空地,一边翻滚,一边念念有词。她辨认不出自己到底在念诵什么,形势所迫不及深思,任由喉咙里滑出念咒般富有紧迫感的一串叠声词。

她翻滚之余,密切观察着他的表情。果然奏效,他痴傻地张着嘴,木偶一般,已不是蓄势大闹的模样。她这才感觉到地板硌得肋骨疼,又不敢马上停下来,她的气息逐渐变粗,滚动得也越来越慢,终至于仰面瘫软在地板上。

完全虚脱了,身子一直往下掉,往下掉,掉了半天,掉进一大片棉花般暄和的黑暗里。睡意袭来,但她没有就此睡去,地板、沙发、他,都处在紧急状态中等她前去解救,理性悄然滋长,逐渐主宰了她的世界。她不是真傻了、真什么都不知道了,翻滚完明确了这一点,第一个感觉是想哭。此刻滑畅地通往了彼刻,她看到自己站在讲台上讲庄周梦蝶的故事,初中语文课本里唯一的哲学寓言,讲过很多遍,从来不动情,直到现在,她才体会到那种深切的悲哀和无力。庄周与蝴蝶必有界限,庄周醒来后的第一个感觉,会不会也是想哭呢?

她侧过身子,鼻尖几乎贴上茶几旁的书报架。她略支起身体,从书报架上拿出一本书,翻开来找扉页上的一段话。不用找,其实这段话她早就背过了:林乃树林的古名。林中有路。这些路多半突然断绝在杳无人迹处。大概是一年前吧,阿姨清洁书报架,她见抹布拧得不干,就先把书拿下来,摞在沙发上。她偶然翻开一本书读到了这句话,愣怔了半天,心里有股说不出的惆怅。架上的书都是他曾经频繁取阅的,尼采的《论道德的谱系》、福柯的《疯癫与文明》,这些让她畏惧的书如今他也看不成了，但她始终没有把书收走，就陈列在架子上，常不等阿姨动手她自己就会细细掸去书上的薄尘。她幻想着，说不定哪天早晨醒来，就又见到他拿着铅笔在书上写写画画呢。

总算调匀了呼吸，她站起身来，挨着他坐下，轻声说，屁股噙得难受吧？走，换条干净裤子去。

他神情呆滞，没理她。她看看窗外，自言自语道，那我先来拖地吧。

她先用报纸把尿吸了吸，吸得差不多了，就去阳台上接了半桶水，一手提着水桶一手拿着拖把走进屋。他抬起脚来，她赶紧来回拖，然后涮拖把，换一次水，再拖两遍。

她使劲儿闻闻确实没什么味道了，便直起腰来，走上阳台归置拖把。放好拖把，她反手扶住身体站了一会儿，看到对面的楼上，灯一家一家地亮了，一群麻雀像树叶一样从半空中落下来。

以前，周末的时候，乔兰森喜欢坐在阳台的藤椅上跟学生聊哲学，他说话不紧不慢，很随意地引述原典，一派闲逸迷人的风度。恩柏多克利、休谟、老子、陆象山、维特根斯坦，人、独立、道德、自由、辩证法、绝对精神，全是高级话题。她在屋里准备茶水和糕点，听到这些宏大高深的词就摇头咧嘴。现在，她忽然能理解了，这些词一点都不大不深，对尘世生活来说，也一点儿都不隔。到底要不要把自己的丈夫绑起来？这也是一个哲学问题。

她记得很多美妙的瞬间。那会儿，他才四十出头，圆寸发型很精神，身材又瘦高，站起来在阳台上踱步时，一步一步，像风吹动起铜管风铃，连脚步声都是清脆的。即使当着学生的面，她看他的眼神里也掩藏不住爱意。他的爱徒是一个从西北来深圳读研的男孩，他们共同爱好着哲学和围棋，两样都是测试智商的东西。别的学生谈谈天就走了，西北男孩会留下来吃晚饭，再陪他下盘棋。她始终记得，丈夫食指在下、中指在上拈起一颗棋子的模样，还有棋子落在楠木棋盘上的声音，丁零落子的一瞬,忽然生出寂静来,让她想起半夜下起绵绵小雨时天地间的空明寂然。半夜醒来,听到雨声,只觉得寂静,听着听着又睡着了,睡得很沉很沉,再醒来时,心里全是满足。

他在屋里喊了一句,她听不清,先答应着。转身进屋时,她又想起了博物馆里的披毛犀化石。她遐想着自己的结局:骑一头披毛犀,无声无息地,从五楼阳台走上天空,消失在淡金色的天边。

## 3

看着饭菜,周素格有些心虚。切成粗条的黄瓜码在盘中,木耳炒鸡蛋,六根脆皮肠;虽然脆皮肠仿照《深夜食堂》的做法,颇为花哨地剪成章鱼须的形状,但明眼人一看就知,这是一顿风格敷衍、只图省事的饭。她盼着能把这顿饭蒙混过去。他对菜肴的鉴赏力时高时低,有时什么都不挑,有时却是老辣的评鉴家,三言两语正中要害。

他嚼了一口脆皮肠,她感觉空气很紧张,像一面鼓,绷得紧紧的。

他说,没有肉,吃不饱啊。她说,脆皮肠不是肉呀?他说,要炒的荤菜,荤菜。

她翻翻眼睛,说,吃吧。她知道他想吃炒的猪肉片,青椒炒蘑菇炒土豆炒都可以。如果他还是他,她多想对他尽情宣泄她对生猪肉的痛恨。她再也不想切生猪肉了,死去多时的肉,冰凉、滑腻,带着淡淡的腥气,会让人生出细小而具体的绝望感。

他又说,菜太少了。她说,三个菜呢。他说,炒鸡蛋不能算一个菜。

她很想闭着眼大叫,发脾气,话冲到嘴边却觉得没意思。吵架也要势均力敌才痛快,他的理解力和反应力都跟不上了,哪里吵得起来?她只能生闷气,挑衅地问自己,人为什么每顿饭都必吃?她总是被自己到点儿就来的动物般的饥饿感羞辱到。他肯定不知道,这两年,一日三餐带给她多大困扰。她把冰箱冷冻室塞满各种半成品食物、速冻包子饺子，以便特别不想做饭时应个急。她也叫过一阵快餐外卖，吃快餐竟吃得轻微厌世，又承受不了经常出去吃大餐的罪恶感。一看信用卡账单，钱基本都吃了，一顿饭连着一顿饭，难以置信，心如刀割，最可恨的是还吃胖了，接下来就开始处处节省。为了省钱，也为口味计，她盘算好一周吃什么菜，带着他，拉着折叠车，跑农批市场。

说起来，她也算个热衷于家事的女人，兴头上可以跑几个超市买材料，就为做一道程序烦琐的新菜。但现在大部分时候，她提不起兴致来，日子一天一天失去了柔韧性，心绪没来由地恶劣无比。她听到了日子发出的声音，规律得让人听久了会发狂的声音。如果是她一个人，她更愿意将就，饿就饿，不严格按照饭时吃，而且，用馒头夹着咸鸭蛋豆腐乳也可以是一顿饭。幸好还有桂格麦片，用水泡泡，早晨就不用开火了。她煞有介事地说，高纤维，低胆固醇，健康食品，糊弄着他喝一碗。她暗暗感激着麦片罐子上的那个老头，他看起来真亲切，有着红润的好气色，微卷的银发在脸侧蓬蓬着。

虽然他指责这一桌"不算菜"，但这顿饭吃得还算顺利。她在心里默默感谢着各路神仙，并随即生出奇妙的预感：晚上的演唱会，她能成行。

一进门，张阿姨就强调，我是来打扫卫生的，半个月一次，合同上写得很清楚。

周素格心里一凉，本来还想诱之以利，看阿姨的样子，是早有防备的坚决。

她只好说，我那不是有事要办吗，不然不会麻烦你的。

阿姨眨着眼睛，说，办什么事？神神秘秘的。办事也可以带上他呀，他又不是小孩，也不会拖累你。

她也眨着眼睛，一字一顿地说，就是不方便。

阿姨没往下争辩，说，我在你家做了三年，也没见过你家的孩子。让孩子周末回来，你不就能出去，能去办事了吗？

她说，孩子在加拿大，做飞机维修工程师。

阿姨拖着长音儿，"哦"了一声，说，孩子嘛，孩子嘛。

周素格想起，每次在电话里亲耳听着儿子说话，也还是觉得那么遥远，儿子的呼吸声很粗重，他生活在一个寒冷的、空气稀薄的地方。她越想越觉得黯然，真想摸起电话来，对儿子说，你回来吧，不指望你什么，孩子，就回来住上几天。

她到底没有摸起电话，而是摸起遥控器打开了电视。

阿姨俯低身子擦踢脚线，嘴里还跟她闲扯，问她护工请到第几个死心的，她说，请过两个就断了心思。阿姨又问，老乔认家吗？她说，搁板上的小物件该擦擦了。

阿姨不再说话，默默地干完客厅的活计，进了厨房。

周素格偷偷看了他一眼，他在家里呢，好好地坐着呢。她时常会吓出一身冷汗，他明明就在身边，她却担心他终有一日会失踪，在一个她不可能找到的地方流浪。

阿姨在厨房里喊，周老师，你过来检查检查，看行了吗？

阿姨叫她进去看，多半是这次做得彻底，想展示保洁的成果，烟机锃亮，锅具焕然一新，连盛放香料的玻璃瓶都挨个擦了一遍。她在客厅里说，肯定行，不看了。

送走阿姨，周素格准备陪着丈夫，在回放里一集一集地找《天天饮食》看，看烦了就换成《西游记》。感谢电视，要是没电视，这几年她真不知道该怎么熬过来。谁知他说不看，没什么好看的。

她说，要不，就睡会儿觉去？他茫然地摇摇头，说，我想做个木匠。

生病后，他说话就没头没脑的，但今天这句话还是让她愣住了。木匠？草青草黄做了三十年夫妻，她还是第一次听他说起，他想做个木匠。

她说，不对，你是学哲学的，你从小就喜欢哲学。

他说，我从小就喜欢做木工。

她看着丈夫，此刻的他，是裸露的、诚实的。藉由脑部的萎缩退化，他再度成为十几岁的少年，那段幽秘的记忆突然开始放光，纤毫毕现。

她点点头，我知道了，知道了，原来你是想做个木匠。

她看看表，已经五点多了。这些天，她的脑海里总是时不时地浮现出公园花墙下的画面。老太太们把哭闹的孩子抱在怀里，"噢噢"地哄着，声音里有一种不过脑子的机械感，表情是老猫般的漠然，还有一丝属于人的被理性管理着的情绪，管理后剩下的，至多算是无奈了。她们跟她一样，服着天地间古老而平凡的役，平淡无奇的劳累，理当如此的安排，没人觉得这其中有何难以忍受之处，更不会察觉到她们可能正身处绝境。她们活了这么久，铁做的一样，哪还有什么细致幽邃的感情呢？她从来不敢细细地算，沦陷在这样的生活里，得有一千天了吧，还是更久？

她说，兰森，我等着给你买点做木工活的材料，眼下，我也——她犹豫着，到底要不要说出口。他一次次地回到过去并停驻在某个特定的场景中，他并不真正在这个房间里。

不管他是不是真正在房间里、能不能听明白，她还是说了。眼下，我也有自己想做的事，我想一个人出去待一待，放个假，放几个小时的假。你能听懂吧？

乔兰森点点头，他说，马颊河的木匠最好。

演唱会八点开始，她第一次看演唱会不熟悉情况，想着还是早去为好。她从暗格里取出麻绳，将几圈挂在胳膊上，又搬出木椅子，跟沙发并排放好，确保椅子跟电视机之间的距离合适。

他看到崭新的木椅子，很欢快地坐上去。她赶紧抻着麻绳，把他拦在椅子上。先系上一道，接着捆胳膊，木椅子棱多，很容易穿梭打结，最后是绑住两个脚踝。打结的扣是死扣，但绳子绑得松，怕勒疼了他。

熟练，迅捷，闪电行动。她半张着嘴，脑子里一片空白。所有的动作似乎都带着肌肉的记忆，所有的动作都无须大脑参与，自己完成了自己。

看着她忙活，他一直笑，说，你先绑我，一会儿我还要绑你。什么时候换？

乔兰森终于被她绑在了椅子上。海德格尔行动，筹谋多时，大功告成。

她低声说，我寸步不离地看护你，时刻提着心，在超市里买袋盐也担着心，往购物车里放完东西，一回身你已经不见了。

我真的受不了，受不了了，让我先做下，再找个小房间告解吧。

她拿起皮包，检查了一下演唱会门票。挎上包，换鞋，开门，她听见他的声音从身后传过来，你要走？

她说，我出去一下。他继续问，去哪里？她背对着他，说，你看电视吧，《猫和老鼠》。

她迅速关上门，乘电梯来到楼下。经过天井时，她的步子慢了下来。她控制不住地想象家里的画面。也许，乔兰森正低着头，身子往前挣，想从木椅子上挣脱出来。就算他从麻绳里挣脱出来又如何，他被幽闭在一个奇怪的地方，脸上是智识诡异消失的蠢样子，不能思考，不能独立完成任何一件小事，经历过的往事也逐片剥离，弃他而去。

她猛然睁开眼睛，白猫侵入进她的行程。这次白猫出现的方式跟以往不同，它不是被抱在怀中的，也没有躺在地上的光斑里。白猫朋霍费尔从五楼纵身一跳，摔死在小区的天井内。这幅画面如此真切，就像她亲眼看到过一样，画面里，白猫没有回头，一跃而下。

上楼，打开防盗门，冲进客厅，站在椅子前面。她惶惑地站着，根本不知道自己怎么会出现在家里。他笑了，说，这么快就回来了？

她愣了一下，忽然想到什么似的。她回答道，好玩吧？今天就到这里，先不玩了，晚上我带你去看演唱会。

她俯下身子先解他脚踝的绳扣，解了一会儿，麻绳磨得手指热热地疼。她从茶几抽屉里扒拉出剪刀，冲着绳子剪下去，剪刀刚一接触到绳子，她突然停住，放下了剪刀。

她坐在地板上，把牙和指甲都用上了，才把绳扣一个个解开来，解完呼哧呼哧喘了半天气。休整片刻，她捡起地上的绳子，团起来，放回到储藏间的暗格里。

在体育场前的广场上，周素格把手里的票贱卖给黄牛，又从同一个黄牛手里买到两张奇贵的连号票。她牵住乔兰森的手，两人一起安检，进场，找座位。

钴蓝色的光笼罩舞台，拱形金属灯光架在夜色中发酵出浓浓的科幻感。体育场上方敞着口，露出一块椭圆的天，月亮靠过来，倚在树枝般的钢架旁，愈发温软了。在舞台上表演的是一个外国乐队，她听不懂歌词，但她明白了一点：在演唱会上，亲吻是一件容易的事。大屏幕不断闪现着情侣亲吻的镜头，那么自然，那么动人。主唱忘情，观众也就忘情，蹦跳，拥抱，喊叫，欢呼声潮涌般赶着，赶着赶着就从开口处飞升上夜空。她伸手搂着身边的人，云遮住了眉月，夜色渐深，恍惚间，她有点怀疑了，是他吗？你把他放出来了吗？

主唱的声音不是从低到高慢慢攀升的，而是突然炸响，带着暴烈的毁灭感直达顶点，并不破不裂地停留在那里，高亮而宽广。她感觉自己被声音托起，在空中悠悠荡荡。此后的几天里，这种感觉始终不曾消失。

她记得她亲吻了丈夫。她记得亲吻时，半是沉醉半是痛楚地闭上了眼睛，那一刻，万人体育场空旷无比，仿佛就剩下她一个人了。

## 日光照亮北斗

感应灯随着脚步声依次亮起，赵佳穿过三道狭长的走廊，从天璇来到玉衡。

两个月前，赵佳和徐璐结伴来星寓看房子。那天下着雨，大雨从高处纵身而下，直扑地面。两人走出地铁口，各撑一把伞，一前一后走在雨中。一阵大风吹来，路边的大树和灌木倒向一边，雨中的世界随着风势倾斜了。两人弓着身子往前走，也不知过了多久，终于看见前方深蓝色的建筑群。

赵佳是在雨声中醒来的。窗帘拉得严严实实，屋里是阴雨天气特有的昏暗，也不知道几点了。她翻个身，指尖碰到手机，屏幕亮了。就在光亮闪过的瞬间，她浑身一激灵，看到了睡前还不曾存在于房间里的东西。

再次触亮屏幕，照向墙壁，只见那里凭空多出来一簇灰褐色的蘑菇。

她拨通徐璐的电话，说被你说中了，这里真不能住了。徐璐说，我这就上去。她愣怔一会儿，听见外面有响动，随便套上一件睡衣，打开房门把徐璐迎进来。她指着窗下，说，怪不得你总觉得湿冷，蘑菇都长出来了。徐璐凑近了，瞅见墙壁上渗出一层稠密的水珠，角落里的蘑菇似乎正在一点点涨大。

两人冒着大雨出门，接连看了几家青年公寓。清一色急切慌乱的装修，哪里经得起细看，处处透着平庸、粗疏和不上心，似乎所有人已达成共识，不过是个晚上回来睡觉的地方，要求别太高。去星寓的路上，两人都提不起精神来了。

走进星寓接待处，先看到整面墙的彩绘，画面上方投下一束扇面般徐徐展开的光，一猫一狗一女孩待在蜜黄色、毛茸茸的光束里，宛若童话场景。边上一行字："等你回家。"这话像一个有温度的肥皂泡，依然空洞，但至少不那么冰冷。前台带她们来到展示柜前，走近了，从高往低俯视，这才看得分明。七栋公寓楼耸立在一块绿地上，通过一道道长廊相连，赫然显出北斗七星的模样。最西边的一栋命名为瑶光，接着是开阳、玉衡、天权、天玑、天璇、天枢。好半天，赵佳回过神来，说，北斗落在地上。徐璐摇晃她的手臂，说，不，咱俩这是要住到天上去。

看到价目表，两人就不兴奋了，在前台磨磨蹭蹭，没有租下来的决心，也舍不得就此离开。工作人员退到一边，并不相劝。好房子不愁租，推销太热情反而掉价了。

雨声渐渐稀落，赵佳透过接待处的两扇玻璃门向小区里看，玻璃门外站着一棵白玉兰树。一片叶子正离开树枝，姿态美妙地往下落，中间随风翻转一下身体，继续飘坠，最后啪嗒一声坠入地上的积水。接待她们的工作人员建议，要不你们去里面转转。赵佳拉着徐璐，推开玻璃门进入小区。一只暗绿色的绣眼鸟从玉兰树的枝叶间飞出，在空中画过一道半弧。叶子上的雨珠簌簌落下，落在她们的头顶和肩上。眼前是瑶光楼，也就是勺子尾巴所在的位置，从瑶光开始，一排公寓楼次第延伸，逶迤而去。赵佳测一下方位，说，还是夏天的北斗七星呢。

一时恍惚起来，逝去已久的夏夜从时光的深处汩汩涌出。遥想那些年，暑气最盛的日子里，晚饭就挪到院子中的石桌上了。晚饭最常吃的是凉面。黄昏时分橘红色的天光下，面条安静地浸泡在冷水里，等候配菜和调料鱼贯而来，炒豆角、烧茄子、黄瓜丝、芝麻酱、蒜汁。吃过凉面，赵佳把折叠钢丝床打开放在一丛月季花旁，拿把蒲葵扇躺上去。她轻轻摇动扇子，仰面看着天空。夜晚是从天空深处渐渐渗出来的，耐心弥漫出一大片宁静的深蓝色。第一颗星星出现了，接着，繁星浩浩荡荡而来。满天星辰中，北斗七星和北极星是最好辨认的。夜渐深，她半闭双眼，似睡非睡。猫在院墙上走动，时有凉风吹来，裹挟着墙角晚香玉的香气，纱门被风甩到木门框上，砰的一声，随后小院陷入更深更庞大的寂静中。时光从容、悠闲，没有穷尽，仿佛日子会一直这样过下去，无所用心地过下去。那时候并不知道，良夜去而不返，家里的平房不久便拆迁了，明亮的灯火黯淡了星空，难以复现的，还有那个年纪的心境。

两年前，赵佳再次遇见北斗七星。她跟恋人瞿一行去黄山游玩，爬到排云亭已是下午。一路上先是毛毛细雨，接着阳光普照，忽然又一场骤雨。傍晚时分，天色依旧明亮，两人站在亭前平台上，只见前方豁然开阔，郁郁苍苍的群峰一览无余。起先，浑圆的落日挨着一座瘦削的山峰，似乎站住不动了，不知不觉间，它从高处的山峰走到低处，天色暗了一层。瞿一行忽然大叫一声，赵佳循声看去，见云雾从峡谷里升起，带着澎湃的声响般轰隆隆涌上来，雪白的云块在松石间翻卷，质地轻盈的云烟被风一吹就散开了。一朵云挂在一棵老松上，缠绵缭绕许久，一丝一丝地飘走了。云海消散后两人来到附近的餐厅，吃过饭，天已黑透，走出来立刻感觉到山间空气的清寒冷冽，让人浑身一凛，紧接着，远处的星空已迎面而来。旁边的小男孩喊道，那是天狼星！赵佳仰起脖子，漫天的星星蜂拥至眼前，真叫人眩晕。定了定神，她先认出来的依然是北斗七星，随后，竟用肉眼看到了银河。银河悬挂在夜空一侧，亮而轻。在意识到那是银河的一瞬，空气仿佛凝固了一般。她跟瞿一行对视一眼，两人都说不出话来，瞿一行有些笨拙地搂住她。夜静更深，银河延伸到更远的地方，银河中心似乎出现了一个巨大的、无底的旋涡，浩大壮丽，又散发出令人心悸的气息，叫人忍不住低下头去，不敢多看。山风吹来，映在岩壁上的树影随风摇晃，赵佳缩缩脖子，身体紧偎着瞿一行。山上的夜晚犹在昨日，男友却早已是前男友了。

两个月前下雨的那一天，赵佳和徐璐站在瑶光楼前，只见开阳居于东北方向，玉衡、天权与开阳微有错落，天玑陡然南下，天璇转东，天枢径直北上。七星匝地，在雨水中闪动着深蓝色的幽光。

某个时刻，赵佳觉得自己被摄了魂，被什么东西深深打动了。只是理智没那么容易溃散，仍在老练地等待激荡的情感重归平静。她暗中劝自己，别为一个名字冲动，这里并不是离天空和太阳更近的地方。正要转身往外走，一只手拽住她。徐璐的声音从身后传来，佳佳，等新游戏上线就有一笔奖金拿了，咱们住得起。赵佳停下脚步，看同伴一眼就知道她真动心了。徐璐又说，来，这次咱俩都选有阳光的房间。听到这话，赵佳的眼睛也亮了。

一直到签合同的时候赵佳仍在做徒劳的辨析。她俩决定住进星寓，不是因为画册上"高品质青年社区，城市理想家"的宣传，那更多的是一种安慰，里头也含着些善意；也不是因为社区里恍如美剧场景的、巨大滚筒一起转动的自助洗衣房，真实的生活像卷心菜的叶片般蜷曲在一个个单间里。她们被某种更虚幻的东西打动了。狭长不规则的地块上，七座公寓楼站立成星座的形状，风雨之中，神采焕然。眼前的景象显得有些不真实，那股奇异浪漫的气息在她们的生活中已近乎绝迹。因为罕有，所以更无从抗拒。暗处好像藏着一个人，了解她们，也知道她们想要什么。

我们住在北斗七星上。说话时徐璐一脸神往，双手用力交握在一起。她不是爱激动能咋呼的人，只是地下的小屋被命名为天上的星辰，这让人头脑发热，让人再度揣起满怀的浪漫和希望，让人误以为住进这里便拥有了真正的生活。赵佳嘴上不说扫兴丧气的话，心里却不踏实。徐璐那组开发的游戏在内部竞争中不占优势，别说拿奖金了，赵佳担心同伴很快会被优化,也就是被新鲜能干也更便宜的劳力取代。以前的人丢工作叫下岗,轮到她们时,叫被优化了。

此时,赵佳穿过三道长廊,从天璇来到玉衡。徐璐住在玉衡楼的东头,屋门已打开,火锅的香味飘在楼道里。赵佳走进来,见小方桌上放着羊肉卷、平菇、冻豆腐。屋里没有多余的椅子,她往地上一坐,水蒸气立刻扑到眼镜上,眼前一片迷蒙。她上来就说,有事跟你商量。徐璐问,啥事这么严肃?

赵佳摘下眼镜,用棉T恤擦拭镜片,说,我爸妈又要来。徐璐紧张起来,说,他们到底放心不下,是来看阳光吗?因为在欧佩君房间里拍的那张照片吧!

赵佳来深圳有些年头了。盛夏的季节,暮色降临的时刻,她坐上一列火车,看着求学多年的城市越退越远,逐渐消失在沉沉的夜色中。一路向南,风景变换,不变的是车轮滚过铁轨的声音,哐当哐当单调出了一种地老天荒的感觉。她想起天气预报里自北向南而来的寒流和雨雪,一场又一场,它们走的路程可真远啊。历经一个完整的昼夜,终点到了。她拖着行李,走进潮湿稠厚的空气中,身上露出来的皮肤立刻变得湿漉漉的。出了站,先注意到的不是建筑物,而是层层叠叠的绿色,凡有土的地方都生长着植物。这里树木长得密,长得野,长得健壮,绿到发黑了,成了精一般在夜色中呼呼喘着气。路边一丛丛灌木蹲伏在黑暗里,细看上去,叶片肥大,色彩浓重,散发着动物般的生命气息。

那时候,徐璐、瞿一行和欧佩君尚未走入她的生活,满眼的植物也是陌生的,叫不出名字来。她住进一家小旅馆,熬夜在网上找房子,把"性价比高"的房子记在纸上。几天内她把房子看了个遍,看完一处就默默拿出笔来,用一道横线把它划掉了。标价便宜的房间大都没有窗户,她颇震惊于这个事实,一座阳光充足的南方城市里居然隐藏着这么多开不了一扇窗的房间。

　　她对南方最初的想象，是长满了一座座闪闪发光的金色楼房的城市。她喜爱阳光也渴望独居，只是承受不了两者兼得的租价。几天后，她选定了一间朝西的合租房。租约签一年能打折，为了确定的折扣，她愿意承受长租一年带来的各种不确定。

　　小屋的窗户朝西，下午的时候，阳光会在某个时刻照进小屋，刹那间，如群鸟在长久的静默后突然开始鸣叫。她喜欢那骤然变得明亮的一瞬，黯淡局促的空间变得通透，有生气，充满希望。屋里的温度很快升高，她宁愿把空调风量调到最大，也不肯用窗帘遮住阳光。小屋里，窗框的影子投在地上，悄无声息地往远处伸展。阳光乍现，如金色的潮水汹涌而来，转身离去时却是踌躇的，脚步徘徊，缓慢挪动。薄暮时分，夕阳低悬于道路的尽头，疲倦的光线斜斜地扫过来，当最后几缕光线几乎贴着地平线照过来，楼房、街道、树木仿佛被温暖的松脂包裹，正在缓缓凝固成一大块琥珀。

　　周末，赵佳跟家里例行通电话，父母你一句我一句，说心里闷得慌想去看看她，说着说着赵佳才发现他们已买好车票。赵佳嘴上埋怨你俩也不问我有没有空，心里却有些难过，父母老了，老得足以变成小孩子了。对了，他们还坚信核桃露可以补脑子呢。

　　二老坐上南来的火车时，赵佳去宜家买了几件小摆设。细陶瓶，花瓣形的蜡烛托，人造豌豆花，花茎里面是细钢丝，可以任意弯折。十几块钱的小东西往屋里一摆，敷衍度日的气息退散，有了点用心生活的调调。

　　第二天下午，赵佳去车站接父母，在人群中认出他们时，她眼眶热热的。赵佳妈身穿一条印花连衣裙，一见女儿就说，佳佳，南方天气热，我特意买了件冰丝裙子穿。赵佳不用摸就知道那是化纤的，嘴上却混过去，嗯，不沾身，看着就凉快。赵佳嘱咐出租车司机绕到主干道上，好让父母对深圳有个大致印象。路上，父母对车窗外掠过的著名地标毫不在意，他们关心的是女儿的落脚之处，问房间有多大，离上班的地方远不远。虽然小屋经过突击装扮，赵佳还是觉得没什么可说的。只是个短暂停泊之地，她别过头去不愿多谈。

赵妈走进房间，没注意到精心摆放的装饰品，倒迅速发现朝西的窗户。她说，这是西晒的房子啊？

老妈，你知道这点阳光多稀罕吗！赵佳一步迈进阳光里。

稀罕？南方不有的是阳光吗？母亲低声说。的确，这里一年四季满城清透的阳光，不像赵佳的老家，太阳常在浓雾后挣扎，苍白的光把小城照得更加荒芜。

父亲拉动窗帘，遮住一小半窗户，说，毕竟比北向的房间好。赵佳这才注意到，窗帘早被晒得褪了色，从一种颜色变成另一种颜色。小房间变得燥热起来，她打开空调，空调外机总是激动地颤抖一下才开始工作。凉飕飕的风吹出来，心里的燥热仍在升腾。她猛然意识到房间有多小，一家三口挤在里面，呼吸的空气都不够用。她把父母引到客厅嘴唇形的二手沙发上。两个老人被玫红色的嘴唇含着，看上去有点滑稽。

父母快速进行眼神交流，母亲调整神色，说初来乍到的，有个地方住就不简单了。父亲跟着附和，先站住脚再说。他们起身去公用的厨房考察，对灶台上的陈年油垢视而不见，说能做饭就好。说到晚餐，赵佳提议出去吃，赵妈坚持为她烙茴香馅的盒子，强调还是"家里"的味道好。经过一番不太激烈的争论，赵佳最后一次确认，不嫌麻烦吗？赵妈说，吃饭还有怕麻烦的？

三人来到附近的超市，遍寻蔬菜区，未见茴香苗。赵妈询问超市的工作人员，有的人听都没听过，有的人表示知道，把他们带到调料区，拿起一瓶小茴香递过来。赵妈摆摆手，不对，是蔬菜。工作人员一脸茫然，说那就没有了。这会儿，赵佳也开始想念起那宛若绿色羽毛、散发奇异香味的菜苗了。记忆里它总在春天时出现在北方小城的菜摊上，即使远离了土地被扎成一捆一捆的，它依然是身姿优美的蔬菜，亭亭玉立，远远看过去像绿雾一般的文竹。

赵妈有些沮丧，她不得不拿起两把壮硕的芹菜，将晚饭更改为包芹菜饺子。

几天后，赵佳送父母去车站，一路活跃气氛，唯恐冷场。父母看上去多了心事，但嘴上只说让人高兴的话。优等生女儿的新生活和预想的不一样，他们心头积滞了太多需要消化的东西，羞愧和着急也是有的，凭那点退休工资，看样子也帮不上大忙。赵佳目送他们进站，在栏杆外挥手。他们真老了，脸上是怯怯的又带点恍惚的表情。她故作轻松地笑，别担心，都是暂时的，只要努力，未来总比现在好。

漫长的夏天快要过去了，早晚时分有了些模糊的秋意。有一天早晨，赵佳正准备出门，忽地瞅见了什么，人就定在那里了。她在小屋的墙壁上发现了一小片阳光。她惊喜地看着这片淡金色的阳光，舍不得移开眼睛。长方形的光斑像精灵一样，会忽然跳动一下，又重新落回到墙壁上，静静地趴着。

大清早的，你从哪里来到朝西的小屋呢？她往窗户外面看，看到了阳光蜿蜒的来路。晨间的阳光打在对面楼房的一块玻璃上，折射进她的小屋，穿过窗户，落在墙壁上。

过了一段日子，随着太阳的移动，这一小片阳光消失不见了。她盯着空白的墙壁，盼望它会再次出现，等了一阵子才死心，看来要等到下一年了。

搬离小屋后她还是经常想起那一小片阳光，心里暖暖的，像在怀念一个亲密的好朋友。

从房门走到床铺是五步，从电脑桌走到厕所，只需要三步。地上铺着半米见方的米色瓷砖，长七块瓷砖，宽四块瓷砖，就是一个房间了。

几年时间里赵佳搬家数次，在一套套合租房中辗转居住。去外面吃饭她依然喜欢找靠窗的座位，敞亮，光线好，但她已习惯了居所的昏暗，进了黑洞洞的房间，如鼹鼠躲进地洞。从一块屏幕到另一块屏幕的循环往复几乎构成了生活的全部。工作日从早到晚上班，靠人体工学椅支撑腰背和颈椎，所谓休息日，便在睡觉和看剧中度过。

　　唯一的城市历险是挤地铁。一日在地铁上看到广告，宣称"品质租住"时代到来，打广告的是一家叫"窝暖"的青年公寓。"窝暖"，这名字真叫人神往，赵佳记下电话，打算周末去看看。

　　一拖就是几个星期，直到一墙之隔的合租者又在弹吉他唱《花火》。每次到"现在我有些倦了"这句，他就试图唱出沙哑的感觉。怪异的声音穿墙而来，赵佳从《基本演绎法》的剧情里抽离，离开显示屏，离开穿透晶状体对视网膜造成损伤的短波蓝光，关上电脑，走出房间。去"窝暖"的路上，一个日光充足的亚热带世界徐徐在眼前展开，马路上，公园里，建筑物的玻璃幕墙，到处闪烁着阳光。路边的植物高低错落地生长着，在争夺阳光的生存博弈中形成了交织镶嵌的精巧结构。而此刻为行进的汽车提供动力的透明燃料，亦是储存了上亿年的太阳能。她把手伸到车窗边，阳光落进手掌里，生动，欢悦，它经过一亿多公里的太空旅行抵达她的手掌，带来真切的光亮和温暖。

　　虽然一眼就能看出窝暖是从工业厂房脱胎而出，虽然经过观察，识破了公寓管家用手机放录音假装不断有人租下房间的小诡计，赵佳还是被管家的话打动了：哪怕房间再小，也是独立空间。是呀，不用做贼一般地上厕所，不用跟陌生人共用一个门户出入。可以大声打电话，可以慢腾腾地洗澡，可以穿着睡裙到处走，可以自在畅快地呼吸，当然也可以坐在光线最好的地方晒太阳。

　　从房门走到床铺是五步，从电脑桌走到厕所，只需要三步。脚步即可丈量的房间，却独门独户，还拥有一面通透的玻璃窗。窗外的围墙下栽种着一排竹子，修长的青竹，竹节圆润的罗汉竹，都是年轻竹子，像刚刚经过变身改造的公寓一样新鲜翠绿。最后选房时，她在西向的房间后勾了对号，她告诉自己，因为西面能看到竹子呀。其实是经过精确计算，朝南的房间负担起来有些吃力。人有时候就是差一点，怎么也够不着。

无论如何，她一个人住了。休班的时候她喜欢在窗下坐着，一坐就是半天。时间悄悄流逝，不知不觉，阳光变软了，紧绷了一整天的世界也松弛下来。

黄昏是光线不断发生变化的时段，眼前熟悉而直白的景物笼罩在朦胧光晕里，有了明暗和虚实。西边天空的颜色有时是温柔的玫瑰粉，一层层微妙渐变，不露痕迹地柔缓过渡；有时热烈斑斓，不知哪里泼出来的金红色漫天流淌，简直是伦勃朗式的颜料堆积和华丽厚涂，未干的巨幅油画铺展了大半个天空，映得地上通红通红的，天地间涌动着一股摄人心魄的神秘力量。赵佳心里感叹，最美丽的色彩往往不是来自"产品"，而是由自然赋予，比如张掖的砂岩、五角枫的叶子、金刚鹦鹉的羽毛。当夕阳滚落光线隐没，天边的鲜丽油彩随之消失，一切都沉入淡淡的墨色里，窗外的世界仿若一卷素净水墨。

赵佳的父母又来探望，已学会了假装不在意阳光，赵妈因窗户小晒不进太阳得关节炎的早年往事也不提了。赵爸把老家带来的土特产食品放在桌上，赵妈进门几步就走到床边了。她坐下来，从包里取出一样东西递给赵佳。赵佳没想到是一小株豆瓣掌，用白色塑料袋裹着。赵妈说，家里豆瓣掌折下来的。记得咱家的豆瓣掌吧，越长越旺分了好多盆。这东西皮实，插在土里就能活。赵佳拿过来放在手心里细看，豆瓣掌吸饱了阳光，叶片油亮，绿如碧玉。父母对房间的大窗户很满意，夸赞几句，但他们只在屋里略一停留就出去了。赵佳往冰箱里放土特产时，听到他们在楼道里小声议论，什么青年之家，这不就是筒子间吗，又兴回来了。还有，你看见了吧，迷你冰箱迷你沙发迷你桌子，跟小孩过家家一样。

赵佳环视房间，米色地砖，蓝色窗帘，统一配备的家具固定在它们应该待的地方，不越轨，不逾矩。或许安迪·沃霍尔也不会想到，可以大量复制的不仅是可乐瓶和梦露的脸孔，还有房间和生活。入住前管家对墙面拍照留底，警示墙上不能挂画不能挂照片。管家说，可以"装饰"房间，但退租的时候要恢复原样。所有这一切，凝聚成一种叫作暂时感的东西。人们都学会说了，租来的地方也是家，但无论赵佳怎么布置，眼前都不像家居生活的场景，狭小的空间不耐分隔和迂回，缺少隐藏和留白，就这么直愣愣地把一个人的生活和盘托出了。

父母走后，赵佳把电脑里关于海洋、草原和荒野的纪录片翻出来，有空就打开，看两眼开阔苍茫的自然风景。

她也来到一个开阔的地方。四下一望，看不见墙壁在哪里，周围是大片的空地。她走两步，心里纳闷，怎么好像走在空旷的野外呢？突然一个趔趄，身体沿着一段斜坡往下滑，滑到最底下停住了。坐起来，看见一道长长的白色沟壑。站直身体，用胳膊扒住沟壑上缘往外看，一个米色的世界朝着远处延伸，望不到边际。不是纯粹的米色，细看上面布满烟丝一般明暗交错的纹路。她攀爬出来，又经过几道沟壑，眼前暗下来，仰头看去，一大块厚重的帷幕沉沉垂落，帷幕表面有粗糙的凸起，还垂下来一根根蓝色的绳子。她跳起来抓住一根绳子，手臂一使劲，身体在空中来回荡起来。

荡了一会儿，她顺着绳子溜下来。巨幅布料的下面有两道棕色的深沟，她越过深沟，看见前方躺着一只绿色的小船。她走啊走，走到小船前面。小船通体碧绿，泛着清光，两头尖尖的，船身上排列着一道道清晰的平行纹路。她跳进小船，仰面躺下，阳光跳到她身上，在脚尖和胸口间来回蹦跳，全身暖烘烘的，她翻身侧躺，阳光也跟着她移过来。她小睡一会儿，睡醒后离开小船继续往前走，走到一处阴影里，仰头看去，头顶上罩了一把黄中带绿的大伞。她走到有亮光的地方，抓住一个柔嫩的绿色弯角往上爬，伞面上竟如此宽阔，像一只巨大的手掌向四周伸开，手掌中间是一条由细变粗的路。她沿着手掌中间的路往前走，看到无数条浅绿色的小路通向手掌的边缘。不知走了多久，路消失了，她从路消失的地方往下跳，双手扶地，双脚重新踩在一大片米色上。地方真大，云天一般空阔无边，她在大片的米色上尽情翻滚。

可这是哪里呢？越想越迷糊。地面上有一根看上去很柔软的长棍，她俯身细看，长棍一头是白色的，一头是金黄色的。再往前走，又有一根软软的长棍，她枕着长棍躺下来。

一头是白色的，一头是金黄色的。这颜色很熟悉，她记得在哪里见过。闭上眼睛再睁开时，好像一道亮光从眼前闪过，她认出来了，刹那间也知道自己身处何地了。

入住前打扫房间，扫起来一小堆猫毛，原来前任租客是养猫的。清洁后，角落里、下水口里还积着不少猫毛，扫地的时候也经常看到几根猫毛飘起来。猫毛上有两种颜色，根部是白色的，前梢那里变成金黄色。

原来仍在窝暖的房间里，只是她变小了。沟壑是瓷砖间的白色勾缝，表面有蓝绳子的是猫爪挠过勾丝的窗帘，棕色深沟是推拉门轨道，绿色小船是一片竹叶，黄中带绿的大手掌只能是梧桐树的落叶了。

她喉咙干渴，想喝口水。沿着桌腿往上爬，爬到桌面上，看到平时使用的玻璃杯装着半杯水，此刻分明是一个透明的巨型圆柱，不慎掉进去就好比坠入深湖。她向四周呼喊，谁把我变得比蚂蚁还小，能变回原样吗？不，不用变回原样，比现在大一点就行。大一点是多大呢？大概就是玩具屋人偶的大小吧。这个比例正合适，家具和物品不再是庞然大物，可以正常使用，同时屋里又能分隔出两个空间——她不贪心，需要的仅仅是把日常活动的地方和睡觉的地方分开来而已。

继续呼喊，无人应答。突然水杯翻倒，一股洪流冲过来，她徒劳地奔跑跳跃，但转瞬间就被大水淹没了。

醒来时，雨已停，玻璃窗上挂满雨滴。她躺在小床上，眼睛看不见那排竹子，但脑海里浮现出一幅画面：竹叶淋了雨，颜色豁然鲜明，是一种冷冷的、清脆的绿色。一阵风吹过，竹子摇动，萧萧作响。她凝神遐想，围着她嬉戏的阳光是怎么回事呢？就叫它小阳光吧，从云层后面偷偷溜出来，找小人一起玩耍的小阳光。

赵佳住进星寓的第一晚就认识了欧佩君。那天夜已深，她听到敲门声，还以为是徐璐过来找她。打开门，看到一个穿湖绿丝质吊带裙的女孩，妆很浓，嘴唇上敷着一层果冻般的唇釉。女孩说我叫欧佩君，住隔壁，找你借个红酒开瓶器。赵佳摇摇头，说不喝红酒。欧佩君说我再问问别人。赵佳不知道她为何深夜借开瓶器，但租房这么多年头一回有人敲她的门，"邻居"这个词重新出现在她的生活里。

这之后，她经常看到隔壁的门敞开着。她偷偷往里看，有时候看到欧佩君坐在粉红色梳妆台前，面对支起来的手机，捏着嗓子说话。有时候屋里还有一个拿相机的人，身体快趴在地上了，对着欧佩君啪啪按下快门，而欧佩君不理镜头，压住下巴低头看地面。拿相机的人时而鼓励：又仙又美！时而提点：跟身边的火烈鸟玩偶互动一下！

一个周五的晚上，赵佳接到欧佩君的邀请，说周日下午我要拍一组大片，来玩吗？她问，在哪儿？欧佩君说，还能在哪儿，在房间里。她点点头，说还有一个朋友也住星寓，能一起吗？欧佩君说，叫上她。

周日天气阴沉，午后开始下小雨。赵佳和徐璐来到欧佩君的房间，只见阳台堆满纸盒，床上到处是衣服，地下扔着快餐盒。欧佩君的房间似乎总是处在搬家前的紧急状态中。这会儿，房间中央的一块地方收拾出来了，摆着胡桃色圆几，几脚有弧形雕花，看起来很不日常。圆几上立着几本外文书——嗯，外文书的书壳，还有一盆龟背竹。赵佳忍不住摸摸叶子，是塑料的。这块收拾干净的地方不具备真实感，如临时舞台的布景。

徐璐看看外面，说赶上了阴雨天，光线不好。

别担心。欧佩君转过头来，等下让你们看看什么是阳光感。

让赵佳心头一震的，不是欧佩君只画了一边的眼妆，而是她嘴里的词语：阳光感。

摄影师就位，欧佩君说再等等，等小男孩到了就可以拍了。赵佳和徐璐对视一眼，心里都在想，还有小男孩要来呀？

小男孩一身卷曲的白毛，眼睛像黑豆粒，毛茸茸的耳朵耷拉下来，松软的脖子上系着亮蓝色丝巾。小男孩是一只雪白毛线团般的贵宾犬。

欧佩君揽住小男孩，坐在圆几前，抬头，低头，时而绽开笑容，时而出神地看着远方——远方是近在咫尺的墙壁。快门快速按动，小男孩试图从陌生的怀抱里挣脱出来，却被欧佩君摁住头，摆了个亲吻的造型。

与狗狗的拍摄告一段落，欧佩君把小男孩交还给主人，说再见啦，小男孩。她走进卫生间，再走出来时，身上的拼色卫衣换成了白色宽松衬衫。她坐在方凳上，转身在床上找着什么，很快，她从散落的衣服中扒出来一个东西。

赵佳定睛一看，呆住了。欧佩君扒出来一把全新的铲子，是那种中间有几道条形沟槽的漏铲。接下来，让赵佳更想不到的是，摄影师拿出一个手电筒，旋转开关，昏暗的室内立刻出现一束光。他把手电筒交给赵佳，接着，欧佩君把漏铲递给徐璐。

欧佩君说，没有阳光我们就制造阳光。

按摄影师的指示，徐璐站在欧佩君的侧面挥动铲子，赵佳用手电筒照向铲子，栅栏般的光影落在欧佩君身上。赵佳看着柔和光线中的欧佩君，眼热心跳。从未见过这样的欧佩君，几缕长发挡住她的侧脸，她似乎忘记了周围的一切，沉静地泡在光线里，睫毛在眼睛下面投下折扇状的影子。

原来这就是阳光感。

赵佳和徐璐凑到摄影师身边，通过显示屏回看照片。显示屏里没有阴天和小雨，温柔的"阳光"仿佛透过一层木质格栅，落在欧佩君身上。阳光是有魔力的，它照到的平淡角落会显得格外美好，它凝固在画布上会让整幅画活过来，几乎可以感受到光影和烟雾的微微颤动；阳光也会帮助照片里的人，表现出她本不具有的宁静气质。

摄影师巧妙选取角度，照片里看不出房间有多小，也看不出房间有多乱。她俩不停地发出惊叹，欧佩君倚在床头上，说有什么好稀奇的，我们圈里都是这么拍照的。打灯光再加上做后期，也能出来有阳光感的照片，就好像，好像所有的阳光都迈开步子跑到你屋里来了。徐璐问，看上去假吗？欧佩君说，谁会怀疑阳光是假的？

接着，欧佩君穿上波点茶歇裙拍摄红茶系列。金边茶杯里注满热水，袋泡茶在水里一晃就拿开了，水变成漂亮的深红色。摄影师举起相机，将热气袅袅上升的画面凝固下来。

最后，摄影师准备收拾器材了，赵佳鼓足勇气开口，能给我俩也拍一张阳光感照片吗？摄影师还没接话，欧佩君满口答应，怎么不行，多拍几张，好好选一选。拍完你们要请我喝东西呀。

就这样，赵佳和徐璐也拥有了充满阳光感的照片。怀里没有小狗，手里没有红茶杯，但阳光伸出手臂，一把抱住了她们。

三人来到楼下的茶饮店，仰头看饮品挂牌。金风还是玉露？蓝莓还是橙子？好像喝什么真是一个大问题。赵佳手扶下巴，认真挑选了一番，生活中可供选择的东西并不多，这是其中之一。

她们坐在外面墨绿色的晴雨伞下，一人抱着一个高高的塑料杯。旁边，一只流浪猫蹲坐在花砖上，伸出粉色舌头濡湿爪子，接着抬起爪子，在耳朵和脸上来回画着小圆圈。欧佩君翻看新拍的照片，时而露出欣喜自得的神色，时而嘟起嘴巴抱怨：这张把我拍成死鱼眼了！

不久，赵佳发现，一直用风景照当社交媒体头像的徐璐，悄悄把头像换成了"阳光感"的个人照片。而她呢，有一天没忍住，把照片发给了父母。

不管赵佳怎么劝说，二老都不肯改变主意，说不能拦着他们去珠海旅游，既到了珠海，来深圳看看也是正理。

赵佳住上了南向的房间，但房间所在的楼层并不高。星寓前横着一排写字楼，夏天的时候窗下还有一溜韭菜叶宽的阳光，现在天气转凉，大半个天璇被笼罩在前面高楼的阴影里，她又一次生活在白天也要开灯的昏暗房间里。工作这些年，她放下了很多，早不像上学时那般进取了，她怕见到的，是父母有了心病又无能为力的模样。老经验不顶用了，他们能做什么呢？只能忧心忡忡地回到老家，只能每天并排坐在沙发上，一遍又一遍地看抗日反特连续剧。

她找徐璐絮叨过几次，徐璐这样好的人，从来不嫌她烦。跟瞿一行分手那会儿，徐璐有空就陪着她，听她哭诉，安慰她会过去的，也提醒她，知道你心里难受，但不幸的事情不要逮着谁都说，看笑话的人多，真疼你的人少。话说瞿一行是突然不理她的，她不知道自己做错了什么，但对这样的消失并不感到陌生，不过又一次遇上了异性的退缩。面对热情的追求者，开始时她冷淡抗拒，防止自己再次堕入爱情的强烈幻觉里，但随着时间推移，她总会变成更投入的那一方。每次吵架主动和好的都是她，她想过建立家庭、养育孩子，憧憬过走进餐厅对服务员说"两大一小"的时刻。她当然知道一个人可以生活下去，也预见到自己在婚姻中注定是那个牺牲的角色，但当她鼓足勇气，对方却跑开了。瞿一行在刚认识的朋友面前，能够收起自负和自私，看上去友善、风趣、充满魅力，但他对建立长期情感关系充满恐惧和逃避。因为大公司工作强度太大，"没有生活"，瞿一行跳到小公司，后来很快离职。离职是委婉说法，实际上是被解雇了。有一阵子他迷恋创业，常跟几个朋友聚会，一聊就是一下午，后来赵佳才知道创业是开一家火锅店。瞿一行在南方的暖冬里消失不见，隔年春天，赵佳已从心底原谅了他。男孩们总是更容易遭遇挫败和迷失，他们看上去强韧，却不知道哪一天忽然就彻底折断了。

这次，记挂着她的人也是徐璐。公司午餐时段，徐璐照例走过来，挨着她坐下，说不用发愁，我想到办法了。赵佳问，去其他地方租房子吗？徐璐摇头，不用那么麻烦。我的房间在东头，这些天我观察了，早晨能有十几分钟的阳光呢，瞅准时机，带你爸妈来我房间就行。

能有十几分钟的阳光呢。赵佳听得鼻子发酸，心里一抖。她不想让徐璐看出异样来，笑着点头，行，连房间都不用换，早晨带他们去你那里，事情不就解决了。徐璐交给她一页纸，说这是阳光出现和消失的准确时间，连续记录了几天，短期内不会有太大变化。

临到把父母安排进星寓附近的宾馆，赵佳心里忐忑起来。回到星寓，她给徐璐打电话，说还是调换过来住一晚吧，我去你房间里适应适应，这样心里有底。徐璐说，也行。徐璐知道赵佳心里不踏实，单纯地想做点什么缓解焦虑。其实星寓的房间是一模一样的格局，标准化装修，个性的居住需求被泯灭，好处是拎出来一间房，说是谁的都行。

夜里，徐璐把基本生活用品用背包一装，来到赵佳所在的天璇楼。两人见了面，徐璐压低声音说，欧佩君就住在我隔壁呀。她们至今不清楚欧佩君从事何种职业，如何维持生活。搁在以前自是鄙视所谓的不务正业之人，如今却觉得，星寓里住了另外一类人，不全是好好读书然后老老实实找份工作的人，这样挺好的。

第二天一早，赵佳掐算好时间，把父母领到星寓来。赵爸看到星寓门口七栋楼房的标志牌，说名字真宏大，哪个高人想出来的，有气魄。赵妈注意到小区来往的住户，说，都是体面干净的年轻人，看起来层次很高。赵佳心想，这已是租金价格筛选后的结果。至于高层次，她并不敢"认领"，她只知道，大家上班一个小格子，下班一个小格子。

一行人在小区花园里转了一圈，依次看到自助洗衣店、伦敦风格的红色电话亭、贴满活动照片的青年之家，赵佳爸妈不断点头对环境表示满意。前方绿草坪上散落着几个鬼脸南瓜，赵妈问，这是做什么的？赵佳说，再过一个月就是万圣节，南瓜灯是节日标志。赵爸感慨，现在年轻人过的节，我们那时候一个都没有。

　　赵佳看看手机，差不多到点了。她深吸一口气，说，我们上去吧。

　　阳光果然在那里等他们。窗帘已拉到一边，窗户也敞着，上午的阳光金缎一般铺在地上。阳光是赵妈心坎里的事，一见阳光她就有笑容了，说，见不着太阳可不行，到处长白醭，人也发霉。这才像个住的地方。赵妈吸了吸鼻子，赵佳知道她闻到了阳光的味道，阳光是有味道的，温热柔软好闻的香味。

　　赵爸稍做观察，说不如上一个住处宽敞，但好在是东南朝向。上一个住处是屋角长蘑菇的那一间，她和徐璐未熬过雨季就搬离了。早些时候她们以为好事真的发生了，给她们租到物美价廉空间大的青年公寓"美满屋"，直到雨季来临蘑菇冒出，才回过神来，美满屋是海砂房。她正想着，忽然注意到徐璐脸色一变，走到阳台上，用身子挡住什么东西。她走近了，看到徐璐身后放着一盆太阳花，神态萎靡，半死不活的，眼看就快养成干制标本了。太阳花容易养活，有光照就会开出五颜六色的花，而眼前这盆显然得不到足够的阳光。徐璐瞅准机会，用阳台上的纸箱盖住花盆。赵佳刚松一口气，忽又想起一事，惊出一身冷汗——千里迢迢送到她手里的那株豆瓣掌忘了拿过来。还好父母在专心研究屋里的可变形家具，忘了问豆瓣掌长得怎么样了。

　　徐璐冲她使个眼色，意思是受欢迎的客人——阳光——要走了。她立刻想念起小阳光来，若小阳光转身欲走，她会耍赖地拉住小阳光的手腕，把它留在房间里。

　　想想罢了，她挪动脚步，引导父母往外走，说下去喝早茶吧，爸喜欢虾饺，妈爱吃萝卜糕，都记着呢。赵妈没有走的意思，说，一天能有多长时间日照？

说不准，时有时无的。赵佳的声音明显紧张起来。徐璐上前一步，挽住赵妈的胳膊。赵妈又看一眼屋里的阳光，几乎是被徐璐架着离开房间。

赵佳看着徐璐的身影，心里很不是滋味。人活一世总喜欢攒物件，越攒越多，一直留在身边，亲近的朋友却留不住，难免四下散落，音信渐稀，直到杳如黄鹤。徐璐那一组开发的游戏在内部PK中又落败了，未能上线。赵佳一直揪着心，怕徐璐会跟很多曾经的同事一样，以各种理由被优化掉，匆匆路过便永远离开。仅仅想一下那个画面，赵佳的心就变得空荡荡的。

夜幕垂落，笼罩着叶片落尽、树枝伸向天空的枯树。半空中，一群蝙蝠张开翅膀，正飞过淡蓝色的巨大圆月。幽幽的黄光在黑暗中飘浮闪动，诡谲的笑声从空心南瓜灯里传出来。眼前的一切似出自沉沉的梦境，站立成北斗星形状的公寓楼也仿佛陷入一场冥想中。

一路上，赵佳和徐璐遇见了狼人、李小龙、海盗杰克、哆啦A梦、德古拉伯爵、红心皇后。还有两位蜘蛛侠，他们穿着一模一样的红蓝紧身衣，看到彼此，停下脚步，隔着头套互致问候。赵佳和徐璐并肩走向绘有圆月、蝙蝠、枯树的背景板，迎面走来的绝地武士挥挥手中的光剑，冲她们吹了声口哨。她们此刻都已变成另外一个人了，赵佳扮作多萝茜，徐璐扮作绯红女巫。

夜晚的星寓园区很少出现这么多人。租户们是为了少出门不得不信任外卖的一代人，是春末夏初鸟类长出繁殖羽、花粉和种子在空中飞翔时也懒得动的一代人，下了班就待在房间里，看剧，刷帖，打游戏。今天不一样，数不清有多少超级英雄在园区闲逛，到处闪动着缀满亮片的披风。不需要经过痛苦的变异，穿上从网上买到的廉价服饰，他们就化身为更有力量的人了。

十一月，南方的天气还没有凉下来，空气里流动着令人微醺的温热气息。绯红女巫被雷神和金刚狼拉着合影，多萝茜看看身后，并没有跟着稻草人、胆小狮和铁皮人。也是，这个时候，谁想扮成没有脑子、没有胆量和没有心的童话人物呢？

多萝西在园区漫步，路边的植物她大都认得了。蟛蜞菊贴着地面蔓延，再高一点的是龙船花和朱槿，叶子半红半绿的是红鳞蒲桃，叶面硕大比人脸还宽的是海芋，高大的乔木有糖胶树、黄葛树和大叶相思。

游园会之后，种植活动开始。公寓管家打开草坪上方的聚光灯，把黑暗中游荡的异能人士吸引过来。南洋楹巨大的伞形树冠下，事先平整好的泥土在静静等待接下来的种植。一对情侣拿着一棵蓝花草，更多的人拿着花的种子。多萝茜听见人们的对话：你种什么？三色堇。你呢？波斯菊。多萝茜拉着绯红女巫，走，咱也去种。绯红女巫说，事先没准备，你打算种什么？多萝茜捏捏身上的挎包，说过去你就知道了。

角落里，多萝茜用铁锹挖出一个四方形的洞。她从挎包里拿出一样东西，在女巫面前晃了晃。我没看错吧？女巫的眼睛在夜色中瞪大了。多萝茜说，没看错。多萝茜把东西放进洞里，说，来，把它种下去。两人用铁锹铲起新鲜的泥土，一层层覆盖上去。

离开种植区，女巫挽起多萝茜的胳膊，有些激动地说，你种下去的居然是一座小木房子！多萝茜凑到她耳边，说，种下去的是家。

不早了，众英雄陆续散去，回到自己的房间，脱下制服，变回凡人。星寓的小房间从各自的内部被点亮了，它们足够多，足够密集，一层层堆砌起来，就不再是一个个平淡的、无人知晓的小格子，而是汇聚成一座明亮耀眼的水晶之城，璀璨而动人。

多萝茜和绯红女巫躺在草坪上。女巫问，我们住哪里？多萝茜愣一下，马上反应过来，说，我们住在太阳系距离太阳第三近的行星上。女巫说，答对了！这重复了很多次的问答总能让两人高兴一阵子。她们的经历和境遇是相似的：生长于县城，从小朴实安分爱学习，始终坐前三排，一路考前十名，高中时忍着不看书屋里租来秘密传阅的言情小说，最后上了好大学。毕业后踏实工作，每天清晨被地铁口吐出来，像鱼群里的一条小鱼，游动也消失在庞大的集体里。她们不敢多欠债，以为努力存钱就能存够首付。在上岸的人眼里，她们的头脑和眼光都不行，既看不清社会发展的趋势，也不懂人性。

此刻，她们放松地把自己摊在草地上，听着彼此的呼吸声，无须没话找话。多萝茜想起了瞿一行，她多想小心翼翼地问问他，你在哪里？日子过得好不好？既不纠缠，更不哭闹。但记忆里瞿一行急于摆脱她的样子制止了这个问候。他最爱的衣服是一件红色曼联球衣，洗变形了，她现在都还想着送他一件新的。分手后她伤心过一阵子，很快就看上去跟以前一样了。只有她自己清楚，她往更黑更安全的地方退了一步，悄然把自己多封闭起来一点，她比以前更难靠近了。

欧佩君又在哪里呢？上个月她已搬走。赵佳时不时翻翻她的动态，最新动态发了一张坐在浴缸里的照片，光洁的小腿从蓬松的白泡泡里伸出来。浴缸线条优美，被四个花纹繁复的黄铜底脚支撑着。浴缸照的日期和地点当然是个谜。之前抱小狗、晒太阳、喝红茶的照片她分三次发布，三个完全不同的享受精致生活的场景。但赵佳知道，它们都拍摄于下着小雨的一天，在一个凌乱狭窄的小房间里。

几点了？女巫先坐起来，走吧多萝茜，去我那里，给你看看我做的demo（样片）。

回到房间，她们褪去造型服装，再次成为赵佳和徐璐。徐璐一言不发，触亮手机屏幕。赵佳看到一幅熟悉的画面，是她们居住的公寓楼，排列成北斗七星的形状，只是毫无光彩，灰蒙蒙的一片。接着，徐璐伸出手指在屏幕上轻轻一划，七座公寓楼离开地面缓缓上升，先越过树木，接着越过前面的高楼，越升越高，轻盈地飞离城市，在高高的天空中停住了。

北斗七星悬挂在太阳边上。赵佳眼睛有些湿润，说，要不咱俩开发一款小游戏，叫《万物向阳》？徐璐说，好，不设宝箱、点券、金币、钻石，奖励机制是阳光，照进房间的阳光。

两人聊到深夜，聊很多过去的事情，却无法触及说不清在哪里的未来。到分开的时候，赵佳也没有问出口，假如被优化了，你是选择留在深圳还是去别的地方？

赵佳穿过三道长廊，从玉衡来到天璇，走进一模一样的小格子里。她打开抽屉，拿出一个软皮笔记本。这是调换房间那天徐璐不小心落下的东西。徐璐本科阶段学电信专业，研究生的时候才转到计算机，她一直说自己技术不过关，经常在本子上记要点。此时，赵佳猜测，本子上或许还有别的东西。

她翻开封皮，一页页地看，上面记的大多是技术要点。翻到最后，一段文字出现了，很像高中时代制订的学习计划。她看到，白色纸张上用黑色墨水笔写着：

1. 了解游戏开发的最新发展趋势，不断磨炼技术。

2. 不买贵衣服，只买快消品；少出去吃大餐，盒饭足矣。攒钱供一套小房子（有一个小时以上的阳光）。

3. 争取每两个月细读一本书。

4. 培养几个不太需要开销的爱好。

5. 注意锻炼身体，身体是工作和生活的本钱。

她

## 1

　　关严房门，拉上窗帘，我是我自己的了。

　　身体像叠起来的被子几下抖开来，在床上摊平。攥紧的拳头变软，手指离开手掌，一根根分开，过了一会儿，并住的脚趾也松开了。在外游荡的神魂缓缓落回身上。我依次感觉到额头、脖子、肩膀、膝盖的存在，它们作为我的一部分，此刻跟我一起，等待着沉入宁静。跟我一起等待的，还有一些本来不属于我的东西。比如，左边后槽牙里用来填充龋洞的白色复合树脂，大概十年前它成为牙齿的一部分。还有五年前到来的一小段镂空金属管，撑在胸口的动脉里，让血液得以顺畅流过。最近这几年，右眼增添了一样东西，来回飘动的黑影，并非实体，无法碰触，却始终跟随，如此真实。它来了就再没走，于是黑影也成为我的一部分。

　　所有这一切，一直属于我的，后来成为我的一部分的，都随我一起陷入细沙般柔软的寂静中，越陷越深，寂静的尽头有一个安全的小山洞，我终会到达那里。我翻个身，挪到床的另一侧。靠窗的一侧是她躺过的地方。这是小迷信，以为在她躺过的地方入睡会更容易梦到她，这样就能在梦里见个面了。这是相见的唯一方式。然而只是我的臆想，哪有什么规律，她偶尔出现，并且梦里——我不知道这意味着什么——我没有紧紧拉住她，也没有急切地倾诉。梦总是全然自由又毫无逻辑的。醒来时，梦境迅速退去，我重新闭上眼睛，反复回想，在梦的断壁残垣中久久徘徊。

在她躺过的地方醒来，有那么一个瞬间，又忘了，叫她的名字，声音从低到高。女儿在外头应了一声。我的心一沉到底，身体坐起来，把房门打开一条缝，问，这就上班了吗？

走出房间，看见女儿连芯子斜倚着墙，站着穿鞋。临出门时她四下看看，钥匙，车钥匙呢？我说在沙发背上，边说边拿起钥匙，快走几步递给她。

姥爷再见！防盗门关上的时候，外孙女道别的声音传过来，跟关门声一样清脆利落。

早晨的匆忙和紧张也被关在门外。门合上的一刹那，我瞥见外头的白昼年轻明亮。屋里，纱帘只拉开一道缝儿，我站在柔和的光线中，搓搓手，准备开始我的一天。早饭是热面条配腌黄瓜，吃完我来到楼下的花园。

工作日的花园属于老人和孩子。会走会跑的孩子们荡秋千、溜滑梯、跳沙坑、坐跷跷板，哪知道什么叫累，一玩就是半天。小一点的孩子躺在婴儿车里，老人们推着车，沿着彩砖铺成的小路一圈圈散步。

我坐在一棵凤凰木下。

时值秋天，眼前仍是大片的碧绿。清晨的阳光照向菩提树的树冠，光线从心形的叶片间漏过去，充盈的光线中绿叶更加清透，是毫无杂质的坦然的绿色。露珠晶莹，垂荡在菩提叶子细长的叶尖上，风吹过，一颗一颗掉在地上，滚动着滚动着，不见了。花坛旁的扶桑开着深红色的花，花瓣如绉纱，花蕊长长地向外伸着，几棵夹竹桃也还开着。到底是四季有花的南方。

园子西南角有几棵大叶紫薇，花期已过，树叶还密，叶子吸纳着阳光，看上去比春夏时分还要油润饱满。风雨连廊旁，冬青和红叶石楠被修剪成一个个圆球，细看过去，红叶石楠的几片叶子变红了，透出一丝淡淡的秋意。

不知道谁家的窗户里传出弹钢琴的声音，一开始若有若无，似林中小径起伏隐现，接着，小径出了林子，宽阔起来，向着前方伸展得越来越快，琴声逐渐激扬，最后一连串的敲击，为清晨的花园降落一阵骤雨。

一只棕色的巨型贵宾犬拖着一个老太太走。经过凤凰木时，我认出了她们。记得第一次遇见也是老太太牵着狗，慢悠悠走过来。离近了看，我的第一反应：这只狗是假的。全身羊毛般的小细卷，分明是一只玩具狗。狗摆动着四条腿往前走，我跟上去，心想难道是电动狗？细看上去，狗鼻子表面像黑色的荔枝纹皮，鼻翼潮湿，微微颤动。还是不确定，直到看见它抬起前腿去够老太太的肩膀，用侧脸蹭她的下巴，才相信这是活生生的小动物，只有真正的狗才会露出这般热切依恋的模样。

老太太头发雪白，驼背比前几年更厉害了。她应该也能模糊记起我来吧？正这样想着，她转身冲我点点头，我也招手致意。狗在一棵龙眼树下细细闻嗅，然后拖着她继续往前走。

老连？是你吧？

循着声音看过去，只见一个穿枣红色坎肩的男人踱过来。我赶紧起身打招呼，也叫不上他的名字来，只记得姓王，住在三栋，心里暗自称呼他为"三栋的"。以前他总是一手推着婴儿车，一手擎着手机，音乐外放，曲目循环。不知别人做何感想，曲子对胃口，我也就不怎么厌恶。这会儿他独自一人，看上去精神很好。

下来转几圈？孙子呢，上幼儿园了吧？真快呀。我感叹着。

太慢了。他笑着说。接着问，好几年没见，回老家了？

任务完成，早回去了，现在孩子都上小学二年级了。我伸出两根手指。

闲聊几句，他看看四周，这趟跟老伴一起吧？

我闭上眼睛又快速睁开，脑子里出现短暂的空白，漫长的几秒后，我说一起一起，她出去买菜了。

他拍拍我的肩膀说，多住几天。

我点点头，说，她也该回来了，我往门口迎一下。边说边朝着东边的铁门走去。

东门旁边有一排木质长椅，我坐过去，不停地望向门外，像是在等人。等着等着，我以为还是以前，好像坐在这里等，她就真的会出现，提着一袋子蔬菜水果，欢欢喜喜向我走来。我等呀等，地上的影子慢慢拉长，她怎么还没回来？我心里有点害怕，手哆嗦着，从裤子口袋摸出手机打电话，提示音还没响起，我整个人一激灵，全身冰凉，只眼眶里暖暖的。等泪全部流下来，我用手背抹抹脸，又向门外望了两眼。

## 2

连芯子提前给我说，今晚末末有兴趣班，要晚些回家。九点刚过，她带着末末回来了。对了，末末就是我外孙女，这小名儿还是我起的。女婿姓周，他们刚结婚的时候我开玩笑，说以后孩子小名儿可以叫末末。几年后孩子出生，旧话重提，两夫妻正发愁呢，当即采纳，连芯子人裹在被子里，声音传出来，末末，小末末。

末末头发高高挽起，身穿黑色连体衣，腰间围着短裙，是玻璃纸一样的蓬蓬裙。这是我头一回见末末穿舞蹈服的样子，恍惚间想到另一个人。连芯子看着末末，忽然转头问，我妈那时候都跳什么舞呀？

我一愣，说只知道跳得好，哪叫得出名字。

没亲眼见过她跳，但妈的气质真是不一样。连芯子说着，不自觉地调整体态，挺直后背。

我点点头，思绪一下子飞走。所谓气质，并不玄妙，她明明穿的是睡衣，看起来却像身上挂着一件希腊式裙子。她早年的舞姿凝固在胶卷时代的几张旧照片上，照片没有放进相框摆出来，现在也不知道变成什么样子了。泛黄，虫蛀，变脆，一拿起来就碎成几片？

　　末末的身影从眼前掠过。今晚学的是爵士舞。末末一边说，一边踮起脚尖，五根手指向上伸直，然后她的头好像从一根长杆下钻过去，接着肩膀、胸腔、腹部依次向前送，再往回拉，我的眼前出现了一个柔软完整的波浪。

　　趁着末末演示新学的动作，我压低声音问女儿，小周经常出差吗？一出去就好些天，顾不上家呀。她说，刚带着项目转去另一家公司，开始会忙一点。她显然没有往下讨论的兴趣，这情况她也改变不了，我不好再说什么。毕竟，我真正参与她生活的日子已经过去了。气氛滑向凝重，她语气轻松地说，放心放心，幸福会遗传的。你和我妈幸福了一辈子，我也尽得真传。

　　我笑笑说，能有什么不放心的。一边又暗自打定主意，趁这几天在，能帮她一点儿算一点儿吧。

　　这天晚饭后，我让芯子坐着，刷锅洗碗擦灶台都是我来。先让她歇歇，不一会儿又要辅导功课，孩子睡下她才能喘口匀和气。上周末一起去商场，我发现一处室内游乐场，眼睛一下子亮了，买张通票让孩子进去玩，换她一两个小时的清闲。后来在卖甜品的地方我买了两个草莓冰淇淋，一个给她，一个给末末。

　　厨房收拾完，我准备下去散步，芯子笑着说，爸，你越老越贤惠呢。我嘴上说，一直贤惠，心里说，你妈生病后我就什么都会做了。

　　在花园里转了两圈，依旧坐在凤凰木下。这是老伴夸过的花树，说凤凰木开花不扭捏，成片成片地开，开满花的树冠在空中横铺，像一个跳舞的人正展开身体。躺在病床上的时候她还说过一句话，等我好了再去女儿家住几天，看看楼下那棵树。

凤凰木初夏开花，一树金红，是我见过的最热烈的色彩。

音乐声随风飘过来，听见这声音便知道三栋的老王也在园子里。二胡演奏的《汉宫秋月》回荡在夜色里，渐渐地，空气变重了，像含满水分一样含满惆怅。一想到老王家的孙子听《汉宫秋月》长大，我就哭笑不得。老王倒是个讲究人，早晨的时候是古筝曲，明快一些，晚上才是二胡。

月亮升起来，待在半空中，像是正好停在楼上一户人家的窗前。一天一天地，它瘦下来了。注意到月亮的模样，算算来这里已近半个月，我寻思着该去下一站了。

接下来几天，我为女儿家做大扫除。细细擦拭地板、台盆、镜子、家具，又收拾四处散落的玩具，码进几个收纳箱里。有整整一箱都是毛绒玩具，猫、松鼠、海豚、小熊、长颈鹿，还有一些有名有姓陪着孩子长大的人偶。

搬起收纳箱走进卧室，把箱子往松木床下面推，床下有东西挡着，推了几下推不进去。我跪在地板上往里够，手碰到一个毛茸茸的东西。看也看不清，心一横，拽了出来。

是个毛绒猴子，满脸尘灰，一只耳朵不见了。我用半湿的布把猴子抹干净，放在窗台上晒。等猴子全身暖过来，它没进收纳箱，住进了我的行李背包。

家事是无穷无尽的，接下来我在屋里转悠，看看还能做点什么。洗衣机上有一堆衣服，我担心洗起来有讲究，拿起来又放下。阳台花架上放着几盆吊兰，是缺水的样子，我挨个浇了水。

这一天真短。很快到了下午放学时分，末末被专职接送的阿姨送回家。小姑娘迅速跑进自己房间，我站在门口试着跟她说话，她不理我，沉浸在另一个世界里。嗯，这孩子具备专注的天赋，我因此心生感激，轻轻为她带上门，转身忙自己的事情。

跟女儿告别之前，先跟凤凰木道别。我走到树下，心里默念：我替你来过了。树枝间的鸟扑棱着翅膀飞走，几片叶子缓缓落下来。

来之前，我在电话里对女儿说，想你了，来看看。别的什么都不提。若说是为她妈来看看凤凰木，白惹她一顿伤心。年轻人的力气全用在应付生活上了，不够伤心的。

明天我启程去往下一个地方。

3

车子在山脚下等着，待客满后开始上山。沿着盘旋的山路，车子转过一个弯，又转过一个弯，随着山势逐渐向上攀升。路旁山间有一条小溪，时隐时现，树木稀疏处显现出一道白亮的溪流，到了植被茂密的地方，不见溪流，只隐约听到流水的声音。

目的地是一座建在半山腰的小镇，抵达的时候，黄昏已至。找到一家宾馆住下，洗把脸，向外看，最后几缕光线已然消失，天色暗了下来。第二天醒来拉开窗帘，窗玻璃上一层冰纹，推开窗户，漫山遍野白茫茫的，下霜了。

吃过午饭，我往镇子西边的小酒馆走，一路想着酒馆的名字，叫什么来着，想不起来了。走到了抬头一看：归林酒肆。

时候还早，酒馆里没几个客人。我在窗边坐下，让店家温一斤黄酒。等着吧，我要找的人深夜之时才会陆续到来。

傍晚时山里升起青色的烟霭，两杯酒的工夫，天黑透了，远处的山融进夜色，几乎看不见了。不知道过了多久，外面传来一阵笑声，我往门口张望，见一条美人鱼正婀娜地往里走。她化的妆很浓，眼皮褶里嵌着两抹深紫色的珠光。黑色羽绒服敞开着，里面的上衣像一层闪闪发亮的鳞片，紧紧包裹住她的身体。她手里拎着长长的尾端开叉的蓝色鱼尾，进门后将鱼尾放在长凳上，店家马上为她端来热酒和几样小菜。

接下来进来几个侏儒。他们扮成外国人的样子，头戴假发，身穿黑色礼服。坐定后，他们摘掉假发，随便擦擦脸上的彩色颜料，开始大口大口喝酒。

夜渐渐深了，舞者、柔术艺人、拿着手杖的魔术师，还有一些游客陆续进来，酒馆里越来越热闹。我找的人一直没现身。接近午夜时分，一个裹着军大衣的高个子男人走进来，他肩上站着一只鹦鹉，身后跟着一只孔雀。他在我旁边的座位坐下，点了半斤酒，配菜是花生米和酱猪蹄。他跟我打招呼，问我是哪里人。我说北边，这下才看清楚他的脸，半边脸上有一大块紫红色的胎记，灯光下看着颇为可怖。

聊了一会儿，我瞅个机会问他，你常年在这里，见过一个人吗？他马上说，啥样的人？话出口我就觉得不对劲儿了，既无名字又无相貌特点，让他怎么回答。我往嘴里倒一口酒，环顾四周，回忆像一股流水从地底下慢慢涌上来。

说起来是六七年前了，我和几个刚退休的朋友来镇上泡温泉。也是晚上，也来了这家酒肆。

泡完温泉全身放松暖和，加上几杯酒落肚，恩恩怨怨便开始泛起，又到了陈芝麻烂谷子时段。有咒骂单位领导的，大家跟着附和；有不满自己老婆孩子的，大家打着哈哈。忽然有人夸起我的老婆来，夸她人善静，脸上总带着笑，说话不紧不慢的，气质还那么好。我心里得意，嘴上说气质什么，都一大把年纪了。不知道谁问一句，她年轻的时候跳舞吧，怎么后来也不上台了？我说，自己不愿意跳了，跳舞哪能跳一辈子。

我们说着笑着，后来也说不清到几点了，有两个人已趴在桌上睡过去。我强睁着眼睛，准备叫店家结账。这时候，坐在我们前桌的人慢慢回过头来。整晚他都安静地坐在那里，背对我们，一动不动。

我看见转过来的脸，酒醒了一大半。

一张戴着面具的脸。煞白的鬼脸，仿佛被一双手用力拽着，拉得长长的，脸部下方是歪斜的血红大嘴，嘴里两排尖利的白牙，再往上，一个带钩儿的鼻子，鼻子上面是两个不规则的孔洞。接着，一辈子再也忘不了的一幕要出现了。面具留下的孔洞后面是这个人的眼睛，我看见眼泪充满了他的双眼，泪水颤动着，颤动着，终于流下来，两行泪流过煞白的面具，一滴滴，落下来。

我别过头去不敢多看他，谁知道他主动走向这一桌，还醒着的人忍不住倒抽一口冷气，身体往后缩了缩。他说羡慕你们亲兄热弟，不像我孤零零一个人，父母妻儿都过世了。我问他是不是当地人，他说不是，接着解释所为何来——在哪里做表演都能糊口，这些年一直待在镇上是因为桥东住着个盲人。我们还是云里雾里的，他正正身子，低声说，那盲人能看到死去的人，知道他们在哪里生活、过得好不好。

我只觉得脊背冰凉，其他人脸色也变得青白。我们勉强陪他喝了几盅，他还想继续说，跟我一起的朋友朝我使眼色，说不早了，我俩把趴着的人拉起来，一起离开酒馆。我回头看鬼脸面具人，桌旁只剩他一人了，看不见他的脸，但我注意到他的眼神，他留恋地看着我们这几个陌生人，见我回头，他抬起右手向我挥动。

胎记男人听我讲完，啜一口酒，问，你的什么人没了？我说，老伴，我妻子。他摇摇头说，所以你又来到这里，也算个痴人呀，酒话也信。

我说，当年不信，现在信。

人就是一心盼着解脱得救，盼出些大骗子来。桥东哪有什么盲人，以前有几个摆摊算命的老头，这几年也见不着了。胎记男人说。

是，去看过，现在那里是一家奶茶店。

胎记男人沉默下来，神色变得黯然，半天才说，真有这样的奇人就好了，我也找他打听点事。

突地，他肩上的鹦鹉发出清亮的口哨般的声音，伏在地上的孔雀站起来，头上的羽冠一颤一颤的。我以为它要抖开尾屏，不料它左右看看又趴回地上，尾羽收拢在身后，泛起金属色泽的绿光。

4

青灰色的月光照着一座青灰色的石拱桥。我跟胎记男人来到桥边，不，现在我叫他老苗了。我俩互相搀扶着走到桥的最高处，倚住栏杆往桥东张望。

河水缓缓流过，小镇在夜色中徐徐铺展开来。青瓦屋顶一重重高低起伏着，一道道飞檐柔软地弯向天空，巷子曲曲折折，伸向前方的黑夜，路灯稀疏，站立在大树的身旁。

此刻，我站在半圆形的桥拱上，低头往下看，还有一个半圆映在水里。

老苗叹息一声，说，生老病死，谁也逃不过。一阵风吹来，我身体来回摇晃，那种感觉又来了，胸膛是中空的，就像脚下的桥孔。我重新回到那一刻：医生宣布她死亡，有什么东西硬生生穿过我的身体，我被开了个大洞。

一年过去了，那个大窟窿还在。

老苗拉我一下，嘻，谁不苦呢？你看看我，打小没人疼，自己养活自己。你至少有工资，退休也能吃上饭。来，别闷在心里，说说她长啥模样，什么性格脾气，会跳什么舞。

我心里一惊，问，你怎么知道她跳过舞？

这就忘了？刚才在酒馆里你自己讲的。老苗双手举过头顶，扭动起身体来。

我推他一把，说别瞎闹。提到跳舞都是老皇历了，但这么多年来她的身姿始终挺秀，像清晨阳光下的一棵小松树。我说，她跳过一阵子，很多年前了，快记不清了。

后来呢？老苗问。

我说，还不是跟大伙儿一样找份普通工作，上上班，照顾照顾家里。

是贤妻良母吧，她一撒手你日子就难过了。

当然，她是个好人，好女人。我迟疑一下，补上一句，舞跳得也好。

那是我第一次看见她跳舞。也许过往的记忆都已模糊不清时，那个片段仍免于湮灭，随时能从一团晦暗中跳出来，放射异彩。

上世纪八十年代，每到腊月，市里都会举办一场迎新春文艺晚会。那年的晚会在工人文化宫旁边的礼堂举行，她的节目安排在相声后面。两个相声演员退场，大幕合拢，舞台上传来急促的脚步声，接着，红色天鹅绒幕布往两边拉开，灯光先是很暗，随即舞台上方打下来一束光，她出现在那束光里，闹哄哄的礼堂立刻安静下来。

记不清舞蹈细节了，但我一直记得那场舞给我的感受。一开始能注意到舞台两侧几束柱光的存在，还有她耳垂下方流苏耳环猛然闪出来的一道光，后来没人在意这些了。她跳跃、旋转、摇摆，她本身就是发光的物体，吸饱了日精月华，自行发光。

如果说舞蹈动作是一种语言，那我并未完全听懂，但我感觉到很复杂也很澎湃的情感，一波波撞击着我。我听见旁边有人议论，说她就是文汝静，跳舞上过几回电视，还在省里拿了奖。

音乐节奏逐渐加快，礼堂的气氛沸腾了。台上那是个野孩子，风吹，日晒，雨淋；天然，快乐，恣意。最后，我看到她在燃烧，像天地未开时一团混沌的火焰，渐渐地，那团火焰长出骨骼、皮肤和毛发，诞生，接近诞生了。就在诞生的前一刻，灯光熄灭，音乐戛然而止。我盯着黑暗的舞台，整个人像发高烧一般，从头到身子都滚烫滚烫的。

## 5

离开温泉小镇，我前往此行的最后一站，一处名叫青林泽的湖泊。

从高处看，湖泊像一个葫芦，住下的地方在葫芦嘴旁边。

在门廊下坐着，四下寂然，恍恍惚惚中，以为自己待在墙上的一幅画里。近处的树木和房舍显得很大，远处的水和云不过寥寥几笔，比一场梦还要缥缈。我在哪里呢？大概是白房子旁边那个黛色的小点。

旅馆前台告诉我，湖边的篝火晚会还是在葫芦下肚那里。我提前往那边走，沿着湖岸，走过葫芦的长颈、上肚、腰线，湖面变得开阔起来。岸边有片芦苇丛，这时节芦花已谢，清瘦的芦苇一杆杆站着，几只水鸟伸着细脚立在杆子上，看过去一派萧索冷清。

秋天欲走冬日将来，湖边没有几个游客，四处都安静，虫叫和鸟鸣清晰完整，还能听到黑夜一步步走近的声音。直到有人点燃一堆干木头，夜晚的火光照亮一小片湖水和天空，人们这才从四面八方走过来，汇集到火堆旁。

我凝视湖水，如果湖水也看着我，不知它有没有认出来。那一年站在湖边的是两个人。为了庆祝结婚三十周年，我跟文汝静来这里旅行，白天游览湖中小岛，饭后在湖边散步，等篝火点起来的时候，很自然地牵手萍水相逢之人，一起围着火堆跳舞。

那天晚上真是她吗？我到现在还有些怀疑。那天晚上看到的似乎是另一个人，至少不像那个年纪的她。篝火正旺的时候，她从游人形成的大圆圈上把自己解下来，悄悄靠近火堆，等我注意到的时候，她正独自起舞。

原来舞蹈可以模拟流水。大水从高处落下来，涌向弯曲的河道，迂回蜿蜒地流过去，前进，拐弯，回旋，随着河道的形状和地势的下沉抬升，水流曲尽变化。除了四肢，她身体的其他所有部位也都在起舞，包括脊柱、血液和魂魄。她的身姿越来越柔软，好像快要化作雾和烟，乘风而去。眼前的一切让我感到震撼，同时又暗自盼望这震撼赶紧消散。我也脱离圆环，走过去拽住她的衣角，她没有停下来，挽起我的手，带着我旋转。我抗拒的身体渐渐变得松弛，跟上她的步伐，宛若随水漫流，涨涨落落。

那是婚后头一次看见她跳舞，也是最后一次。

此时，火堆驱走水边的寒意，烤热清冷的空气，乐曲声响起，人们拉着手，从成年人的忧愁和戒备中挣脱出来，不管左右两边是谁，一起享受这忘情无忧的短暂时刻。

我在湖区待着，每晚都来到篝火旁，回想我俩在湖边度过的日子。有一天，我在湖水里看到一个身影，是个倒背着手的人。我吃了一惊，以前觉得真正的老人才会这样走路，转念一想，可不到岁数了，也该是这个模样了。

除了年老力衰，微薄的退休金亦不足以支撑漫长的旅行，房费一天天增加，再不舍，还是要回家了。

6

我害怕回自己的家。家里很挤，归置着多年生活的物件，满满当当没有缝隙，同时又萧条冷寂，仿若一间空房。在那处房子里，我历经了她的后半生：她看上去不胖不瘦刚刚好，她膨胀，再膨胀，迅速变瘦，干缩脱相，直到成为瓷罐里的一把粉末。

火车擦着一座座城镇的边缘呼啸而过，迎面而来的不止田地、树林、隧道，还有连绵的往事。坐在火车上，仿佛正驶向时间的深处。

徐阿姨提到她的名字，我以为听错了，文汝静，她不是在南方跳舞吗？徐阿姨没详细说，只强调人早就回来了，工作也找好了。我妈很快站起身来，前来说亲的徐阿姨只好也站起来。她心有不甘，似乎还有很多话等着往外倒，我妈妈轻轻说一句，女方大两岁呢，别忙活了，回去吧老徐。徐阿姨走后，我妈冲着我爸说，咱这里不知是第几家了，鞋底都磨薄了吧。她说给我听的，我知道。

那是我这辈子唯一一次力排众议。大姑上了点年纪，多次委婉规劝，拖着长音说，你这样老实，这样可靠……后面就没有话了，无尽之意全在空白里。我几次都不接茬，她就直接表达个人观点了：搞文艺的女人，开放，不安分，哪有心思好好过日子呀。我妈见势也跟着说，长得好，又爱打扮，看她好像扎了耳朵眼呢。边说边吸气，不停摇头。

什么年代了！我气愤地说。

堂弟居然也捣乱，阴阳怪气地说，名人呢，见过她，在操场上跟几个不良青年在一起。别说你不知道，就是那几块料，烫着卷发跳迪斯科，扭胯，抖啊抖，不知羞。

我胸口一疼，她何至于被人这样说。她舞动的身体，好像携带着难以尽述的罪恶。不光女性长辈不喜欢她，很多小伙子也只是远望她一眼，等她走下舞台就躲开了。我想起第一次约会看电影时的情景，她穿淡蓝色连衣裙，头发往后梳，在脑后用橡皮筋随意一扎，露出小巧明净的额头；我心里感叹，这是跳舞的人才会拥有的美好额头。她很腼腆，并不比别人更擅长调笑。想着想着，气血上头，这叫什么事呀，我愈发想对她好一点。

图她什么？穿得露，会扭屁股？大姑神色鄙夷。

那是艺术！我高声说，额上的青筋暴起来。堂弟嘿嘿一笑，做了一个具有色情意味的下蹲动作。

大姑憋着一股劲儿，你是见得少！

我也憋着一股劲儿，相信我俩能和别的年轻夫妻一样，恩恩爱爱过日子。事实的确如此，我们勤恳上班，养育了一个孩子，住房从平房换成楼房，存折从没有变成几张。当然啦，渐渐地她也不再穿带颜色的内衣，大部分是肉色的了。粗看细看，这都是一个幸福的家。唯一的危机，是的危机，那时我脑子里的确闪过这个词。

　　女儿刚上幼儿园的时候，忽然有几个旧日的朋友来找她，我在里屋听着，似乎是拉她一起去排舞。他们走后，房间里还飘动着一股危险气息。我嘴上没说什么，心里其实不愿意让她去。我们已过上安稳生活，我害怕她想起舞台上的自由和激情、荣耀和掌声，那些光鲜东西的后面，从来都潜伏着动荡、混乱和破坏。我甚至忌讳想起那两个字来，仿佛有剧毒，仿佛是洪水猛兽。

　　她不知道从哪里翻出来演出服和头饰，在灯光下翻来覆去看。我偷偷瞄一眼，发现服装看起来很粗糙，毫无光彩，头饰也不像在舞台上那么鲜艳，一堆廉价塑料。

　　她到底没去。年终岁尾的时候单位有人撺掇她登台，她推说身上有伤，怎么也不肯。她也很少跟我谈起舞蹈和舞蹈家了，再往后，跳舞的经历绝口不提，有人羡慕她自然舒展的体态，难免问起来，她脸上的表情略显尴尬，复又坦然。后来演出服也看不见了。所有的痕迹消失，无人记得那些旧事。我们白头到老。

　　广播里传来报站声，下一站到家，我忍不住打了个大大的冷战。

　　最后的那段日子，她会突然叫我的名字，海平，连海平。我回过头去，她欲言又止，呆呆地看着我。我知道她又想起以后了，为她处理后事时我还能撑着，等后事办完我一个人回到家，剩下的那些日子，可怎么过呢？她强忍眼泪，艰难地用胳膊肘把身体支起来，说，一开始难熬，总会习惯的。看眉毛你准是个长寿的人，不知道还要多少福要享。我听了，几步走到她看不见的地方，捂着嘴哭一阵再回去劝慰她。我们互相哄着，哭哭笑笑，又苦又甜，直到，她永远合上眼睛。

那段日子，她身上柔软的脂肪和有力的肌肉都不见了，一层薄皮勉强挂在骨头上，像披了一件不合身的宽大衣服。夜里她侧身躺着，我从后面搂住失去水分枯瘦如柴的她，她挨紧我，都知道这是最后的相依为命。她病中的神情跟以前一样，脸上带着笑，安详满足，让人看见她的脸就觉得舒心。

那段日子，我偶尔回想起第一次见她跳舞的情景，那联结着爱意滋生的隐秘瞬间，一阵冲动上来，想谈谈越来越遥远的过去，临张嘴又觉得没什么可说的。我这个年纪，愿意把所有的事情归结为宿命了。也许每个人年轻时都沉迷过几样事，并误以为自己在那些领域具有神秘的才能，她也一样。

7

我打开背包，拿出一件东西抱在胸前，是从女儿家床下找到的毛绒猴子，它被遗忘在黑暗里，头上只有一只耳朵。这一路走下来，我琢磨着它要有个名字才好，一次湖边漫步时想到，不如就叫"独耳大圣"。

在自家门口站一会儿，我对独耳大圣说，我们回家吧。

我的手，大圣的手，一起推开门，走进去。自她去世后我启用新的纪年方式，将这一年称为"分离元年"。门打开，分离元年的一幕幕涌出来。

保留她的毛巾、牙刷、拖鞋、杯子、一切生活用品，好像这个屋子里还是两个人在生活。

天变冷了，找到她常穿的一件棕色开襟毛衣，挂在门口衣钩上。

有时把枕头被子搬到床的另一边，在她的地盘躺下。有时待在我那一边，她那边也不空着，照样铺两床被子，躺下后我的手从被子下面伸过去，抓着一角被单，好像握住了她的手。

多少个早晨醒来，迷迷糊糊中，我的手去找她的手，那是幸福的时刻。每个误以为她还在的时刻都是我最享福的时候。

一开始茶几表面的灰尘像一角硬币那么厚，眼睁睁看着，灰尘变成一元硬币的厚度，再后来，我从自己家逃走了。

站在灯下，看着地上的影子，我确信自己回来了。我让独耳大圣坐在沙发上，接着打开电视，不管什么台，只要有声音就行。

睁开眼，看见窗帘缝漏进来的阳光，听见卧室外面传来电视广告的声响，这一年多来，我头一次庆幸自己活着。我走到客厅，抱起独耳大圣，一下一下摸它的头。我熬过了第一晚。

也许，可以去她的小房间坐一坐了。

小房间是她常待的地方。多少回了，我想把一件好玩的事情告诉她，推开门来，下一秒意识到，她已经不在了。多少回了，我听见小房间传出声音，推开门来，她当然不在，是风把什么东西刮到地上。我总是站在门口看一看，不敢再往里面走。

一切保持原状。窗下放着一把木质靠背椅，那是她经常坐的椅子，椅背上还搭着她的衣服，一件绞花羊毛外套。小桌上放着一本书，拿起来，看到书签别在一百五十七页。我坐在她的椅子上，从一百五十七页开始看。

自然光渐渐不够，我合上书，转转脖子，活动活动酸痛的肩膀。猛然看见一个人，勾着头，弯腰驼背坐在那里。再一看，是镜子里的我。墙边放了一面穿衣镜，正好能照见椅子这边。看到自己在镜中的形象，我下意识地调整，收回往前探的脖子，打开背，挺直腰。

就在这时候，我忽然想到什么，过去的画面一帧帧快速从眼前闪过。

无论穿着睡衣还是戴着围裙，她始终身姿挺拔。她端坐在沙发上，头和背在一条直线上。她晾晒衣服，手臂在空中画出一道柔美的弧线。她剪脚指甲，抬腿，收腿，宛若仪式。隔一段日子她就把我的四季衣服找出来，细细检查一遍，将纽扣松动的放在一起，然后她捻起一根针，举到光线充足的地方，另一只手捏着搓细的棉线，对齐了，在清透的阳光中，棉线极富韵律地穿过针眼。

　　一幕幕黯淡的家庭场景透迤而来，它们从没像现在这样清晰、优美、光华闪耀。

　　她无时无刻不在秘密起舞。

　　回到那一晚吧。我宽厚地一言不发，她反复摩挲演出服。多么平静的夜晚，无声的对话比能说出来的话意味更明确。

　　我走到瓷罐面前，想解释些什么，话哽在喉头，该从哪里说起呢？盼望在另一个地方找到她。也许她还是生病时的样子，头发掉光了，黄黄瘦瘦的。我会用最热烈的目光看着她，我会如少年扑进母亲怀抱，如父亲将女儿搂进臂弯——不，以赤诚的情诗中丈夫热爱妻子的方式，不用她开口，我就自愿化作她需要的任何东西，腰间的一根银链，手腕上的一束飘带，一束追逐她的光，甚至是她足底的一双舞鞋；如果她张开双臂仰起脸庞，说来一场雨吧，我就化作一朵云彩，飘到她头上，为她降落一场温柔无声的细雨。

# 无岸

## 1

四十五岁这年的一个晚上，柳萍宣告自己的人生失败。茶几上放着一张入学通知书，来自全美排名第五十三位的普渡大学。通知书带来的幸福很快幻灭，与之相伴而来的，是五万美元的学费。

怎么算都不够。四年大学读下来，就算女儿过简朴的生活，不臭美，不社交，不发展任何爱好，也要将近两百万的花销。

攒了半辈子的钱，忽然全没了。人生不但归零，居然还出现了负数。

急火攻心，又一身冷汗。

自决定出国留学那天起，母女俩摆脱了一个共同的梦魇。那梦魇折磨了她们多年，每天无约而至，挑唆，撩拨，作弄。幽暗阴湿的日子里，两人的心底都长出了细长的菌丝，又无望地沤烂了，散发着腐败的气味。

和睦的生活得来不易，柳萍轻轻搓捻着通知书，掩饰住慌乱，没叫苦，也没发脾气。

女儿在上网，单薄的脊背微微弓起。每次望向女儿，最先看见的，总是那一头白发。女儿的身段很美好，小姑娘的身材是从未长开过的苗条顺溜，不像成年人骨架子早撑开了，赘肉狼奔豕突，即使减了肥，线条上也少了点流畅轻快。女儿的皮肤也还是平绒的质地，只是，少白头突兀地毁掉了豆蔻之年的清新秀气。

她的注意力集中在女儿的白头发上，那是一种衰败的灰白色，使得女儿的背影酷似老人。女儿猛然转过脸来，吓了她一跳，白发之下，年轻的面庞有一种说不出来的怪诞。

这些年经济条件还算不错，柳萍已很久没遇到钱的难题。在一座永不匮乏的梦幻之城里，她每个周末都外出购物，高兴时买东西，不高兴了还买东西。她熟悉各种品牌，追求生活品质，颈上白金链子松松地挂个碧玉坠儿，手腕上一圈绿莹莹的翡翠镯子。节日里，她和丈夫出现在西餐厅的落地长窗旁。餐厅的情调高雅浪漫，酒红色丝绒窗帘，繁复的褶皱，华丽的窗幔。水晶灯下，烛台纤长，餐具熠熠生光。服务员身着带一排纽扣的马甲，笑容甜美，小心殷勤，礼貌得简直做作。轻柔舒缓的钢琴声中，餐点一道道徐徐而上，樱桃甜酒剔透如红水晶，奶油泡芙松软轻盈，烤香的面包片旁是挤成一朵黄玫瑰的牛油。人们熟练地使用银质刀叉，优渥，满意，享受，一副天生就是如此的模样。

那是一副有家底的模样。

家底，家底，家底竟如此弱不禁风。她睡不着，不用睁开眼睛，也能清晰地感觉到夜色的层次和节奏。天光是一点一点变亮的，从深邃的墨黑，到半透明的烟青色，再到浅浅的薄灰。蓦地，传来一声鸟叫，短促清脆的叫声跌进一大片寂静中，不见了，接着，还是寂静。

窗外忽然落下一阵急雨，她翻了个身。不知哪一朵沉重的云，在窗前坠落成雨滴。阳光快出来了，亚热带的城市里，这场几秒钟的骤雨不会留下任何痕迹。人们在熟睡，除了她，没人知道，曾经落过这样一场雨。她心里泛起奇异的感觉，正被逼得无处藏身，却不经意间和天地共同拥有了一个秘密。她软弱善良，又缺少斗志和勇气，多年来过着一种消极自保的生活，秉承着能绕行就不直走的哲学。今天，通知书跨海而来，木兰当户而织的恬静画面倏然翻过，接下来，是万里赴戎机，寒光照铁衣。

第二天，柳萍来到后勤办，递交了周转房申请表。她行事向来犹豫拖延，此番果断的背后，是一夜煎熬。无数个对策风起云涌，又灰飞烟灭，悲悲喜喜一整夜，忽地一场急雨，冲刷出一个可怕的计划，虽然可怕，却是唯一可行的。

她双手擎着表格，递给何主任。她的想法很乐观，一切都顺理成章，只是走走程序罢了。

何主任斜睨一眼，头也不抬，说："你自己有房子，还申请什么周转房？"

虽然难为情，还是要说实话。她说："送女儿出国上学，房子准备卖掉了。"她不断提醒自己，要不卑不亢，坦诚大方，但语气竟可怜巴巴的，似在博取同情。她为自己的表现暗自沮丧。

何主任抬起头，脸上没有同情。他面部的痘印，令人不难估测到他的青春期该有多么激荡，像肉包子蒸坏了，馅儿漏得到处都是。他问："准备卖掉还是已经卖掉？"

柳萍说："准备卖。还没谋到退路，提早卖掉只能睡大街，当老乞婆了。"她的本意是开个玩笑，舒缓一下气氛，但她哪是会说笑的人呢，于是不觉轻松有趣，只是生硬，又似胁迫。

何主任面露不悦，说："你了解周转房分配办法吗？你这叫违规！"

柳萍也不悦了。他在打官腔，睁眼说瞎话，当她是小孩子那么好骗呢。据她所知，学校是用一种混沌的智慧管理住房，同事名下几套房产照样霸着周转房，一清查就联合签名，最后不了了之。

柳萍说："规定或许有，但实际操作是另外一套。何主任，你应该最清楚了。"

她真理在握，感觉良好，并未意识到她的经验和能力仅限于对付学生，完全跟不上领导的水平。

何主任不慌不忙，冷哼一声，高深莫测地盯着她，眼神很瘆人。柳萍心想，铁的事实面前，不知道他会出什么招。

她自然想不到，出的是花招。

何主任说："那个嘛，那叫既成事实，明白不，既——成——事——实。"一字一顿，权威，高端，秘密武器。

利器劈面而来，柳萍被噎死了。没想到世上竟有如此奇谲魔幻的说法，那么粗暴，又那么巧妙，天衣无缝，毫无破绽，轻巧地堵住所有漏洞。它就像一坨狗粪，但此语一出，你只能闭着眼，把它吃掉，消化掉。

显然，"既成事实"是一记绝杀，已收到奇效。何主任还要乘胜追击，望着他一触即发的模样，柳萍身体一抖。她坐在何主任对面的皮沙发上，像个靶子。

她想躲，晚了，暴露了，全身都是红红的靶心。何主任肥厚的鼻翼翕动着，眼睛眯缝起来，慢吞吞地说："我记得你是讲师，哪能申请三房呢，三房是高级职称住的，教授副教授们住的，中级，呵，中级，两房都要排队。"

他已把柳萍逼到死角，偏巧还熟知她的死穴在哪里。他点一下，点中了，脸上露出洞穿一切的微笑。

柳萍感觉自己一下子老了几岁。她一度认为，南下从教的抉择无比明智，南方工资高攒钱快，藏身学校则能躲避社会，较少跟成年人打交道，较能保有自尊。此刻，她知道躲不住了。何主任的眼神，仿佛看死了她一般，认定了她永远不会得势，不会出头。与其说她害怕这眼神，不如说，她害怕在这样的眼神里洞悉到自己的现实处境和黯淡未来。

只剩一个念头，别哭。都多大岁数了，千万别哭。气氛很沉闷，何主任恩赐般地说："申请书先放我这里吧。"是送客，亦相当于给她一个台阶下。

她张皇地离开，回家的路上一边流泪，一边诅咒何主任，捎带着也恨自己，既不优雅，也不机智，每句话每个动作都不得体，都傻乎乎的。

临到家时，她擤擤鼻涕，还是在想象中把难题解决了。何主任的身体看起来很虚，脸上有酒色的痕迹。她自言自语道："柳萍，你要身体健康，活得比他长，等他没了你去参加他的追悼会，你站着喘气，他待在黑色相框里，你就赢了。"

这是最有可能实现的报仇方式，也确保她的情绪暂得纾解，不把怨愤带回家。

她躲进书房，只开一盏落地灯，身体蜷缩在贵妃椅上。椅上铺一张羊毛毯，有蓬松温暖的绒毛，她把自己埋进去，心想，对了，就是这种感觉，藏起来。

为了这个窝，这个能把自己藏好的犄角旮旯，她花了多少心思啊。

把最好的房间，向阳的、方正的，当作书房。房间里有她曾经最欠缺的东西，比如大片的阳光，比如一种精致而泰然的生活方式。天空晴朗时，阳光像从天上泼进来，煦暖的空气里蒸腾起悠长的纸香。窗台上一盆矮牵牛，不起眼的单瓣小花，玫红、淡蓝、纯白，团团簇在一起，一点点攒起细小的美丽。书架顶天立地形成一面书墙，倚墙而坐时有了大靠山般，令她心底无比安宁。书墙上，没有相框、抽象人体雕塑和印有"难得糊涂"字样的陶盘，不是多宝格，纯是书架。书案上永远摆着一类书，李渔的《闲情偶寄》，袁枚的《随园食单》，文震亨的《长物志》，王世襄的《锦灰堆》，才子书，生活禅，性情，写意，玩乐的雅兴，琐碎的情趣，轻灵地过渡着现实和诗意，让她忘却了过往生活中充塞的粗粝寒碜，让她忘却了被穷折磨的那些年。虽然女儿认为贵妃椅趣味恶俗，她还是买了一张放在窗下，她喜欢贵妃椅富丽的名字、优美的弧度和闲适的品格，贵妃椅消除了在深圳居住极易产生的临时气息。

歪在雪白的羊毛毯上，她不知不觉就睡着了。醒来时，双手攥着拳，重重地压在心口上。噩梦连连。她梦见考试找不到考场，梦见站在讲台上腰带断了裤子掉了，梦见一只小白鼠，害怕光线、时刻处于惊恐中的白老鼠，耳朵簌簌抖动着，眼睛血红血红的。每次做这样的梦，醒来时就觉得自己毫无希望。

随手翻开一本书，正是张岱的《自为墓志铭》。"少为纨绔子弟，极爱繁华，好精舍，好美婢，好娈童，好鲜衣，好美食，好骏马，好华灯，好烟火，好梨园，好鼓吹，好古董，好花鸟，兼以茶淫橘虐，书蠹诗魔……"看了半天，百味杂陈，两眼湿润：纨绔，繁华，鲜衣骏马，真是个少爷羔子！

学费怎么办？四年大学，一年一年地碾过来，叫人透不过气。美国人伸着手要钱，能吐吐舌头耸耸肩，说no money吗？

2

无论心情多焦虑、情绪多糟糕，只要站上讲台，柳萍就是一副状态很好的样子，端平肩膀，绷直脊背，把疲惫的身体抻出一股张力，眼圈发黑，眼睛却睁出一种明亮的效果，一开口就是戏剧腔，抑扬顿挫，胸腔共鸣。她相信，激情是可以感染的，即使是出于职业道德而伪造的激情。

演了半天，真累。下了课，她一句话都不想说。可怕的是，明明下了讲台，嘴巴却好像还在动，还在不停地发出声音。休息了半天，才从幻觉中平静下来。可以不说话，对老师而言是天大的恩赐。当她保持沉默时，愈发察觉到内心的忐忑，以及周围环境的细微变化。每逢学期末，看似平静的社科部就暗流涌动了。教师不多，阵营分明。数位教授级人马，几个前途无量的青年教师，还有少数柳萍这样的，事业早已偏离成功轨道的老讲师。其中两位女教授，都以生活品位高、朋友一大堆、人生很辉煌而著称，形象亦不谋而合：蓬松的鬈发，白皙的皮肤，戴金边眼镜，穿香云纱连衣裙。男士们啧啧地说像女华侨，柳萍暗地里称之为"社科双姝"。利益一致时，双姝合力共赢，好成了一个人，私底下又各有谋划。柳萍时常窥到暗处的把戏，她们都自以为秘密地拉拢几个年轻人，业务上指点帮扶，生活上知心大姐般地关爱。柳萍看得真切，以鼻嗤之。

说起来，柳萍跟她俩是一茬人，皆是九十年代毕业的大学生，那会儿柳萍正值壮盛，也有一颗进取用世之心，对荣誉也很有想法。过了几年知己知彼了，便自觉地、懂事地退出了评优评先的行列，至少还剩个姿态。

最近这两年，坐在办公桌前的柳萍经常一阵恍惚，怀疑自己是否真实存在着。领导知道她是个省事儿的人，不会偷懒，不会捣蛋，连小恩小惠的安抚都可省却；学生眼里，她是思想品德修养课老师，简称思修老师，学生喜欢上思修课，因为这门课和他们的未来无关，可以轻松地刷微博；同事视她为毫无原则的老好人，无须花太多时间交往，更无须防范忌惮。她曾自我催眠，将自己定位为天真未琢自甘平淡的女性，或是不食人间烟火的女先生，或是孤傲的怪癖才女，可惜，她不是，也没人如此想。

本来，她以为努力争取是生活一种，懒得操心懒得折腾，游离于亢奋拼搏的世界，顺其自然舒舒服服，也是可以坚持值得尊敬的生活一种，现在有些明白了，连自己都瞧不上自己，徒有其表，不攻自破。

正巧，今天大家在热议孩子出国的事情，这方面的话题一呼百应。中老年教师集体迎来了人生的新阶段，儿女走在准备出去或业已出去的路上。成绩优异的先在国内读完本科，家庭压力小一些。估计高考不得善终的，就提早出去，再平庸再没背景的父母也有精英情结，三本不能读，专科根本没想过，夫唯不争，故天下莫能与之争，考都不考，也不能算输。

有个同事的孩子申请到斯坦福大学的研究生，便一直强调排名，说美国的高校，前二十名一个档次，二十名到五十名是一个档次，五十名到一百名又一个档次，一百名以后的，基本有钱就能读了。他又嘲笑道，美国佬很狡猾，知道中国父母舍得为孩子花钱，现在申请奖学金可难呢。还有不少中国孩子读了野鸡学校，表面是出去了，实际上，花的那些钱、作的那些难，父母哪好意思讲呢？孩子在国内考不上学丢人，送出去不过为了舆论上好听，回国还不是一样挤人才市场，待业待到发霉。

忽然，沉默寡言的柳萍站起来，用一种自己都觉得尖厉的声音说："我女儿要去普渡大学了！"她大声介绍学校的情况并骄傲地赞美女儿，像释放身体里的毒素般，痛楚而欢乐。于是，人们纷纷夸耀起自己孩子的学校，也像排泄身体里的毒素般，痛楚而欢乐。

留学话题告一段落，快到寒假了，众人又热议起出国游，分享着澳洲和肯尼亚的梦幻体验，不时发出爽朗的笑声。有位年轻老师在马尔代夫度的蜜月，两晚豪沙，三晚豪水，一次热带鱼在周身环绕游动的奇妙SPA（水疗）。她感叹道：人生最极致的体验。人们总是用同一句话作结：人生最极致的体验。大家过得都不错，见过世面，生活有质量，家里藏着几件真假莫辨的艺术品，穿礼服参加过红酒鉴赏晚宴，去过朋友的豪宅，上过朋友的朋友的游艇。

柳萍没好意思说，今年的旅游计划已经取消，她再次感受到生活的威逼凌虐，要重新学会过紧巴的日子。

这天快下班时，双姝先后到访柳萍的格子间，此为学期末的例牌，柳萍习惯了。联络感情，狡狯地拉票，临了，不忘赞美柳萍。一个说，羡慕你呀，仙风道骨。另一个说，还是你活得自在，闲云野鹤。

她们香风阵阵地来了，又袅袅婷婷地走了，回味着她们动听却违心的话，柳萍的脸阴沉下来，拙劣，钻营，交际花！骂完了，才发现酸味扑鼻，是眼红呢。双姝既爱红装也爱武装，红飞翠舞，运筹帷幄，成就了一番霸业。同样是人，当上干部了，评上教授了，就不显年纪了，也沉住了气，精神面貌完全不同。不像她，无论表面多云淡风轻，心里总慌慌的，一张老脸也早已力不从心，她甚至觉得，镜子中的不是人脸，是一个猪尿脬。

她感到深深的惆怅，人这一辈子，生活、事业，说不定从哪天开始，忽然就梗住了。

她回到家里，习惯性地往书房躲，女儿听到门响，大声呼喊她。电脑屏幕上全是英文，女儿说："妈，我正在网上选课，你帮我参谋参谋。"柳萍抚摸着女儿的头发，说："英语早忘光了，你自己拿主意。"女儿咧嘴一笑，印第安纳州普渡大学的大一新生，她满心期待着新生活呢。

白发覆盖下，是孩童的笑容。

女儿的笑容，让柳萍很久都回不过神来，也唤起了时间深处的记忆。

作为一名老师，柳萍无数次地想袭击她的同行。

早在十年前，女儿上小学二年级时，梦魇就开始了。它的名字叫"校讯通"。

每天傍晚五点钟，校方的殷切希望批量传送，群发群收，一股积极的气息在城市的空气里释放、弥散。这个瞬间，宏大的力量在终端遥控，杂乱无章的人群忽然起了奇妙的变化，某一类人仿佛被设定了同一程式，纷纷打开手机埋头阅读。

这些人有个共同的称谓：家长。他们下班回家还要"上班"。

素不相识的家长能迅速辨认出自己的同类。柳萍曾为偶然听到的一通电话口腔溃疡了多日。打电话的女人年龄跟她差不多，女人说："阿姨，今天你去数学老师的办公室里接孩子，带他吃完快餐再去学二胡。"这两句话里蕴含的丰富信息和深长意味，柳萍懂，家长们都懂，特别懂。柳萍感觉一股火喷上来：自己的孩子落下了。身边几位中年人的脸上，都露出焦灼的、极不自在的表情。他们是飘零散落在人间的知音，高山流水，也是他日战场厮杀的假想敌，理解，又相互戒备。回到小区，见电梯里有不少黑人外教出没，柳萍更心焦了，撒不出来的火攻到舌头和软腭上，逼出一个个小脓包。

　　长期以来，女儿一进家门还没换鞋，柳萍就说："今天你的作业是……"

　　女儿小学和初中的班主任都是女人，都戴眼镜，都老得很快。也不知道为什么，柳萍一见到这些女班主任，就有想哭的感觉。

　　班主任及她们的短信，忠实地陪伴着柳萍，从未爽约。尤其初中教英语的班主任，偏爱英语拔尖的女儿，除了考勤和作业的常规短信，私信也蹁跹而至。有时幽怨：今天她上课睡觉了；有时欣喜：今天读了她的作文，真棒！

　　爱的奉献，无微不至。最初，柳萍看到短信，心里是暖暖的，后来，这样的短信一到，柳萍就毛骨悚然，忍不住打一个大大的寒战。

　　伟大而体贴的校讯通，完美地实现了无缝管理和共同培养。从此，柳萍和她的孩子都被置于严密的监控下，家里的气氛压抑而恐慌，仿佛幽灵鬼魅附体，角落里则恍若有一双眼睛，总向她们投去长长的一瞥，满怀期待地，热切激励地，无论身在何方，永远走不出那炙热的目光，也永远不能放松懈怠。老师还发明了一种神奇可爱的作业，必须由孩子和父母互动完成。台灯下，母女相对而坐，煞有介事，一起研究问题。她们都试图用自己的认真掩饰作业的滑稽荒谬，并按压着对方的怒气。

　　柳萍知道，自己一切尽在掌握之中的样子，让女儿反感，更让女儿倦怠不堪。她也时时觉得心酸，女儿连个小谎都不能撒了。

　　当然，柳萍也被管得死死的。她害怕听见短信的声音，但稍有延迟，又不停地看手机，神经兮兮。

　　开家长会时，她内心涌起一个强烈的念头，她想把班主任扑倒在地，怒斥她："让你这么认真，让你这么负责，让你春蚕到死丝方尽，让你化作春泥更护花,让你鹤发银丝映日月,让你晚睡早起批改作业,让你燃烧自己照亮别人……"在意念里暴打老师的同时,她挤出笑容,用双手紧握住老师的一只手,眼泛泪光地说:"孩子交给您了,管严点,严一点,拜托老师,拜托!"这话是发自真心的肺腑之言,也是由衷地感谢老师,觉得她们不容易,整个人就真诚了起来。巨大的撕扯力令她的表情扭曲,面部的肌肉阵阵抽搐着,毛细血管有爆裂的感觉。

家长会上,有父母建议"校讯通"早中晚各发一次,家校亲密合作,间不容发。众人拍手称妙,群起附和,柳萍也跟着哼哼哈哈了两句。那天的睡梦中,她梦见自己换号了,梦见自己坐着小船漂荡在海洋上,把手机扔向海底深处,可一到五点钟,发现没有了"校讯通",又放声大哭……

后来,她眼睁睁地看着女儿的头发白了。她忘不了查到中考分数的一刻,女儿大张着嘴巴,哭得喘不上气来,像得了热病的幼兽。她和丈夫觉得分数相当不错,除了深圳中学和外国语学校,其他高中任选。晚上,女儿抽抽搭搭地从房间里出来,一看她的模样,柳萍心里一凉,明白了。

她在女儿脸上看到的,是不甘心。

女儿说:"黄旭淳考了738分,许嘉怡也考过了700分,他们都能上深中。"

她一把搂过女儿,说:"小童,过自己的日子,别管别人,不需要你给父母挣什么面子!"夫妻俩又是赞美又是鼓励,女儿却始终一副心灰意冷的样子,自那以后,她就很少笑了。她的脖子总梗梗着,眼睛不看人,只死死盯住地面。她身上有一种绷着的紧张感,且具有强烈的传染性,令别人也坐立难安。

从高一到高二,女儿的白发越长越多,远看像个小老太太。除了白发,还暴瘦,脸上只剩两坨颧骨,挤迫着眼睛,看起来苦情而不祥。柳萍悲凉地发现，女儿猛一看比她还老。她曾很小心地提议："把头发染染？"女儿满面沧桑，恶声恶气地说："不染，染了还白。"

快高三了，柳萍循例鞭策女儿，决战到了，挺住，挺住。决战云云，柳萍忘了说过多少回，自己都觉得可笑，决战完了还是决战，决战完了还有"真正"的决战。想到"高三"这俩字，柳萍心惊肉跳，这条路上尸横遍野，闪着殷红色的血光。女儿怕竞争，怕排名，动辄崩溃。高三全年考试，暗无天日，孩子会疯的。就算不疯，高考前夕也预期会腹泻、神经衰弱、月经紊乱，最终发挥失常，顶多上个地方院校，热门专业还别想。对女儿来说，生活是一张无边无际的大筛网，是一场永无尽头的淘汰赛，呼啸而来，延绵不绝，排位筛除，打入另册……

女儿升高三的那个暑假，柳萍如临末日，夜里一失眠，女儿幼时的场景就浮现出来。是个春日，柳萍和邻居各自带着孩子去公园玩，孩子在滑梯上蹦蹦跳跳，两位年轻的母亲守在一旁。邻居的女儿板着小脸儿，滑下来就大声问："谁是第一啊，谁是第一？"就一直问，谁是第一。女孩的表情和腔调令柳萍不寒而栗，邻居妈妈却欢喜地笑，说："我家孩子从小就有竞争意识，几年一个 baby 潮，人山人海，什么都要争，从生下来就要会争会抢的。"柳萍不以为然，转头看自己的女儿，正全心全意玩耍呢，眼波清澈，梨涡美好，一身的灵气。她欣慰地说："小童，好好玩，你是妈妈的好宝贝。"当初给女儿起名字，她坚持不用典，不取法古籍，不追求令人恍然大悟拍手叫好的效果，她说："别翻字典了，就叫童小童。"

3

童家羽四十岁时开始练瑜伽，至今已修习六七年。他一拉伸扭动，柳萍就冷言嘲讽。他温和地说："你没发现吗，我眉宇间有股清气了。"

也差不多在四十岁时，他意识到最适合自己的职业是什么。他的大学同窗带孩子来深圳旅游，言谈间童家羽才知道，同窗做了和尚，年收入丰厚，下了班不影响正常生活。和尚惋惜地说："家羽，你的古文最好，若早入行，闭着眼也做到执事了。"和尚长着一张富贵的圆脸，席间夸夸其谈，国际大事知道很多。童家羽瘦骨清像，鼻子又窄又高，倒更像个和尚。

童家羽的父母是1979年援建深圳的工程兵，神奇速度的制造者，虽未飞黄腾达，好在拆迁时换了两套住房，算有点根基。自收到录取通知书，以美元为单位的学费压顶而来，柳萍隐隐担忧着，童家老人攒下的家业眼看就快保不住。站在二十五楼的阳台上，她一目了然——城市用乳白色欧式别墅、高层花园社区、老旧的多层、小产权统建楼、城中村的出租间、乱搭建的铁皮简易房、公园长椅和桥洞——高效而精确地实现了人以群分。她脑海里总闪回着一幅画面：她卖掉房子支付了学费，就此打回原形，站在街头茕茕孑立，只能再次住进农民房，和当年刚来时一样，唯一不同的是，她老了。

难不成退了休真要回农村？她早已不适应农村的日子，长住简直不可想象，尘土飞扬，泥巴满地，商店里还都是便宜货。她已经变质了，虽偶尔神往幽静的乡村，却更贪恋深圳的便利繁华。她几天不逛山姆超市就浑身难受，她永远记得第一次使用双立人切菜时幸福的手感，家里摆满瑞士护肤品、新西兰蜂蜜、意大利羊绒衫，种种多余的消费品，虽大都闲置，一想到会失去却空虚无比。这期间由于失眠，她秘密地到康宁医院做治疗，康宁医院还有另外一个名称：深圳市精神卫生中心。医生告诉她，康宁医院的床位严重不足，混得好的人已变态，不成功的人毛病更多。那是她第一次见到手掌大小的窗户，医生说："看见窗户了吧？想跳楼，没门。"柳萍从狭窄的窗户向外望，医院的对面竟是她无比熟悉的一家购物中心。那里像一间巨型精品店，陈放着最美、最高级、最上等的货色，灿若星辰，恍如仙境。下摆流云的真丝长裙，水滴形的钻石耳环，散发着皮革清香的手袋——视觉的璀璨烟花，最大限度地愉悦和满足你，令你觉得无比尊荣。当然，它也总有办法，最大限度地令你觉得自己无比低贱。站在康宁医院望向购物中心，她想，活在这城市，本身就是享受，活在这城市，本身也是侮辱。她挥金如土，尽享荣华，又伤痕累累，以身伺虎，生祭了这座城。

这些天柳萍满腹心事，童家羽却鲁钝不觉地吃饭睡觉，胃口和睡眠质量俱佳。见他一副不当家不操心的样子，她暗自生闷气，正酝酿着就学费问题发作一次，他却不识趣地一头撞上来了。

周末的晚上，女儿精心化了淡妆，准备去参加同学的生日会。自从考过托福，拿到通知书，她就再度和老同学有了联系。童家羽来到阳台，目送着女儿的背影渐渐消失。

他走回客厅，对柳萍说："得有三四个月了吧，还是半年？我都记不清了。"柳萍有些错愕，本以为这晚平淡无奇，仍是谁也不理谁，各自休闲，偶尔点头致意的套路。她小心翼翼地问："今天？现在？"童家羽严肃地点点头。柳萍想说，我没准备好啊，又一转念，有什么好准备的，便说："行，行啊。"

灭灯，开始。柳萍极具美德地唱和着，用刻意营造的快活情色的调调淡化既生硬又熟悉的怪异气氛。但这次居然起了波澜，很快，她发现了一个令双方都无比难堪的事实。

她准确地感觉到，他逐渐委顿了，只是虚张声势，勉力动作。接着，他也感觉到了她的感觉。每一秒钟都变得很难熬。

这事蒙混不过去的，她善意地提议道："我们站着来吧。"他停住，说："那种姿势，需要男性孔武有力，女性体态轻盈，你看看咱俩……"说着，他从她身上起来，说："去，快去，穿上黑色丝袜！"她急忙下床，从抽屉底翻出一套渔网状情趣内衣，购自淘宝网的皇冠店铺，具备透视、蕾丝、水钻袜带等各类性感元素。图片上模特穿得劲爆火辣，一根细细的带子在臀瓣间勒紧。她扫了一眼，惭愧而慌乱地披挂上阵，薄纱乳罩滑稽地吊在胸部，丝袜的孔洞被大腿撑得很开。她拙劣地摆了个姿势，他沉默，继续。她觉得自己看起来很丑怪，肚皮上的肉，一动一荡漾。每逢这样的时刻，她都感觉到一股彻骨透心的大悲凉。

　　老天有眼，他终于洗澡去了。她黑着脸脱下内衣，大力揉搓几下，扔在垃圾桶里。它们看起来低俗劣质，散发着淫猥的气息，和罗曼蒂克、激情万丈、美妙愉悦毫无关系。

　　她憋着一股邪火，躺在床上，韬光养晦，蓄势待发。他一回到床上，她就兴致勃勃地开始了讲述。她的讲述看似跳脱，实则形散而神不散。她讲起多年来当牛做马的不容易，讲起同事的老公一掷千金在市郊买了独栋别墅，讲起大学时代的丑女朋友斥巨资去韩国整容整成了Angelababy……

　　对于她纵横捭阖的讲述，他显然极得要领。他用脊背对着她，厉声道："你不要找事！"

　　她从床上坐起来，用拖着哭腔的声音说："我哪里找事了？怎么就找事了？我一说话就是找事？"

　　他也坐起来，脸上的表情变得很恶毒。他说："实话告诉你，我够够的了。我觉得你是个特别尖刻的人，总是语带讥讽、阴阳怪气，总是一脸不如意，非常难以满足，各方面都难以满足！你酷爱跟服务员吵架，你拜物，拜金，仇男，仇富，是那种可怜又可怕的女人！"

　　她用屁股墩着床，脸上的表情也变得很恶毒。她咬着后槽牙说："你呢，志大才疏，一无所能，干吗吗不行！你简直让我丧失了对人生的兴致，一天风风光光、熨熨帖帖的日子都没过上！"

　　要害遭到奇袭，两人都豁了出去，进入无主题漫骂和撒泼哭闹的阶段，床铺被拍打得嘭嘭作响。每当一方痛陈这些年的苦楚，表示过不下去再无留恋时，另一方就耍流氓般地说，你活该。每当一方捂着胸膛一副呼吸困难的样子时，另一方就冷漠地说，你去死吧。几个回合下来，两人都悔不当初，抱屈含冤，身体如狂风中的枯叶般颤抖。

这样的时刻，他们不再伪装自己过得很好。

吵架是力气活，童家羽率先休战，决定去书房练瑜伽，临走时撂下一句话："你应该感到幸运，人总是需要一个出口的，我的出口就是拉拉筋，做做腹式呼吸！"

柳萍蒙着被子在床上打滚，发出闷闷的长长的哭声，哭声渐渐在瑜伽音乐里微弱下去，直到听不见了。

两人谁都没有愤然离家。早就不出走了，来来回回，跟演戏一样。

哭完了，柳萍出去洗了一把脸。此时，童家羽刚好完成冥想，犹自在瑜伽垫上调整呼吸。柳萍若无其事地说："老童，我们谈谈。"

童家羽惊恐地问："还要谈什么？"

柳萍气鼓鼓地说："你真以为自己在修仙？小童的学费这么贵，中介也说了，正常学习不算奢侈消费，每月生活费至少一千美元，你心里不急吗？"

童家羽说："我们有房产有存款，收入也稳定，急什么？"

柳萍说："现在不急，明年后年呢？小童上了研究生呢？手里要有一大笔活钱，不然不能生病，不能有任何状况。什么坐拥百万身家，一套自己住的房子，不能套现的房子，只是浮产，经不起半点变故，一有风吹草动就没了。什么叫有房产？收租食利的才叫房产。还是孟子看得明白，有恒产者有恒心，无恒产者无恒心。缺钱多可怕，从有钱到没钱多可怕你知道吗？我告诉你，童家羽，如果我得了癌症，千万别给我治。"她感到深深的无奈，这个城市，这个时代，有一股神秘而强横的力量，让你的钱往哪儿流就往哪儿流。这个城市，这个时代，让她从普通的人道主义者迅速成长为深刻的批判现实主义者。

童家羽说："我没想那么长远，可能是不愿意想得长远，越想越灰心，不敢想。"

柳萍黯然道："想破了头，也只能卖房。"

童家羽站起身来："卖房？住哪儿？卖了可再也买不回来了！"

柳萍何尝不知，正是这套所费不多的房子，令她踏实有靠、从容不迫，令她有一种捡了大便宜的带点罪恶的快感，令她不用像年轻的毕业生一样，住在几平方米的胶囊公寓里，凉了过日子的心，令她不用像可怜的香港人一样，从生下来到化成灰，一辈子活着的功能就是为地产大亨打工。

从容不迫，多么难得的心境，专供城市业主的真正奢侈品。女儿留学不会让家庭一夜间倾家荡产，但那种感觉还是很不好，像背后多了一把刀，没刺过来，却一直闪着寒光，比比画画的，让她全身发冷。

如何再安置一个家，她秘密地努力过了，何主任的每句话都言犹在耳。她激动地讲述起来，童家羽一边听，一边叹气。

末了，他说："错了错了，大方向搞错了，愚昧无知，愚不可及！人家是强势部门的领导，是肉食者，你是去求人的。去之前怎么不跟我商量？"

柳萍不言语。丈夫的办事经验肯定比她丰富，她只是怕听到"四字真言"。他曾有个皮面笔记本，记录每天的工作感悟，总结为人处世的得失，对前景满怀热望。他的事业也有几次所谓的契机，亲朋好友认定他将趁势而上，平步青云，但不知为何，就平淡地滑了过去。后来，皮面笔记本神秘地消失了，夫妻二人很有默契地不再提起。再后来，他坐久了主任科员的位置，凡遇到不愿面对和解决的难题，就发出一声崎岖的长叹，以四字真言作结。

他的四字真言是：无欲则刚。

童家羽接着道："何主任没侮辱你，一定不能有受辱心理。人呀，受了点教育就把自己当回事儿，拼命往文化人上靠，自视甚高，不通情理。换个方式找领导，房子是有希望的。"

说到这里，他眼睛亮了一下："柳萍，我有个想法。"柳萍问："啥想法？无欲自刚吗？"

童家羽也不生气，说："我来扮演何主任，你还是柳萍，但你的语言和态度，要让何主任受用。你交际上拘谨，说话有点硬，有点冲，不够柔和，不大好听——不是指音色，是语气上感觉上，很微妙的，明白吗？"

柳萍犹犹豫豫地说："这，这太残酷了。"

丈夫催促着，说："我不是让你没尊严，只是教你战胜它。"

就这样，两人来到书房，面对面坐好。柳萍盯着丈夫看，他没有眼袋，没有肚腩，没有派头，他不喜欢应酬，也很少有应酬的机遇。偶尔出现在场合上，脸上也带着龙套般的职业性微笑，扮演着妇女之友之类的闲散角色。显然，他是个吃够了苦头、提早回归家庭的男人。既冲不开一条血路，就唯有不得已地平凡下去，不知不觉中，便什么都晚了。他对仕途已无特别期许，也学会了自嘲，说在伟人文豪的生平简介中，经常出现这样一句话："他生于一个小公务员家庭"——以表示其出身的寒微窘迫。柳萍可以想象，他内心经历了怎样的一番惊心动魄，只是，两人从不挑明，从不把这个话题引向深入。

柳萍就这样看着丈夫，看着提前谢幕的他，看得有些心疼。还不知该怎么开始呢，童家羽入戏了。

童家羽迅速进入角色，正襟危坐，疾言厉色，他没有任何障碍地精准地临摹了中层干部的言行举止。柳萍目瞪口呆，调整了很久，终于拱肩缩背，俯仰唯唯。

问答间，柳萍突然发现，童家羽眉宇间的清气消失了。

他诡秘地微笑着，说："不管多不情愿，嘴上一定要使用敬语，您，您，您。"

她摇摇头："如果不是被逼得无路可走，真不想跟那些人打交道，脸臭，莫名其妙的优越感，我但凡有一点骨气，也坚决不去求他们。"

他皱着眉，规劝道："四十大几的人了，连这点复杂性都没有，连这点心胸和智慧都没有。解决自己的问题，别看什么都不顺眼，情绪多了没好处。"

童家羽既是演员，也是导演，不住地提点：委婉，平和，女性美，软和话，别敏感，和风拂面，如沐春风，面带微笑，柔化处理，仔细揣摩，小心应对，听之任之，唾面自干……

直到女儿回家，角色扮演才告一段落。女儿冲凉时哼着歌，夫妻俩也跟着高兴，竖起耳朵听。女儿回房后，童家羽喜忧参半地说："我算了算账，一个人的工资供不起小童，我们再也不能离婚了。"柳萍不知该如何回答，半晌才说："是的，这，这，更加残酷。"

夜已深，两人躺在床上都没睡着。起先，童家羽将今晚的演出定性为温馨而励志的家庭游戏，思忖片刻，又拔高为情商口才培训课。

柳萍则尖锐地指出，这是受辱训练。

## 4

清晨，枫丹雅苑、十二橡树庄园、塞纳春晓、莱茵铂郡、加州阳光、爱尔兰小镇、梦回罗马、云顶翡冷翠，陆续醒来了。

香堤威尼斯花园里，这家人看起来正常而幸福，周围的邻居看起来也正常而幸福——都是老戏骨。

这家人在一个正常的阳光明媚的清晨，出现在绿荫下的车位旁，把几件行李放在尾箱，像正常人一样驱车离开小区，融入城市快速路的车流中。

机场到了，童小童穿着果绿色的连衣裙，亭亭地站立在候机大厅里。她遗传了父亲的清秀面容，头发宛若黑亮的水绸淌在肩上。她从别人的目光里确认了自己的美丽，满意地一笑，捏起裙摆旋转，旋转。她多像个优质的深圳第二代，模样干净，脑子好使，眼界开阔，情商也高。

转累了，她搂住柳萍的脖子说："飞二十多个小时，你晚上肯定睡不踏实，我一落地就给你打电话。"柳萍点点头。

小童亲了她一下，说："妈，我觉得你真伟大，从来没因为成绩打过我。"

柳萍说："也打过你，那时你还不记事。"小童问："为什么打我呢？"

柳萍想了想："因为累，快累死了。你不明原因地哭闹，你要听故事，你扒我的眼皮，我想睡你不睡哄了你三四个钟头。可不管为什么，最后当妈的肯定为打过孩子而后悔。"

童家羽接着说："小童，你去爷爷奶奶家玩，你妈片刻见不到你就发誓，我以后再也不打她了。"他怅惘地说，"生养孩子，是一辈子最大的牺牲，你妈以前不是这个样子的。家务，老人，你的教育，都是她累心，我倒落了个清静。"

他语调里满是抒情的味道，目光轻轻落在柳萍身上。她的发型像在头上扣了一朵菜花。年轻时说过，此为老气妇女的一大特征，没想到她现在也是这般模样了。

小童和家羽注视着柳萍，柳萍局促地笑，笑得没有底气，一家三口同时伤感起来。

柳萍不习惯成为焦点，赶紧转换话题，嘱咐道："小童，吃饭上不要节省，也少吃汉堡，那种美国式的肥胖丑死了。钱不是问题，我消费上节制点，这些年花钱大手大脚，有用的没用都往家里搬，早该反省了。"

小童很过意不去："妈，你反省什么，都是我不好，好胜，虚荣，自私。"

柳萍说:"你是深圳长大的孩子,这里的人个个急着挣钱出头,连孩子都格外要强,只是,别把自己折磨坏了。"

她凭什么要求孩子不要强?她隐居学校避世多年,自以为衣食无忧内心平静,其实只暂时稳住了自己。总有一天你会发现退无可退,只能仰头正视。中年之后,最重要的功课是学习接受分化和差距。成功人士为孩子申请学校,费用不在话下,言必称常春藤联盟,不但无须卖房,还在异国置业,而她连美国各州的消费水平都要斤斤考量。女儿的托福成绩考到一百一十三分,却因经济条件不敢申请私立名校。柳萍愧疚不已,心想父母不进取没本事,让女儿受了拖累。

中介兼具笑面虎和势利眼的特质,扫一眼迅速完成分类,是金上镶玉,还是几代人供一个洋学生,来路了然于心。那些一等一的体面能干人,那些嘴里谦虚着"缴税不多"的老板,童家羽也忍不住多看几眼,看得眼热,不禁感慨道:"年轻时,我也痴心妄想,想拼命混到更高的阶层去。"柳萍叹息着:"是呀,那个阶层能承受激变和灾难而生活质量不降低,并且,成功的代际复制率很高。"

很快他们就放弃了努力,认为以自己的出身和资质,泅到中游就不错了。一线城市好比城市里的超常班、重点班、尖子班,无论你怎么奋斗、取得多少成就,总有人让你焦虑,让你不自信,让你自惭形秽,总有人提醒你的卑微。

她无法埋怨女儿,女儿不是不优秀,只是不标准。她偶尔会想,假如坚持不生育该有多好。她曾深深地渴望,这辈子能与众不同一回。但人生经验又警示她,凡溢出常规生活者,莫不晚景凄凉,下场可怜。为了维持人生表面意义上的正常和完整,她屈从了,有了这个孩子,人生朝着平庸无梦的深渊直直地坠落下去。这辈子基本完了,再没有一秒钟属于自我的空隙。生活的意义就是让童小童健康快乐,而童小童的美好未来则是她烂尾人生的唯一寄托。

女儿踌躇满志,似要开创一番功业。柳萍有些不安,心想留学不为出人头地,也不能一劳永逸,我和你爸只想帮你躲过一劫,保住一个心智健全的孩子。她犹豫半天,说出来的竟还是鼓劲儿的话:"小童,该争取就争取,积极主动,跟上潮流,没有哪个人真想平平淡淡,世界也不允许你自得其乐。"

她觉得人世间最恐怖的事情莫过于,一年一年地,童小童长成了她的样子。

小童也有自己的不放心,学着大人的口气说:"过成一家人不容易,你们要好好的,少吵架。"

童家羽说:"放心,分不开了,千丝万缕,这辈子缠在一起了。"柳萍点点头。年纪大了就跟小猫小狗一样,恋人儿,她早已习惯了每个夜晚童家羽躺在身旁,依恋着他温热的身躯。有时想起恋爱和婚后厮守的漫长时光,心头也满是缠绵不尽的深情。

临别时,柳萍一点儿都不想哭,拍着女儿的后背,说:"去吧,去吧。"小童把头发染黑了,小童飞走了,柳萍感到前所未有的轻松。她坚信这是此生最重要也最正确的决定,让亲爱的女孩从高三退下来,远离竞争,走向远方。

她也永远记得那个快意恩仇的电话。她慨然道,从今天起,小童不去学校了。还有,别再给我发"校讯通",一条也别发了。

她望着远去的飞机,发现天空显现出一种澄净的蓝色。

此后的日子里,"受辱训练"时有进行,形式更加灵活。童家羽躺在贵妃椅上,柳萍一边帮他捶腿,一边跟他对话。两人分明是有些沉迷了。

柳萍(满面春风,调皮地):"何主任吉祥,这几天一直想来拜访。喝的金骏眉吧?这茶好,有档次,一屋子的香气。"

何主任(不悦地):"别绕弯子,不是给你说了吗,房子紧张,你的条件也不够。"

柳萍（恭顺而狐媚地）："主任你看，我实在有难处，一把年纪了，生活又要往下掉，走投无路只能找组织。"

何主任（呷一口茶）："磨我也没用，不是不与人为善，政策在那儿摆着呢。"

柳萍（热切地憧憬地）："政策框不住何主任这个真菩萨，下面都说您体恤下情，处理事情有弹性。"

何主任（亦喜亦嗔）："别给我戴高帽。你们啊，我见得多了，给房子就欢天喜地，不给就万念俱灰，疯闹一通，觉得整个世界对不住自己，简直活不下去，一点度量都没有，一点情怀都没有。"

柳萍（不住点头）："说得对，水平不够，境界不高，还要不断修炼。"

何主任（不住摇头）："高校里就是愤世嫉俗的人多，表面名士风流，内里扭曲阴暗，为自己那点蝇头小利，哭告，写信，找校长，死乞白赖，丑态百出，从来不想着感恩回馈。"

柳萍（身体前倾）："感恩，感恩，天天都过感恩节。单位是衣食父母，给我的福利够多了，我很知足，今天来只想把困难说明一下，有没有考虑价值，能不能适当倾斜，主任说了算。"

何主任（把身子靠向转椅）："说得再好听也没用，真没法立刻答复你。来找我的都是一肚子苦水，一把鼻涕一把泪地让我签字，字哪有那么好签，闹心！"

柳萍（庄严地）："给领导添乱了，怎么安排都接受，我做好自我调适，我心态健康，没有任何质疑和不平。主任工作忙，八小时以外再请您出来坐一坐。"

何主任（庄严地）："别搞这些，该怎么办就怎么办。"

柳萍（起身）："不打搅了，来，我帮您添杯茶。"

重复训练产生了奇效。无论何主任态度多傲慢，气焰多凌人，柳萍都满脸堆笑，说出来的每句话都是敬语，亲爹热娘，丝毫不觉肉麻牙酸。她甚至从中感觉到奇异的快乐，每次训练完，她都觉得自己充实而有力，体味到一种饱胀欲破的满足感和成就感。她也终于承认，何主任正是她希冀成为的那种人，精力旺盛，志存高远，时代的典型人物，生活的强者和宠儿，有自己的位置，有中长期的规划，回首人生时很好写总结。一次训练完，她迷迷糊糊地说："我爱上了训练，我，我好像也爱上了何主任。"童家羽瞪着眼睛："哪能啊？你说他恶心呢。"柳萍想了半天，说："日久生情。"

　　童家老人到底知道了卖房的事，对柳萍说："别着慌，要卖也先卖我们老不死的房子，你和家羽年轻，房子卖了就没混头了。"又苦口婆心地劝柳萍，继续申请周转房，多求求领导。

　　月末，女儿给家里打了个电话，咯咯地笑，说学会煮咖啡了，说看到野鸭子一扭一扭地过马路，松鼠在树上跳来跳去，校园里有鸽子和小鹿，都不怕人。最后，她小声问："有个美国男孩，老穿着带中国字的衣服在我身边走，我该怎么办呢？"柳萍说："笑一笑，打个招呼吧。"

　　女儿又是童小童了，一个昂贵的童小童。她还年轻，熬过那一段日子，风清海阔。柳萍也曾被一记记猛拳击倒在地，又抓挠着地面慢慢爬起来。

　　夜里，柳萍躺在床上，心事浩茫。今天，她把深埋心底的愿望告诉了女儿。"你毕业时，我去参加毕业典礼，你带我去黄石公园看看。"女儿问："妈，你怎么想到去那里啊？"柳萍只是笑，什么都不解释。即使在女儿眼里，她也不像个还有梦的人，她简直就是梦的反义词。

　　黄石公园的纪录片，她一遍一遍地看着。那里是世界上最原始天然的地方，大棱镜温泉呈现出一种超现实的美丽，旋涡般的造型，奇幻的黄绿色，让人着迷又让人敬畏，宇宙洪荒，也不过如此。她想，黄石，或许就是天堂和尘世的交接点。那里适合散着头发光着身子，自在散漫地行走。那里有为寒冬兴奋得发抖的真正的狼群，有柔情似水的母熊，有城府深沉的鼠兔，有头顶鲜绿、后背艳蓝、脖颈一圈玫红的星蜂鸟，用小小的身体同时驾驭着数种妖娆绚烂的颜色，在阳光下泛起七彩宝石般的光泽。秋季，枫树和三角叶杨浸透着油画般浓烈饱和的色彩。当水獭从冰窟里拖出鳟鱼时，一只白鹤正秀美地静立在冰面上，而野牛群从松林深处缓缓走出，色彩、动静、光影都呈现着自然意义上的完美。即使是叉角羚羊为生存而计的大迁徙，也不经意间成为人类眼中奇异壮美的风景。过冬，求生，动物们为了寻找更适合生存的土地，不停地迁徙，迁徙……

窗外落下一阵急雨，人们在熟睡，也许除了她，没人知道，曾经落过这样一场雨。就像没人知道，她的闲云野鹤当得有多无奈，在她平和敦厚的外表下，她是多么好胜，她有多少愤懑、嫉妒和计较。没人知道，每次她途经教堂寺院，都会萌生躲进去再也不出来的冲动。没人知道，她听说社科双姝宴请同事却唯独没叫她时，是怎样地号啕大哭。此时，平躺在床上，听到自己的呼吸声，意识到自己在活着，她对双姝没有怨恨，只觉得她们坚强。

她翻了个身，童家羽的手伸过来，轻轻地放在她背上。童家羽说："下雨了。"柳萍嗯了一声。

他说："我一直都在害怕。"她握紧他的手，说："我也是。"

他说："我希望自己在精子阶段就被淘汰，我希望游向卵子的那个不是我，我要是没被生下来该有多好。"

今晚进行完"受辱训练"，他做出一副志得意满的样子，本来，她以为他能睡个好觉。听到这句话，她的心剧烈颤抖着，没想到，还是戳破了。慢慢地，轻手轻脚地，她把他拥入怀中。

# 木兰辞

## 1

一立秋，天就凉了。

远处的天上，挂着几缕青灰色的云彩。窗外，梧桐徐徐落下几片黄叶。独自站在窗前，陈江流紧绷的脸突然柔和起来，这是生活中值得珍惜的时刻，悠闲，宁静，淡淡的无聊。

第一次见邵琴也是食蟹时节，在中式风格的云来居里。那晚的聚餐汇集了本地多位名士，书协副主席、晚报副刊的编辑、容颜萧瑟的词人，陈江流则是在家修行的居士。这样的场合，才女也是不会少的。来了一个盛装艳服的小学教师，一打照面竟多半是熟人，便淘气一嗔："哟，人生何处不相逢呢。"还来了一个中年女人，生面孔，出场也平淡，在美艳教师的对照下，暗淡无华。主人介绍说叫邵琴，邵琴靠门落座，始终微笑，笑容仿佛长在脸上。

晚宴上总是行当齐全，有看不够的表演，每个人都各司其职。有人天生是社交奇才，一张嘴就有无穷的魅力，负责搞气氛。有人专好取悦女客，服侍周到，言语上也不忘讨些便宜。有人话不多，却能穿插精辟妙语，立刻博来青眼，印证了自己绝非俗物。亦有一见如故、引为知己的，凑在角落里私语。

陈江流是个闷人，埋头吃喝冷眼观察，也自有乐趣。这晚，陈江流的耳朵失聪，眼睛却一直发亮，他被那女人吃饭的姿态吸引住了。

先上冷菜，豆腐皮花生米，摆盘虽精致，却是家常食物。人们高声说笑，筷子在嘴里捣来捣去。这时，陈江流注意到，每道冷盘上来，邵琴都夹上一点，然后，她集中起全副精神，目不转睛，轻品慢咽，齿颊微微地动，是每一丝细小滋味都不可怠慢的郑重。陈江流的动作慢下来，心却越跳越快，别人卖弄什么，哄笑什么，他全听不见了。

今晚的重头戏是食蟹。如果说冷菜环节是大戏上演前的序幕，众男客兴味盎然地聚焦于明艳的小学教师，唯有陈江流独具慧眼，发现了暗影里的她，那到了吃蟹时，邵琴便天生丽质难自弃地属于大家了。

服务小姐一色儿白腻的鹅蛋脸，穿缎面长旗袍，捧着托盘徐徐而入，在每位客人面前放了一只母蟹、一套食蟹的家伙。

虽满座都是文明人，但毕竟在留州这座北方小城，吃蟹也是近两年才开始流行。人们突地狼狈起来，摸摸剪刀，动动叉子，惶惑地放下，心一横，干脆连壳带肉地大嚼起来。

陈江流在看邵琴。她先把毛茸茸的蟹腿折下，随即翘起两根手指轻巧地一掀背甲，露出油亮的蟹黄。趁还冒着热气，她拿起长勺，一刮一挑，蟹黄抖抖搂搂地立在勺子里。她弯下脖颈，慢慢地吸吮。

气氛渐变，包间安静下来，每个人都在偷眼观察邵琴。有机灵的，最能见贤思齐，跟着放慢动作，不露痕迹地效仿。见她用镊子摘除白色的蟹腮，已不幸误食的人，脸上不禁露出尴尬之色。她又沿着蟹脚方向，拆出蟹肉。吃罢，她把蟹身合拢，背甲重新盖回。接着用剪刀剪下蟹腿，分成几截，拿起签针，灵巧地一捅，雪白的蟹腿肉倏地落在碟子上。

就这样，邵琴的蟹吃完了，吃得斯文、秀气、得趣。她又端起温热的黄酒，慢悠悠地送到嘴边，啜了一小口。

桌上一片狼藉，残破的蟹壳，骨裂的蟹脚，而她的盘中，拼回一只完整的蟹，泛着金黄色的光泽，在灯下熠熠闪烁。

然而，邵琴的演出仍未结束。最后一道程序是给每位客人送上碧绿的蔬菜汁，用百合花形状的玻璃碗盛放。陈江流敏锐地觉察到，汁液有些浑浊，不像饮品。玻璃碗敞着口，也不似细长的果汁杯。他犹豫着，目光不自觉地望向邵琴。空气里陡然弥漫起几丝紧张，大家故作镇静地闲聊着。

女教师的亮相煞是惊艳，随即暗淡了整晚，她哪受过这等冷落，瘪着嘴，脸拉得老长。似乎不愿错过最后的风头，一看蔬菜汁上来，她打量一眼，优雅地拈起调羹，舀一勺，喝了。

男士们颇能沉得住气，有上厕所的，有眯起眼睛点上一根烟的，都不肯轻易追随。

邵琴把剥完蟹壳的手，徐徐放进蔬菜汁里，微微一蘸，轻轻一甩，提溜出来，再用纸巾两面吸了吸，就这样气定神闲地，把脊背靠向了椅子。

## 2

今天，陈江流想起邵琴，却是在一个心慌意乱的时刻。他的妻子正式拿到了副教授的聘书。酸腐的教书匠和高级专才之间，就隔着这一层台阶。看起来只有一步，但对很多人来说，一辈子就没迈过这道坎。

多么梦幻的日子，她一整天都很亢奋，不停地在客厅里踱步。她对丈夫显摆道："这场战役，有几处值得自豪的亮点。"说是战役也不为过。学校里、社会上，大凡有力人士，都需刻意结交，硬件方面，为论文课题终于戒掉了电视剧。关键的评审期，她一边准备答辩，一边突击交际。陈江流知道"亮点"是什么：凡有投票权的专家，她每家都去坐了坐。据她描述，态度非常得体，堂堂正正，不卑不亢，既达到了目的，又不惹人反感。

陈江流想夸赞妻子两句，犹豫半天，只挤出来四个字："你真辛苦。"话说出口，自己也发觉语气有点怪异，于是赶忙提议："别做饭了，去楼下吃水饺庆祝。"

饺子店面积不大，虽是典型的家庭作坊，却干净、坦荡。用餐区跟厨房只用一块透明玻璃隔着，往里头张望，能看到两个大妈动作娴熟地包起一个个雪白鼓肚的饺子。每次来，陈江流必点韭菜猪肉馅儿的。小院里，除了月季花、石榴树，还有老板娘打理的一块菜畦，种着芫荽、茼蒿、小白菜，搭着豆角架。这个傍晚时分，陈江流看着长短错落的韭菜被割下，空气里弥漫起新韭特有的清洌香气。老板娘抖抖泥巴，说："一过霜降可就吃不着了。"

新割的韭菜，手切的猪肉，现包的水饺，还有什么能比这更美好？

妻子的心思显然不在吃饭上，她低头盘算一番，高声道："五年吧，再有五年，拿下正高！"看着豪情万丈的爱人，陈江流的情绪并未受到感染，他低下头开始吃饺子。

见丈夫漠不关心的模样，妻子面色变得很凝重。陈江流没抬头，却凭经验感知到，风暴欲来了。

妻子板着脸说："做人要善于经营，精心规划，无论事业还是生活，几年都要有一个突破。不然，你就多余了，你就被剩下了。"陈江流嗯嗯着，说："吃吧，再不吃饺子就坨了。"

妻子在心底长叹一声，不满地看着对面的男人。若是以往，她会识趣地闭嘴，然而今天不同，她的奋斗初现成效，是刚出炉的鲜活榜样。

她仍要说，硬着头皮说，故作亲热地说。

"老公，你到了出成就的年纪了。你的资历、人生经验、社会关系，各方面都能配合了。你欠缺的，只剩下心态，积极进取的心态。"她喃喃着，"真的，真的。"她的手顺势抬起来，仿佛随时能给丈夫一个强劲的推力。陈江流盯着她，在心里大喊："出成就，积极进取，我可以拒绝吗？你能不能别再为我规划人生？"

他在心底喊着。

类似的对话总是周期性出现，他们内心深处都有些怕，却无法避免它的到来。日子像个压力锅，如不按时释放出灼热的白气，就只能爆炸。

她怕见到他失去耐心的眼神，好像她俗气、粗鄙，是个极端乏味的女人，在才学志趣上都无法与他匹配。

他怕见到她痛心而满怀期待的表情，那表情能锐利地刺破他的幻觉，容不得他自得其乐。他也厌恶听到她的说教，铿锵、革命，令他想起盛夏闷热的午后，蝉的嘶鸣声，高亢、洪亮，不知疲倦。

妻子没有停下来的意思，而他只想好好享受这盘水饺。他看到妻子脸上堆满笑容，粉饰太平的笑容。他心里却清楚，她恨他，有时恨不得杀了他。

他想，就咱俩在，做戏给谁看呢？也许是做戏给自己吧，于是又有些可怜她。

她还在说，他假装倾听，实际上什么都听不见，只见她的嘴一张一合，一合一张。

还是忍不住了，他摔掉筷子，一字一顿地说："李副教授，你忘了你是怎么调进这所大学的吗？"李燕的脸寒下来。这话题一直是夫妻俩的雷区，两人小心翼翼地绕开，谁也不轻易碰触。

瞥见老婆的窘状，陈江流有些懊悔。那根红线，他也不想踩。吵架，吵架，怎么又搞成这样？他沮丧地望着小庭院，恍惚间，他看到邵琴就站在丝瓜架下，嘴角浮现出迷蒙的笑意。

副高是属于李燕一个人的精彩，新的工作周到来，他仍在一所暮气沉沉的中职学校里，做一名可有可无的美术老师。

画画虾，画画兰草，就这样送走一茬茬学生。始终陪伴他的，是这本泛黄的教案，用了十几年，纸都脆了。潮起潮落，绘画理论没变。他告诉学生，西洋人画螃蟹讲究逼真，像是真像，但也被局限住。而国画里的螃蟹，只用深深浅浅的墨，随性地勾勒几笔，追求写意和神似，它不是哪一只具体的螃蟹，但可以是所有的螃蟹。

他擎起自己的示范画，向学生展示着。半生的宣纸，纸质绵韧，笔墨所落之处，是恰到好处的渗化，似还带着水汽。

这幅清水墨螃蟹，绘于一年前初见邵琴的夜晚。笔势灵动，水墨淋漓，线条的浓淡和疏密都臻于理想的境界。一个懂门道的观赏者，能轻易穿透时间，尾随画作重回那个激情四射的夜晚。灯下，作者正处于创作的绝佳状态，一切都水到渠成。创作不过是等一次相遇。本来就属于他的作品，天赐神缘之下，一头扎入他的怀抱。

一年过去，他再也没见到邵琴，那晚的场景却变得越来越清晰。邵琴不喝酒，不调笑，不讲段子，她仪态万方地吃蟹，宛若惊鸿一剑，削铁如泥，满座皆惊。

那晚群贤毕至，本是群戏的格局。然而剧情峰回路转，一个并不年轻的女人，言谈也不出众，不声不响地就轰动了圈子。散了场，陈江流和书协的吕家鹤同行。吕家鹤人物风流，和本城奇女子多有往来。一路上，他唉声叹气，不住惋惜："这样的人物，怎么现在才出现？"陈江流不说话，却依稀感觉，她对他也是另眼相看的。

此后，陈江流在脑海中不断复习，一遍一遍，连微小的细节都越来越明亮。小学老师是典型的沙龙女人，陈江流跟她相识已久却从未深交，只知道她笔名叫"绰姿"，酷爱使用"生如夏花""如歌行板"之类的语汇。那天，她全身罩一件民族风、不对称的麻布斗篷，耳垂上夹着带长流苏的大红耳坠子。没有眉毛，是两根拱起的细线。眼妆最用力，鲜亮的眼影，粗密的睫毛，拉长眼尾的眼线。她非常清楚自己要达到什么效果。场合上，她需要亮度和存在感，所有的配饰都夸张、艳丽，有震慑作用。

她和邵琴，就是西画和国画，就是具象和意象的区别。

邵琴穿一件收腰的羊绒外套，并不出挑，也绝不平庸。米灰色，有质感，剪裁良好，是最不容易被时间击垮的经典的颜色和款式。

下了课，陈江流暗自出神。还是只剩下回忆。菊黄蟹肥的那个晚上，一面之缘，之后，在某个出其不意的时刻，她倏忽而至，诗意便缓缓地荡漾开来。

3

冬日到了。纷纷扬扬的雪，在午夜时洒落到大地上。清晨，陈江流推窗一看，世界简单了。他来到楼下，不自觉地伸出双手。丰腴的雪花，雍容地在空中飘，无声无息地降落到手掌上，缓缓融成一滴水。

恋着这场雪，大年初七的这天，他没有参与任何团拜，也婉拒了几位佛教徒的登门叙旧。这样的日子多么适合消失，让自己消失在白茫茫的世界中，只留一个背影，又渐渐变成一个黑点，直到一片空无，仿佛从没存在过。

近几个月，李燕从天地间凸显出来。她在单位备受尊敬，处处得到优待。自从她成了高级人，陈江流就觉得她说话咋咋呼呼的，格外尖厉刺耳。快过年时，李燕精力旺盛地张罗，陈江流却总想逃开。又是个肥腻的冬天，鲜鱼鲜鸡，硕大的猪后座，淌着油的炸货，成群结队的黑香肠……来势汹汹的年，令他觉得恐惧、疲累，过不动了。

他一直躲在自己的房间里。这套三居室的房子，一间为卧室，一间是夫妻共用的书房，还有一个小房间，是属于陈江流一个人的。书架上几排佛经，佛龛前供养着鲜花水果。他燃起三炷香，靠窗而坐，身后是缓缓落下的大雪。

很早以前，陈江流就从母亲身上领悟到残酷的生活道理：年并不欢乐，年是一个考验。好强的女人，该受的累要受，该花的钱要花。年夜饭是母亲大显身手的绚丽舞台。午后，她就义无反顾地钻进厨房。母亲准备晚餐的场景，曾带给他巨大的震撼。雪亮的菜刀抬起斩下，黄澄澄的热油冒着热气，刺啦刺啦的爆炒声，极尽花巧的新菜式。寒冬腊月里，黄豆大的汗珠从母亲的额头滚落到脸颊，她说："有心劲儿，日子才能一年比一年好。"

初七已是年的尾声，鞭炮声从远处稀稀落落地传来。陈江流享受雪天宁静时，李燕正为迎接下一个节日运筹帷幄。她的表情是深谋远虑的，左思右想终于列好一个清单。她敲敲门，说："快到元宵节了，别总坐着，咱出去买东西吧。"

"这次买什么？"陈江流嘟囔着，"酱油还是面粉？洗手液还是卫生纸？"永远熙攘的超市，此起彼伏的促销声，每次的采买都轰轰烈烈，什么都有人疯抢。想到那种疯狂和急切，陈江流的心瑟缩起来。

因为买菜、购物，他们也不知争吵过多少次了。

"鸡蛋没了。"

"上周不是刚买过一板吗？几十个呢！"

"吃光了。煮鸡蛋，炒鸡蛋，鸡蛋面条，你每天不吃不喝吗？还有洗衣粉，洗衣粉也没了！"

她抱怨着，是那种最典型的令人生厌的"妇女"的腔调和嘴脸，看起来愚蠢而暴躁。

他很不情愿地跟着她，从超市里拎回几大袋东西。他一屁股坐在沙发上，用困惑的眼神望着妻子：到处满满当当，你往哪里塞呢？这时，李燕会使用她在收纳方面的技巧，把冰箱、橱柜的空间利用到极致。

她是经验丰富的食材管理者。蔬菜方面，先吃叶菜，再吃冬瓜、番茄，最后是洋葱、土豆。他们总吃冷冻的鱼和肉，切成了小块，硬邦邦地从冷冻室里拿出来，淋上温水慢慢化开。几日后，冰箱被吃空了，采买行动又将展开。

买菜，又要买菜！陈江流无比抗拒，又不敢反对。如果他提出质疑，李燕会说："就你消耗得多，什么都指望不上。我真像一头驴，天天往家里驮！"

"我真像一头驴，天天往家里驮。"他喃喃地，把这句话背出来。

李燕眉毛一挑，问："你嘟囔什么？"

他凛然一惊，正不知如何应对，电话响了。他赶紧接起来，是吕家鹤，问他："老陈，来喝茶吗？茶城的月下草庐。"陈江流毫不犹豫地同意："好，我去我去。"

谁家都有几个这样的朋友。朋友吕家鹤不时掠过他们的生活。有时，是家庭战争的引线；有时，是他的挡箭牌；有时，是她的正面教材。她多次援引吕家鹤为例，劝告他："你心眼活络些，什么画得好画得歹，这行虚得很，身价都是圈里人给的。谁不画，谁才傻呢。"他的回答只有一个："不画，画了也没意思。"

他走到客厅，向妻子摊摊手，说："书协有集体活动，不能不参加。"李燕阴着脸，尖声道："去吧，去去去。"

对于喝茶，他其实也不向往，还不是东拉西扯，兼着认识几个闲人，见多少面也不过是点头之交。他并不知道，为躲避购物的逃离，竟交织着惊喜、刺激和挫败，远非他想象的那么平淡。

陈江流毫不费力地找到了草庐。草庐风格鲜明，果断而决绝地，跟庸脂俗粉划清了界限。圆形的雕花窗，厚实的原木门，门前放着一块农村拴牛用的石墩、一截枣木枯枝，显得朴拙而轻灵。没有灯箱招牌，只高高挑起一块青帘，随风招展，书着"月下草庐"四个字。茶社共两层，楼下是做生意的铺面，楼上别有洞天，布置成会客室，有别致的装修和私密的气氛。

经由一段弯曲的楼梯，陈江流拐进茶室。里面已坐了五六个人，他看过去，几件深色臃肿的棉衣簇拥着一件米白色的羊毛衫。

不知不觉间，雪已经停了。阳光穿过云层，照耀着对面屋顶上的积雪。

陈江流站在楼梯口，感到一阵眩晕。重复的梦境又一次迤逦而来，几缕微光打碎黑暗，空气微微颤动着，脚步声近了，更近了。这是幻想叠生的一刻。他依稀看到，邵琴背着光，端坐在对面。桌上摆着棕褐色的大茶船，热气正往上升腾，缭绕不散。她像一朵轻盈的雪花，随时会融化成一滴水珠。

作为茶社主人，她没有忧伤地蒸发掉。她招呼来客，说："陈老师好，是第二次见了。"她的话把陈江流从隐秘的狂想中引领出来。

陈江流是最后一位来客，一看人齐了，邵琴拿出一块茶饼，说："我们开始吧。"

泡茶之前，她反复冲洗双手，然后张开五指慢慢风干。看她的样子，众人奇怪起来："怎么不用毛巾擦干呢？"她解释道："再干净的毛巾也有异味。"

泡茶的手，经过清水和微风的洗礼，远离异味和尘埃，保持了绝对的洁净。虽是微小的前奏动作、欲语还休的预告，却如此意味深长，调动起人们对后续部分的渴盼。每个人的心都被撩动了，酷寒的冬日喝上一杯醇厚的热茶，本就是美事一桩，何况，这杯茶来自考究、复杂的冲泡过程。程序本身就是一门自足的艺术，是形而上的、精神性的，有美学层面的意义，超越了低级的口腹之欲。

邵琴典雅地演示一个个步骤，搭配精要的讲解。在座的人，生活里虽少不了茶，却谈不上深入研究。而邵琴泡茶，对水温和器具有严格要求，用核桃大小的杯子盛放着。茶桌上，细瓷碟子里摆着几样佐茶零食，金黄的板栗，油浸的蚕豆，清香的绿豆糕。

茶室里回荡起醇和的芳香，普洱茶汤像红玛瑙一般莹润剔透，汤面有一层鲜亮的茶油。人们刚欲开始喝，她手一抬，说："别，先闻香。"

随即闭起眼睛，凑近茶杯，低头吸了一口气，然后扬起头，五官慢慢舒展开来，仿佛一朵白兰花在她手心里盛放。

陈江流闻到一种高扬清远的香气。这种香气不轻佻，不热烈，是端庄高贵的妇人轻抬藕臂时，宽宽的锦袖里飘散出来的味道。

友人们啧啧赞叹，邵琴适时地做介绍："是古树的头春茶，放了几年，由生变熟了。"

就像冰冷的身躯渴望埋进松软的棉花被，陈江流渴望感受这杯茶。

一入口，鲜浓，饱满；咽到喉头，软滑的滋味在齿颊间回旋；咽下去，一股沉郁雍容的尾香从舌尖隐隐升起。他的职业，静悄悄地，却也实实在在地，给身体留下了创伤——以此作为活着的代价。长久的站立，令小腿上浮凸起青紫色的血管，接着，是慢性咽炎，喉咙里多了几粒肥厚的增生。然而，这杯神奇而玄妙的茶，将他的喉咙变成流水抚摸了多年的石子，平滑，光洁。

老茶的香，从前尘往事的深处缓缓涌至，绵绵不绝。

美妙的感觉，在看到一幅字时，戛然而止了。茶室的陈设简洁淡雅，玻璃花瓶里是水养的绿萝，垂下油绿长藤，条几上摆放着刻有《兰亭集序》的竹简。他突地看到雪白的墙壁上挂着一幅卷轴，书着苏轼的茶诗：戏作小诗君勿笑，从来佳茗似佳人——落款竟是吕家鹤。

他的脸变了颜色。在他眼里，吕家鹤是书法方面的后学，起步时曾向他虚心讨教，此后写了数年并无多少长进。如今，他的作品竟名人墨宝般悬于邵琴的雅舍，居高临下，大放异彩。

回家的路上，天色阴阴沉沉。不一会儿，雪珠子落下来，密集、坚硬，掉落进温热的后颈窝。积雪开始残败了，地面泥泞湿滑。陈江流感觉到，自己的身体里散发出一股霉气一股迂酸，是一种难闻的气味。

他震惊地发现，邵琴和吕家鹤俨然已是老友，有过几次闭门长谈，并且互为偶像，而他不过是个孤零零的局外人。所谓青眼相看，竟全是自己的臆想。

此前，他对邵琴的身份做过多种猜测。然而，真正的谜底是颠覆性的。她的主业是民办学校招生办主任，副业是茶叶店老板。

留州的民办学校，既无形象又无口碑，尤其招生这一块，多为坑蒙拐骗的路数。在抢夺生源、关乎生存的战争中，招办主任是急先锋，最凌厉狡猾的角色，主动交际能力极强，信奉厚黑，口若悬河，翻云覆雨，用尖利的牙齿进攻一块块难啃的骨头。邵琴怎能是那样的人？她有一双清亮而坚定的眼睛，她应该文雅、矜持、情感丰富，他对她的虚构，似乎比实际情况更合理。

或许，不过是他的一幅画作，经过无数次的想象和描绘，画中人在水一方，隔着茫茫烟水和他对望。这幅画，像真正杰出的艺术品一样，不要全知全能，不要填充勾缝，有优美的留白，无穷的意味。

## 4

此后，陈江流深陷于难以言尽的落寞情绪中，年就这样过完了。开学这天，他领了课表回到家中，见李燕倚在沙发上，眼睛出神地盯着电视。陈江流一关门，她腾地坐起来，神情有些古怪。

他用疑惑的眼神望着妻子，她有话说，却一副难以启齿的样子。他只好问："开会说什么了？"

沉一会儿，她才回答："没啥，就是系里有个去北京交流的名额。"陈江流明白了，说："好事，能争取一下吗？反正家里没牵绊，走得开。"李燕苦着脸："你还装，你就是个大累赘，我去了，谁照顾你？"

陈江流细细想来，婚后她不知放弃了多少培训的机会，确实从没舍下过这个家。偶尔出去开会，三天五天，她都紧张兮兮，预备下吃的。晚上还打电话嘱咐，说吃食都是现成的，拿出来热热就行。陈江流懒懒答应着，她就哀求着说，一点都不麻烦，热热就行。

今天，他笑了，说："别总拿我当小孩，要不试试看，离了你，我会不会饿死？"李燕紧绷的肩膀垂下来，问："你说真的？"又加重语气，吓唬似的说，"一走可就是半年啊！"

陈江流满不在乎地说："去吧，吃饭问题好解决。"李燕欢呼一声，紧紧勾住他的脖子。她是真高兴，陈江流却笑得勉强，有点吃味。多少年了，他在她心里都是排第一的，这次狠下心把他撂在家里，还不是因为尝到职称的甜头，想再继续努把力。

第二天，李燕一大早就奔赴超市，挑来选去，却只买回几包挂面。她忧心忡忡地说："日子长了，也不能总下面条。"她忽然想到什么，低声道，"老太太还活着就好了，能给你做个伴。"

老太太此时待在黑色画框里，用沉静而永恒的目光注视着他们。

陈江流的目光掠过逝者，继续安慰道："院子里到处是饭馆，瞎担心！"李燕戳戳他的额头，半真半假地说："你就是块废物点心，这下自己受罪了吧。"

一星期后，陈江流把妻子送到北京。晚上，两人来到名声在外的后海，李燕松了绑般地大呼小叫，陈江流心情也有些激动。他俩隔着窗子看外国乐队的表演，有的声嘶力竭，有的浅吟低唱。

真正让陈江流着迷的，是什刹海畔的柳树。他一直以为，柳树跟北方的气质是不协调的。北方雨水少，树木们都往上挣往上蹿，倔强，好胜，拼命地想够什么。只有柳树是不务正业的，不求上进的。然而，什刹海岸边的柳树，天生就该长在这里。同伴们属于野生森林，而它是园艺的、绣楼的、闺房的。它终于把自己安放妥当了。倜傥的什刹海，让柳树把它的优美、婀娜、艳情充分展露出来。在沁凉的水汽中，垂得漫不经心，垂得置身事外，不为柴米油盐发愁地、自足地飘摆着，仿佛日子是一天一天拿来消遣的。

陈江流坐在湖边的长椅上，全身松弛，眼睛不聚焦。柳条从脸上轻轻拂过时，他不愿意走了，心想，就在柳树旁住下吧，哪儿也不去了。有那么一个瞬间，他抓住身边女人的手，他以为那女人是邵琴。

第二天，中年男人陈江流重新过起单身生活。坐在返程火车上，想到能独居一段日子，他有几丝兴奋。

他曾经多么渴望独处。

他大学毕业来到职校任教，绘画既是专业，也成为职业，真是个美好的开始，往前一望，画家之路遍地鲜花，光明而顺遂。

半年后，他发现，越画越好不是必然，神来之作跟刻苦练习没有必然联系。

他的脸上写满不安，他痛恨家庭生活和日常琐事，经常无端发脾气。他认为工作和婚姻让他失去了整块的时间，泯灭了天然的灵性。

文雅的恋人变得乖戾暴躁，这令李燕惶恐难安，看着丈夫瘦削的脸、阴郁的表情，她试探着劝了几句。不料，他反应强烈，他想抓起手边能摸到的任何东西，奋力扔过去。很长一段时间内，他习惯于用最暴烈的方式来表达自己，一开口就是嚷，就是吼。

后来，他在职校申请了一间空置的教室作为工作室，一个深思和静坐的处所，一个没有电视、沙发的原始洞穴，远离柴米油盐，告别人间烟火。在这个不现实的空间里，他将如有神助。

他带着最满意的作品寻访名师。老先生端详着，说："你的资质决定了你的上限在哪里。但现在，你没有达到你的上限，还有一段路走。"

路并不平坦，美妙而痛苦的历程，有时喷涌，汩汩往外冒，有时延宕、紧涩、凝滞。创作每一幅作品都像攻坚作战，一个细节一个细节地抠，在战壕里一寸寸地往前推移，终于来到一座高地，该冲锋了！他往上冲了几次，没上去，焦躁不安，落花流水。

墨迹未干，他已悲哀地发现，不过是用笔彷徨而极尽夸饰的习作。

渐渐地，他不再刻苦练习，他没什么作品跑得出来。他担心，若干年后，同行们给予他的评价看似宽厚实则尖刻：一个没有天赋但颇为勤奋的美术教师。

他花了数年时间来说服自己，他普通而平凡，在绘画上掌握了一定技法，但画不出什么好东西。既然如此，不如不画。他恍然想起老画家的话，他曾把那句话当作鞭策和鼓励，过了很久，才领悟到个中隐藏的深意。

从北京回来后，他幽灵般飘荡在空旷的家中，吃喝拉撒，依然不画。

前几天倒也清静自在，但很快他就发现，家属院里的小吃店很不耐吃，几顿就吃到怕了。他想念起李燕在家的日子。她披头散发一脸油光，用围裙擦着手从厨房里走出来，虽然他被迫做出谄媚的样子来安抚她的辛苦，但饭桌上两素一荤，是吃不腻的家常美味。她欣慰地说："看着你爱吃，我就高兴，真高兴。"

周末的早晨，他发觉自己陷入另一种窘境：放内衣的抽屉噩梦般空着，内裤和袜子用光了。洗手间里，毛巾散发出酸味，经常擦手的地方，有一层黑黑的印子。衣服四处散落，不知哪件是干净的哪件是穿过的，只能拿起来闻闻，再重新归类。

记忆里，生活从无上述的细节和过程。抽屉里的内衣源源不断地取用，毛巾架上永远挂着雪白清香的毛巾。当他笨拙地做家务时，对李燕的思念慢慢化开在空气中，发酵般地越胀越大，像把什么东西撑破了。

她仿佛无处不在，一直都在。

此后很长一段时间里，邵琴没再翩然而至，直到一个周末的晚上。

陈江流不嗜酒，不迷麻将，不看球赛，他用一串百八的佛珠，度清冷的长夜。

这样的夜晚他不愿被打扰，他想自己待一会儿。当手机铃声响起时，他懊丧起来，怎么又忘了关机？

是陌生号码，他犹犹豫豫地接通，语气不悦。对方一开口，他即刻听出来，竟是邵琴。

邵琴邀他去草庐。他迟疑着，猜度着。这次表演什么呢？她总有别具一格的本事，她知道怎样让别人发现她，看重她，记住她。

邵琴用诚恳打破他的沉默，她强调说："只请你一个人。"陈江流无奈地笑，嘴里却答应下来："好，这就过去。"

店面的阿姨已经下班，给他留了门。楼上仅开一盏落地灯，屋里的灯光，屋外的夕阳暮色，都昏黄昏黄的，这样的色调能慢慢渗出温暖，让人感到舒服放松。

前两次见她，她都盘着头，高梳的发髻，光滑，饱满，看不到一缕碎发。她的脸和身体紧绷着，胸中提着一口气。此刻，她宛然回到后台，头发披散开，乱蓬蓬的，面色晦暗，弓着腰，塌着肩，竟是个粗糙而懒怠的女人。

他恍然一惊，这是邵琴吗？这明明是另外一个人啊。他有些不敢认了。

他迟疑着说："你还有这个模样？"她伸伸懒腰，调整一下坐姿，说："忙了一冬天，骨头都累。"

他接口道："过年是累。"她摇头，说："最累的，是应酬人。"

他仔细看她，看到了一张爱操心、爱想事儿、经常睡不好觉的面庞，青黑色沉积在眼下，皮肤的底子发暗，而且不干净，斑斑点点的。

他问："脸色不好，生病了？"她摆摆手，说："没化妆，懒得捯饬。"

陈江流心里感动又酸楚。在他面前，她不需要任何伪饰，换言之，他是个不重要的人，平庸可亲，不会令她感到压力。看到邵琴衰败的面容，他并不失望，只感到惆怅，女人都是不经老的。

她说："见过两面，你都不记我的电话，是不打算有下一次吧？"

话里有怪罪的意思。

陈江流说:"聚散要看机缘。"

邵琴眼睛一亮,笑道:"机缘?机缘是制造出来的。"陈江流仍然坚持,说:"你不信,我信。"

"若信这个,茶行早倒闭了。"邵琴饶有兴味地看着他,说,"来草庐喝茶的几个人,还记得吗?他们年前都在店里拿了一万多块钱的茶叶。"

陈江流一惊,问:"买这么多?"邵琴说:"给单位办过年的福利。像咱俩,凭着缥缈的缘分,一年偶遇一次寒暄两句,他们凭什么光顾我?"

陈江流仔细一想,那天除了他这个小教员,的确称得上高朋满座。

邵琴慢悠悠地说:"还有两拨大行情,一拨是明前茶,奇货可居,走上层路线;一拨是单位的消暑茶,质量一般,反正发到办公室里白喝,过得去就行。"

她眼睛望着前方,双手扭绞在一起,似乎在用心谋算。陈江流从她的神情里,看到了紧张、兴奋和期待,她像战斗力过剩的红粉战士,渴望一场痛快淋漓的厮杀。

小店主营普洱,靠窗的博古架上,除了工艺品,还摆放着几块茶饼。他想到那杯令脏腑宁帖的普洱茶,由衷地赞叹:"下雪那天,喝的茶真不错。"邵琴点头,说:"是真正的陈香,可惜好普洱产量太低,我卖给他们的茶,都是湿窖普洱。"他耸耸肩,她解释道:"湿窖跟干仓相对,就是把茶青放在高温高湿的环境中加速发酵。"

陈江流皱起眉头,说:"卖给人家劣质茶,你做的是一锤子买卖?"邵琴看出他的担心,说:"也喝不出多少霉味。普洱一下子火了,谁能等呢?再说,人们喝茶也是赶时髦,茶叶这行水深,没几个真明白的。还有一拨人,专用品茶来装文化人,实际上半瓶子醋不懂装懂。"

陈江流也非懂茶之人,常喝花茶,标准北方口味,要浓浓酽酽的,有杀口儿，有后劲儿，舌头上感觉到苦涩才算过瘾。

最后，邵琴给了他一块生茶，说："拿回家好好存放，别急，放个三五年再喝。"

邵琴把他送到门口，突地想起什么，问："抽烟吗？"他回答："瘾不大。"邵琴拍拍他的肩膀，说："那就别抽了，普洱最容易吸味，再好的普洱吸到异味也毁了。"

5

三月，春分。桃花鼓出花苞，白日越来越长。

在春日的意气里，风烛残年的职专并无半点起色。当柳絮满天飞舞时，流言也开始随风漫飘。职专保不住大家的饭碗了，最乐观的结果是被一所实力雄厚的学校兼并，最差的则是彻底散掉。对职校的悲情结局，人们早有预感，却想不到来得这样快。人心浮动，老师们总凑在一处嘀咕，领导看起来也是心不在焉了。

邵琴送的茶饼放在书柜最高处。独居的日子里，心情烦乱时，陈江流觉得普洱也是家里的成员。每周，他都拿下来闻闻，仔细嗅闻香味的变化。他压制住品尝的冲动，耐心等待生茶的成熟。他不轻易品尝茶饼，正如不想轻易去见邵琴，他认为他俩不需要经常相见。他想，他和邵琴的情谊，也要自然发酵，缓慢陈化，用时光塑造出醇厚的味道。

谷雨将至，邵琴应该为明前茶销售而忙碌，结交买办，送往迎来。近两年间，她横空出世又光华夺目，成为小城的名人。陈江流从没刻意打听，关于她的消息已翩然而来。她的崇拜者在多个场合提及她，极力描述她的优雅特别。有个男人曾一脸神往，啧啧地对陈江流说："我们一起去吃基围虾，你不知道，到了最后，人家邵琴愣是摆出一盘子全虾，虾头和虾身完完整整，服务员都傻了眼。"

陈江流微微一笑，原来这次是吃虾。她手法别致，风姿高贵，知道如何使自己变得更有辨识度。她展露出来的一切都经过苦心打磨、巧妙设计，像一粒剔透的精米，一块刻意求工的宝石。

　　无论如何，他认可邵琴的方式。一个无须豪饮、打情骂俏、巧舌如簧即能俘获人心的女人。她是杜诗颜字，正统，耐读，格律严谨，稳重端方。

　　只是无人知晓她丈夫的来历，他便在心里速写。小领导之类的，长相儒雅，处世圆通，说话不紧不慢，能在这世上活得很好。

　　这晚，普洱依旧像个睿智沉静的老者，慈悲地俯视着他。陈江流不愿去想职专的烦心事，拖一天算一天吧。他闭上眼就看到了邵琴。她仿佛来自高雅世界、仙境桃源，她一伸手，就把他也拉进去了。

　　他正沉浸在温柔梦幻的秘境时，门锁一动，李燕推门而入，陈江流惊恐地跳起来。

　　一听说职校要垮，李燕就办好手续提前回来了。这场硬仗需要她这位总指挥、女诸葛，她深知，舍下一张脸四处求人，陈江流不是那块料。

　　李燕忙着向丈夫展示京味小吃，他笑得勉强，表情游离而抗拒，好像她打碎了他的某件珍玩。

　　李燕打开了电视，没有人看，声音调得很大，她只能用嘈杂的声音掩饰自己的窘迫。

　　她顺着丈夫的视线看过去，目光落在了普洱茶饼上。她"哦"了一声，点点头。

　　又是邵琴，人们一直在传说她。李燕早知道丈夫和邵琴有来往，但从未在意。邵琴是手段高明、身家富裕的女人，需要她丈夫这个风雅又无害的闲人，偶尔谈谈心，冒冒酸气，倾诉倾诉艰辛。而邵琴对陈江流来说，也不过是浊世里红颜知己之类的定位，心灵相通，授受不亲。

　　她对生活并无特别的期许，但丈夫的疏离还是令连夜归来的她感到些许失落。她没发作，脸色却阴沉如墨。陈江流嗅到危险的味道，不敢在她眼前晃来晃去，唯有以静制动。他蹑手蹑脚地关紧门，坐在了蒲团上。

夜已深，李燕检查完门锁和煤气，兀自上床休息。过了一会儿，陈江流也悄悄地躺过来。

他们都没睡着。

往事在时间的另一头，几乎已被烟尘埋葬，此刻，忽然明亮耀眼，冉冉升起，迤逦而来。

两人都是职校老师，一个教书画一个教物理，对桌而坐。忘了从哪天开始，他们在意起自己的形象来，在办公室里偷偷照镜子，时而偷笑，时而怅然若失，空气里满满的，是恋爱的味道。

读书时，物理是陈江流驾驭不了的学科，他认为擅长物理的人莫不天分极高。李燕则视他为才华横溢的青年艺术家，周身散发着浓郁的才子气质。多年后，李燕回忆起来，总觉得是一个所谓的机遇摧毁了他们的生活。

她把没处放的怨、没处放的困惑，都倾倒在那个看似寻常的人生细节上了。

婚后不久，陈父拿到一个调入师专的名额，陈江流像真正的骑士，把机会让给了新婚的妻子。本来，职校和师专也算般配，只是世道的轨迹不可捉摸，唯有走出来才知道。很快，师专升格为综合性大学，李燕是大学教师了。几乎就在同时，职业中专日益沦落。师专发展得越好，李燕越觉得对不起丈夫。她是小偷，偷走了本属于丈夫的运气和福分。那段日子，她在各方面都急于表现。

那几年，陈江流在绘画上发展势头良好，俨然明日之星，陈母对儿子寄予厚望。婚后第二年，陈江流查出精子畸形，老太太受到沉重打击，一度萎靡不振。忽地有一天，她召开家庭会议，对小夫妻说："对外宣传上，只能委屈李燕了。"陈江流低着头一言不发，他已经蒙了，有些事，从没想过会在自己身上发生。李燕看看婆婆，又瞅瞅丈夫，抬抬鼻梁上的眼镜，点头了。她真没用，就见不得他受一点罪。

接着，陈母罹患偏瘫，令人闻风丧胆的偏瘫。李燕把她接到家里来，和保姆共同照料。陈母曾在医院做护士长，很会调教女人，也很爱调教女人。她生着尖冷的鼻子和薄薄的嘴唇，眼睛往里凹，非常聚光。即使在病榻上，她的目光依然令李燕战战兢兢。

在李燕帮婆婆翻动了上千次身体后，婆婆终于离世。从那时起，陈江流开始打坐念佛。他闭上眼睛打坐，她在门缝里偷偷看他。为他片刻的平静，她大气儿都不敢喘。她知道，她的男人，父母双亡，香火不继了。

他混成这副模样，又连个孩子都没有，早就谈不上什么前途，如今连个后路也不知在哪里。想着想着，李燕的泪水默默流到枕巾上。她不敢发出哭声，却忍不住用手背轻轻碰触他的皮肤。

他感觉到了，也不敢动，极力让呼吸变得均匀沉静。

各有各的委屈，也各有各的心虚。

十几年间，这么多笔债，借了又还，还了又借，算不清的糊涂账。谁也不容易，谁都没享福。他们生活在牺牲、操劳、恩义编织成的一张网里，紧密而沉重，谁都出不来了。

## 6

陈江流的工作还悬着呢，邵琴的佳音传来。她从民办学校调入茶艺协会，不但设计茶具四处参展，还搞起茶艺培训，一举盘活茶协。她浪漫、聪灵，游遍了著名茶乡，轻松地考到高级品茶师和高级茶艺师两个证书。她要的又不仅是虚名，旋即开起定位高端的茶叶店。然而还不够，适逢招生的瓶颈期，手头资源用得差不多了，她漂亮地变招，谋到一份文雅养人的好工作。

女能人邵琴是陈江流的理想，她极具社交智慧，于取悦、攀附、献媚、钻营之外独树一帜。她掌握了"虚名可以实用"的全部精髓，艺术的包装，闺秀的风范，最小的人格牺牲，最实在的收益。陈江流想做而未做的、做了也未必成功的，在她那儿，都实现了。

关键是，她的实现，灵性，优美，不丑，不恶心，没慌不择路，不精赤精赤的，也保住了最珍贵的一点内核。还能苛责她什么呢？她简直是个女英雄了！陈江流想到这一层，忽然觉得，某些东西也没那么可厌可怕了。

邵琴的伟业激发起他的斗志，他暗暗给自己加油，心想，再努努力吧。周五的晚上，他约请老同学李力去云来居吃饭。选择云来居，因为这里是他认识邵琴的地方。选择李力，则因为李力是他儿时的伙伴，两家还是世交，他和李力的熟稔，铺垫着几代的渊源交好。李燕知道丈夫脸皮薄，怕他不好意思开口，硬跟着一起来了。

李力秘书出身，一支笔式的人物。一见面，李力就笑呵呵地问："大艺术家，最近又有什么大作？"陈江流连忙摆手，说："早不画了，教教书，混碗饭吃而已。"

李力一本正经地瞪大眼睛，说："哪能呢？你比我强多了，看看我，文亦不成，武亦不就。"

饭桌上，李力对他又是羡慕，又是夸赞，却只强调了一点，他什么都不是，他只能赔笑一个晚上了。

他们同岁。四十岁的李力，是前程似锦的年轻干部，社会上的强力人士。而四十岁的他，是一个搁置了创作的地方书画家，以前的作品曾保持地市级水准，如今连份糊口的工作都岌岌可危。陈江流不再接话，他觉得自己是个大笑话，谁都可以揉搓他。他咧着嘴，吃了黄连般，只欲速速岔开话题。

李燕看在眼里，清清嗓子，认真地说："我家老陈很有才华，就是不爱找人吹喇叭，不然，早出大名了。"

她大声叫着他，"陈画家"，是不带一丝调侃地叫，叫得他心里一抽一抽的。他二十几岁时，家里人也这么叫，并时常热议他的才能和前途，后来突然有一天，什么东西消失了，大家都很有默契地不再提起。

她还想继续说，在她心里，他是潘必正、张君瑞、柳梦梅、曹子建、皇甫少华、司马相如，要手拿一把折扇，倜傥地摇着，身边还围着一群帮闲凑趣的清客，不该是这副低声下气的样子。陈江流用感激而劝阻的眼神看着她，她乖巧地转换了话题。

李力煞有介事地嘱咐一句："千万记好了，给我写两幅字。"陈江流点头不语，抿了一口酒。

这一刻，李燕凝望陈江流的目光，像小鹿一般满含柔情，她仍然钟情于他眉宇间的英气、他清瘦而略带神经质的脸庞。

李力高谈阔论时，陈江流也走神了。现实再一次证明了李燕的见识和眼光。早在十年前，李燕就敏锐地把握住时代的脉搏，兴冲冲地告诉他，现在成绩不好的学生都去学艺术了，很多人办美术培训班发了大财。陈江流受了奇耻大辱般，用不可思议的眼神看着老婆。她避开他的目光，慢慢地摇头，低声说："你空有一个好专业，就是不会用。"

陈江流不再理会，她恨恨地预言："只靠工资，你就完蛋了。"

他不服气，顶她一句："有吃有喝的，完什么蛋？"

然而，李燕是正确的，她一直都是正确的。总算挨完了这顿饭，他狼狈逃窜时，完蛋的感觉油然而生，强烈无比。近年来，他生活的这座小城，越来越虚荣，越来越势利，令他觉得自己低贱卑下，无处躲藏。

接下来的日子，陈江流的奋斗之火彻底熄灭。他早已不喜欢认识陌生人、拓展新关系了，如今更是躲着人躲着事，对什么都提不起兴趣来，早晨起来脸也不洗，直接就坐在电脑前。李燕细细一琢磨，心也冷了。这世界一个萝卜一个坑，可往哪里堆放他呢？

他身上的烟味越来越浓,吃完饭就走到阳台上,一抽就是半天。他靠墙站立着,身影单薄而孤寂。烟头明灭,烟雾缭绕,他似要渐渐溺毙。往外一看,是黑漆漆的夜,像无边的苦海。

李燕问他:"李力有信儿吗?"他的头剧烈摇晃,说指望不上。

烟味久久不散,李燕为普洱套上一层塑料袋,扎了几个小孔透气。把普洱重新摆放好,她想起了邵琴。名媛邵琴,高士邵琴,能量惊人的邵琴,诸事亨通的邵琴。

这晚,当烟雾又在家里弥漫时,李燕悄悄走出家门,直奔月下草庐而去。

一路上,她硬着头皮,不停地说服自己:庸俗的这类事情,还是让女人来办吧!小市民李燕,你不办谁办?小妇人李燕,你不办谁办?她给自己鼓劲儿:李燕,你向来是泼辣的、没脸没皮的!

月亮天。

邵琴的茶室里围坐着一群朋友。她冒失地介绍自己,尴尬得手足无措。邵琴在短暂的愕然后马上伸出了双手,友人适时地告辞。

她们静静坐着,谁都不说话。当气味相投的女人相遇时,莫逆于心,言语显得多余。虽然表面看上去,一个大俗,一个大雅。

其实,她们是同类。

她们都曾是娇娇女,婚后才逐渐明白了一些道理,一些看似平常,但必须自己亲身走过才能领会的道理。比如说,保持家庭整洁,需要一个常人不停手地做。只要日子继续,就有不停地使用,不停地破坏,再不停地收拾,不停地归位。

她们都惯坏了自己的男人,她们的怨气一文不值,她们尝试着训练丈夫承担家务时,丈夫摔摔打打,坚定地认为,那是替她干的。

她们曾对菜价的波动毫不敏感,不屑于算计。后来,她们一脸精明地出现在市场,直到把所有的菜都翻个遍,才心满意足地拿起一捆,还要把老叶子扒下来才称重。她们反复比较，耐心甄别，终于选出质量可靠、正在促销并捆有赠品的好东西。

她们离朋友越来越远，无法参与一定频率的圈子聚会。她们没有社交，偶尔抛头露面也太过矜持有点木性，板着一张严肃的面孔，跟人交谈显得有些生硬，不会幽默地回击男性的言语撩拨，在接受周到服务时局促不安。

邵琴的身上，不乏传奇色彩，亦布满重重疑云。人们议论时，敬佩和迷惑交织在一起：邵琴一个老女人，怎么会突然杀出来，风生水起，多点开花？当跟邵琴相对而坐时，李燕肯定了一点：谜底势必牵连着某些伤痛和变故。她好奇地问起："你男人干啥的？"邵琴似乎想说什么，迟疑片刻，摆摆手："不提这个了。"

李燕心里忽然涌起一阵悲凉，眼睛酸热酸热的。什么传奇巾帼，不就是个实在没办法了的女人吗？

邵琴反问道："知道我以前做啥的？"李燕说："你不是招生办的？"

邵琴摇头："在干招生之前，我做了十几年的图书资料室管理员。我喜欢这份工作，不怎么见人，跟养在深闺一样。"

话说到这里，李燕猛然意识到，抒怀并非此行目的，她立即从忧伤气氛中走出，顺势恭喜她调入茶协，又不经意地提起丈夫的工作。

她紧张地等待着，她看到邵琴笑了，笑得明朗而贴心。邵琴说："我帮他问问，书协和佛协都有希望。实在难办，也可以先干着，慢慢等机会。"

李燕松口气，说："除此之外，他也干不了其他的，就会务虚。"虽这么说，她流露出来的神情还是以他为傲的。她又叹口气，说："我这辈子是没法任性了，我就想让他任性，有时也唠叨几句，但实际上，看着他任性，我高兴，我喜欢。"

邵琴沏上两杯茶，两人的聊天愈发深入。邵琴说："胖女人的生活都是一团糟的,只有状态不好的女人才会发胖。你减减肥吧,只要不傻吃,就能减出腰身来。"

李燕一愣,从来没人跟她说过这种话。

她觉得和邵琴之间的距离又缩短了一截。她说:"真佩服你,邵琴,诗情画意的,风花雪月的,钱就来找你了。"

邵琴摇头,沉吟着,半天才说:"李燕,你不觉得,你把自己变得如此俗不可耐,才是比我更难的修行?"

这句话像是用铙钹鼓板击打出来的,精光四射地来到李燕面前,又一下子照到了她心里。什么都不用再说了,足矣。她觉得自己变得很柔软很松弛,像是,化掉了。她任由自己向四面八方流着,淌着。

茶是明前的安吉白,入了水,修长的茶条渐渐舒展开来,如纯度极高的翠玉。邵琴赏着茶色,说:"女人也像明前茶,好日子不长。如果精心保鲜,小心呵护着,倒能喝到来年呢。"

李燕摸着自己额头上的深纹。她是个肉墩子胖女人,没时间也怕麻烦,从来不做面膜,也从来不运动。等到夜深离开时,她觉得,她和邵琴,分明已相识好几世,又似连体而生,浑然一体。

李燕密访邵琴后,不再宣传自己易胖体质,而是严格控制晚餐,她也不再痴迷民国清宫爱情大戏,晚饭后收拾好碗筷就急匆匆出去。很快陈江流在妻子身上发现了异样,她回来时身轻如燕,脸色红润,眼睛往外放着光。他从未怀疑过李燕的忠贞,他只是好奇,到底发生了什么事。

留州大学有个灯光广场,每当夜幕降临,这里就聚集起热爱锻炼、渴望长寿的人们。花睡衣,拖鞋,饱嗝,夜晚的广场透着粗俗温馨、蓬头垢面的欢乐。

广场上还有一个角落,人数不多,却也自成一家。在散漫鄙俗的整体氛围中,唯独这个角落需要挺胸抬头和拔地而起,需要迥异于红尘烟火的雅致、讲究和飘扬。这小小的角落里,散发出浓烈的艺术气味。

她很正式地穿着高跟鞋和连衣裙，昂起下巴，舞姿灵动，跳的竟是高难度的探戈。

　　如此的李燕，熟悉又陌生。他想起了很多事，一往深处想就难受起来。那时，她在职校文艺晚会上表演独舞，曾赢得多少男青年热切的目光。那几年，他一直叫她燕儿，燕儿。

　　不知从何时起，她弧度柔和、娇嫩欲滴的脸，变成了一张硬朗的方脸，一张俗气而能干的脸。

　　她多么传统，她的舞伴是个娇小的女子。他的血涌到胸口，他想：死也要死在她的前头。

　　死也要死在她的前头。一应后事她势必安排得妥妥帖帖，都无须操心牵挂了。

　　夜深了，人们渐次散去，李燕带着满足的微笑离开广场。他望着她的背影，心想，她们各得其所，剩下一个他，他该怎么办呢？

　　蓦地，陈江流有些怀疑自己了。到底画还是不画呢？

# 毕业生

## 1

郁金被这一地红艳艳的硕大的花吓住了。此前,郁金从不知道,三月份也会落花。申安告诉她,这是木棉树,花开得又大又美,就是花期短。

木棉,原来它就是木棉。高高的枝丫上,花朵明艳如霞,像烧起来一样。郁金从地上捡起一朵鲜红的木棉花。她无法掩饰自己的迷惑,自言自语着说,春天该是开花的季节啊。

申安微笑,说,过不了几天,又是一批新骨朵,赶得慌吧?

春日落花。深圳给郁金留下的第一印象,除去落了俗套的繁华,还有几丝惊悚。

深圳步态诡异地走近了郁金。焦灼感像无数带尖的玻璃碴子在血管里游动,温暖阳光下,她的身体剧烈抖动着。

那一天到了,申安陪郁金来旅游学校试讲,快进教室门时,郁金低声说,你在校园里找个地方等我,我自己进去。

一进门,郁金的手心就出汗了。她的对手气质都很好,着装雅致而不失干练,脸上笑意盈盈,见郁金进来,她们礼貌地点点头。郁金拽了一下上衣,也报以微笑。

几个应聘的女孩都是应届毕业生，有讲《女神》的，有讲《诗经》的，郁金试讲的内容是李贺诗歌。依次讲完后，一个专家模样的中年男人让大家回去等消息。

远远地，郁金看到申安坐在操场边等她。他看起来更瘦了，薄薄的一溜儿身子斜倚在看台上。郁金的鼻子有些酸，他昨晚刚上了夜班，今天又过来陪她应聘，熬得脸色青黄，眼珠子周围都是血丝。

申安一直感慨自己是劳碌命，郁金也不反驳。她嘴上不说体贴话，心里却暗想，等我找到工作挣来钱，非把你养得肥白大胖的，我才不让你辛劳一辈子。

走出学校，申安拉着郁金的胳膊，小心地询问试讲的情况。郁金回答，没什么感觉，都是第三次试讲了，倒挺熟练的。申安问，其他人呢？郁金沉默了。申安把她圈进自己的臂膀，两个人继续往前走。

郁金突然说，别的我不知道，反正都比我漂亮。

申安犹豫一下，说，漂亮又不能当饭吃。

郁金变得很暴躁，一下甩开他的胳膊，大声喊，漂亮就是饭！不但是饭，还是熊掌、龙肝、凤胆！

申安也急了，说，我就不信这个邪！郁金看着他眼里密布的红血丝，眼泪倏地滚落出来。这时，手机忽然响了，郁金抹抹鼻子赶忙接起来。

申安紧张地把耳朵凑过去，对方怎么说，他听不清楚，但他分明听见郁金说，实习？好，我有时间有时间，可以去，可以去。

郁金刚挂上电话，申安喊道，我就不信人要靠外面这副皮囊吃饭！郁金极力克制着激动的心情，她有些眩晕，在感到自己站立不稳时，她把手伸向了自己的心脏。在那里，藏着一个叫玉髓的美丽女孩。

将水仙球放到一盘清水中，十几天后，她会开出秀美清丽的小白花；把一块水萝卜洗干净搓上盐，放到石缸里腌一个月，拿出来切成细丁点上麻油，就是可口的下饭咸菜；郁金的珍宝是玉髓，她已孕育她很多年。

玉髓当然是个女孩，一个黑瞳、朱唇、雪肤的女孩。在为她组装下巴时，郁金曾颇费思量。电视剧里林黛玉的扮演者有个俏丽的尖下巴，郁金却嫌那不够大方，最后，她选中了林青霞英气而不失娇媚的方下巴。郁金相信，鬼斧神工的韩国美容师"造"出的美女也不及她一手塑造的玉髓，玉髓不是在手术刀下诞生，而是在一个人的心里成长和栖息。

　　这年九月，郁金离开村庄清凉店，再次回到熟悉的师大校园。刚回学校的几个夜晚，郁金似乎每晚都听到玉髓委屈的呜咽声，她总是拍拍胸口安慰几句，别急，小丫头，你不会等太久了。

　　"研三"带着硫黄和火药的气味汹汹而至，令人想起烽火、狼烟和战场。郁金一回寝室就看到大家书桌上堆放的简历，简历像一个个小柴堆，烤得郁金心里发烧。靠窗坐的室友钱媛一边按鼠标，一边抱怨，我浏览了十几个高校的网站，招聘计划都没挂出来。

　　钱媛的简历像一块方砖压得郁金胸腔疼痛，直到自己的简历也装订成册，愁闷的感觉才一扫而光。不知为什么，看到自己的简历，郁金就想起母亲的病历。母亲的病历也很厚，内容充实丰富。前年，郁金的母亲脑血栓来省城住院时，郁金经常拿着病历跑上跑下。母亲一生务农，她的名字极少被白纸黑字地写出来。邱月娥，女，六十一岁。那些日子，一看到这一排字郁金就淌眼泪。母亲操劳一生，就落了一本厚厚的病历。

　　郁金，女，二十五岁。扉页上，郁金的正楷字写得工整秀丽，简历的内容也精心编辑过，自荐信不是网络范文的路子，写得毫不俗气。最让郁金头疼的是照片，第一印象非常重要，她担心自己的长相会坏事。

　　下午，郁金来到校门口的阿凤摄影室拍照。郁金在椅子上坐定后，阿凤不断地往上抬手，说，放松，放松，笑一下。阿凤啪啪连拍了几张，然后让郁金看效果。还不错，脸色看起来很红润，笑容也自然。阿凤问，满意吧？郁金点点头。阿凤说，那就洗一版喽。

　　临出门时，郁金欲言又止。聪明的阿凤眉毛一挑，露出善意的微笑。

郁金见店里顾客很少，低声问，我脸上的麻眼能修修吗？不要太明显了。阿凤拍拍郁金的肩膀，说，数码照片有各种美容修整技术，别说小小麻眼，长疤痕都看不出来。照片一出来，包你像个大美女，自己都不敢认！

第二天郁金取照片时，阿凤拿出一个棕色的圆瓶子，对郁金说，你可以用点遮瑕膏，有的人长粉刺留下一脸坑，涂了很管用。

郁金如获至宝地捧着小瓶子研究了半天，她忽然想到远在深圳的申安，假如当年她知道有一种叫遮瑕膏的东西可以填平她的麻眼，她还会不会成为穷光蛋申安的女友呢？

早在大二时，郁金的宿舍和工大的一个宿舍结为联谊关系。搞联谊的大学生心里都是有想法的，可不止友谊那么单纯，最好联出火花和波澜，联出一见钟情乃至长相厮守。郁金宿舍里有几个姑娘很有风情，穿短到大腿根的热裤，媚眼抛得千波流转。工大的宿舍也有几个小奶油，精于插科打诨。几个月下来，美人和帅哥相看两厌了。当联谊宿舍名存实亡时，两个拙于言辞的人却悄悄恋爱了。郁金和申安。

申安是个瘦高个，远看有点像干巴老头。郁金喜欢他的老实，眼珠不会溜溜转。人越多，他话越少。

本来，郁金和申安只谈了三个月。因为宿舍的姐妹一脸忧虑，不看好他们。申安家穷，爸妈都是县城的下岗工人。宿舍的大姐是个厚道人，连她也不乐观。不用其他人多讲，郁金心里明镜一般，真跟申安成了，以后他们的生活里将充斥着愤愤不平、无休止的吵架，在和同龄人的比较中永远处于下风。郁金咬着牙把手分了。

隔了两周，郁金去工大看篮球比赛。走在林荫路上，郁金见到前面有个瘦高个，剃着光头。郁金觉得背影非常熟悉，那人冷不丁一回头，郁金"啊"了一声。

竟是申安，光头申安露出羞赧的笑容。

刹那间，郁金整个人飞上了高高的云端。她做梦也没想到，这世界上，会有一个男孩为麻脸的她剃光头。

五月的阳光透过梧桐树的枝叶打在郁金的脸上，郁金觉得自己的脸变得平坦而光滑。即使阳光未能填平麻眼，此时此刻，麻眼也变成了一种罕见的宝石，熠熠生辉光芒四射。等申安的头发留长之后，没人再劝说他们了。贫贱夫妻百事哀这不假，但也许，贫贱夫妻也拥有不为他人所知的快乐。

申安毕业后南下，去了深圳港务局，郁金留在省城读研。读书的费用，申安也负担了一部分，这一直让郁金觉得内疚。她早盼着上班挣钱了，一见申安过起日子来小心翼翼、抠抠搜搜的样子，她心里就难受。而且有了钱，才能生出一个真正的女儿玉髓来，才能好好养育她。在郁金的构想中，玉髓将拥有优渥的童年，家里有整整一面墙的书籍滋养她。她是娇憨的公主，皮肤闪动着玫瑰花瓣的色泽和光彩，缎面般光滑，丝绒般柔腻。玉髓不愁吃喝，也不愁未来。郁金人生所欠缺的好时光，都让玉髓替她享受吧。

郁金陆续寄出十几份简历。在梦里，她以天女散花的姿态分发厚实的简历，笑容充满期许和憧憬。简历带着馥郁的香气落向各所大专院校，然后鲜花一般徐徐绽放，令遴选人眼前一亮，拍手叫好。

过了十一黄金周，研究生楼的气氛变得有些古怪。大家话很少，若有所思地读书写字，熄了灯却有人梦话连篇。各种不利的传闻龙卷风一样刮过，从一层到顶楼，带来迟迟不能消散的愁云惨雾——某校面试的名单已内定，大部分人都是陪太子读书；沪上京城各大名校的毕业生都扎堆了，像组团一样来到省城的各所大学碰运气。

郁金不信。当消息灵通人士用世故而神秘的语气散播着秘闻时，郁金就把书桌前的帘子拉上。帘子外，同学们或捶胸顿足，或义愤填膺，或心急火燎，郁金却是淡然而沉静的。她有玉髓，一个符合理想标准的完美女孩。这个女孩虚幻缥缈却又无处不在，她有令人宁静的奇异力量。

十二月，冬天到了。郁金有些心慌，她没收到任何回音，无论是寄往深圳的还是寄到本市的，一概杳无音讯。电话里申安说，找工作必须主动，来深圳参加几场招聘会吧，网上的信息毕竟少，只发简历也显得没诚意。

说起来令人难以置信，自从申安去深圳工作后，两人一年只能见一次面，那就是申安回家过年时。到深圳的火车票要几百块，郁金舍不得买。申安虽然有收入，但深圳的钱太暄了，光租房子就要花一大半。申安的弟弟刚考上大学，申安也要帮家里供。两人连电话也舍不得多打，有空就在网上聊天。

郁金算算时间，还有一个多月过春节，此时去深圳并不是最佳时机，干脆等过了年再去。

## 2

三月，郁金刚踏进深圳，就被马路边诡异的落花震撼了。南方不只繁花似锦，新旧更迭的速度也令人吃惊。那些花，明明还没有枯萎，就被生命力更强的一茬挤落到地上。原来，温暖的气候不仅意味着持久的盛放，还代表着推陈出新的惊人频率。

招聘会上，郁金深切地感受到一种气氛，那就是疯狂。学生们像得了急病，红着眼喘着粗气，让简历漫天飞舞。所有招聘展台上，简历都堆得高耸而凌乱，招聘人员的脸藏在后面，冷眼观望着汹涌的人潮。一看到这菜市场般的场面，郁金的心就凉了一半。学校二流，专业冷门，经验匮乏，本来就把希望寄托在厚实的简历上，现在她怀疑，精心制作的简历根本就不会有人翻看。

去旅游学校试讲前，郁金还去过几个地方面试，均无下文。前两次一同参加面试的有男生，很明显，招聘方对男性是高看一眼的。郁金站在讲台上，她感觉到了，女性温暖的子宫、小巧的卵巢、有朝一日会流出洁白乳汁的乳房，此时都散发出不祥的气息。那意味着漫长的产假、相夫教子的庸碌生活、难成大器的宿命，令深谋远虑的领导眉头紧锁。

第一个机会终于姗姗而来，郁金接到了旅游学校的实习通知。因为经历了太多失望和挫败，郁金一觉醒来时，觉得实习通知只是个飘忽不实的梦。申安拧她的耳朵，告诉她是真的。

实习前，申安提议为郁金添置几件好衣服。虽只去过旅游学校一次，那些女老师的衣着打扮还是给两人留下深刻印象。她们保养得很好，衣服的剪裁和质料都很考究，佩戴着水润的玉饰，透出中年人的贵气和沉稳。但在商场里转了两圈，两人发现了一个事实：凡做工好些的，或款式稍有些独特之处的，价格也往往鹤立鸡群。

郁金沮丧地说，算了，穿什么无所谓，不买了。申安摇头，说，你就只有一件拿得出手的衣服，实习一个月，总不能天天穿那一件！郁金说，太贵了。申安攥着她的手，说我们有钱。

经过周密的计算和反复的比较，买下了两件衬衣和一条西裤。两人拿着衣服袋子，心事重重地离开商场。

周一，郁金清晨六点就起来了。她洗完脸后，在镜子前涂抹了半个小时，层层叠叠的，终于把深深浅浅的麻眼填平。郁金望着镜中的自己，紫色衬衣黑色长裤，显得精神利索。五官虽普通，但也不至于丑陋。她拿起教材，信心百倍地出发了。

没有通知你吗？

在学校里，郁金刚见到人事科的负责人，负责人就露出错愕而狐疑的表情。郁金回答，是啊，通知我来实习了。负责人摆摆手，不对，后来情况又有变化，你不用来了。郁金傻了，讪讪地问一句，情况变化？

负责人很不耐烦，不用解释得那么清楚，你去别的地方试试吧。

负责人别过身子不再理睬她。郁金的脸涨红了，她灰溜溜地走出学校,又迷迷糊糊地回了家。申安一下班,就见到郁金木然地坐在床沿。申安关切地问,第一天上班,感觉怎么样?

郁金哭了出来,泪水鼻涕很快沾湿床单。申安不知所措地摇晃她的身子,问,怎么啦?别哭别哭,天塌不下来,真塌下来也还有我!

申安的安慰显得很徒劳,一直等到哭累了郁金才停下来,纸巾已扔得满地都是。申安望着她,她的眼神空洞而无助。她的意思是,最后一根稻草也飘走了,她完了。

申安强挤出一丝微笑,说,你们学生就是脆弱,这算什么?瞧你,世界末日一样。东边不亮西边亮,我就不信,凭你那厚厚的一摞证书,在深圳找不到一份工作。

申安从箱子里拿出一摞红本本。他把红本本翻开摊在床上,嘴里念念有词。看,这是奖学金证书,这是你在杂志上发的论文,导师都夸你厉害呢,还有,你本科时的毕业论文在全省拿了二等奖。我居然能找到这么出色的老婆!

热切的赞美并未令郁金破涕为笑,她默默地流着泪。这些证书令郁金更加伤心。家庭的贫困和相貌的缺陷使郁金提早长大,她想得比同龄人长远。很多同学对红本本毫无兴趣,但郁金为夺得大红烫金的证书付出很多,包括努力学习和小心翼翼地处理各种人际关系。她坚信有朝一日这些会成为她的硬件和资本。她没想到,一旦证书飞出校园,它们就变得一文不值。

申安颓然把证书收好,讲,实在不行,你在家当主妇,我养活你。

郁金总算开口说话了,她说,不行,你一个人上班,我们永远也养不起孩子。

悲戚的郁金把手伸向自己的心口。那个美丽小人的诞生变得遥遥无期。

在申安看来,郁金的激烈反应也不难理解。学生嘛,每天把自己封闭在书本和电脑前，清高又傲气，遇到一点不如意，人就垮了。

对郁金来说，这并不只是一次面试的失败，而是代表着某一类职业彻底与她绝缘。在旅游学校这扇大门缓缓合拢前，郁金已试遍深圳所有的大专院校，连没有招聘计划的学校郁金都试了，鼓足勇气把简历直接送到人事科。出于礼貌，接待的老师会留下简历，但不会给她任何回音。大学教师是郁金心目中最理想的职业，她当初考研就是想留在高校。高校的人生远离市井，在书香中闲散典雅地度过，高校里处处都有气质弥补容貌瑕疵的范例。从离开清凉店第一脚踏进师大起，郁金就被幽静美好充满梦幻色彩的大学校园感动了，满地鲜花，香气低回，兰草叶片修长，风度翩翩。花香，草香，书本的香，在空气中慢慢发酵着。这里，理想不再虚幻，明朗如雨后初晴的蓝天。这里，依然有很多深圳人在过着渐渐失传的生活。

此后的一星期，郁金走遍深圳的大学校园。在一所大学的湖边，她看到一只黄斑肥猫。肥猫施施然穿行于青草杂花之间，落落大方态度安闲，偶尔停下来望望湖边喃喃私语的学生情侣，一副大气安详、见过世面的模样。郁金心里酸溜溜的，一只野猫久居校园，吃书喝墨水，都浸染出如此的风度和气派。有那么一刻，她希望自己也变成一只猫，凭着空气里飘荡的书卷气，她都能活下去。

郁金的消沉懒散令申安很担忧，他提议再去人才市场上转转。郁金说，学校都试过了，没有合适的职位。申安睁大眼睛，说，什么叫学校都试过了？郁金气鼓鼓地说，我跑了一遍，不比你清楚！申安嘟囔着，深圳的重点中学还有十几所呢——郁金反感地打断他，说，我不去。申安疑惑地看她一眼，没再言语。

在申安看来，教大学和中学都是职业，去公司上班也是工作，并无本质区别。但在郁金眼里，那是两条完全不同的道路，驶向迥异的人生。郁金对文学院的老师满怀敬慕之情，他们个个才华横溢文采风流，即使偶有几个名声不佳的老师，也会被宽容的学生归为孤绝桀骜的文人品类。而换一种情境，当语文和教师两个词语交汇到一起时，一切都变味了。语文老师令人想起清贫、酸腐、愤世嫉俗和过早衰老。他们也曾风花雪月舞文弄墨，但最终只能与青春期的叛逆学生斗智斗勇，趴在教室后门的玻璃上观察晚修情况。有个镜片很厚头发油腻的男老师，他在校园里踽踽独行、怀才不遇的形象令郁金至今难忘。还有众多女教师，样子都已经模糊了，但郁金记得她们的肤色，焦黄焦黄的，额头上的抬头纹刀刻般深。回想起这些老师，郁金心存感激，也深觉他们伟大，但她不想让自己那么苦。何况她的导师器重她，说跟某些心浮气躁的学生比，她真是在书斋里做学问的好苗子。

深圳的夜晚华丽而奢靡。一入夜，刻板的都市就变成了一座风月乐园。

住处附近的天桥常令郁金想起家乡的集市。天桥上是暗淡的灯光、廉价的小商品和一脸风霜的摆摊人。天桥远离市中心，有些落寞，有些乡土气。刚落过雨，空气里流动着一股清新的土腥气，更像老家了。天桥在城市腹地，却小心翼翼地疏离着什么，抗拒着什么。

麻辣田螺、盐水花生、毛绒公仔、款式时尚做工粗糙的小饰品，天桥上有浓稠的过日子的气息。卖光碟的是一个两颊枣红色的中年妇女，她面前摆放着最新潮的美国大片，这景象很滑稽，却是世道。

郁金拉着申安在天桥上坐下，她希望亲切熟悉的场景可以赶走内心的烦闷。

小贩们既不像乡下人，也不像城里人。和城市人相比，他们朴素实在，然而又比真正的农民多了些商人的狡猾。

一个妇女挑着两个藤筐走上天桥，筐里是水灵的菜心。郁金问了问价钱，五毛钱一把。

五毛钱就能买到新鲜碧绿的蔬菜，点几滴花生油，放蒜蓉滑炒几下，不也是一道体面讲究的美味？细小却真切的幸福感笼罩了郁金。

郁金随即有了问题。也不知他们一晚上能赚多少钱？申安指着卖菜的妇女说，一筐有二十几把青菜，一把五毛，两筐青菜一共能卖二十块钱，赚多少就不知道了。

看起来，妇女是从远处赶过来的。郁金摇摇头，二十块钱，还不够脚力和工夫呢。申安说，如果现在有份工作，一天给你二十块钱，你去不去？郁金立刻接口，当然不去。申安笑着说，你们啊，读了研究生，眼光都上去了，拼劲都下来了，什么都看不上，自己却没什么硬本事。跟那妇女比，你不就是多上了几年学，也多造了几年钱吗？

小贩们卖力地兜售着自己的货品，为了一两块钱，和顾客磨半天嘴皮子。他们的措辞很小心，微笑里带着讨好，生怕态度生硬了顾客会拂袖而去，又不愿轻易让步舍去微薄的利润。

郁金想起了母亲。她是个生活中过度节俭的人，晚上总让一家人摸着黑吃饭，去县城舍不得坐车，无论寒暑步行十几里路。郁金曾经看不起母亲，甚至心里隐隐有些怨气，家里过得穷大概就因为有个福薄又寒酸的女主人。

原来在一座繁华富足的城市，也有一些人为了块儿八毛紧张成那样。

3

新的一周到来，上午九点钟，郁金去参加一家公司招聘文员的笔试。郁金很清楚公司考核文员的要求，她对每一道题目的解答都力求简洁干脆、工整规范、要点突出，摒弃了稚气的学生腔和多余的文采。三天后，郁金没有悬念地进入面试。

在网上看到名单后，郁金没有欢呼雀跃。面试是对口才和应变能力的考察，但到了郁金这儿，就只剩下一个结局，在完美的答卷背后，她本人将原形毕露。每次一到面试，郁金都要涂脂抹粉，然后唱大戏一样粉墨登场。

除了脸上有麻子，大象腿是郁金的又一痛处。上小学时她的腿就很粗壮，有一次为迎接六一儿童节举办晚会，她们十个小朋友排演天鹅舞，彩排时穿上了白色的泡泡裙和紧身裤。彩排完了，舞蹈老师脸色很难看，指着郁金说，你的腿肚子太胖，一点天鹅的美感也没有。正式表演时，郁金没能上台。

钥匙哗啦啦地响，申安开门进来。他身上带着海风的气息，把郁金从往事的回忆中拉了回来。知道郁金明天有面试，申安分外紧张，问，穿什么衣服呢？郁金回答，还穿那件蓝色小西装吧。申安搓着手，说，要化点淡妆，嘴唇涂红一些，显得气色好。

郁金迟疑一下，忽然一本正经地问，申安，你从没嫌过我长得丑吗？

申安愣住了，他在郁金的眼神里发现了某种熟悉的东西：软弱、谦卑、惊惶和淡淡的恐惧。

郁金低下头。申安走过去拉住她的手，说，我只知道，要找到一个有点文化又能过一辈子的女人，不容易。

笨嘴笨舌的申安不知道什么是爱情，但他有一种朦胧的感觉，爱情就是两个人在一起可以互相安慰、互相惦记，是长路上的一个伴，有了她，他就愿意往下走。

申安的宿舍靠近海滩，夜深人静时能听到海潮的声音。大海总令人想起海枯石烂和海誓山盟。这个夜晚，两人裹在一张被单下低声说话。没有绵绵情语，全是申安的嘱咐，一些面试的技巧和礼节。申安深知她不是自来熟性格，外表又不抢眼，在一群人中很容易就淹没掉。快睡着时，他做了个决定，明天一早先带你去美容店化妆。

美容店里的技师使用各种刷子把郁金的脸涂饰得光艳动人。坐在旁边的申安数了数，光大大小小的刷子就有十几把，还有各种小镊子小夹子瓶瓶罐罐，相形之下，郁金自己的那几件家什可就真业余了。

妆成后，郁金缓缓地睁开眼睛。她在镜中看到一个美人儿，精致的发型，浓淡相宜的妆面，一切都恰到好处。化妆师很健谈，他笑吟吟地说，天生丽质的人毕竟只是少数，所以我们这个行业才会应运而生。鼻子塌的，眼睛小的，皮肤有雀斑的，我都能妙手回春。

郁金比约定时间提前了十分钟到达面试地点，这是她考虑很久做出的决定：提前十分钟到场，给雇主留下良好的守时印象——这条规则不仅散见于各版本的职场宝典，更广泛流传于网上坊间。若到得太早，不但一个人独坐大堂有碍观瞻，而且面对陌生的环境太久会降低士气，不利于面试发挥。郁金决定先花五分钟跟前台小姐聊天，问出公司对面试职位的要求，仔细考虑对策，孙子说"知己知彼，百战不殆"；再花五分钟调整心态，做出胜算在握的姿态，孙子说"致人而不致于人"。

郁金读过《孙子兵法》，消遣时看的，当时无论如何也想不到面对生存压力时，先人的智慧会决堤般喷涌而出。不能教书已是重大挫折，终结了一个多年的梦，对之前她从没有考虑过的公司，只能是志在必得。

到了公司郁金才知道自己错了。这是一家知名公司，大堂被四面八方的求职者挤得水泄不通，还有很多人不断赶来，大厅里充斥着难闻的汗味。这时郁金才明白，公司一定是分很多批面试的，眼前这些人就是比她早一批次的。

人群一点点地往前滚，郁金奋力挪动步子。面对这么多求职者，前台小姐一定很忙。计划现在要改动，不但要跟前台聊天，还要多从其他人嘴里求取信息。

到了前台，郁金发现自己又错了。前台小姐根本没有时间，或者说根本没安排时间来应付这些求职者。她藏在桌子后面，眼皮不抬，正一心一意跟电话较劲。

现通知你明天下午三点钟来商业大厦十五楼参加面试。嗯，别的不用带，证书我们录用时才要……这我不清楚，还要通知其他人，你按时来就行了。

从会议厅里走出一名男子，手拿一张纸。整个大堂安静下来，郁金听到他念了自己的名字，在众人羡慕的眼光中郁金走过前台，走进会议厅。

一共走进来十二个渴望得到工作的青年，他们在长长的会议桌前分两排坐下，每个人的背都挺得笔直，但郁金却有一种强烈的感觉，他们是十二只随时准备摇尾乞怜的癞皮狗。

主考席上坐着两个人：一个精瘦的男子，摆弄着手里的水笔；一个短发女士，口红的颜色很冷艳。

等到大家都坐稳了，瘦男士放下手里的笔，清清嗓子说，我们开始吧。一共两项考试，我们先进行第一项，无领导讨论。现在你们之间是平等的，给你们一个没有标准答案的话题，你们就话题展开讨论，充分发挥想象力，不要有所顾忌，根据你们的表现进行打分。他扬扬手边的评分纸。然后女士开始给大家宣布讨论的内容：一个地方有六个人，每两人间发生了一件事，要求讨论你对这六个人的看法，并在二十分钟时间内集体提交一份对六个人好感程度的排序。

郁金觉得这样的场合，表现太突出有哗众取宠之嫌，也会引起公愤，大家都不配合你的话题讨论；太沉默也不好，吸引不了考官的注意力，很可能直接出局；如果只说自己的观点，会让人觉得没有团队精神，现在凡是企业都讲究这个；如果附和别人吧，又看起来没有主见；假若反驳别人，怕显得不懂换位思考……郁金正举棋不定，别人已经开始了。

我先来讲一下我的看法。一个高亢的女声把大家吸引了过去。是个瘦瘦的女孩，脖子如长颈鹿般摇动，一看就是个开朗外向的人。

这么说我不同意。一个瓮声瓮气的声音趁长颈鹿换气的空当把话题接过去，是一个坐在郁金对面的健壮男子。

其实你们的说法都有道理，但又都不全。一个文弱的男生接道，也不知道他是如何从大堂挤进来的。

其实，我们可以换种角度来考虑。一个气质出众的女生也不甘示弱。郁金看了她一眼，突然发现她的眼角居然有很密的皱纹，不由想到自己，经过几个月的忙碌，究竟比以前苍老了多少？

我觉得第一种说法对。坐在郁金左边的男生也开口了，他一进来就趴在桌子上，好像无骨，一看就是天天趴在桌子前打电脑游戏的"职业病"。郁金一向鄙视这种学校混子，想不到今天居然要跟他们一起为工作竞争。

突然郁金心中一凉，基本上每个人都说了一回，时间也过去大半，她还按兵不动呢。

终于逮到机会，郁金插进去了，我的看法是——说了不到三十秒，她还意犹未尽时，健壮男士猛地把话打断——现在时间过了一半，我们还没排出顺序来，当务之急是先排序，一会儿上交，然后才是我们表达观点的时间。

形势就发展成了健壮男士和长颈鹿女生的战斗，一方要求强行排序，令一方要求每个人充分表达观点。混战的结果是，强行派既没有时间推动他们的表决，民主派也没有精力充分表达民主。在短发女士响亮的叫停声中，他们突然明白，这次讨论彻底失败。

果然，女士冷冷地说，按照规则，如果讨论后没有一个结果，整组都要被淘汰。

也难怪，现在到处都是找工作的，根本不怕招不到合意的人选。而且他们没有讨论出结果，证明不了自己是英才。

大家懊丧地唉声叹气时，男士又给了大家一个希望，他恩赐般地拿出第二个题目，说，但愿这个回合能有人脱颖而出。于是，所有人都紧张地看着他，厮杀将再度开始，会议室内鸦雀无声。

男士不慌不忙地拿出一幅图，是这家公司的标志。一个由正方形组成的图案，最小的正方形是黄绿色，一条更浓的深绿框架把它围起来，方块之间部分则填满淡绿。整个标志色彩有层次感又浑然一体，颇值得玩赏。

在郁金看来，这个标志像一堵坚硬的墙壁，横亘在她和工作之间。郁金喜欢思考却不擅联想，她脑子里只有小时候家里外墙的影子，大块的方砖，上面爬满绿色的藤蔓。

男士突然一指郁金，快速问道，标志像什么？绿色又代表什么？

郁金猝不及防，心里最初的想法脱口而出，标志是墙，绿的是爬山虎。刚开口郁金就预想到了后果，说完已经面红耳赤，她听到了周围的窃笑声。短发女士的嘴撇得像宋丹丹，迅速把答案记录到纸上。

郁金恨不得出溜到桌子下面。男士一脸严肃，突然冲笑得最厉害的长颈鹿说，先别笑，墙不好，还是爬山虎不好？

男考官如武林高手，挥指如电绝不留情，瞬间十二个问题脱口而出，无论他们如何腾挪跌宕，都在瞬间败下阵来。女士把每个人的答案简洁快速地记在纸上，等最后一个答案记录完毕，就拿着纸片匆匆出去。

男士得意地看着他们，微笑中带着轻蔑。在他看来，稚嫩的毕业生根本就是丛林社会里最鲜美无助的羔羊，而他是一个出色的猎手。喝了几口水，他又沉声说，如果是周总经理把关，你们可能都没机会进入下一轮，他有过连续面试五十个人一个都不录用的记录。现在他忙完了，要亲自过问。他可是个传奇人物，或许会从你们的表现中看出哪个与众不同，看运气喽。

郁金心想，我没戏了，幼儿园的小朋友都懂得说绿色是希望，唉，笨嘴拙舌，反应又迟钝。正胡思乱想，女士回来了。

女士道，郁金，你跟我过来一下，去见见周总。女士的语气中也透着诧异。

众人吃惊地看着这个答出了全天下最土答案的人，虽然她的打扮还算现代，但很明显，她是个"土鳖"。

郁金张着嘴巴，尾随女士出去。大起大落的景况是她从没经历过的，她想庆幸，又明知道自己表现很差，想后退，却得到了其他人梦寐以求的机会，这种失落和庆幸交织在一起，让她的脑子糨糊般混乱。她明白，部门面试是以挑为主，挑剔求职者的缺点，把不合格的人筛出去，而真正面对决策者时，是看面前的求职者有何理由供他们使用，以用为主。从这层含义上说，自己距离这个职位并不遥远了。

如何才能走好这关键的一步？郁金没有把握，也没有自信，最后一点士气已在刚才的面试中消耗殆尽。她更不知道这位"传奇式"企业家究竟还有何奇招，来炙烤她麻木的脑袋。

穿过忙碌的办公区域和一段走廊，她们来到一扇红木门前。这扇门透着拒人于千里之外的冷漠。威武沉默的红木门内，是不是她郁金起起伏伏大悲大喜的尽头？

一进门，郁金就发现，这里是古韵盎然别有洞天的办公套房，与门外现代感十足的写字隔间大相径庭。一架朱红色屏风上绘着几竿倜傥的修竹，向阳的方向有两扇镂刻得很精细的雕花木窗，窗下一池碧水清澄见底，养着一株红莲、几尾游鱼。房间方方正正，左边一张条案，边框上的花纹流畅舒展，右边博古架的格子里放着紫砂之类的工艺品，墙壁上悬挂着写有"乾"字的竹扇，扇下坐着一位白面男士，像一位隐逸深山的高人雅士。

郁金知道，虽然她学的古典文学专业远不如厚黑学和成功学走俏，现在的有钱人却推崇复古了，讲究中式情怀、东方神韵、明清家具、龙雕凤漆。

郁金喜欢读古书，但这个古色古香的房间令她感到一丝阴沉和压抑。她正抬头看"乾"字，周总一字一顿地说，乾，阳之纯健之至，为天，为首，为人间浩然正气，为仁者凛然风骨。

郁金的脑袋一下子炸了，一瞬间，她觉得自己不是在面试考场上，而是坐在大学教室里听老学者讲课。

地势坤，君子以厚德载物。郁金硬着头皮接了一句，对于乾坤八卦，她只知道这句。郁金并不懂《易经》，但她明白，跟大人物说话一定不能冷场，感觉最重要。

周总脸上很少有明显的表情变化，目光精警而锐利。他指指郁金面前的水杯问，喝茶吗？郁金注意到，周总桌上放着一套描着远山淡水的白瓷茶具。或许又是一次考验，但是，她并不懂什么喝茶。

郁金竭力让声音显得平静，可仔细听来仍有微微的颤音。谢谢，我很少喝茶。郁金上学时会从微薄的生活费里节省出一点来买茶，喝茶能令人感受到一种悠闲舒适的生活情调，但她对茶谈不上研究，只泛泛地知道几个品名。她更清楚，她过关斩将不是为喝茶而来，周总跟她聊天也不是为寻觅知音。既然周总高深莫测无从揣测，她索性以毫无保留的心态迎接考验。

周总的嘴角牵动起一丝轻微的笑意，他问，家是农村的？

是。读高中时才去县城，然后在省城上了七年大学。

我的经历和你不同，我高中毕业就来深圳了。周总娓娓道来。今天能到这一步，并不是因为我比其他人幸运，是因为我的坚持。只要坚持，即使不能实现全部梦想，也能在能力范围内，最大限度地接近。

周总停顿一下，仿佛在等郁金慢慢领悟他的话。接着，他缓缓问道，你想想，等有一天功成名就了，你会是什么样子？

郁金看着他考究的衣服和红润的双手，一时心乱如麻。郁金并不想成名成家，也想象不出周总经历了多少惊心动魄才有今天，她没有理想，只有愿望——找份工作，减轻申安的负担。

只要我和男朋友安定下来，我就满足了。

周总有些不快。就这些？那你为什么来深圳？你从没想过你需要一个更大的舞台？人才需要舞台来表演，我要的是人才！

郁金不知道自己是不是人才，她惶恐地看着周总不耐烦的表情。他似乎对她胸无大志的表现非常不满，又好像要随时结束跟她的对话。

郁金决定坚持自己的观点。我从没想过成功，我不是很擅长说话。她忽然觉出暴露了自己太多缺点，赶忙补充一句，但我是一个用心的人，交代给我什么事我会一门心思做好。

郁金红着脸说了很多，又怕周总听不进去，紧张地等待着他的反应。

周总盯着郁金的脸看了一会儿，又吐出一句话。如果你已经来我公司了，我是说如果，有个项目会让你升迁，但这以后你的生活将不会再平静，我给你选择权，你接不接受这份工作？

郁金强迫自己回答得圆滑些。如果公司从中受益，我会服从安排；如果可以选择不接受的话，我还是希望平实些。

周总笑了，那是结束战斗以后轻松的笑。好，你是踏实做事的人。出去领体检表吧，体检完了马上来公司报道。

临出门时，郁金大胆说出自己的困惑。我口才一般，也谈不上想象力，凭什么我可以进来？

周总站起身来，笑容意味深长。他说，公司的标志是我选定的。我小时候，最喜欢夏天去姥姥家，那里有一面石墙，墙上全是爬山虎。周总的视线变得很空茫，脸上露出无限神往的表情。

原来成功人士也会如此念旧，如此感性。郁金几乎被他感动了，这世界上真有感情丰富又有内涵的商人，不，他简直就是个文人了。

郁金拿着体检表走出公司的时候，像个真正的大明星，身后聚集了艳羡的目光。一对一的面试显得神秘莫测，大家眼红心热，她是如何妙语如珠才得到高层人物的青睐啊。

## 4

第二天，郁金来到医院体检。医院里有一栋副楼专门用来做体检之用，郁金走进来，发现体检楼里人声嘈杂。熬到体检这一步，大家都已身心俱疲，在这里看不到一张踌躇满志的笑脸。

本来，她以为来体检的都是同龄人，各地的毕业生。没想到在排号的地方，她看到不少中年人，轻微谢顶的、肚子凸起的都有，脸上也带着凄惶和不安。郁金猛然想到木棉树下那一地落红，花瓣姣好时就被挤落下来，一旦落地，过不了一夜，便是副残败凄凉的模样。

太快了，太赶了。郁金心里叹息，若只爱豆蔻年华，未免太过无情。

好不容易走到这一步，郁金深恐体检这个程序出差错。她忽然觉得各个器官都有毛病，病毒有可能就潜伏在她的身体中。刚来到医院郁金就小便了一次，等验尿时接到小瓶里的就不是陈尿。郁金想，陈尿会令她暴露的可能性增大。看到小瓶里颜色浅淡的液体，郁金舒了一口气。

等结果的两天中，郁金有些神不守舍。自从找工作以来，申安经常在郁金的脸上发现呆滞的表情，她习惯于用空洞的眼神望着前方，一言不发。虽然申安安慰她，说你能吃能睡身体不会有问题，她心里还是惴惴的。她觉得自己是个没运气的人，老天爷从没垂青过她，这次会不会在胜利在望时给她致命一击呢？

夜里，申安已经睡熟。郁金侧着身子难以入睡。其实读书时参加过体检，但那时她从未担心自己的身体会出问题。可能是经历了太多突变，现在凡事她都习惯性地想到最差的结果。

周末，申安让郁金待在家里收拾房间，他去医院拿体检结果。申安走了一个钟头后，郁金听见自己的手机响了，是申安打过来的。

申安的声音听起来很慌乱，他说，郁金，你来医院一趟吧。

郁金心里一凉，问，怎么了？哪里有问题？

申安犹犹豫豫地说，你，你来一趟再说。

郁金脑袋炸了，是传染病，还是心脏有问题？难道是脑瘤？各种可怕的疾病铺天盖地向郁金涌来，她着急地问，到底怎么了？你快说。

你来医院让医生看看。申安还是什么也不说。

郁金更加确定，肯定是出了大问题，她用威胁的口气说，你说，你不说我不去医院。

手机里传来深深的叹息声，申安很努力地挤出一句话，加号有点多。

郁金的身体一下子瘫软了，手脚冰凉。原来是无法治愈的传染病。她号啕大哭，绝望之下的第一反应是喊自己的母亲，妈啊，妈啊，全完了。

人生是多么脆弱，几个小加号就可以摧毁你所有的努力。不光是失去工作，还意味着病魔缠身。刹那间，郁金的眼前全是灰暗的未来，高额医药费，不能生育，找不到任何工作。郁金想，完了，全完了。

来看看医生，郁金，我们可以治好。申安听到电话那头郁金失控的哭喊声，他苦着一张脸劝说郁金。

郁金猛烈地摇着头，说，治不好的，去哪儿也治不好，而且咱没钱！

你自己不肯来，好，我回家接你。申安说完这句话就挂断了。

郁金呆坐了一会儿，给申安发短信说，你别回来了，我去医院。

四月的深圳，像个美艳不可方物的成熟女人，连植物的叶片都是汁液饱满的。从公交车上往外望，能看到高楼的阳台上垂下勒杜鹃长长的花枝，一道道柔媚婉约的弧线，随风轻轻荡着。医院里也栽种了不少花草，似乎要带给绝望的病人几丝生命的希望。在主楼门口，郁金看到强作欢颜的申安，他脸色暗淡。郁金一下捉住申安的手，他是这个世上唯一的依靠。郁金觉出来了，申安的手像个冰疙瘩。

郁金的脸石灰般惨白，她说，把化验单拿出来我看看。申安摆摆手，说，我挂了传染病科的专家门诊，走吧。

郁金的腿是软的,踏着医院里坚硬的地板砖,却有一种踩在海绵上东倒西歪的感觉。她拉住申安的衬衣后摆,跟他一起上了楼。

专家是个皮肤细白的女人,眼皮基本不往上抬。申安小心翼翼地把化验单放在她面前,说,大夫,请您看一下。

郁金根本没敢进门,她站在门口怯怯地向里张望,两条腿不停地抖。她看到女医生瞄了一眼化验单,真的只是一眼。

女医生说,没事,有抗体,这辈子都不得肝炎了。

很多天之后,郁金仍然记得这一幕,记得这句话。女医生慢声细气,眼睛依然往下看,她并不是一个和善热心的医务工作者,她看起来冷淡傲慢。但在郁金眼里,女医生是救世主,是观音菩萨,是不染凡尘的圣母玛利亚。那句话天籁一般从云层后响起,传到郁金的耳朵里,涤荡了所有的烦恼和忧虑。天籁过处,雨过天晴,百花齐放。

郁金一步跨进去,问医生,那个加号是抗体吗?医生点点头。申安还是不太肯定,但整个人已明显松弛了下来。

出了医院,郁金仔细地翻看着体检报告,在结论处,她看到四个字:体检正常。她埋怨起申安来,你个大傻瓜,看不到吗?

申安看到那四个字才如梦初醒,说,我太紧张了,一见加号整个人就蒙了。

直到这一刻,郁金才深刻地体会到什么是精神损失。绝不是虚幻空洞的概念,那种损伤真切地存在,看不见伤口,却周身隐隐作痛。

折腾了一上午也该吃午饭了,两人来到一家超市。郁金一反常态地买了烧鹅、猪蹄、炸鱼和两升的酸牛奶。申安心疼钱,说,吃不了吧?别浪费了。郁金说,吃不了也要买。你想想看,假如真得了那个病,再有钱又怎么样?我心里高兴,想花点钱!

郁金想用花钱来纾解多日来的压抑,释放波折之后难以言喻的狂喜。郁金深刻地意识到,要想在深圳活下去,你必须保证自己无病无灾。这里物价高、有钱人多，要想活下去且活得快乐，就得身体健康、神经强韧、心态平和。

次日郁金拿着体检报告单来到公司。写字楼的大厅里，来来往往的依然有很多年轻人。他们手拿牛皮纸档案袋或黑色文件夹，穿西装打领带，一看就是求职的。年轻的毕业生努力使自己看起来老练沉稳，似乎能适应诡谲的职场和复杂的社会，但过来人郁金清楚，他们心里毫无底气。尤其现在到了五月份，招聘工作已接近尾声。可想而知，这些人都已失败过多次，但为了证明自己的书没白读，仍要强打精神尝试下去。

在很多人心目中，刚走出校园的这群人是年少轻狂、孤芳自赏的，但经验告诉郁金，这是一群胆怯、拘谨、低声下气的学子。由于频繁地被挑拣，他们放下了尊严，磨掉了脾气，不再锋利。大部分人是双线作战，为工作四处赶场，还要应付毕业论文，如果论文不过，签了约也是一场空。在巨大的精神压力下，他们丧失了朝气和锐气，脸上写满前途未卜的凄惶和落魄。

郁金默默地为他们祝福，她竭力掩饰自己即将签约的喜悦，怕一不小心就刺激到自己的同类。她把体检报告交给负责文件管理的小刘。小刘是个眼睛大大的姑娘，看起来很机灵。小刘扫了一眼报告单，迅速放在抽屉中，动作里透着随意和散漫。郁金经历了很多这样的时刻，对她来说是生死攸关命悬一线的，可在别人那里，不过是轻描淡写的一句话或一个动作。

小刘说，以后我们就是同事了，你是研究生，要多多指教。

郁金深知自己是个迟钝又木讷的人，能指教小刘什么？她谦虚地说，我新来的，什么都不懂，以后少不了麻烦你。

小刘热情地拉郁金坐下，很感兴趣地问她的头发是怎么盘的。两人正聊着，郁金看到周总进来了。对这位老板，郁金充满好感，他儒雅深沉，像个隐居都市的大名士，那充满诗情画意的办公室也给郁金留下了深刻的印象。

周总一看到郁金就说，这么巧，小郁，我正要陪客户去游泳，你也一起来？

游泳？郁金慌乱地摆摆手，说，对不起周总，我不会。

周总眨眨眼睛，说，现代青年哪有不会游泳的？我身边这位可是咱们的大客户王董，他对古典文学很有研究，今天你们可以交流一下。

郁金还想拒绝，可眼神一接触到周总平静下透着威严的面孔，就什么话也说不出口了，只好跟着去。

坐在车上，郁金急得想蹦高，想了半天终于灵光一现，不如以没带泳衣为由不下水。可她太天真了——哪个健身会所不卖泳衣？谁又掏不起买泳衣的那点钱？

在更衣间，郁金硬着头皮穿上泳衣，今天，她的粗腿遮掩不住了。穿好衣服，郁金快步来到泳池，在池边坐下，把腿藏在水里。

同来的人似乎没注意到她，她暗暗松了口气。周总见郁金坐在池边，大声招呼着，小郁，先踩踩水找找感觉。郁金赶忙用脚扑腾了几下。

几个年轻同事都下水了，姿态潇洒放松，充分享受游水的快乐。郁金托着腮看他们，心想，也许用不了一年，我也能学会游泳。正出神呢，忽然感到背上一凉，接着，她落进了泳池。

是个恶作剧。随后有个救生圈抛过来。水里的同事都哈哈笑起来，有人说，不下水是学不会游泳的，来，我们当你的免费教练。

郁金套上救生圈，胆战心惊地向池边划去。她的头上脸上全是水，眼睛都睁不开，就用手抹了一下。她抹脸时，感到一层黏稠的东西脱落了。随即，她看到对面的几个同事都不笑了，尽管他们尽量保持平静，但郁金还是捕捉到众人的惊愕。

接着，郁金感受到周总对她的注视。两人的视线交汇到一起时，周总没有回避，郁金却低下了头。当她抬起头时，周总嫌恶的神情已溢于言表，他眉头拧出三道竖纹，脸色阴沉。

　　气氛变得很尴尬，郁金默默地走上岸。在更衣室明亮的镜子中，郁金看到自己脸上亮闪闪的，分不清是麻眼还是水珠。她用力打了自己一个耳刮子。

　　补好妆，郁金勇敢地走出来。同事都穿好衣服往外走了，大家一副若无其事的样子，没有幸灾乐祸，也没有大惊小怪，看来都已修炼得处变不惊。

　　但郁金心里明白，表面的平静无法掩盖事情的发生。

　　周总和王董并肩走在最前面。王董显然并不爱惜女孩子的脸面，郁金听到他大声说，以后你们公司再招人，第一关就是下水游泳。这世道，嗯，真扫兴。周总的肩膀侧过去，显然在跟王董赔笑脸。

　　周总厌恶的表情令郁金有一种不祥的预感，临上车时，她想跟周总说句话，但周总一副避之不及的样子，快步钻进商务车。深色玻璃挡住了郁金的视线，她和周总之间仿佛竖起一道屏障。郁金只能眼睁睁看着车子绝尘而去，她忽然觉得，其实周总的样子是有些道貌岸然的。心头随即涌上一股愤怒，他们俩凭什么这么羞辱人？

　　第二天，前台小姐用甜美的声音通知郁金，郁小姐，公司的文员岗位不缺人了，祝你找到更好的工作。三百块体检费可以报销，再见。

　　郁金又被打发了，她搞清楚一件事：周总不是她的知音，不是她的伯乐，他并不赏识她的优秀论文和学术才华。他只想要一个会写公文材料、本分忠厚的职员，当这个职员有常人无法接受的缺陷时，他会毫不犹豫地"咔嚓"掉。

　　几乎每位毕业生都有一套仅供面试穿的盛装。精心搭配色彩和款式，平时熨烫平整悬挂起来，出去应聘时穿上。这是战衣，是宝甲。当一个人缺少斗志和希望时，昂贵的行头能使他重拾自信。不乏拮据的学子为高档套装一掷千金，众多化妆菜鸟也蜕变成粉黛高手。在迎接毕业的这个学期里，女孩们褪尽最后一丝土气和羞怯，带着工整的微笑穿梭于城市之间。

再一次折戟沉沙，郁金连流泪的气力都没了。她平淡地告诉男友，说，又黄了，继续找。

说继续找是为了不让申安失望，其实郁金有一种油尽灯枯的疲惫感，一想到面试心里就发怵，那不过是接近换来期望、期望带来失望的恶性循环。中英文自我介绍，各怀鬼胎的无领导讨论，专家射线般的目光和尖锐的盘问，敏感的薪资选择题，同类自相残杀的惨烈气氛——郁金已厌倦了这一切。

## 5

深圳的黄梅天气到来了，郁金的心情也黏糊糊湿答答的。幸好这时钱媛通知她参加论文答辩，郁金像逃跑一样回到学校。

以前每次回学校郁金都很兴奋，这次却充满担忧。深圳可是个生机勃勃的地方，从来不缺少奇迹、戏剧性和峰回路转。可除了冷遇和白眼，她在那里一无所获，同学问起来，该怎么说呢？

桃花已开过。这一年，郁金错过了校园里雪白粉红的桃花。她低着头走在弯曲的石径上，想好好看看校园的小路，却不希望碰到一个熟人。割草机突突行过，涩涩的青草味道弥漫在空气中。

蓦地，像是闻到了草香，那如烟似梦的女孩苏醒了。郁金悚然一惊。在深圳的几个月，玉髓悄无声息、黯淡无光，她陷在沼泽地里昏沉欲睡，她离郁金越来越远了。

回到宿舍，钱媛像小喇叭一样向郁金汇报最新动态。钱媛说，有七八个同学考上博士了。若非急着挣钱，郁金也想继续上学。但钱媛又说，这几个人也没感到轻松，读博是赌博，谁知三年后会怎样，再说读了博路反而更窄。

郁金猛然想起申安的质问：你们文科生怎么就是赖着不肯离开学校？一找工作全盯着高校不放！在申安眼里，他们是一群贪图安逸、眼高手低、离不开宿主的寄生物。

那时，郁金羞愧得无法回答。此刻，她想反问申安一句，真离开学校，还能去干什么？

以前，她从未怀疑过自己拥有的知识。她研究的那些诗词曲赋啊，历经千年而风华依旧。她们高尚、洁净、关乎心灵，不容践踏，可以为她赢来安稳的生活。如今，她们变得无用、冷僻，蒙尘已久，受到轻视和嫌厌。

在校园里，郁金见到了谭苑山，班里的老大哥，他入学时就已经三十五岁。郁金听说，谭苑山这些天的日子不好过，他年龄太大没有单位想接收。近一个月他放低要求，周边几个小城市的单位有招聘，他都赶过去了，可工作至今还悬着，没个头绪。

郁金想起研二那年的事情。谭苑山把妻儿接到省城，靠岳父旧识，以低廉价格租到大明湖边的一处房子。初夏时节，郁金曾和三两同学踏青访友。老谭住的是一间大平房，中间用布帘隔开，里面是卧房兼书房，外头充作客厅。屋外搭了个窝棚，放煤气炉子和炊具。房后一排垂柳，打开后窗，能看到一湖碧水红荷。

老谭的妻子贤惠温婉，儿子活泼精灵。同学们目睹此情此景，都恍然化作古人，说话也文绉绉的。郁金问，住在这里，读书很有感觉吧？老谭摸摸下巴，说，有，特别想穿上长衫吟诗弹琴，学学古人的风流。

吃饭时，没有清蒸鱼、荷香鸡。谭妻拍碎两根黄瓜，浇上半碗蒜泥两勺麻汁，红烧了一块豆腐，撒下一把碧绿葱花。粗茶淡饭，不失清新。

那次寻访，郁金一直难忘。从老谭家出来，郁金只觉吐气如兰神清气爽，生活是多么美好、古典、有情调。如今，看着老谭消瘦的脸庞，郁金明白了，情调不属于他们。老谭幸福，是因为知足。其实那是一间再简陋不过的房子，没有空调，没有抽油烟机。当同学们欢聚一室时，忽略了湖边房舍要遭遇的种种噩梦。春日的湿气、夏天的蚊虫肆虐和严冬的透骨奇寒。翻读袁枚的《随园食单》，看到了精雅，看到了讲究，也看到了满纸白花花的银两。

郁金有一块带小熊图案的布帘，布帘使得郁金在喧闹的集体宿舍里获得一个私密的空间。帘子拉上，台灯打开，摊开一本书，郁金就心如止水了。帘外，女生们依旧叽叽喳喳。

去深圳之前，躲在帘后的她信心百倍，对诸种论调嗤之以鼻。从深圳回来后，她仍然躲在帘后不参与讨论，但对传闻已深信不疑。专业里一共三十个同学，十几位同学的就业已尘埃落定。掌握内幕的同学，讲述起来愤懑而激动——都有人啊，有人。

奇人异士们在毕业前夕大放异彩，他们的背后站立着关键先生，一个显贵的叔伯，或一个发达的舅姥爷，大山般巍峨，深海般浩瀚。

钱媛从鼻子里哼出一声，说，我也托人打了招呼，没用，要看别人有没有更硬的关系！钱媛懊丧地描述起她的经历。我妈第一次给老同学打电话，老同学说，不了解情况，先帮你问问。第二次打，老同学说，难度很大，竞争者不少。我妈一听这话，赶紧送礼。老同学说，有点意思了，肯定会照顾自己人。隔了两星期，还没音讯。一问老同学，说先集体研究，研究完还要一把手拍板，没那么快。

给我妈一个热罐子抱着，可再找就没话了。后来，我妈一打听，老同学人微言轻，根本办不成事。

最后钱媛提到郁金，她惋惜地说，郁金专业本领过硬，就少了一根人脉。

一直以来，郁金是相信某些东西的，比方说才学、本领。但这些东西很难界定，无法称斤称两。而且，她没什么大智慧，也不是什么大才，这世界上，没有哪个位置是离了她不行的。

对郁金来说，论文答辩是易事。她坐得住也能沉下心，论述《史记》里的女性形象，把《史记》翻来覆去看了十几遍。最后，答辩组的老师公认这是一篇扎实、厚重、有新意的论文。一位外校的老先生还饶有兴致地问起郁金毕业后的去向，郁金不好意思说没找到工作，含混地说去了深圳。一听深圳，老先生叹了口气，说，去那么浮华的地方，以后还怎么做学问？

郁金无奈地笑，是啊，怎样才能快速地捞一笔钱呢？这是很多深圳人的梦想。

也许，答辩是她最后一次一脸虔诚地咬文嚼字。大家用心地倾听，热烈地讨论，真诚地赞美，不会有人讥讽她拿着鸡毛当令箭，不会有人指责她脱离实际，也没人觉得这是书生意气。这之后，那些不朽、那些伟大、那些奥秘都将离她而去，渐次化成灰，消散在空气里。答辩完，解脱和狂欢的气息弥漫在校园里，只有郁金怅然若失。

晚上，郁金给家里打了个电话，听到母亲的声音，她心里涌起一股酸涩。她尽量不让眼泪流出来，撒谎说，工作已有眉目了，办手续还要花些时间。母亲的声音听起来很苍老，她说，家里也帮不上你的忙，如果实在找不到工作就回咱们县吧，在县一中当个老师也不错。

郁金根本不想回去，但怕母亲说她忘本，她说，申安在深圳落下了，我还怎么回县里？

是啊，申安在大城市找到工作也不容易，你不能拖累他。别以为多读点书就一定能舒舒服服地过日子，还得奋斗啊。母亲是跟郁金一样的人，善良宽厚，为别人想得太多，却从来不怕委屈了自己。

郁金没把读书当成一劳永逸的捷径。目前她的问题是，想起劲地拼搏，却找不到方向。

乡间的母亲似乎对世道并不隔膜，她幽幽回忆起郁金刚上大学时的情景。闺女啊，知道你要去省城读大学，我高兴得睡不着觉，一看到你通知书上的学费，我都想过卖血。现在工作难找，只要有人能帮你，我磕头都行。

眼泪不听话，汩汩往外涌。郁金无法再听下去，匆匆挂断了电话。

七年来，每次交学费的情景郁金都忘不了。那一沓钱背后，藏着太多沉重和艰难。清凉店是个普通的村庄，村民大都靠种地糊口，家里三辈人才供起她一个大学生。爷爷奶奶给不多，两百三百的，但郁金知道那是金贵的养老钱。哥哥不顾嫂子的吵闹，也偷塞给她钱。父母的头发，有一半是为读书的费用愁白的。几年下来，辛苦攒下的家底都被郁金掏净了。郁金无数次地想过报答和感恩，可如今，她又能如何报答？

天上一弯新月，点染着漆黑的夜空。这一刻，郁金希望听到玉髓令人振奋的呼喊，可小人儿的呼吸渐渐微弱了下去。

接下来，没找到工作的毕业生开始办留档手续。交一定费用就可以把档案留在省城，由学校保管一年。谁的档案也不想被打回原籍。"打回"这个字眼，让农村出来的学生心惊肉跳，他们要像垃圾一样被清除出去了。一旦被"打回"，就意味着屈辱、从头再来、凶多吉少甚至万劫不复。有一年，清凉店有人考上了农业大学，村民们为此议论和嘲笑了很久。上学就是为了出去，为了和黄土永别，这家孩子怎么还去上农大呢？

为了不被"打回"，郁金也办了手续，她把希望寄托在下一年，简历将继续挂在闹哄哄的人才市场上。郁金一直觉得，人才和市场这两个词无论如何不该放在一起。一把简历交给人才市场，郁金就想起茶餐厅玻璃橱窗里挂的一排烧鹅。

毕业了，同学们各奔东西，郁金走得很远，她再一次来到深圳。

她的脚踏进深圳，但没有落地生根的真实感。过往的几个月，她经历了莫名其妙、无疾而终、朝令夕改，一切都没有道理可讲，荒谬而诡异。在狰狞的旋涡里，她像干枯的树叶一般滴溜溜打转。一双神秘的手操控全局，而被决定的总是她。

今晚，正赶上申安的夜班。郁金说，我跟你一起去吧，不想一个人待在屋里。申安说，海上风大，怕你冷。郁金说没关系，我想看看你是怎么工作的。申安明白，郁金热切地盼望靠自己的本事谋生，可世道偏偏不肯给她一个机会。

申安的工作是在操作间里负责安全监控。一条长长的铁臂斜伸上去，将操作间送往夜空。申安和郁金并肩挤在狭窄的操作间内。往上看，是黑沉沉的天空，往下看，是涛声呜咽的大海，一股巨大的悲凉涌上郁金的心头。

不断有货船到港，一排排集装箱被卸到岸上。午夜里，海员的唿哨声显得孤寂而凄清。虽然身在海上，但一点都不浪漫，郁金感受到了这份工作的清冷。有商船往来还好，船一走港口立刻一片死寂，人跟浓浓的睡意狭路相逢。郁金又冷又困，她看到申安的眼睛仍然圆睁着。不困吗？她问。申安摇头，说，值夜班不能睡。有一次睡觉被队长抓住，扣两百块钱，我给队长说了一车好话也没管用。

这的确是一份枯燥、磨人、令人郁郁寡欢的工作。跟申安一起就职的有十几个本科生，都是一周两个夜班两个白班，不到半年时间，跑了八九个。本来，郁金以为那些小伙子娇生惯养，心里还挺瞧不上他们。但仅仅实地感受了一夜，郁金就明白了，有几个刚毕业的大学生能受得了这份清寒？

而申安一干就是三年。工作日夜颠倒，但毕竟收入稳定。这几年，两人天各一方，申安上班，郁金上学，郁金从没听申安抱怨过什么。校园里的生活自由惬意，几年弹指一挥间，申安在深圳，却是一天天熬过来的。夜班是不人道的，但世界为了运转，总要有一部分人牺牲掉自己的健康。

在遥远的清凉店，研究生郁金的近况依然被村民津津乐道。据说，郁金留在了深圳的一家公司，跨国的，在一栋六十几层高的大楼上办公。当然，这些消息是郁金告诉家人，家人又自豪地传播了出去。

郁金每星期都跟母亲通一次电话。上一周，她告诉母亲公司正组织培训。这一周，还在培训中，下一周，就正式上岗了。申安心细，提醒她说，工作一个月后领工资，还要给家里意思一下，这样他们才不会起疑。郁金问，给多少呢？申安说，给八百吧，再多也拿不出来了。

郁金歉疚地笑，说，可惜我一分钱也挣不到，不然，日子不会过得这么紧巴。申安拍拍她的肩膀，说，一到九月份又开始招聘了，机会多得是。

他是个心平气顺又善解人意的男人。当郁金被焦躁和怨气笼罩时，他的平和豁达使她镇静。这段日子，郁金时常想起来母亲说过的一句话，人要懂得惜福。以前，郁金实在搞不懂，那个穷家没给母亲带来一丝优越和便利，苦了一辈子的母亲，还有什么福好惜？如今，她懂这句话了。

郁金给家里撒谎，申安打心眼里理解。不是虚荣，也非好强，是怕家里人觉得窝囊。从高中到研究生，家里供了她十年，如果被人知道她闲在家里，那就成了全村的笑柄。

每个村庄里的孩子都有两条路可选。有的孩子初中毕业就打工，每年能给家里挣万儿八千的，有的孩子在外头上学，每年花家里万儿八千的。那些在外头读书的，谁不是憋着一口气，想着有朝一日让父母风光风光？

申安出去上班时，郁金想为自己找点事做。她在矿泉水瓶里种下了一棵白菜根，白菜根渐渐开出一簇簇小黄花，有一种素朴安然的美。压力像空气一样无处不在，可她能做什么？要饭还是摆地摊？她的胸腔被什么东西挤压着，连呼吸都痛。

每到夜深人静，对老家食物的思念就像浓黑的夜色一般包裹着郁金。

金黄色的老玉米粥、饼皮酥脆饼瓤松软的发面大饼、鲜美的鲅鱼水饺——母亲的巧手一提，就将鲅鱼的脊梁骨起下来，再把肥美雪白的鱼肉剁成鱼茸，掺上几棵荠菜捏成鼓肚的水饺。黑暗中，郁金用力咽唾液。还有一种极普通的菜式，老家俗称杂烩菜。热油里放几片葱花几粒花椒，五花肉下锅翻炒两下，依次放入大白菜、海带、粉皮、素丸子和豆腐泡。出锅时，白菜炖烂了，连菜帮都是甜丝丝的，粉皮泛着润泽的油光。五花肉一定要选红白相间夹精夹肥的，这样吃起来才香。郁金清楚，那是不上席面的农民菜，但客居异乡的她，唯一魂牵梦萦的就是农民菜、家乡饭。

还有几天就要给家里汇钱了。晚上郁金总做一个梦，她不停数钱，一沓百元人民币，怎么数都不够八张，不是七张，就是六张。数着数着惊醒了，手摸摸身边，摸不到申安。隔着漫漫黑夜，她看到，一条长长的铁臂斜伸上去，将操作间送往夜空。操作间里坐着申安，他正圆睁着眼睛望大海呢。

天元

1

三个人也不知道怎么就来到海边了。

何知微回想起来，先是在餐馆，点了一桌子新派粤菜，接着看电影，电影散场了去超市闲逛。逛超市的时候，他妈在每一处试吃区流连，先后品尝了固元如意膏、酸奶、牛排、红提、酱猪肘、凉拌云耳、沁州黄小米粥。她一手捏住牙签，一手擎着一次性纸杯，审时度势，动作机敏。食物被切成极小的方块，饮品也只勉强盖住杯底，但何知微还是很疑惑，怎么能吃得下呢？跟着母亲一圈圈地走，何知微没有叹息摇头，也没有不耐烦，他只觉得抱歉，一种不晓得该向谁说的模糊却广大的抱歉。带着这莫名的歉意，他张开手指伸进陈飞白的指间，很快，她温热的手指落在他的手背上，掌心紧抵着掌心。

刚接到母亲时，他向陈飞白介绍着，我妈，夏，姓夏。他介绍得不太流畅，被介绍的人难堪地扯出一丝笑意。陈飞白有些惶惑，尽量自然地打招呼，夏阿姨好。

一次短暂的母子相聚，母亲随团赴港澳旅游，游完了顺便到深圳探望儿子。已经不是头一回来了，但这次不一样，何知微提前向女友透露，她是为了看看你。陈飞白笑笑，还要面试呀？话一出口就低下头，仿佛失言了。他听见"面试"两字，心想这可是你先提的，有心抓住机会继续说，见她懊恼又回避的样子便退缩了，再说下去也是无趣。好几回了，他刚起了个头，她就往别的话题上引，他想拽回来，拔河一样，最后变成两个人你一句我一句，各说各的了。

三人沿缓坡爬上观海台，这里地势比海平面高十几米，是望海的好地方。深秋，天高水清，海边聚集了大群水鸟。鸬鹚、白肩雕、红嘴鸥、黑脸琵鹭，何知微一一指给母亲看。陈飞白补充说，迁徙鸟是从西伯利亚飞过来的，在这个海湾经停补充体力，最终的落脚地是澳大利亚。何妈感叹，真远呀，做只鸟也不容易的。

他们准备往下走时，不远处的海边聚集起一簇人，还有警灯一闪一闪的。何妈说，怕是有人出事了吧？溺水还是昏倒，要不要去看看呀？说着，她自顾自加快了步子，两人在她身后跟着，一起往闪灯的地方走。

不是人出事了，是一头抹香鲸搁浅在海湾。它身上的渔网已被施救人员割除，据说专业人士也正赶过来，可以利用声学驱赶手段帮它游回深海。有人表示并不乐观，这种情况一般就只能等死了，不多打扰，让它安安静静地走反而更好。

鲸鱼庞大的身躯只有一小部分泡在水里，它一动不动，也没有发出任何声响，默然地受苦。这景象触目便伤怀，一下子把人心里的软弱勾了上来。

围观的人来来去去，天色渐暗，总这样看着也徒劳，出不上力。何妈提议，咱们回家吧。

沿着栈道走到头，再拐上柏油路走几百米就是海怡苑了。一路上没人说话，快到小区门口时，陈飞白突然停下来指着地面上的花砖说，这里也是它的海。

何知微明白，话里的"它"是那头抹香鲸。何妈似乎也听懂了，没接话，也没多问什么。

何妈住了几天就回去了。何妈在的时候，厨房里三个燃气灶头都很繁忙，推拉门上的玻璃蒙着一层蒸气，客厅的电视一天到晚开着，屏幕一亮一亮，屋里像聚集了很多人，人烟阜盛的样子。现在只剩他俩了，陡然就静了下来。两人如蒙大赦，很是享受了几天清静，气氛也愉悦，两人之间存在的问题像被风和日丽的好日子融化了。又过了一阵子，那道坎儿才实实在在地浮凸出来。

## 2

雪下得很大，扑在地上，地是一下子变白的。海水还没有结冰，雪落在海面上，倏地被吃进去。雪不停地往下落，漫长如时间本身的大雪最终覆盖了海水，白色一层一层积起来，冰和霜和雪凝成的纯白向四周铺展，他从没见过如此安静又如此荒凉的白色。

醒来时，窗外的雨声正变得疏落。何知微半坐起来，拨开窗帘，看到桂树的枝丫挨着玻璃，叶子经了一夜雨水，青碧青碧的，是一种湿透了的带着重量的绿色。秋天的冷雨带来潮气和寒意，他把胳膊缩回被子里，愣怔一会儿才想起来那是个梦。梦里，他侧躺在床上，看到雪花被风扶着，从半开着的窗户缓缓飘进来。

雨停了一会儿，又开始下。雨珠滑过叶片，沿着叶子尖滚落下去，不见了，耳边传来它们在地上摔碎的声音。接着是气味，食物的香味充盈在空气里，提醒他今天是周末，枫木餐桌上照例会摆满新鲜现做的食物。

不对，现在她不该在家里，她该在盈泰证券的会议室里面试呢。昨晚早早躺下，两人都没睡着，他又问她，两年前你的机会很好，学历够，最难的几轮专业笔试都过了，最后就是问些程式化的问题，怎么会卡在这一关呢？

她说，你看看墙上，墙上落满了树枝的影子，一晃一晃的，外头在刮风。

树影在墙上摇摇晃晃，风一大，树影就碎了。他看了一会儿，下床走到窗前拉严窗帘，说，早点睡吧。他不再出声，躺着躺着，额头上那根静脉又凸起来了，从额头向上延伸到发际，接着往头发里走，走向和质感都无比分明。接着，他的头发站起来了。他不知道自己有多少根头发，但每到这样的时刻就能感受到每根头发的存在，它们跟静脉一起往上扯着头皮，头上像长出一只刺猬。

心里有事，头疼，疼着疼着睡着了。睡得并不踏实，做梦，下大雪，先是看不见路了，后来，雪把海都盖起来了。

你没去面试？坐在餐桌前，他忽然没了胃口。蛋挞刚端上来，烤焦的表皮下蛋浆翕动，像在喘气儿，桌上还有牛油果三明治、冒着热气的茶和一束豆绿色的洋桔梗花。

坐下坐下，蛋挞、茶，全是热的。

这些明天做就不行？不都下定决心了吗，跟于贝贝也说好了，等下她又要抱怨。

别说于贝贝了，你闻闻这壶果茶，有几层香味？

褪去水分和颜色的干果被滚烫的水重新叫醒，他辨识出树莓、蓝莓和橙皮的香气。外面，雨已经停了。他看看表，说，还来得及，我给她打电话让她把你往后排，现在就去，赶得及。

她站起身来，说，于贝贝是我同学，要打也是我来打。她走到阳台上，把手机放在耳边，很快她耸耸肩膀，他知道这是表示电话没接通。过了一会儿她不见了，他探探身子，见她已经在一盆酢浆草前蹲了下来。他一口咬掉大半个蛋挞，像生气一样地吃起来。

她在阳台上喃喃自语，据她自己描述，这是给每盆花草打招呼，遇到特别喜欢的还会多说一会儿，到木架最边上那盆玛丽玫瑰时她就改用英语聊几句。

　　电话真打了吗？隔着窗户，他喊了一句。

　　真打了，没接通。贝贝是考官，没法接电话呀。她走进来，说，别想了，今天不就是休息的吗，好好吃早餐，下盘棋，再去菜市场买买菜，优哉游哉多好。

　　为了好好吃早餐，为了优哉游哉就不去面试，值得吗？

　　她抚摸着餐桌上的花瓶，花瓶口浮雕着一圈梅枝，瓶腹到瓶底下凹着一道道风琴褶，她的手指沿着褶往下划，脸色也一点点暗下去。

　　他没再往下说，安抚性地拿出棋盘，问，对弈还是打谱？她把皮墩子搬过来，说，你打谱，我在一边看。

　　依然是吴清源初到日本时跟濑越宪作下的那盘考试棋，每一手都很熟悉，他摆得却很慢，两人细细地玩味着每一手，享受着每一手。他俩都生在围棋热的年代里，从小学棋，一帮孩子谈论起"六超"来就两眼放光，死活、手筋、定式之类也钻研了不少，后来才明白，围棋不可能也不应该成为普通人皆可追逐的时髦，渐渐冷下去是对的。而他们到了这个年纪，也不再执着于棋力的精进，只是单纯地喜欢下棋的感觉，只有棋，没有别的，甚至没有自己，一念不生的时刻美妙而珍贵，生活中还能让自己进入沉浸状态的事情真不多了。每次摆到黑棋往白棋那里一靠，两个人都要倒吸一口气，为如此奔放的妙手感叹，后面的呼应更加精妙，效力连绵不绝地涌过来，即使自己永远下不出这样深含韵味的招法，只要想到有棋手曾这么下过，就会生出特别的满足和喜悦来。

　　他忽然说，看看我们的榧木棋盘、蛤碁石，选的时候，你说一定要本榧的，棋子落下去声音才好听。要是咱俩都在公司里录文稿，只能摸着树脂棋子，在一块塑料布上摆一摆。

　　今天，他怎么也沉静不下来。

　　她以为面试的事情已经蒙混过去了，没想到拐个弯又回来了。她不言语，他继续摆棋。她听到的落棋声，是在木头上弹了一下才落定的。棋子离开人手，立在棋盘上，温润生光，光是收敛着的，很端庄，恍若从棋子的深处向外透出来。有的光是带着响声的，这个光清净，一点儿也不闹，她想。她偏偏头，换一个角度看，柔和的光又浮荡成了一团烟气。

你不能录一辈子文稿吧。他坚持往下说。

她坐在一朵云的阴影里，听见雨声又响起来了。

石榴、白菜薹、莲藕、芸豆，都收进了袋子里。她不知怎么就离开了家，走着走着，走出了雨天的灰色。走在通向菜市场的小路上，满眼的甜柿、绿甘蓝、红椒、紫茄子，明艳清鲜地从塑料袋和拖轮车里露出来，这些鲜妍的颜色显得街道和人脸更加黯淡。她进了菜市场，沿着一家家摊档走过去，遇到合意的就停下来，弯下腰挑一阵子，从市场出来时，她觉得自己是把一个富丽的秋天收进了袋子。

这些应季的蔬果跟鲜花一样好看，能把他哄高兴吧。想到这里，她是笑着走进门的，边走边喊，何知微。

屋里已经空了，一种熟悉的带着凉意的孤寂感沿着脚背和小腿往上爬。每逢他出差，她一个人在家时，房子就不像房子了，像只剩一点残茶的杯子，从里到外冷透了，在屋里待上一会儿，她的皮肤就开始发紧。

何知微走得很匆忙，取了几件衣服，衣柜门都没关严，棋子也没收起来。本该明天动身的，要前往的地方是榆林，有沙漠和古城的西北小城榆林，多年前王家卫曾在那里拍摄过《东邪西毒》。

海边的夜晚总是来得早一些，不远处就是跨海大桥，白日里刚健的桥身线条在夜色中变得浑浊，直到两排灯带亮起，勾出大桥的轮廓。入夜后，海怡苑的很多扇窗子依然没有灯光透出来，俗世居家的气息很稀薄。住户大都在附近的投行和证券公司上班，他们跟何知微一样，准备操作上市的公司在哪里，人就停驻在哪里，家倒像个临时居所了。

站在窗前往外看，能看见一大片海。眼睛看不见的地方还是海，海往更远的地方伸展。海上的云朵低低的，像撑不住随时会坠进海里的样子。看着看着，雨来了，开始是稀疏的雨点，越下越稠，直到织成细密的纱幕，风刮过来，雨丝斜着往一边倒，欲断未断的样子。小区旁边的空地正在修建一个大型城市综合体，快封顶了，横幅也打出来了，红底白字的横幅拦在楼体上，被塔吊上的白光一照，上头的字迹清清楚楚。一串吉利的数字，是售楼电话，还有更醒目的加粗字体，是楼盘的名字。陈飞白看在眼里，转头看看棋盘，心像被什么东西硌了一下。

## 3

陈飞白不知道该怎么描述于贝贝。她俩一起在英国读书，又一起回国找工作，常年合租房子，很多喜好也一致，都喜欢铃木保奈美的笑容，喜欢TVB九十年代的电视剧和情侣档，郑伊健和陈松伶，罗嘉良和萱萱。可陈飞白心里又清楚，除去这些契合的部分，她们之间最主要的是差异，她跟于贝贝是完全不同的两种人。哪里不同呢？这样说吧，几个人一起练网球，陈飞白不知怎么回事就被挤到了最边上，而于贝贝则是那个不知不觉就占据正中间大力挥拍的人。她们相处多年，热过，冷过，岁月蹉跎中终于把对方变成了自己的某种恶习，当然更多的时候，在这个人情淡薄的地方，她们要为彼此充当最后一个庇护所。

听脚步声就知道是于贝贝上来了，她的出现总是充满力量，让陈飞白产生强烈的感觉：这是一个以半生牛肉为主食的人。

还没坐稳，于贝贝就连说好几个"量身定做"，你知道吗，不是业务助理，是项目经理，聘任条件比着你定制的，你来都没来，怎么了？又怎么了？

没等她回答，于贝贝已在房间里转了一圈，问，小何呢？

陈飞白说，出差了，闹着别扭走的，落地时报了个平安，接着一周没有一个电话。

　　于贝贝叹口气，又是因为工作的事吧。别犯轴了，你好不容易才跟他凑到一块儿去，多少年了呀，人跟人结缘不易的。

　　陈飞白第一次遇见何知微是九年前的盛夏，一个闷热的午后，在高三七班的教室，他是那场冗长的高考经验分享会仅存的记忆。所有关于他的画面她都记得清清楚楚，他说话的样子、拿笔的姿势，她都记得。她曾无数次地向于贝贝描述，鼻梁像竹野内丰，真挺呀，脸上的表情游游离离的，有一丝古意。于贝贝对"古意"表示茫然，她就换了个说法，一张少年的脸，眼神却是沧桑的，像在发愁又不是为什么具体的事情发愁。于贝贝只好点点头，佯做理解。那天介绍完经验，班主任笔墨伺候，其他几个人都写下劝学惜时的字句，只有他例外。她一直盯着他看，写"长恨此身非我有，何时忘却营营"时，他拧着的眉头间全是愁苦；写到"小舟从此逝，江海寄余生"，随着笔毫在纸上提按使转，他整个人突然就舒展了。就在那个瞬间，陈飞白看见了他，随之而来的是秘密的欣喜，她确信，她辨认出了一个人，她对这个陌生人满怀着贴心的理解，满怀着相识已久的亲密感。气氛压抑的教室里，老师同学都消失了，只剩下她和她辨认出来的这个人，她觉得他特别不容易，她想对他好一点。

　　何谓爱情，她说不清楚。那天回到家里，她对妈妈说，给我买一条新毛巾吧。她想要一条天蓝色的崭新的擦脸毛巾，不但如此，还打算以后要经常换洗毛巾。接着她走进自己的房间，把衣柜里的连衣裙拿出来，穿上，照镜子，再换一条穿上，照镜子。她把裙子细细整理了一遍，动作里都是爱惜，她心里忽然涌起一股强烈的冲动，想好好地、认认真真地生活。挂好衣裙，她往院子里看了一眼，发现菜圃里妈妈撒下的种子已经出苗，小油菜、芫荽、茼蒿，翠生生的，像刚淋过一场透雨。晚上，趴在桌子上做数学试卷，最后一道题照例只能写出前几步，发一会儿呆，在演算纸上写下了几行字，很多年以后她才意识到，那几行字到底是什么。

后来的事情，于贝贝就是见证人了。在异国的一次留学生联谊会上，于贝贝突然发现陈飞白不见了，她去厕所时看到一个人在楼梯间附近来回地走，手里擎着一杯长岛冰茶。借着昏黄的灯光她认出来，正是不见了的女伴陈飞白。哪里的中国人都多，何知微竟然也在考文垂读书。于贝贝很兴奋，赶紧走近仔细端详了几眼，发现此男并无让人一见倾心的特别魅力，也看不出哪里有"古意"。接着，于贝贝把神情慌乱的陈飞白拉回到场子上，不料她使劲儿看了何知微一眼，又走了。盯着她的背影，于贝贝脑子里一下子蹦出来一个词：劫数。

于贝贝的一句感叹，把两人都拉回到往事中。

半天，陈飞白才说，是，他觉得我不该再打杂。

我也觉得你亏了，最低阶的劳动，业务链条上最末的那一环，工作最烦琐，年终奖最少。咱俩一起毕业一起去面试，我到现在也不知道你是怎么被"咔嚓"掉的。于贝贝边说边比画着。

你问问人力资源的同事不就得了。

都是大忙人，谁记得这些。

我更不知道为什么了。

于贝贝凑过来，说，眼看就要修成正果，老为这个吵架，值得吗？

她猛然抬起头来。上周末，下着雨的那一天，何知微也问过她，为了优哉游哉的早餐就不去面试，值得吗？当时她想表个态：早餐比较重要。虽是真心话，说出来却像抬杠，到底忍着没说。

她摆摆手，大于，别替我操心了。

话不投机，两人都讪讪的，强打精神温习了些旧事，其间没有一次对视，笑声干涩，笑完沉默很久。总算挨过晚饭，于贝贝起身走了。

空屋子。打开窗子，海的腥味扑面而来。那头搁浅的抹香鲸最终没能回到深海，它彷徨游弋了几日，在深夜和凌晨交界的时分，庞大的身躯侧翻，死去。

　　远处是海，脚下也曾是海。一寸寸填出来的土地上，很快生长起楼盘、体育场和造型充满未来感的写字楼，一点也看不出本来的模样了。潮湿的季节里，空气中蓄满水分时，她突然问何知微，过年的时候，我老家有接神的风俗，死去的人会在这一天回到家里。死了的海呢？是不是在某些时候，海也会回来？何知微一愣，沉一会儿，他说，会回来，回来过，我做梦总是梦见海。咱们的楼，还有旁边那些建筑，都是在海里漂浮着的。

　　她拿起手机，又放下来。她想念何知微，不是对父母或朋友的那种想念，是女人对男人的最纯正的思念。这一周太漫长了，一夜，一天，一夜，一天，一夜，一天，一夜，一天，一夜，一天，一夜，一天，一夜，一天，每一刻都无法集中精神，只能做一些机械的事情。时间多出来了。她把洗衣机里的衣服拿出来，一件一件地手洗，这样多出来的时间就能被她揉搓过去了。这跟赌气或示弱没关系，不是计较谁先忍不住跟对方联系，而是根本不知道说什么好，工作的事情把人噎住了。情绪不稳定的时候，她也不想跟他联系，她怕自己絮絮叨叨地说很多话，说出来的每句话都是蠢话，最蠢的女人才会说的那种话。她也害怕，害怕他会动用两个词语指责她，那两个词，一个是神经，一个是无聊。

## 4

　　并没机会互相指责，出差回来后，何知微就住在公司里。在榆林的时候，于贝贝给他通风报信了，说上次招聘有几个职位没招到合适的人选，飞白还有机会。她说，你想想办法，我也想想办法，合力让她走上正途。乍一听到"正途"这个词，何知微心里有点不舒服，嘴上却答应着，说，再想想办法吧。

这几天，他以加班为名，白天晚上都驻留在办公室里。办公桌上有一盆四季海棠，一盆石竹花，一盏铸铁台灯，看见这几样东西，他整个人就会松弛下来。

记得是个午后，他去茶水间接咖啡，前面一个女同事正在接，他便在后面等。女同事穿了一条裙摆到小腿肚的连衣裙，两条宽宽的带子在腰后系成一个蝴蝶结。他很多年没见过这种样式了，记得小时候流行过一阵，后来不兴了，现在又见到就觉得很亲切，好像这蝴蝶结里系着些邈远模糊的旧情。女同事接好了回过身来，他随即听到一声惊叫，女同事捂着嘴，脸一下红了，呆站在原地一动不动。他一时也不知道该说什么好，他注意到，她的耳郭都是红的，红了整整一圈。接着女孩转回身去，放下杯子，快步离开。他接完咖啡回到房间里，时不时朝着茶水间方向张望一下，过了一会儿，见女孩低着头取走了杯子，他的视线跟随着她，看着她坐下，忽地，看见了她座位上的花，细颈白瓷瓶，一支山茶斜倚着瓶口。再看看别人桌上，一盆盆绿萝，没有花也没有铸铁台灯。他打开台灯，灯光不是冷白色的，是蜂蜜色的暖光，轻轻软软地照着办公桌。他心里一下子亮了，女孩的神情，海棠花，石竹花，台灯，他再迟钝也知道这意味着什么。下班时他特意从女孩座位前经过，她不在，他放慢脚步，眼睛往桌上瞅，除了高耸的文件夹，电话旁边放了一摞书，最上面那本，封面他看得很清楚，是《荒原》。

因为不在一个项目组，过了两天他才打听到，那女孩是个业务助理。接下来总是出差，手上有三个项目同时在跟，忙得心烦意乱时，她脸红的样子还是会猛然闪现出来，一圈耳郭都是红的。

后来，年会之夜的尾声照例有人喝哭了，他也去卫生间吐完了，几乎爬行着来到露台，倚着栏杆坐下。某个瞬间，他感觉自己快要死了，他记得自己不停地说话，嘴里嘟囔着，想吃点甜东西，白糖拌西红柿，多放点白糖，渍出来的汁最好喝。他双手伸向空中，想抓住什么似的乱抓一气。

他的手被人紧紧握住，睁开眼睛，眼前站着一个穿红裙子的人，脸看不清楚，那团红色却鲜明，像是用红浆果的汁液刚刚染就的，红得湿漉漉的，把周围的空气也洇成鲜红色了。我叫陈飞白。九年前，你来高三七班分享高考经验，我第一次见到你。四年前，在英国，联谊会上我又见到你，斗争半天想跟你说话的时候，你已经走了。两年前，我来卓盛证券工作，第三天上班的早晨，你从会议室里走出来。一个月前，我在茶水间接了杯咖啡，转过头来，看见了你。

这些话他听不明白，只感觉有一双手把他从寒冷的井底拉出来，手很暖和，也很坚定，传递了明确的信息，抓住了他就不会放开。第二天，在海怡苑的枫木餐桌旁，他像听故事一样听她讲，她讲完了，他半天说不出话来。他完全不知道她的存在，也不知道该说什么去回应，最后，他说，这，这太古典了。想了想又加上一句，你受苦了。

她说，回头看，不记得苦，只记得自己是在活着，能量充沛地活着。也不一定非要认识你，想到世界上有这个人就已经很感激了。有些阶段会比较热烈，间歇性到来，于是就如痴如醉地、偷偷地、尽情地想一个人，想着想着还会笑，夜里就盼着第二天早晨醒来，醒来想到你的一瞬间也会笑，多幸福呀。

他问，那现在呢？

她笑着回答，朝闻道，夕死可矣。

他一点儿也不觉得浮夸，他相信她这一刻的真实、郑重和笃定，爱让一个人变得多单纯，多孩子气。在这样一个人面前，他所有的疑问都显得俗气和老气，都根本问不出来。比如说，你了解我吗？你心里的我是亦真亦幻的吧？比如说，爱一般能持续多久？他甚至不敢露出太丰富的表情，怕她觉得是质疑和嘲讽。她能爱，他羡慕她。他知道，眼前这个人是英勇的、充满生命热情的，若无一股愚勇，若无十足轻信，都这个年纪了，谁又肯爱上谁呢？

  他一个人惯了，也没觉得有什么不好。慢慢地，才开始去她租住的小屋，两人一起吃饭，喝茶，闲聊，看美剧。她的房间是自己买墙漆粉刷的，海蓝色，一进去就感觉干净清凉。她很少叫外卖快餐，只要不加班至深夜就自己做饭。虽是家常菜，做法却精细，不怕麻烦，不图省事儿。哪怕下面条也要配几种菜码儿，冰箱里常备着卤牛肉和肉丁炸酱，哪怕做个土豆丝也要淘洗干净淀粉，配着红绿尖椒丝一起炒。她做的荤菜肉腥气很淡，格外美味，并不是买了什么高档有机肉，他注意了一下，只要是肉类，排骨、肉片、鸡块，她都先用温水浸泡几遍，把血水倒掉，再用流水冲，沥干，姜葱和黄酒煨半个小时才下锅炒。他发现她居然有一个电熨斗，洗好的衣服穿之前先熨烫一遍。她租住的房子楼间距不大，一天中阳光照进阳台也就一两个钟头，只要是棉质衣服她都坚持去顶楼天台晒。有时预报的不下雨，不料一朵云不作美就把衣服淋湿了，下班回来她就再把衣服洗一遍，送回天台。她说阳光是不用钱的，只要你愿意走上开阔的顶楼。她的衣服还没有他的多，但都平平整整，衬衣没褶子不显旧，裤子膝盖那里没有鼓起来。也许是屋子小，他总觉得屋里的光和热是充盈的。有一天，她抱着一堆散发着阳光味儿的衣服走进来，把一件衬衣放在熨衣板上，喷水，领子放平，提着熨斗手柄，微微倾斜，用熨斗尖细致地熨过去。看着她熨衣服的样子，突地一个念头升起来，越来越清晰：他想跟她一起过日子，过体体面面的日子。两人商量了一阵，差不多时，很自然地，他就把她的东西搬到海怡苑去了。

  此刻，他打开台灯，蜂蜜色灯光让工作的空间都变温柔了，空气里多了几分安静的味道。他拨开百叶窗帘的叶片，透过缝隙往她工位上张望。她没在电脑前坐着，她的桌上有壶茶，用蜡烛保着温，小蜡烛的火苗紧舔着壶底，看不清壶里泡着什么，颜色浓浓的，色调很暖。他在办公室里晃荡了几步，又往外看，她依然不在。

只好坐下来继续工作。榆林的项目照例也很棘手，公司的社保公积金缴纳有问题，历次股权转让也不规范。会议纪要里列出来六个问题，都得艰难地推进解决。一家公司上市需经很多关卡，而券商能提供一条道路，你付给我钱，我让你在这里通过。行业不好看没关系，数据不好看也不怕，都可以做得健康红润且全部踩着规则做。这会儿他的心思不在项目上，一会儿坐下，一会儿站起来。

她终于出现了，弓着腰，拖着一个大纸箱子，往座位上一点点移动。他几步走到门口，一只脚踏出去了，又缩回来。他多想走过去，帮她把箱子搬到座位上，他几乎都要走过去了，可看着她辛苦的样子，于贝贝所说的"正途"一下子就浮现出来了。一个项目从开始启动到最后做上市，她要把七八个大纸箱的资料分类筛选，再整理成电子目录和文稿，这不知道要加多少个夜班。他强忍着，退回办公室里。

关严门，他马上打电话给于贝贝。在英国时你俩是同学，现在你在盈泰都单独主持项目了，她怎么就沦落成打字员了？那时到底发生了什么事？

你又问？你问我我问谁，我不知道。于贝贝说，我俩都进了"最后一面"，嘻，"最后一面"就是走走形式，她硬是没被录用。后来看到你们公司缺助理，其实就是缺勤杂人员，不用面试，她投了份简历就去上班了。

他说，辛辛苦苦上这么多年学，哪有干杂活的，还干得那么用心，总不可能是她的兴趣所在吧？她琢磨什么呢，我想不通。

于贝贝说，先别回家住，也别松口，再坚持几天，让她知道你的态度。

他说，本来想回家，不提这事了，今天看见她辛苦的样子又替她不值。逃避不了，终归要解决。我过两天还去榆林，你有空再跟她谈谈。

于贝贝说，有电话进来，先这样。

到底是真接电话还是借故推辞，他无从辨别。看样子于贝贝也是有心无力，但他又暗暗抱着点希望，希望下一次从榆林回来时，于贝贝已经说通了她。

加完班已是午夜，他走出办公室，外头几排工位都没人了，灯也熄了。他径直来到陈飞白的座位前，在黑暗中站了一会儿，又坐下去，坐在她的转椅上，就这么坐着。

不知坐了多久，依然没有困意，他拧开台灯，照亮这方格子间。她的格子间跟别人的不一样。桌上每样东西都未被怠慢，没有乱摊乱放，几十个文件夹按时间顺序排好，笔、便签、曲别针、订书机分别收纳，一目了然。大小物件都无浮尘，经常擦拭的样子。电脑左边放着护手霜、相框、彼得兔和樱木花道的玩偶，一个细颈白瓷瓶插着雪柳枝，线条很婀娜。桌子角落是一壶一杯一底座，几个玻璃罐里盛着茉莉、白菊、竹叶、金雀花，还有一摞书，靠边整齐码放着。他把书依次拿起来翻了翻，翻到最后一本时，里面夹着一叠纸，对折着，纸很轻，触摸有植物纤维的感觉，展开来，纸张是淡青色的，上面飘雪一样撒着些金片。

这是他第一次见到陈飞白的笔迹。

## 迟

九岁那年，冬天
后山桃林里捡到几根半枯的桃树枝
沿山路往下走
见几株野杏，一间老屋
木窗朽坏，门半开
蛛网积尘，墙角歪着陶罐
掬来溪水随手插上桃枝，下了山
一百三十七天后

隔年的春末

山中春意，最后的滂沱

我无意中推门而入

眼睛被晃了一下

老屋里真亮呀

桃叶嫩绿，桃花浩荡，像在

等人

清水里的桃花

每一片花瓣都伸长脖子喊一个名字

我推开门就开始怪自己

怪自己来迟了，来得太迟了

数一数一百三十七天，这一百多天里

山中流连多次，放学后，假日里，下雨的时候

空气清甜

蘑菇一眨眼就长高


我来迟了

何知微

　　念到最后，是他的名字。名字旁边，纸的右下角，印着一枝粉白的桃花，摸上去似乎软软的，还湿润着。他又默读了一遍，"诗"这个字眼才浮现出来。他一时有些惊讶，因为从小学棋，陈飞白身上是有股静气的，没想到她还偷偷写诗。他小心地往下翻，发现纸笺右下角的图案都不同，一丛墨竹，再往下一张，印的是梅花，还有一种藕色的叫不出名字的花。墨竹和梅花的纸笺上也有字迹，他深吸一口气，准备接着往下读。

靠窗的一排工位传来咳嗽声，是睡梦中咳嗽的声音，也许，咳着咳着就该醒来了。他折好纸笺，放回书里，合上书，关台灯，离开了集中办公区。

5

陈飞白提前一天买好舟山带鱼，洗干净切成小段，控干水分，放进冰箱里腌制一晚才拿出来干煎。这是于贝贝最爱吃的一道菜。虽是家常食物却急不得，该花的时间要花，该有的工序一道也不能省，做出来才是那个味儿。煎完带鱼，尝一块，酥脆入味，她满意地点点头，接着炒藜蒿腊肉和青豆虾仁，凉菜是西芹花生米，砂锅里滚着红豆茯苓粥，这个季节正好去湿气。不管于贝贝为何而来，两人聚在一起越来越不容易，这顿饭吃什么她在心里是专门计划过的。以前时间充裕时，她还做过松鼠鱼和蒸碗小酥肉，一步一步来，也不觉得麻烦。

于贝贝看见干煎带鱼就笑，跟不好意思似的，吸吸鼻子，说，干煎比软炸好，刺儿都酥了，真香啊，她幸福地耸耸肩。吃得差不多时，她才动情地讲述起"烧鹅的故事"。那会儿她们毕业回国在深圳找工作，周末结伴去香港，打算镛记烧鹅、Lady M、蛇王芬、Cova、新斗记一路吃过去。第一站直奔镛记烧鹅，兴冲冲打开菜单，即刻被吓傻，从头翻到尾又从尾翻到头，一道菜也不敢点，挣扎良久，还是一脸窘相地站起来，跑路了。毕竟一起拮据过窘迫过，每当两人的友谊经受考验时，烧鹅的故事都要被讲述一遍，最后还要加上一句，其实也不太贵嘛。

陈飞白没跟着她抒情，说烧鹅的故事也没用，何知微不回家，肯定跟你有关系。

我们不能眼睁睁看着你误入歧途。就算不谈钱不谈收入，把一个公司做上市也总比你打打字有价值感吧？于贝贝说。

陈飞白站起来收碗筷，边往厨房走边说，不用再劝我啦，不想再被面试了，题目过不了。

于贝贝歪着头，什么题目？我都不记得啦，大概就是谈谈期望薪酬吧。

只剩下水流的声音，陈飞白在清洗餐具。于贝贝走到门口，说，飞白，尽快把工作调整到位，下半年你们就可以办婚礼了。她语气里充满紧迫感。

陈飞白回过头来，是小何说的吗？要把工作调整到位？怎样才算到位？

他不是图你那点工资，是为你惋惜。你爸妈供你出国读书，不是为了让你回来做打字员的，好歹要有个职业规划。

这话我听过很多遍了，还有别的吗？她把百洁布丢在水槽里，水珠四下溅出来。空气凉了。

别人我才懒得管呢。于贝贝走进厨房，我为你着急呀，你没享受到实在的好处。多少人，稍微一不得志就急出各种丑态，你怎么就不急呢？你也知道，咱学这专业挺有运气的，要不是亲戚懂行，自己哪有这个远见，真是赶上了，撞大运。

她当然知道。很多人的境遇，跟努不努力没什么关系了。回头看，学什么专业，哪一年买房，竟然都跟机遇甚至命运等词语联系在一起，染上了些宿命的味道。好像再容不得随意和蹉跎了，一不小心就会跌落，再转身，时过境迁，连一点儿修正的机会都没有。

你歇着吧，以前也是你做饭我洗碗。于贝贝用肩膀一撞，挤开了她。

最近这几个月两人的交流模式变得单调重复，见面，吃饭，劝说，抵抗，了无新意，挺亲近的两个人，越来越疏远，像隔了一层什么似的。工作这事本来谁也没放在心上，时间长了，事情就有点变味道，渐渐形成对峙之态，似乎是为了捍卫各自价值而刻意较劲儿了。一个蓄势待发，另一个早有防备，每次见面都不太自然。以前想到跟于贝贝吃饭聊天，她打心眼里高兴，关系恒温的朋友在一起多舒服呀，现在接电话心里都发怵，别说见面了。茶几上，棋盘一直没收，她翻开棋谱，从那天何知微停住的地方继续往下摆，直到光线隐没夜色合围，棋子儿都看不清了，她才从棋局中把自己拔出来。慢慢抬起头，哪还有于贝贝的人影，她又是孤身一人了。缓缓神，她记起来，于贝贝看她摆了一会儿棋，临走时说，我只是希望你活得值，又不是不能，你唾手可得呀。

她拨通何知微的电话，何知微接得太快了，她看见秒数一跳一跳的，才意识到已经接通了。

你好吗？他的声音很急切，好像这个电话是他打给她的。

他接得那样快，是一直在等她的电话吧。听见他的呼吸声，心一下就踏实了，鼻子却酸酸胀胀的。她说，我不好，你知道。她只想跟他一起坐着，不用说话，一句话也不用说，就并肩坐着。他们之间，隔着两千多公里，隔着黑夜笼罩下的无数个州府。

她有多少想念，他就有多少。想一个人，竟然能想得热血沸腾，火苗猛地蹿起来，比人还高，浑身上下都是灼烧感。他总算知道动情的滋味了，爱意突然上涌，瞬间直达顶峰，很强烈也很贪婪，仿佛这就是这辈子最后的爱了。原来爱是有颜色的，最正的浓得往下滴的红色；爱也是有声音的，是冷水浇在刚刚烧干的锅上，激出的那种巨大响声。原来不管持续一分钟、几个月还是许多年，爱情都是一种势必的、纯粹的、极致的发生，根本由不得人。既能称得上爱情的，便是明知它会来也必会消失却依然愿意全身心经历的，便是多少带着点沉水入火、自取灭亡的决然和勇猛的。他当然有过情史，前后跟几个女孩交往，感受到的是无可无不可的犹疑，是随时可以抽身的淡漠，彼此间没有黏性，没有火星噼里啪啦，她试一试，他也试一试，双方的姿态都太轻盈飘逸了。他从没见过她们脸红，没见过她们热烈迷乱的样子，当然他也不投入，若失去对方并不觉得害怕，也不会觉得万般不舍。他不会在想起她们的一刻，柔情在胸口翻涌，喜悦感激中又掺杂着无以名状的悲伤。这几天，他每晚都不关机，也不调静音，生怕接不到她的电话。手机响起，看到不是她的名字，心就被失望塞满了。他回忆她认真做的每一道菜，想看一眼她干干净净的办公桌。她的桌子是甜的，像一块撒满白糖的方糕，也是散发出尊严感的。尊严，不知道为什么他猛然想到了这个很少想到的陌生的词语。

明天我回去，不管这边有什么事，不管了，明天我就回家。

## 6

他一句话也不说，就只是抱着她。他收紧胳膊，再收紧胳膊，直到一个激烈的拥抱耗尽了他的全部力气。

他说，太难熬了，每一晚都太长了。我只想搂着你，接触你的皮肤，听见你的呼吸。你该早点让我知道的，在我更年轻的时候。现在，我怕我爱不好你，爱不动你。

她说，我一点儿也不在乎这是你二十岁的身体，还是五十岁的身体。我只是觉得自己不够好，不够有力量了。

她举起双手，捧住他的脸，缓缓地，从额头看到眉毛，从眉毛看到眼睛，停住了。她的眼睛凝视他的眼睛，他的眼睛凝视她的眼睛，笑脸对着笑脸，他先闭上眼睛，她跟着闭上，额头抵着额头。

她盯着他闭上的眼睛又看了一会儿，接着，她认认真真地往下看，一点也不着急地看，每一眼都很深，鼻梁、嘴唇、下巴。她的手顺着他的两腮滑到脖子上，手指在他脖子后面交叉。

他睁开眼睛，说，昨晚又梦见下大雪了，梦里有个人在两扇黑色的大门前站着，那个人的脸我还记得，就是我自己，还有一个人在路对面，是你。昨晚咱们就在同一场雪中了。

咱俩说话了吗？说的什么？

没说话，也没走近，好像都舍不得踩路上的雪，就隔着一条路各自站着。

站了多久？

一直到闹钟响。登了机接着睡，还是那个梦，还是那个很安静的场景。我知道，梦也能接着做。好在是没有情节的梦，不累人。

不累。你下午也别去上班了，我们在家里什么都不做，就一起待着，待到天明。

天明了呢，又得走。他焦灼起来，这点相处时间太宝贵，想到在睡眠中度过就觉得浪费了，转头看到棋盘便说，下棋也行，几盘棋天就亮了。

陈飞白点点头，接着指指外面，说，旁边的楼封顶了，脚手架拆了，横幅和LED屏也挂上去了，叫"天元"。

"天元"？何知微走到窗前，看到一条巨大的横幅拦在楼体上。一团云在天上飞快地走着，匆匆掠过"天元"二字。

他说，这名字还算文气，比常见的那些楼盘名好。

她摇摇头，说，不好，什么都敢叫。她走到棋盘前，指着棋盘正中央的黑点，说，天元在这里呢。

地产的名头，不是假洋鬼子就是蹩脚古风，这壹号那壹号，还有爱琴海，至少见过十几个爱琴海了，我倒觉得"天元"不算差。

陈飞白还是摇头，说，这里建成后是城市地标，以后的小孩子不知道围棋正中央的星位是天元，不知道吴清源跟本因坊秀策下棋，前三手是三三、星、天元。他们膜拜天元，因为对他们来说天元这个词的含义就是中心地段的豪宅。想到这个，我心里就很难受。

你猜，接下来会是什么广告词？她问。

他脑海里闪过一个个巨型广告牌。一根钢柱支起三面招牌，矗立在快速路两侧，车辆一路疾驰，招牌一块块扎到眼睛里来，"独占大湖""先生的海""成为森林城堡的主人""私享家的景观资源""少数人的美宅，所有人的梦想""名校环伺，尊荣世袭"……他没有刻意关注过这些宣传牌，此时说到广告词才发现有些字句不知不觉间已刻在了脑子里，忘都忘不了。细细琢磨起来，他觉得有些不对头，境遇不好的穷苦人每天看着，心里会是什么滋味呢？也许不往心里去吧，大家早已认同，世界就是这样的了。

想到这里，他说，既然用这个名字，就要在中心上做文章。广告词？呼唤全球富豪，进驻宇宙中心，再加上几句双地铁、CBD、综合体什么的，也就这些陈词滥调。

天元，中心，她念叨了几声，围棋，围棋呀，哪能硬扯过来这么用。在她心里围棋太神圣了，最早让她意识到自己的渺小和有限的，就是围棋。极简的规则下，难以穷尽的繁复变化，让人入迷的同时也让人产生无力感。入门难，入了门更难，即使有充足时间和充沛精力，毕生专门钻研也未必能窥得神机奥妙，每多了解一分，除了喜悦，更会暗自心惊更加敬畏，愈发觉出十九路棋盘是幽深无底的洞穴，也是浩渺无垠的星空。多少年了，诸神的传奇一个比一个绚烂，下法上还能不断地超越拔升，永远不要说对它的认知已足够，它通往无尽，而你只能抵达属于你的高度。每次面对围棋，就像面对无垠宇宙，她想的东西就辽远了，开阔了，不再是自己眼前的这点事。

他说，不关咱俩的事，我们在这里头头是道，其实什么问题也解决不了，别操这份心了，不如谈几局吧。她还想继续说，觉察到他并不想往下讨论，就点点头坐在了棋盘前。两人都没再说话，下棋就是最好的聊天了。一直手谈到傍晚，陈飞白下了一锅面条，配茄子肉丁和青椒鸡蛋，吃完了，两人又坐回棋盘前。

第一局，陈飞白取势，棋都走在外边，下到中盘，感觉他的实空领先太多，自己的外势能围出来多少心里没底，要不要先做点实空追一追？

正在犹豫的时候，他竟然对左边一块孤棋动手了。这块棋有问题吗？没有啊，刚才看过：虎一步是先手，然后托一下就渡过了，死不了的。糟糕，虎一步不是先手，他完全可以不应，漏算了。怎么办，能做活吗？空间太小，最好的走法也只是一个后手眼。断下他旁边的棋杀气？不行，气差得太远。逃跑，看不到出路，就算勉强逃出去，被他追杀的时候，自己的大模样也会烟消云散。她稳住心神，看看全局，思路干脆变了，何必纠结这一块的死活，就算这块被吃了，只要封住他的棋把自己右边的空围起来，局面未必差。她不断借用没被吃干净的这块棋，把他的棋封在里面，他看出了她的意图，但如果不吃下这块棋，自己的棋就变得七零八落了，也没法再下，只好跟着应，看着她把空围了起来。她的实空已经领先，后面的棋，他左右腾挪，她小心应对，他始终也没占上风，这局，陈飞白赢。

　　接下来一局，陈飞白下得有些心不在焉，到中盘粗略判断了一下形势，感觉后面不太好下了，布局好像中规中矩没犯什么错，怎么局面就差了呢？啪，何知微落子，直接打入。她寻思着，直接吃棋，还是缠绕攻击顺手把他的空也破了？直接吃的话有把握吗？要仔细算算才行。后边的变化似乎挺复杂，她算了算，也没算清楚，不想了，直接动手吧。她封住了出路，没想到他也不急着做活，应了几手就脱先了，打入的棋子不要了？她在二路走了一手破坏眼位，这块死定了吧？但他仍没顾这块棋，走了其他地方，他脱先的这两手涨了不少目，不过被吃掉这一块目数也不少啊，她又补了一手把这块棋吃干净了。她捻着棋子，忽然觉出不妙来，自己的棋有个断。他打入的棋子本来就没想要，而是瞄着这个断。果然，他直接断掉了。她收了几步官子发现不够，就认了输。

　　累吗？何知微问。

　　不累，下棋就是休息。

　　他俩下棋，心境上很纯粹了，在乎的不是输赢，也不像小时候，一上来就大杀大砍的。不管胜负，下一盘好棋最重要。下完一盘棋，醒过神来，跟过了半辈子一样，那种充实和满足的感觉特别好。

她站起来活动一下身体，说，你从外地跑回来，我也没去上班，好好下了几盘棋，好久没这么痛快了，就是……嗯，有件事我早就想做了，能陪我一起吗？

何知微也来了兴致，说吧什么事，今天我陪你，做什么我都陪着你。

你等着，我去换件喜欢的衣服。

她穿着一条很正式的黑色连衣裙出来，冲他笑笑，抻着裙摆原地转了个圈，接着又走进卧室，从柜子里取出一个双肩背包。她看看墙上的表，说，时间正好，咱们走，何先生。

刚走进电梯她又把他拉出来，说，先别下去，忘东西啦。她再走出来时，他看见她戴上了墨镜，手里还拿着他的墨镜和棒球帽。

他夸张地笑起来，没说话，意思却到了，你到底想干什么？

她走在前面，他紧紧跟着，走了两三百米来到地铁四号线的入口。他问，现在坐地铁，去哪里？她说，跟我来吧。

差不多是末班车了，车厢里空空荡荡的。走到车厢中部，陈飞白指着一个广告镜框说，我每天上下班都能看到它。

他看着镜框，是地铁公司自己的广告，主体画面是一个围棋盘，地铁的数条线路在棋盘上纵横交错，用黑白子表示站点，一只从西装袖口里伸出来的大手拈着黑子，正准备放在棋盘上。棋盘上方，是四个红红的大字："一步制胜"，旁边还有一溜儿字，"登上地铁媒体快车"。

她凑到他耳边说，一步制胜，这值得宣扬吗？下棋能一步制胜吗？再说，胜真的那么重要吗？大竹英雄宁可输棋也不走愚形呢。

他想起了那些绵延数月、意味悠长的著名棋局，也想起了大竹摆出过的无比俊逸的棋形。棋盘上不光是死活胜负，还有经纬、四季、阴阳。

他知道她要做什么了。他左右看了看，没有人，他想用身体挡住她，他更想替她把这件事做了，出什么问题都由他兜底，全身肌肉却有些紧绷，还没迈开步子，她已麻利地摘下镜框，塞在了背包里，说，下一站，我们就下车。

只坐出来一站，两人沿着路往回走。路两边楼宇强壮高大，衬得人很矮小，两人一路走着，像穿过一道山间的峡谷。

她说，一天客流过百万，不管你愿不愿意，每天都要看见"一步制胜"，强迫你看见和记住，慢慢地也就认同了，还以为是自己的想法。

地铁跟水流一样，你摘下这趟车的，还有其他的车其他的线路。他想说她幼稚说她义愤太多，话到嘴边硬咽下去了。

她说，说不定除了我，还有别的人也想摘下来。

无用功，什么也改变不了，地铁公司很快就补回去了。

补回去，也可以再被人摘下来。

就像小时候做成了件逾矩冒险的事情一样，两人都很欢跃。有好几次他想趁着这欢欢喜喜的劲儿，把面试的话头挑起来，说不定这会儿她不躲藏呢。想来想去，还是更珍惜这个晚上，怕一句话就破坏了气氛，几番思量终究没说出口。

在岔路口，两人停住脚步，直走是家，转弯的那条路通向海。两人对视一眼，转身向着大海走去。

一弯瘦月似古时候的月亮，月光下的海像古时候的海。他们并肩坐在一块礁石上，看着夜，看着海，看着夜和海溶在了一起，混合出了让人百感交集的时间感。这一切，都像是前工业时代才可能有的景象。

小舟从此逝，江海寄余生。

她说，还记得吗，你在教室里写的那幅字，苏轼的《临江仙》。

记得，写得不好。咱们那时候的孩子嘛，都一窝蜂学毛笔字，就知道个颜体柳体，太粗陋了。

好不好我不知道，我一直记得你写字的样子。写"长恨此身非我有，何时忘却营营"时，你是个老人，写到最后一句，又年轻了。心里埋着什么事吗？

他愣了一下，说，没深想过。上学，上班，这些年活得也算好。

喜欢你现在的工作？足以安身立命？

安身立命，大词，太空洞了。他说。他是个话不多的人，看起来沉稳，叫人放心。酒局上当一种奢靡放纵的气氛开始弥漫，人和人突然变得亲密时，他才会很膨胀地指点那些做实业的小老板，要有金融思维，上市之前做产品，累死累活，上市之后，找好企业并购就有赚不完的钱了。

从小到大他经常收到一个评价：你是个很理性的人。现在想起来，竟有些厌倦这个评价了。去喝酒？大醉一场？他坐在石头上，想象着自己醉酒后披头散发、载歌载舞的场景。

那幅字被班主任收起来了，也没装裱，八成是扔了，能再写一幅吗？她问。

他回过神来说，多少年没写字了，手早就生了，一时也找不到笔墨。

他心里想的是，如果现在手头有纸笔，就抄录《迟》那首诗，还有没读成的两首，写在墨竹纸笺和梅花纸笺上的。海风带着些凉意吹拂过来，身上穿的是她在顶楼上晒干又熨过的衬衣，看上去没什么特别的，但穿着的感觉不一样，花了时间和心思的东西，让人觉得庄重，让人打心眼里爱惜。

他爱惜跟她有关的一切。他突然有些担心，万一，他和她，把话都说完了该怎么办？会有没话说的那一天吗？不敢深想，只能珍视此刻，想着既有此刻，也不算白活了。

她的头歪在他肩膀上，他手臂弯成半圆，把她圈进来。月色清明，海风湿润，涛声一声比一声长。不知道过了多久，她打破沉默，明天你还要去榆林，回家睡一会儿吧。

他说，要是能在这儿坐一晚，等着天明就好了。说着他站起身来，把她也拉了起来。

## 7

　　第二天，闹钟还没响，他自己醒了。爬起来，带上卧室的门，轻手轻脚走到客厅，一看表，才五点钟，现在去机场太早了。他泡了一壶红茶，热了两片面包，吃完简单的早餐，把证件检查几遍，外头天色还是灰蒙蒙的。他两手环住茶杯，站在阳台上往小区里望。小区中央栽着一棵大菩提树，步道两侧是灌木带，错落着金叶女贞、矮紫樱、冬青、扶桑、朱槿，西北角上是几棵黄花风铃木和桃树，还不到开花的时节，远看枝干有些秃。

　　看见桃树，他心念一动，有地方去了。

　　走进公司大堂时还不到六点半，上楼，整个大平层空无一人，灯亮的一刹那，长夜积聚起的寂静似乎愣怔了一下，缓了缓，才从敞开的门扇里消散而去。他坐到陈飞白的转椅上，轻轻翻开书，静静地看了一会儿纸笺，然后一手托着，一手展平。桃花那一页下面，是印着墨竹的一页，再下面是印着一丛梅花。他把梅花纸抽出来，一打眼看到题目，就呆住了。

**夏清煦**

　　傍晚，夏清煦从街市的一头走过来
　　走近时
　　人们看见她菜篮子里斜插着三支粉百合
　　还有几种面目模糊的菜
　　忘了哪一天了
　　夏清煦自己也不知道是哪一天

她从街市的一头走过来
　　菜篮子里是莴苣、扁豆和南瓜
　　还有一大块深褐色的咸菜
　　再后来
　　没人叫她夏清煦了
　　窗口办事人员大声呼叫她的全名
　　她脸上会迅速闪过一丝羞惭之色
　　弓着腰，塌着肩膀，想把自己缩小了
　　她边点头，边讨饶似的说
　　是我，我是老夏
　　老夏

　　关于母亲，他对陈飞白说过什么吗？想了想，除了在一次闲聊时提到母亲的名字，其他什么都没有了。母亲在深圳的表现虽不能用俗不可耐来形容，但她周身散发的，是很典型的妇女感了。母亲在超市大肆试吃那会儿，他想悄悄告诉陈飞白，我妈年轻的时候，买菜从来不磨着人家搭一把小葱送，一点便宜她都不占的，但帮着母亲掸去嘴边的食物碎屑时，惆怅和苦楚一下子从心底泛上来，哽住了想说的话。最终他什么也没对陈飞白说，跟解释似的，然而又想解释什么呢，也说不清。这世间有多少无缘无故呀，不是什么都能追溯得清楚明白的。

　　他说出来的，还有没说出来的，细细碎碎的，混混沌沌的，陈飞白都懂，甚至理解得比他还要完整和透彻。他更糊涂了，这么聪慧灵透的女孩，到底被什么挡住了呢？既是挡住她的，他又能帮什么忙解什么困呢？

　　一时心里空落落的，又乱糟糟的。《夏清煦》带给他的震动过于强烈，墨竹纸笺上的诗，接连看了几遍，都是入眼没入心，像翻卷的细尘浮在眼前，抓不住，拢也拢不起来。

去机场的路上,他回想梅花纸笺上的诗,一句一句,熟悉无比,竟像是自己写出来的。离机场越来越近,心却飘飘悠悠地回去了。挣扎一会儿,交通指示牌上"出发"两个字已近在眼前,这时也顾不上摇摆了,随着惯性入闸安检,等候登机。

## 8

走下飞机舷梯,何知微先抬头看了看榆林的天。模棱两可的阴天,不知道接下来是下雨还是出太阳。航程中,他闭着眼睛,也睡不着,《夏清煦》的字句和母亲的脸交叠浮现。中年以后,母亲面相里的书卷气就不见了。她脸上时常露出惊慌的表情,不惊慌的时候,又有些窘,总之不是一副舒泰滋润的模样。其实昨晚从海边回家后,他就没睡沉实,想起了父母的婚姻。大概他上大学的时候,父母停止吵架了,他们老了,累了,终于放弃了对对方的控制、改造和期许,允许对方在核心的问题上划定边界。他们都学会了说一句话:你高兴就好。很平淡的一句话,但他知道这句话背后、这张息事宁人的脸背后有多少无奈和不甘,有多少含而不露的讥讽,有多少按下不表的怨恨。想到一对夫妻天天在一起又离得山高水远的样子,他就从心里感到累,感到难过。

他跟陈飞白还没结婚,但一谈及面试和工作,两人就从热恋的情侣变成了相处多年的老夫妻,疲惫得连架都没力气吵,只能小心翼翼地绕开危险区域,她怕他,他也怕她,气氛森然怪异。一旦有了禁区有了块垒,怎么看,两个人都是隔着的。

这样不行。他好不容易有勇气相信一个人是真喜欢他,好不容易有勇气跟这个人共同进入生活的某个实在的部分。本来他以为爱情早跟他没关系了,也不可能爱上谁,自己根本不适合结婚,就算成家也是被长辈逼着,完成一桩不得不为的俗事而已。

候机时他向盈泰的招聘邮箱投递了简历。本来欲跟于贝贝打个招呼，转念一想，以他的工作履历进面试太轻松了，提前给于贝贝通气，话反而多了，干脆什么也不透露，面试不见则已，见了再说。

到了榆林是要打硬仗的，材料报上去后证监会已经反馈了，回答证监会的一个问题，有时就要用上四五百页纸。往常这个阶段他会把自己调动得很兴奋，这几天他的老法子都失灵了，在会议现场怎么也没法集中精神，不停地刷邮箱，机械地刷。信用卡对账单来了，海淘网站的库存匮缺提示也来了，还有几份广告邮件，他等的那份邮件，没有出现。

转眼又是两天，刚坐到会议室，手机振动了一下，瞄一眼，看见"盈泰"二字，未及打开细看，他已突地站起来。站起来时才发现自己已经站起来了，他说，杜总，我得回去一趟。

现在回去？

有点急事。

我们要回答问题了，回答问题的这个时候……

知道，我尽快赶回来。

他边说边往外走，大家抬头看着他，他顾不上别人怎么想了，点点头，转身走出大家的视线。

到了深圳，他在盈泰总部附近找了一家酒店住下，第二天他将出现在面试现场，把陈飞白经历过的事情也经历一遍。能有什么难题呢？他对自己说，什么题目都不会难住我的。

于贝贝的脸在微微抽搐，何知微知道，她控制得已经不错了。她负责问几个专业上的问题，何知微一一作答，她低头做记录时表情才自然了些。

轮到人力资源部门发问时，何知微忽然感到有些紧张。先谈谈了工作性质和薪酬，何知微松了口气，耐住性子奉陪，该说什么话就说什么话，总算把这个了无新意的程序进行完了。

最后，一位穿紫红色衬衣的男士问，你怎么看待我们公司的狼文化？

主动进攻，抢占先机，通过伟大的目标把员工凝聚成群狼，虎狼之师，枕戈待旦，常备不懈，时刻准备战斗搏杀。没有狼文化就没有企业的快速成长，这是决定性的精神力量。何知微回答得顺滑而充满激情。他还能继续往下说，这时他瞥见了于贝贝，她眼睛睁得很大，嘴巴半张着，刹那间他意识到了什么，脸色也是一变。

紫红衬衣男士发问时，没抬头，声音也很低，透着循例一问的随意，不过是个收尾的程序，他早等得倦息了。而一听到这个问题，何知微几乎不用思考就做出流畅精巧的回答。

一切都挺对劲儿的。

何知微走出会议室，看到走廊尽头有一排椅子，他走过去靠窗坐下。看看表十点多了，在超级摩天大楼上透过玻璃窗往外看，外头的阳光既强烈刺目又虚空邈远，一时有些恍惚，像在一场梦境里，从进去到出来十几分钟，却如隔了世一般。

又等了一会儿于贝贝也出来了，她招招手，何知微从走廊尽头走过来，两人你看看我我看看你，不知道该说什么。

在裙楼找到一家还算安静的餐厅，一直等到甜品上来，于贝贝才说，面试我几次在场，从没注意过最后这一问，根本不叫个难题。你觉得呢，这算难题吗？十个公司得有九个这么问吧，谁都知道该说什么，每个人都能答出来，怎么会过不了？怎么就过不了？说着说着，她捂嘴笑起来。

他看了她一眼，她笑得很勉强。他好像明白了什么，同时又感到一种从未体验过的陌生的痛楚，事情似乎搞清楚了也似乎更复杂了。

怎么办？于贝贝问。

怎么办？他觉得自己需要时间再想想，需要尽快离开面试的这栋楼，这栋扭着身体向上伸展的著名地标性建筑。他说，陈飞白不知道我回来，你也别给她说，我们，我们再商量商量。

有什么好商量的。她指指脑袋，我的老同学，这里有问题，出了点问题。滑稽，虚伪，造作，不可理喻。真扫兴，太扫兴了。

他也联想到一些贬义的成语，又觉得用在陈飞白身上不太合适，成语是固定和明确的，可世上的人、世上的事哪有这么简单，总有常理和世故框不进来的样式。几千年了从来没有过相同的棋局，人和人也是如此，哪能整整齐齐都一样呢？

于贝贝继续说，不值，太不值了。咱俩一起去找她谈，一起把她矫正过来。

有什么好谈的，教她怎么回答最后的问题吗？用教吗？能教吗？他试着想象一个场景：他和于贝贝表情凝重，话语急切，而她坐在他们对面，眼神飘忽，不配合，不入戏。他和于贝贝说的话像一颗颗子弹在空中排列着，顶到她身上又弹回来，颓然坠落。她是一个最有情的人，这样的时刻却一脸木然，形如槁木。想着想着他说，我得去榆林了，回来再说。

都是同行，哪有这么紧急，紧急情况开电话会议不就完了，你这是在躲。于贝贝双手交叉抵住下巴，盯着他说。

他不作辩解，直接起身，小于，我要去机场。

于贝贝摊摊手，说，没开车吧，我送你到六号线，离这里也不远。

## 9

六号线在地下横贯大半个城市，一条恢宏流畅的机场快线。何知微靠在座位上，一直冒虚汗。天气并不太热，他是心里发慌，好像做了一件窥探和打扰的事。显然关于工作面试，陈飞白并不想跟任何人分享细节，也无意倾诉和寻求理解，就是一个很平常的选择而已，而他即使知晓了也是徒增恍然，掏不出灵丹一粒，怎么也使不上劲儿的感觉。

他闻到浓烈的青草气味，这是在哪里呢？没有青草，连明亮的光线也没有，他依稀看到，对面座位上一个女孩在喝一瓶碧绿的野菜汁，瓶盖没有拧上，瓶口染绿了。迷糊了一会儿，他花了点时间确认自己身在何处，又花了点时间明确了一点：列车在黑暗的地下疾驰，正在离机场越来越远。

到站时没下车，坐回来了。他有些懊丧，很快便释然，就此回家不也正好。快该换乘时，他心里忽然一闪念，就疾步向车厢中央走去，没几步路，心情却忐忑，看见"一步制胜"，摘不摘呢？怎么摘呢？

还没挣扎出一个结果来，已经走到车厢中央了，地铁公司自己的镜框广告都挂在这里。

什么也没有。他抓住拉环上下左右地看，确实什么也没有。他的心狂跳起来。凑近车厢内壁，发现镜框的印痕还在。是广告更新的间歇期，还是，还是另有乘客把它摘下来扔掉了？

他更愿意相信第二种可能。

换乘另一条线路时，他径直走向列车中央。这条线路的镜框广告是安好的。乘客太密，没法动手，除非坐到终点站，趁人群往外流，下一拨乘客又还没上车时。他倚着竖杆看镜框旁边的路线图，还有十几站才到终点。

快到终点时，他挪到镜框前面，四下看了看，车厢很空，乘客零零星星地散坐着。车终于驶进最后一站，人们走到车门处候着，他抬起手来，抓住镜框下面的两个角，就等车门打开了。

到站提示音响起，车门打开。他赶紧用力往下摘，镜框不动，再使劲儿还是取不下来，已经有人进了这节车厢，他只好松开手，就近坐下来。眼睛盯着镜框，回想刚才的动作，是硬往下掰的，难怪镜框不动。他试着回忆陈飞白那晚的手法，似乎是轻轻往上一提，没费什么力气。

每站都有人上来，很快车厢里就挤满了人。坐在地铁上，他脑子里回响的都是陈飞白的话：强迫你看见和记住，慢慢地也就认同了。他决定再坐到反方向的终点，不管有多少趟地铁，先把这趟车的取下来再说。

他提前几站就离开座位，守在镜框前，默默在意念中演习几次。

轻轻往上一提，果然摘下来了。正高兴，一个新问题砸过来，只有电脑包，没有大背包，怎么运出去？慌乱中他把镜框夹在腋下，电脑包单肩背着，遮住一部分镜框。低头一看，露出来的是正面，顾不上多想，一手抓着电脑包，一手把镜框调过来。

只露出反面的背板，又有电脑包挡着，找个人多的站点应该能顺利出去。

真往外走时，步子还是有点发飘，便在心里给自己鼓劲儿，不会有人注意的。

走到最近的出口，他定住眼神，尽量不去看别人，刷卡，出站，随着扶梯升上地面，悬着的心才放下来。天色初暗，已近傍晚，来来回回地竟在地下折腾了一个下午。

上了一辆出租车，他在后座上紧紧抱着镜框，像抱着一束鲜花，一份精心准备的礼物，没有比这更好的礼物了吧。

车经过公司大厦时，他临时改变主意让司机停下来。卓盛大厦三百多米高，尖顶，全玻璃幕墙，按设计方的说法，主体塔楼是一根破土而出的春笋，但他远看近看，楼体都像一枚直冲天空的巨型炮弹。

下了车，走进炮弹，坐电梯上到三十七楼，他先在外面张望一下，办公区人不多，陈飞白的座位也空着，看来今天不用加班，已经回家了。

在工作的空间找一首诗，他心里涌起一股奇异的感觉。

今天桌上的瓷瓶里插着几支黄月季。他抽出最下面的一本书，翻开来，里面什么都没有。他记得很清楚，诗稿就夹在这本书里，武宫正树的《星的威力》。也许不是这一本？也许夹着诗稿的书换位置了？他把每本书都拿起来，哗哗地翻，从头翻到尾，淡青色的宣纸确乎一张也不见了。桌板下是活动抽屉柜，钥匙就插在锁孔里，想了想还是没拉开，不管有没有人看见，他都不愿意乱动别人的抽屉。

走出炮弹，没再叫车，步行走了十几分钟。走到家门口了，他在门前站了片刻，调整一下心情，取出钥匙又放回去，按门铃，等她来开门。门一开，他就举起了镜框。

没有笑声，没有尖叫，等了一会儿还没动静，把镜框放下来，他看到她在拼命眨眼睛，眼眶是红的。

盈泰是狼，我们公司是蜜蜂，还创造了"乐蜂"文化，面试的最后一道题目是：你怎么看待卓盛证券的蜂文化？但不一定每个人都当狼都当蜜蜂，我变成狼，可以让你不当狼，这大概也是我变成狼的一点意义了。他本想找个机会再说，不料屋还没进，就一股脑儿全表白出来了。

整个人松弛下来了，不紧绷着使劲儿了。他经常有种感觉，自己睡觉的时候都在使劲儿呢，醒来的一瞬间牙是咬着的。现在松下来了，从来没觉得身体这么轻，这么软，像一大块蜂蜜蛋糕，摁下去，弹起来，掰开来，里面是细密均匀的针眼一般的小孔。身体里面透气了，里头能流水，能刮开风。自在，真自在。

他接着解释，我去盈泰面试了。

知道，为了谴责我，让我羞愧，贝贝下午给我说了。刚才又打了一个电话，可能酒喝多了，说我是个大麻烦令人难以忍受，要跟我面谈，不知道是不是酒话。

他摇摇头说，不管她了。他牵肠挂肚的是陈飞白的第三首诗。他看着她的眼睛，开始背《夏清煦》，诗句徐徐拉开一幅画，画面里并不仅仅是他的母亲，他看见许许多多个被磨损的枯瘪的生命，不明不白地，就萎谢和流逝了。

他扩张和拉长了这首诗的哀伤，哀伤雨点一般遍地滴落，他叹息般地念出了最后一个字。陈飞白害羞起来，你什么时候看到的？我偷偷写的。

他说，还有一首没记住，写在墨竹那一张上的，比赛什么的。

她找到一个不用的本子，默一遍，递给他。他接过本子，说，我想一个人进屋读。她侧侧身说，正好，当着我面读，我才难为情呢。

关上门，只开落地灯，他捧着这首诗，低声读起来。

### 瞄准，瞄准

年少时父母为我报名参加朗诵比赛、歌唱比赛、硬笔书法比赛
每次指导老师都拿着一页纸
一页写满评分细则的神圣的纸
对我说，一条一条地细抠
瞄准一些，再瞄准一些
这些比赛的后缀一般是××之星
有没有成为星我已经不记得了

青年时因为是青年要参加单位的各类技能比赛
有经验的评委好心地提醒我
瞄准评分细则，一条一条地细抠
瞄准了，不偏不倚，正中靶心
他们说话时看起来很老练
他们微笑
笑得精明、内行、有把握
这些比赛的后缀一般是××人才
有没有成为人才我已经不记得了

我终于不是少年也不是青年了，

　　　　不再因年龄被强行划入一场场比赛
　　　　回望这些年，我会从心底笑出来
　　　　我记得
　　　　在每一次能瞄准的时候我没有瞄准
　　　　我往左边或右边偏了一下
　　　　因为这不瞄准
　　　　我活得特别有兴致
　　　　因为这不瞄准
　　　　我觉得，我是一颗星我是一个人才
　　　　我活着最有意思的，就是这一次次的不瞄准

　　读到最后，他也从心底笑出来。他最喜欢的是这一首，忍不住用手指肚摩挲着本子上的每一个字。摩挲着，他想起手从她的后背滑下去的感觉，她的后背上像敷着一层软糯的糖粉，小时候水果糖外面裹着的那种白色糖粉。他记得那个时刻，空气好像变甜了，让人忍不住大口大口吸着气。

　　咚咚的脚步声传来，这充满力量的脚步声两人都很熟悉，对视一眼：于贝贝竟然真来了。

　　于贝贝往沙发上一坐就开始数落，其间不断给何知微递眼色，意思是让他帮帮腔。见他没动静，于贝贝说得就比较直露了，多少高中同学羡慕我们选对了专业，羡慕我们踩对点了，大时代的幸运儿呀。你呢？你大概是混得最差的应用经济学硕士了。

　　接着，她又表示今晚依序试了三种葡萄酒，"有生命"的葡萄酒，她说，你没喝过真正的葡萄酒，你喝的那是色（shǎi）酒，你也没见过奥地利手工水晶杯，你用的是含铅的便宜货。

　　陈飞白没有被激怒也没有面露惭色。于贝贝继续说，你一点儿也不独特，也看不出有什么做人的风骨和性情。如果没有何知微的收入，你哪怕每天早出晚归地上班，也一天比一天穷，衣服、包、鞋都透着劣质，你整个人看着也很劣质。不悔改就什么也赶不上了，再过两年，咱俩就彻底不能一块儿玩了。

燕雀安知鸿鹄之志。陈飞白轻声说了一句。

她说得轻声细语，但足以听清楚了。何知微一愣，于贝贝也一愣。

你说什么？谁是燕雀？

你是燕雀。

我是燕雀？于贝贝扬扬头，反了天了。

就是反了天了。

你说的是酸话。

我说的是真话。

陈飞白看着她的同学，看到的不是一个又胖又憔悴的女人，相反她光彩照人。这两年，于贝贝越来越瘦，越来越好看，身形从壮硕蝶变为纤美，摒弃了学生时代民族风的审美，每件衣服除剪裁和面料讲究外，总会有一两个别致的让人心动的细节，彼得潘的衣领，精致的皱褶掐腰，凸面刺绣，贝母纽扣。她还请了前世界健美小姐当私教，再忙也要确保每周上一次健身课。她的瘦和美，她的富贵和自信，透出的都是另一种生活的诱惑呀。陈飞白句句跟她针锋相对，但说到最后，竟有点心虚了。此刻于贝贝看她的眼神已没有多少期待，主要是嘲笑、轻蔑和嫌厌了，好像她很不识相，很败兴，好像没有她这个拖后腿的怪物加白痴，一切就都好了，都顺心遂意了。于贝贝的目光里，还有几丝居高临下的玩味，让她觉得很陌生。

何知微突然开口，她说的是真话，不瞄准和瞄不准，完全不一样。他边说边把本子塞到于贝贝手里。于贝贝扫一眼，摆摆手说，我觉得我才是一个诗人，上市之前，给它做出一个好故事来，美妙的叙事性，上市之后，无数个投资者一起抒情，十天都开不了板，荡气回肠。你看看K线，高低起伏，是史诗是戏剧是交响乐，也是山水长卷。

预报的今夜有暴雨。云带着浓郁的雨意在低空盘桓，海上来的风吹得窗棂叮叮作响。陈飞白默默把本子拿回来，于贝贝的话确实羞辱到了她。她来到窗前，背对着于贝贝和何知微，头发乱舞，衬衫也鼓了起来。

她的背影看起来很落寞。何知微走到她身边，跟她并排站着，于贝贝也踱了过来。陈飞白转过头来，看着于贝贝，说，贝贝，真想再给你拉一次连衣裙的后拉链。

于贝贝穿一条青金石蓝色、厚西装面料的连衣裙，背后一道长拉链从腰窝到后脖颈。这是她们两个人才知道的典。一起住的时候，每次帮对方拉裙子拉链就会说，以后咱俩分开，一个人住了，再怎么穿拉链在背上的连衣裙呢？多费劲儿，一不小心就把袖子扯破了呀。听她突然提起旧事，于贝贝站着，一时不知说什么好，脸上有几分怅然。

陈飞白从餐边柜里拿出柠檬片和茶杯，洗好柠檬片，放进杯子，先倒凉白开，加两勺蜂蜜，再续温水。她把柠檬水放在茶几上，说，晚上就不给你泡茶了，喝杯柠檬水吧。说完她拉着何知微往外走。

你俩要干什么？于贝贝问。

他俩一起下楼，来到"天元"的工地旁。简易的出入口有保安把守，整个工地用一圈浅蓝色的围挡围着。何知微大概知道她的想法了，LED挂网发光字不好拆除，但总还是可以做点什么吧。

两人绕到后面，何知微开始爬，围挡两米多高，他试着爬了几次，太滑上不去。他说，你等着，我去家里搬椅子，椅子上再叠个皮墩子，高度应该就够了。他往海怡苑方向跑去，跑得像个小男孩的样子。望着他的背影，陈飞白想，过一会儿，他们找到楼梯，爬上二十几层合力把条幅扯下来时，如果没被人抓住，她要立刻告诉他一件事。

就在今天下午，于贝贝告诉她，何知微那么忙还是偷偷回来面试了。

挂了电话，翻看手机里他的照片，她一下子就软弱了，想了一会儿下定决心，等他回家时她要告诉他，她准备好了，准备好回答最后一问了，她会让他放心，她要跟所有的经济学毕业生一样，不再浪费时代赐予的幸运。

　　结果，开门时，她看见一个高高举起的镜框。那一刻她知道，她什么也不用再说了。不用再说了。

# 照夜白

## 1

有些气味，只有下雨的时候闻得到，跟阳光晒出来的气味不同。晒出来的气味蓬松温热，就像夏日傍晚时分的树林，弥漫着的是暖烘烘的木香；雨天里的气味不那么热烈，却更悠长一些，从一道道细缝中婉转地泄露出来，若有若无地浮动在空气里，久久不散。

一间小教室，白墙，黑板，日光灯，十几排桌椅。窗外，雨一遍遍洗着植物，叶子内部浓绿的汁液似要挣破薄薄的表皮，随着雨水四下流淌。

同事们按顺序走上讲台，打开自己的课件，微笑，演示，讲解，做手势。谢梦锦抬头望着讲台，笔拿在手里，本子摊开着，都是做做样子。她正秘密跟踪那股气味，玄远飘忽的气味，像禅机和隐喻。她先是听见，听见衬衣的布料在呼吸，一呼一吸间，气味被带了出来。接着她辨认出，气味并无内核与主干，是麝香、柑橘、茉莉和檀香木的混合香气，香气从她上衣的纹理中迂缓地散发出来，停一停，往更远的地方飘散。这味道属于白色衣物洗衣液，洗衣液还剩小半瓶，在搁架的最右边。同样的瓶子，搁架上放了一长排，细看起来标签并不一样，牛仔布洗衣液，羊绒洗涤剂，深色衣物洗涤剂，丝织品洗衣液，运动衣物洗涤剂……

散会的时候，赵燕朵走到教室后排跟她打招呼。看见最亲近的同事走过来，她一时忘了，燕朵。发出声音的一刹那，惊觉不妙，"朵"这个音在卷起的舌头上愣了一下，勉强趔趄到嘴边，本该沿着嘬起的舌尖滑行而出的音节，僵直了，破碎了，碎片落满一地。汗一下子冒出来，凉意顺着脊背往下走。她低头收拾桌上的笔、本子和水杯，使劲儿往包里塞。

应该没人听见吧。一个完全走了样的舌尖音、合口呼，像随身听电池快耗尽时发出的声音，扁扁的，扭拧，怪异。

多喝水，少说话。燕朵说。

她点点头，指着喉咙，皱着眉，跟燕朵示意，表示自己无法发出声音。

燕朵挽起她的胳膊下楼。外头雨还没停，树下薄薄一层落叶，刚被风雨吹落下来，颜色还翠绿翠绿的。撑起一把伞，两人沿着青色花砖铺就的人行路往车棚走。这条路不知走过多少遍了，两株桃树、三棵缅栀子，接着一排石榴，就到了路的尽头。

才是中午，雨云在半空中一层叠着一层，天色昏暗得像是暮晚。走过桃树和缅栀子，眼前忽地明亮了起来。石榴花开了，刚开的第一茬，本来就热闹的大红色，经了雨水，更加明艳。她俩停住，立在伞下，静静地看着跟前这株石榴。

石榴花上落满雨珠，雨珠像被花瓣吸住一样，一动不动。

她们听见了彼此的呼吸声。

这一排都是花石榴，不结果实的，就算偶尔结几个果也没法吃。燕朵说。她手指拂过榴花，雨珠簌簌掉下来。

我知道，在我老家不叫花石榴，叫看石榴。不结果也没什么，结果子不是很重要的事，反而，只有看石榴才能把花开得这样动人。

按照今天的设置，她不能发出声音，这番话只是在心里默默说了一遍。她想起家里的柜子抽屉，放满了杯壶碗碟，几年也用不上一回的，就是为了看看，看着喜欢。她从小喜欢的，好像都是些中看不中用的东西。

她打开车门坐到驾驶位上，燕朵的车先开出来了。燕朵摇下车窗对她说，小谢，我倒宁愿嗓子发炎的人是我，就不用上那个台了。

话语涌上来，真正想说的话一波一波地上涌，在喉头凝结了，哽住了。她多想跟燕朵说说话。很快她听见燕朵又一次嘱咐她多喝水，她赶紧点点头，隔着玻璃怕燕朵看不见，干脆打开车门，一只脚着地，侧着身子伸出头去，让燕朵看见她点头的样子。燕朵挥挥手，开车走了。

燕朵，六年了，头一回我没上去讲，那些话，我是一句也不想说了。她坐在车里自言自语，把想跟燕朵说的话说了一遍。提眉毛，放松下巴，口腔打开，头腔也打开。她像在播报重要信息，每个字的声母和韵母都交代得很清楚，没有一个含混不清被吞下去的音，平上去入，也都到位了。回家的路上，这些完满的音节还停驻在车里，叮叮当当，或站或坐，陪了她一路。

## 2

每次把一批东西清出去，她就感觉生活堵住的地方又畅通了。定期理一理，算是个好习惯吧。隔一阵子，把衣橱、书柜、冰箱、储物架整理一遍，就算没扔东西，细细梳爬一番，排放收拾好，心里便清爽多了。

搁架上放着一排洗衣液，她当然知道一个人不需要也用不完这么多洗涤用品。她只是没法抗拒"认真"二字。第一次走进这家洗护用品店，她见到了创始人在洗衣服这件小事上的痴心。世上就是有这样认真的人，把每根纤维都当回事儿，努力不让白衣服变黄，不让羊毛的天然油脂随污渍一起被洗掉。看多了糊弄和粗制滥造，没法不珍惜眼前所见，也知道眼前一切绝非必然。她心想，既然遇到了，不买简直就是犯罪，便把能买的都买回家。一共九瓶，在搁架上排好的一刻，正在过的日子莫名地有了尊严。

那天晚上，她整理书柜，同系列的书找齐了放在一起，又按年代和作者规整完十几个书格。收拾的时候，发现几本书里夹着往年的课表，取出课表放在一边，书排好了，便把课表揉揉扔进了纸篓。

扔掉课表，忽然想到，工作也可以理一理。她打开电脑，把这些年的教学任务书找出来理了一遍。一共上过四门课，两门校必修，一门院系必修，一门选修，课时的准确数字也在任务书上。她一学期一学期地加，加到最后，计算器显示屏上出现一个数字。

她又加了一遍，还是那个数字。

第二天有个会，期末的例会，每个人上去谈谈教学体会。几分钟时间，对当老师的人来说比较轻松，也不用专门准备，就是头天晚上心里肯定是有桩事的，总归是一桩事。也没什么好抱怨的，都习惯了，所谓日常，不就是由许多个不轻不重、可以忍受的小折磨组合而成的吗？

一大早，她来找季焕中，主管教学的副院长。她左手捂着喉咙，勉力发出声音，一个字，一颗沙砾，一个字，一颗沙砾，越往后面她的表情越痛苦，声带似已无法振动，发不出真声，基本是气声了。

季焕中在电脑上改着什么东西。办公室里到处堆满书，有的摞太高已经从中间倒了。墙上没有"惠风和畅"的字画，柜子里也没有树脂工艺品，唯一的装饰是几只猫头鹰，陶瓷的，草编的，铸铁的，或挂墙面，或摆桌角。有人问起来，他总是会说，我这个鸮如何如何。他的用词、他认真的样子，都透出几分孩子气来。

好，知道知道。别说话了，听着就难受。他说，生病发短信就行，还跑一趟干吗。

再用气声回答吗？绷着的劲儿泄了，勇气也消散了，她不想再把自己调动到演出的状态。瞥见桌上的便笺纸，撕一张，写下一句话，递给季焕中。

没别的，也不发烧，就是喉咙疼。

季焕中看一眼，嗯一声，继续看电脑。她又加上一行字，谢谢季院长。

她起身离开，正赶上小木屋形状的钟表整点报时，木屋尖顶下面的一扇窗子弹开，什么东西从里面飞出来，她这才发现，原来里面还藏着一只鹗。

一边往外走，一边目送着鹗推窗飞出，又合上翅膀缓缓隐身于小木屋里。

好像是工作以来第一次吧，在应该张嘴说话时，她没说话。她坐在教室最后一排，听到衣服的面料在呼吸，闻到经过漂洗和日晒后依然活着的一缕香气，看到窗外雨洗的树叶。雨水里平而薄的叶子看起来不一样了，叶子表面的翠色有了形状，简直是一块块凸起来了，看上去，这绿色真沉呀，往下坠人的眼睛。

昨晚她没有准备发言，她练习了一晚上怎样让自己听起来喉咙不适。声带紧张起来，声音尽量往下走，含住一个音节，嘴里多闷一会儿，再蜿蜒着往外挤。

隔着十几排桌椅，她看见燕朵走上讲台，手是微微发抖的，空气中像有一道铜线将这电击般的颤抖向她传导，她拿着笔的手也跟着颤动起来。燕朵工作十几年了，看上去很老练，脸上没有丝毫的畏怯，说话时语调平稳而有变化，既不显得毛躁，也不会让人感觉沉闷。可她就是看到了，燕朵的手抖了一小会儿。

3

接下来的两周很容易度过，课程已结束，再完成一些例行工作，从开学之初就秘密支撑着每个人的假期便真要来了。对谢梦锦来说，这两周跟往年有些不同。咽喉炎加重，间歇性失声，她坚持不说话，询问和关心渐渐稀落了。

她真不用说话了。

六年的时间，上了四千一百二十八节课。这个数字出现时，她的第一反应是算错了。

现在，她秘密享受着失声带来的快乐。学期末多有聚餐，电话里，她用气声说，不行，还是不行，去不了。她已经掌握了怎样把气声发得缥缈一些，再缥缈一些。她逃过了发言，躲过了数场社交活动，不用满心后悔地赴约，不用再受废话和讪笑之苦，每天都因游离在外而窃喜。

办公室在七楼，步入电梯，她算了算，只剩四天了，最后这几天下学期的课会排出来。

她走进办公室，见燕朵也在，正对着电脑登学生成绩呢。学期的尾声，办公室不像以往那样人来人往了，她想走过去跟燕朵说几句话。走几步，见后面工位内有人，心里一踌躇，脚步已拐到自己座位上。

拉开抽屉，拿出纸笔，她把想说的话写在一张信纸上。

燕朵，上课的时候，一定要用麦克风，麦克风坏了就让现场办马上换。即使有麦克风，还是要多用假嗓子。我知道你是认真用心的人，但也不要把自己累坏了。比如说，提问后多等一会儿，歇一歇，这没什么的。

她默读两遍，又加上称呼、署名和日期，看起来真像一封信了。

一直记得，两年前九月的一个下午，她的 U 盘落在教室，回教学楼取回 U 盘，经过走廊时，一间教室里传出熟悉的声音，她踮起脚来透过玻璃往里看，果然是燕朵。那天下午，她站在走廊中央听燕朵讲课。燕朵平时说话柔声细语的，一讲课却全身发力，特别投入。听了一会儿，她感觉到，讲话的这个人，气明显不足了，发出的声音周身布满毛刺儿，轻轻刮擦着空气和她的耳道。快下课时，教室有些乱，燕朵升高音调，试图控制些什么，隔着墙，她还是能听出来，这声音在多么吃力地爬坡。

她听得心一抖一抖的，听着听着，就想掉泪了。

燕朵不知道她在外面，她从没跟燕朵提起过此事。

趁燕朵出去，她把信纸反扣过来，放在燕朵的办公桌上。

清理完这学期的杂物，她准备回家，抬起头来，正迎上燕朵的目光，燕朵站在隔断的旁边。燕朵说，走，去三楼的甜品店喝杯果汁。

跟着燕朵走出办公室，燕朵在前面走，她跟着，来到走道尽头一个僻静的角落，四下无人。燕朵转过身来，说，想个办法。

她点点头。千言万语，好像都不用再说出口了。

晚上，燕朵来电话的时候，她正站在阳台上感叹，今晚的月亮真低，就停在不远处的山脊之上。

很久没看到信纸了。燕朵说。

把话写出来，是另外一种感觉。她说。

她很自然地跟燕朵对话，不用解释说明，更无须疾风骤雨地诉说。她俩都羞于以太过浓烈的方式跟人相处。

一到夜里，小山就躺下了，月亮安静地挨着山脊，是一小半月亮，敷着一层新溶掉的淡金。纱窗筛落月色，地上，影子搂紧了影子。此刻，不像在用手机通话，燕朵似乎就在她身边，在很近很近的地方，燕朵的气息也尾随着夜色逶迤而来。燕朵是两个孩子的母亲，小儿子只有两岁。长期贫血让她脸色发黄，但并非干枯晦暗的颜色，当光线柔和时，她的脸会泛起玉的光泽，像一块温润的黄色玉石。

想个办法。燕朵不探问什么，也不规劝什么，一句多余的话都没有。

别不好意思，拿着病历去找季焕中。燕朵接着说。

好，我去。

病历，病历有了吗？可以找老陆。燕朵说。老陆是她丈夫，在市二院财务科工作。

不用，有办法的。她说，放心吧，燕朵。

下午，她来到校园，先在湖边的长椅上坐着，快到整点时才往办公楼里走。

木窗打开，鹗飞出，一只漂亮的鹗，羽毛闪耀着金属的光亮感，圆眼睛，神情是落拓中混杂着几分狂傲，好像随时准备仰天大笑。她不想再用气声说话，把病历放在桌角，随后递给季焕中一张便笺纸，上面写的是用嗓过度声带小结可致失声云云。

慢性职业病，身上、心上，都是难免的。季焕中说。他面庞有些浮肿，头发像个鸟窝，也许又躲在办公室看了一夜的书。

假期好好休养，不然还能怎样呢？我们吃这碗饭的。他说话的时候没有抬头看她。

既然决定这么做了，就不会在乎别人怎么看待她。她面对窗户坐在椅子上，她心里有底，支撑她的，是多年来的储存。她暗自盘点着这些储存：温和，隐忍，合群，识趣，不哭不闹，看淡荣誉和利益，等等。这些年的表现证明，她不是一个麻烦难缠的人，不是一个寻衅滋事的人。她既不精明，也不愚蠢，进退合度，叫人放心。

他连说几句打发她的话，她跟没听见一样，坚定地、毫无愧色地坐在椅子上。作为失声人士，她的沉默是正当的，并不携带情绪和敌意。过了一会儿，她偷觑到，他迅速观察了她一眼。

压力在他那边，她适时地把便笺纸往他跟前推一推。窗外，鸟振翅掠过，在天空中一闪而逝。

除非你愿意上社会类课程，一般排在晚上或周末，没人愿意上，好在课时量不多，内容也有自由度，空间比较大。

适合你。他加了一句。

阳光不那么强烈了，她来到湖边，在树荫里坐下，望着办公楼，望见方才她跟季焕中对坐的一幕，心里充满感激。那一幕蕴藏着美妙的含混性。从进去到离开，病历始终没有被翻开，从头到尾，他没有动用"规定"这个词,她能感觉到他对这个词的排斥,作为一个有能力尤其是具备情感能力的领导,显然他不愿意使用过于冷硬的词汇。

湖面上落满阳光,湖对岸是她和燕朵走过的人行路,隔着宽阔的湖面,石榴花开得正盛,激动的红色,红得让人看着看着,心里竟有些隐隐作痛。她想,石榴花肯定是热爱说话的,隔得老远,就能听到它们在交谈,声音高亢响亮。

4

修整了一个假期,她准备开口说话了。

站在讲台上,最先看到的是坐在后排的那个人。他穿一件蓝衬衣,一点儿也不犹豫的蓝色,单纯而准确的蓝色。他小臂放在桌面,能看见袖口一排纽扣,每粒都待在扣眼里。过了很久,一次课后闲聊的时候她才知道,那叫克莱因蓝,绝对之蓝。

第一次课只来了二十几个人,她知道接下来会更少,这样想着,心情一下子轻松了。她的风格本来就适合上小课。小班上课有特别的感觉,声音响起,却不会冲散静谧,站在讲台上,仿若通灵般的独白,却广有共鸣,交流的深入往往超越语言所能,在一个更奥妙的层面上进行。小课堂上,她拿出来的是私房,小课堂上,她也更容易将多年萃取之物送达给听众,也送达给不在场的更多的人。夜晚的小课堂还会产生某些神秘的东西,难以复制,但每来必让人心醉神迷。她会猛然发现,一直梗在心底说不好的那句话,不经意间自己出来了,浑圆完整,本来如此,看不到丝毫人力的痕迹。

几周后,固定下来的学员总共是七个。有一次课间的时候,他走上来询问一幅图画,两人交谈起来,她这才知道,蓝衣男士是陈乐。他一开口,她就听出来他音质独特,等到报完名字,她马上意识到他是谁了,对，就是陈乐，陈乐呀。听汽车广播的人都熟悉这个名字，交通台早晨七点半的节目，一个充满活力的声音回荡在行进的车中，陪伴着上班路上的人们。他的声音浸透着阳光、友善、轻快，这声音让人觉得世界总有希望。

她问，电台主持也来上这种课？他的回答让她一下子愣在原地。她没有立刻做出回应，她一直在避免戏剧性，即使是浑然天成的戏剧性，但从那以后，她心里没再把他当成学员。

他说，我不想说话了，我只想听听别人说话。

他真年轻，人跟声音一样年轻。他皮肤的颜色很深，是长年坚持户外运动才能拥有的健康肤色。一道长而挺的鼻梁从人中延伸到眉心，眉心那里能看到明显的突起。

她上课用的包是一个挺括的布包，很能装东西，布面上印着一幅古画。陈乐问起这幅画，她告诉他，这幅画叫《照夜白》，照夜白是一匹马的名字，一匹白色的唐朝骏马，它的主人是玄宗李隆基。她说，照夜白被拴在木桩上，你看，画面里它是想飞起来的样子呢。

要给它画上一对翅膀，或者，陈乐做出舞剑的动作，说，用一把剑把木桩砍断。

他接着说，照夜白，三个字连在一起，骤然一亮，有一种光明感。她明白他的意思。她想起早晨拉开窗帘，白昼毫无保留扑进来的一瞬。

很长一段时间了，她不参与任何聚会，也婉拒了所有的外出授课邀约。她说，扁桃体发炎。她说，肠胃不舒服。这些可爱的小恙庇护了她，再后来，她不再求助它们，而是坦然回复，不去了。很简单，不去了。一个伴随她多年的伙伴，正渐渐从意念中抽离，那个伙伴，叫挣扎。电话里，母亲仍问长问短，警示她不要不知足，刺探她有没有多跟人联系交往，她让母亲多注意血压。有时在学校餐厅遇见燕朵，燕朵笑她，又不是让你上沙场，她说，我还真有临阵脱逃的感觉。回想起那一个个夜晚，在灯带的照耀下谈论不感兴趣的话题，看着关系普通的两个人却非要表现得比实际情况亲密些，回到车里再回到家里，扭头一看，看到一大片滞重的空白站在已逝的几个钟头里傻笑。复又端详镜中的自己，好像变丑了，两团潮红徒劳又懊丧地浮在脸颊。不过是一个个毫无自由意志的公共的夜晚，不是我的，也不是你的。

幸运的时候，课堂会是自己的。这节课讲小津安二郎的电影。她说，适合假期，适合在家里看，能看到世界和人本来的样子，寻寻常常中，原来有惊人的美。屏幕里出现云的时候，我就按暂停，看一会儿云，做点别的事情，有时忘了，云就停在屋里，一停就是一下午。

说到这个场景，她眼神失焦了，短暂的出神，置身于无名的幽境，什么也不想，什么也看不见，再走出来时，从里到外都是湿漉漉的清凉。

## 5

学期过半，电影的部分还没讲完，课堂上有些不对劲儿了。这方面她是足够敏锐的，她感知到，一股不安的气息在加速挥发，越来越浓重。

坐在第二排的女学员余家欣，一脸不耐烦，身体动来动去，一副完全坐不住的样子，这对授课是重大打击。杂念全涌上来了，她不停地搜检之前哪句话说错，而之后要说的每句话都变得苍白无味，讲述的热情一沉到底，相似的糟糕经验争相浮现，这一切多让人厌倦和灰心。

她的声音遍布皱纹、长满白发，一瞬间老了。

提着心，机械地发声，时不时用眼神安抚余家欣，像安抚一个焦躁的儿童。她生怕余家欣按捺不住从座位上站起，头也不回地离开课堂。

她站在一座高高的纸桥上，纸糊的桥下面是拉长的时间之河。她被放入一个热瓦煲内，小火熬煮，辗转反侧。总算熬到下课，她走出教室，推开走廊尽头的窗户，长呼一口气。接着，她回到讲台，眼神找到余家欣，鼓励地看着，发出交流的讯号。她需要掌握情况，需要知道发生了什么。

过了几分钟，她等到了她。余家欣走过来，手肘支在台面上，双手握在一起，说，谢老师，跟你聊几句啊。我记得这门课叫《你的口才价值百万》，是应用类的课程。

竟然叫这种名字，谁起的？她拧着眉头。

我报名上课是觉得这门课实用性强，速成班，立竿见影的那一种。

她理解余家欣的心情。余家欣在家居商城卖家具，说生意一般，就靠节假日冲量，平时没顾客也要从早到晚守着。想到这姑娘每天在店里吸毒气，她就觉得太不容易了。她还记得，余家欣说打算去万象城一家名品店应征导购，卖精美的皮具珠宝，说的时候一脸神往，她也盼着余家欣能尽快换份自己喜欢的工作。

我们是人文通识课，口才和表达不仅是技巧层面的东西，跟基本的艺术修养、审美都是联系在一起的。声音低低的，她觉得自己的话并无说服力。

可是太空洞了，一点儿也不吸引人，也没什么操作性。

后面会有专门的讲解和练习。她只好说。她黯然跟小津安二郎作别，还有没来得及出现的巴尔蒂斯、贾科梅蒂和《后赤壁赋》。跟前作相比，她始终觉得《后赤壁赋》因孤寂而更接近神灵，读一遍，宛若转世一回。

接下来的一次课，她走进教室，放下包，看看下面，还是那几个学员，余家欣坐在老位置上。她有些心神不宁，惴惴地等着铃响。她害怕所有这一切，进门，上台，开腔，当众说话，哪怕是重复了上万次，她还是害怕，她知道一走进去，自己就跟还没想清楚的、并未完全认同的一些东西合为一体了。

口才是成功最重要的因素。成功这个词总是自带重读强调效果。这节课我们一起探究说话的艺术。说话术。人是群体性动物，每个人都想在群体中受到大家的欢迎。大家是谁？每个人也都要掌握沟通和交际的技巧。诱导操纵。

说起来，这些玩意儿是最好讲的，以石井裕之和雷克·科斯纳为底本，列举大量案例，掺和着读心、微表情等时髦秘术，再让学员演练演练，教室里洋溢着学到真东西的满足欢快的气氛，一节课很快过去了。但昨天晚上，讲稿找出来，她一眼也不想看，磨蹭到很晚还是没看。躺在床上，她想，明天早到教室二十分钟，课前熟悉熟悉吧。不到最后的时刻，她一眼也不想看。

铃响后，她做出一副急匆匆的样子，快速把东西收拾好，几步走到门口，忍不住回一下头，看到陈乐站起来又坐下，她转头离开，离开前犹豫了半秒。

一路上她车开得很快，急切地想把刚才的夜晚甩到身后。再转一个弯就到小区了，每次先看到的都是裙楼的鲜花店，她把车速降下来。店里的灯还亮着，她停下车，看着店员把摆放在门口的花盆一一搬进店内，透过落地玻璃，能看到不大的空间里布满鲜花。当初花店刚开的时候，她担心花店生意清淡，万一哪天关门就可惜了，她是第一批办储值卡的人，盼望花店能一直开下去。毕竟，楼下开间花店，住户的日常里就有了点不一样的东西。

店员关掉靠窗的一排射灯，她下车走进花店。店员说这么晚还买花呀，她点点头，指着角落里的一束花，说，要这束铃兰。

花大都仰着往上开，残败了不好看了，花朵才无奈地耷拉下来。只有铃兰在盛年的时候向下绽放，是主动和自愿，我要低头俯看，我要把花开向地面。

# 6

她听见自己的心跳声,如果是做噩梦就好了。闭上眼睛再睁开,不是噩梦,程督导现身了。他端坐在教室前排,每个表情似乎都是有含义的、需要解读的,他无须礼节性地问好,你也知道他来了。他攥紧手中的笔,随时准备记录的样子,白色表格平铺在桌面上,非常显眼。

她脑子里飞快转了几个念头。课前几分钟,每个经验丰富的教师都能根据白色表格上的评价标准,结合督导的喜好,调整讲授次序,讲最恰当的内容,揣摩、判断、选择,一切都是电光火石间的快速反应。同时,抖擞精神,笑容满面,站立在台上,像某一类陈旧又浮夸的修辞。

她当然也有预案。

然而,演完了呢,那是最沮丧的时刻。先觉得丢脸,接着,就是难过了。一个人在台上一惊一乍,卖力地表现,身不由己地迎合,窘迫感渐渐在空气里弥漫,谁都知道发生了什么事情,连坐在最后排的学生也会抬起头来看她两眼。她提醒自己不要敏感,在难以遏制的惯性中继续沉沦。

演够了。

全程没有紧张地观其颜色,也没有顾盼着舒羽开屏,平平常常地讲完一堂课,她拿起杯子,去走廊上接热水。

一转身,看见跟出来的程督导。面对面站着,她发现程督导的脸上没有愤怒也没有茫然,他巧妙使用的,是怜悯的表情。

他说话的时候一直晃着头,似笑非笑。

你年纪也不大,怎么就落伍了呢?你这个讲法跟不上时代了。

我没想跟。她说。

程督导用力看她一眼,目光像凿子,凿一下,又旋了一圈。他说,太平淡，不带劲儿，不勾人。顿了顿，他解释道，我的意思是不抓人。应该重视互动，风趣一些，讲讲笑话，班上就不这么死气沉沉了。

我再也不想讲笑话。她说。她以前也热衷讲笑话的，没人笑就自己笑。她也会花式上课，珠翠绫罗，花哨极了。

有空去听听管院老师的公开课，那师德，那人格魅力，其乐融融，打成一片。

开始用大词儿了。她不觉惶恐，反而想笑。提到管院的课，更是难忘的体验。她慕名去学习过，台上的人激情澎湃，两片薄唇上下翻飞后总用一个夸张的圆圆的O来结束。听了一半，她多想提醒一句，小声一点，可以小声一点的。接近尾声时，讲演者频繁换气，一口气撑不住两句话，再看未免残忍，她低下头不看了，脸上发烧，只盼赶紧结束，耳朵里已经太满了。

督导没注意到她的表情，继续大度地指导，先打成一片，有了感情学生就愿意接受你配合你，打成一片就好说了。

说出这个词的人，她都避而远之，而督导在几分钟内连说三遍，是他的宝贝吗？得有多喜爱这个词呀。她忽然想起季焕中，季焕中的语言洁癖此刻显得格外可贵。

她在心里估算了一下，通识课是合班上课，粗略算算，这些年要跟几千人打成一片，她笑出声来。没什么好说的了，只能发笑。

见多识广的程督导怔怔地看着她。她听见自己的笑声，心里并不好受。这老人家整日坐在教室，扮作权威，使用正大但失去活力的语言做指导，走不得不走的过场，也真是难为他了。

程督导黑着脸回教室收拾好表格，一边下楼一边说，你这个态度，神经病，神经病。

她对着他的背影说，程老师你听我好几次课了，就这次最正常。

最低等级是D，还是F？

刚说完，听见陈乐的声音从身后传过来。陈乐接着问，头一回吧？

常规的做法是一下课就赶紧走过去，主动聆听教诲，不管说什么都点头，都表态改进。她说。

怎么不点头了？

想清楚了，想清楚了就不会再点头。

会有什么后果？不考虑代价什么的？

点头的代价更大。

校园依山而建，两人沿着山路往上走。半山腰有一片栎树林，枝叶扶疏，路灯晕黄的光漏到林中的石椅上，石头闪现出了铜的光泽。

她说，坐一会儿吧。此刻，她感觉很平静，平静像夜色一般充盈在树林的每个角落，从头到脚把她裹进去了。

两人一起待着，话上很俭省，都没有强烈的表达愿望，可说可不说的，一般就不说了。也从不专门找话题，到哪里算哪里。今晚也是如此。

凉凉的石椅坐暖和了。在听到陈乐的话音前，她先听到长长的叹息声。

人总有不想说话的时候，到点儿必须说，要是带个按钮就好了。人哪，都带按钮就好了，不是光说话，也有别的。

她转头看着他，他的声音变得很陌生，缓慢、低沉，不像广播里那么青春明快了，这声音更适合夜间节目。

她说，我一直有个愿望，或者说幻想。有一天我到了教室，坐下来，不说话，学生也不说话，大家就这样一起沉默，一分钟，两分钟，四十分钟，四十五分钟，铃响了，所有的人一言不发，寂然散去。

没等他接话，她马上说，想想罢了，怎么可能，一大群人呢。说不说话，从来不是自己能决定的事。

她想象这个情景，坐在讲台上，一句话也不说。人们先是奇怪，等不了一会儿便开始鼓噪，场面失控，嘈嘈杂杂，大家盯着她看，用各种方法迫使她讲话。她往外跑，跑着跑着扭头一看，没跑全，还剩一套发音器官悬浮在空气里，一荡一荡的。她打个冷战，连声说不可能不可能。

　　他说，想想就挺疯狂的。

　　是呀，疯狂。但每天都在想，走进教室前的一秒钟还在想。

　　应该想，哪能连想想都不行呢？不过，你擅长说话，你的课上得很老到，游刃有余。

　　她想起自己游刃有余的样子，那好像是另外一个人了，那个人或者说任何游刃有余之人的模样里，似乎都带着点无耻的意味。她点点头，又摇摇头，不知该回答些什么。看着山下校园星星点点的灯光，她眼皮发沉，一阵困倦，疲惫感袭来，窸窸窣窣地在全身蔓延。

　　回到家里，她躺倒在床上，想起陈乐的评价，只有苦笑。

　　当然，我擅长说话。一接近教学楼，该说的话就围拢过来，都往跟前挤，我伸出手来驱赶，让它们走远，它们不走，跟着进电梯出电梯，铃声一响，它们就兴奋地蹦蹦跳跳，把嘴顶开，翻滚而出。怎样活跃气氛，怎样拉近距离，哪里自嘲一下，哪里抛出符合年轻人趣味的笑点，以及如何应付出言不逊之人，如何化解突发情况，我太擅长了。我能调整出不同的面貌：在向学的班级里是个容易接近的形象，明朗可亲，授业解惑；到了某些班级，一脸漠然，习惯失望，不带感情仅止于完成任务地讲述，语流中时有问题抛出，然是自问自答根本无须回应的态度，这态度预先避免了冷场的尴尬和挫败，是习得的自保。冬季的下午，座位上趴倒一片，因自尊而发怒全无必要，到了节点就提醒一句，旋即沉默数秒，既是威慑，亦是等待。甚至哪堂课需要发一次脾气、说几句狠话，以期恢复对课堂的掌控，都有着精妙的把控。我深谙此道。

　　那快乐的部分呢？是从什么时候开始变了味？

　　说着说着，她还是会动情，动情的一刹那，忽然觉出来，太熟悉了。她怕自己再也感受不到动情的真正滋味了。她的陶醉和愉悦，都透着一股油滑。

程督导最后离开时脸上肌肉抽搐了一下。那抽搐像一道定格的闪电,明晃晃地照过来。一个非职业化的表情,多么真实和动人。什么东西裂开了,他分离了出来。

也许,她可以叫上陈乐,跟余家欣一起坐下来聊聊。她可以跟余家欣诚恳地说,课堂上讲的,是我能知道的、能理解的、能确定的最好的东西。

至少可以试一试。

## 7

下小雨,一道道纤细的水流沿着车窗玻璃淌下来。岭南的十一月份,天气并不冷,雨下得细密轻柔,倒有个秋雨的样子。这雨让她想起燕朵来。燕朵跟人说话,会看着对方的眼睛。燕朵对人的好,是一滴一滴地落在人身上,先濡湿一层皮儿,再缓缓地、绵绵不尽地往下渗润。

这周是傍晚的课,到了学校,时间还早。她先在校园里走了走,走到湖中心的亭子,坐下来,看着雨静静地落在湖面,看了一会儿,觉得很安心。

手机闹钟响了,看看表,快到点了。她这才想起,课前很少有这样的闲情逸致,总是急匆匆的,定不住神。她起身往教学楼方向走,远远地,看见陈乐在楼门口站着,他又穿那件蓝衬衣了。黄昏细雨,衣服的颜色看上去不像白天那么鲜明。她有些恍惚,早间节目里他妙语连珠,让人听着听着嘴角就浮现出笑意,课堂上,他是最沉默的蓝。

他迎上来,这节课,这节课你不用说话。

什么意思?谁来讲呢?

你不是有个愿望吗。

她停住脚步，说，不可能实现的那个？

谁说不可能，就这么几位同学。他眼睛亮闪闪的，他说，我一个一个找他们谈的。

怎么谈的？

他笑了，没使用技巧，你教的说话技巧一点儿也没使用。我就照实说。

她愣住了，不可能。

怎么不可能？你给我们上了十几周课，要有信心啊，一堂课一堂课讲下来，多少能领悟一点的。

她心里一热。她从没想过改变谁，她只是希望，照耀过她的光也能照到别人身上。

他看着她，继续说，当然，有两位同学说不通，我答应补听课费。

余家欣呢？她问。

余家欣不让我补钱，就是嘟囔了几句，说沉什么默，在家沉默不行吗，来这里沉默。

快到教室时，他忽然想起什么，说，很惊险，教室里有个新面孔，可能觉得快结课了要来听一次，把我急坏了。

那怎么办啊？

我告诉他，谢老师生病，课暂停一次。我不放心，看着他走的。

一时间，她不知道该怎样步入教室了，不敢进去，怯怯地站在门口。他说，我提醒过，不要过分关注你，就像做游戏嘛，成年人最该有自己的游戏了，我们一起完成一个游戏。

起先，她有点不自在，往下瞄了两眼，大家都低着头，忙自己的事情，没有人注视她。看看窗外，夜色混着秋雨，迷迷蒙蒙，再看看室内，灯光下一片缄默，跟自习室的安静不一样，这安静源自众人会意的专门的仪式。她手臂垂落，放慢呼吸，凝视着这个既奇幻又真切无比的场景，看见场景里自己的手臂垂落，放慢了呼吸。

寂静一点点加深，一点点伸展开去，深得看不见底，宽广得看不见边沿。紧绷的身体渐渐舒张，弦一根一根地松了，身体里冻僵的地方，袅袅升起热气，心底经年枯槁之处，正潺潺流过溪水，坚硬和瘀滞软和了，散开了。她渐渐失去形迹，化进了深广无边的寂静里。

她想起有一年，在花店里遇到两支雪柳，褐色的枝条上开着稀疏清丽的小白花。店主说只有这几天才有，她犹犹豫豫，不知怎的，没有买。第二天再去，插雪柳的瓶子空了。后来，她再没见过雪柳。此刻坐在讲台上，她真心诚意地想念两支雪柳。

耳朵里空了，彻底空了。稍后，乐声从辽远的地方响起来。一首再熟悉不过的乐曲，她听了一遍，又听了一遍，怎么有风的声音？她细细地听，原来乐曲的末尾，有风吹过，一直都有风吹过。

两个劣质盆涎皮赖脸地现身，是买电器时赠送的，不知不觉地，稀里糊涂地，用了好多年了。她想，每天用的东西呀，怎么就将就下去了呢？她决定明天去买新的，质地厚实一些的，面目朴素一些的，别锃亮锃亮的跟镜子一样。

她看见寒冬天气砂锅里炖着玉竹、莲子和山药，她坐在灶台边看书，就像在煤球炉子边坐着一样。书上写的什么不记得了，只记得火跟砂锅低声说了一下午心事。

无边无际的静默中，传来马的嘶叫声。照夜白的鬃毛根根直立，雪白的马身子从泛黄的纸页上隆起，肌肉在毛皮下一弹一弹的，接着马头一仰，前腿探出画纸，凌空一挣，四蹄腾空，朝着远处飞驰而去。再看看纸上，什么都没有了。

# 净尘山

## 1

岭南，四月，梅雨懒懒地下了十几天了。当夜色随着细密的雨丝一起落下时，天地万物变得影影绰绰，有一种迷蒙而岑寂的美感。

在这样幽静的雨夜里，张倩女的父亲会唱昆曲。

劳玉说："教曲儿的时候，你爸穿松身的白色麻纱上衣，前襟绣着细细的银色竹叶，裤子是拷绸，烟灰色，那颜色真显干净。你爸站起来，像一缕轻雾升起，坐下去，是慢慢卷起的一幅水墨画。他端坐在讲台上，一把素折扇，一枚鹿角扳指，一板三眼地拍曲。

"你爸最喜欢《孽海记》的《思凡》一折。他倒吸一口气，'小尼姑年方二八'，寂寞有多长，'二'字拖得就有多长。声音化成了水流出来，一滴连着一滴，叫人听得心里直哆嗦，不敢打断，也不忍打断。末了一个滑腔，这音马上要断的时候，又放一点精华出来。独角戏难唱，上来就要把观众勾住了，吸紧了。

"他还喜欢《玉簪记》的《琴挑》和《秋江》。他说，男女间的情事，隔着一块毛玻璃时最美，看得见，又看不清。演潘必正的巾生最好是长脸盘，眉清目朗，有股坦荡之气。你父亲清唱起来：'伤秋宋玉赋西风,落叶惊残梦……'下头一群爱好者,粗声大气地跟着唱。他摆摆手,'梦'字的意境不对,是书生残梦。他抿着嘴,梦,收一收,音要蜿蜒到鼻子里去,昆曲的发声讲究清扬,不兴扯着嗓子使蛮力,不能有'火气'。"

世界变了,梧桐和青鸟的生命,气若游丝地在字面意义上延续,已是一缕余绪。梅雨柔韧,从未过气,每年由虚构步入现实,遮天蔽日,连月不开,将现代世界笼罩在它古典婉曲的气质里。恍惚间,张倩女觉得,天上的雨一直没停。连串的爱情传奇像莹亮的雨珠,渐渐濡湿了她的心。二十七岁的梅雨之夕,父亲偁傥地摇着素纸扇,用一出出浓情缱绻的折子戏,注释着爱情亘古不变的魔力。艳丽的红尘卷轴在她眼前妖冶地铺展,她的心思,一下子活泛起来了。

劳玉松了一口气。虽然此时父亲远在留州,但这位异乎寻常的父亲,对女儿有一种微妙的影响力。多年前的某个夜晚,他潇洒又决绝地宣布了一项重大决定,那孤胆英雄般的姿态,被年幼的女儿铭记在心。这些年女儿不黏爸爸,不跟爸爸靠得太近,或许就是因为心怀敬畏。

电视开着,一个韩国男演员正在综艺节目里撒娇,雪白的脸,眼波潋滟,红唇微张。张倩女看得艳羡,不由叹了一口气。在这个连男色都要消费的时代,她的个人形象却出了大纰漏,分辨不出年纪,甚至模糊了性别。人群中,她极易脱颖而出,那身架那膀子,在拳击手里也算强壮的。胖能把一个人完全变成另外一个人,把秀气的葱管鼻变成蒜头,让纤巧的瓜子脸化作面盆。胖是"少女感"的致命敌人,无论芳龄几何,胖子必是大妈。

几年来,她吃过不少药上过不少当,也尝试过各种怪异的瘦身食物,仙人掌、葡萄柚、酸得倒牙的泡山楂,均无传闻中"越吃越瘦"的神奇。她经历了炼狱般的断食,辅以高温锻炼,肉掉得越快,反弹就来得越猛烈。去年,她满怀希望地来到针灸美容店。她垂手而立,技师摸着下巴审视良久，决定先针对胸部进行针灸。作为未婚女孩，胸部和臀部最碍眼，太过硕大笨重了。半个月下来，效果显著而惊悚，张倩女在镜中看到一大一小两个乳房嘲讽般地挂在胸前，所幸，屁股还未遭毒手。

又一个大泡泡破灭了，尚在妙龄的张倩女把自己掼在地上摔成了碎瓦片。最后的防线失守，接着一溃千里，大吃大喝了半年。美丽，以及跟美丽相关的一切，都已彻底背离了她的人生。

今晚，父亲和戏曲释放出的爱情气息，像初春的柳絮四处漫飘，粘了她一身，带来细碎又真切的希望。她想，这次减肥可能会不一样，说不定真能减下去。她信誓旦旦地对母亲说："必须改变了，去商场买衣服，服务员连试都不让试，光憋着气儿没用，我要瘦。"

这个夜晚是恶战的前夜。在越来越结实的黑暗中，张倩女的记忆像高热的温泉水一样喷涌翻滚，她孤身游荡到过往的减肥史中。熟悉的战场，熟悉的下定决心和志在必得，还有，毫无悬念的战败。

趁着夜色，肉味儿攻过来了。

那晚，在单位的聚餐上，肉味儿攻过来了。那味道，心机深沉，不动声色地往孔窍里钻。张倩女感到身体深处急促剧烈地震动着，震动声在虚空的胃里遽然响起，她清醒地感知到，有什么东西崩塌了。餐桌托举起斑斓的感官盛宴：金红色的化皮乳猪，粉艳的腊肠，洁白的鱼肚儿，鹅黄的芝士焗生蚝；酥脆，柔韧，甘美，滑嫩；果木香，柴火香，鲜香，焦香；胡椒，豆蔻，豉汁，月桂叶，芫荽籽。垓下之围，四面楚歌。食道里伸出一只手，充满绝望感的手，没命地往下拽。她专拣肥腻、油炸、麻辣的食物往嘴里填，报仇般大力撕咬着，直到嘴角淌下油滴。固守和隐忍被融成碎片继而化为齑粉，疼痛感和负罪感像发大水一样灭顶而来，与此同时，销魂的饱胀感传送到全身，腾云驾雾，灵魂出窍。多日挨饿的辛苦、多次饭局上呆坐讪笑的尴尬，都化为乌有，全是无用功白折腾，接着，迎来新一波不可餍足的暴食和无法逆转的复胖。

张倩女的手在黑暗中划过，像在驱赶邪恶叵测的肉味儿。

第二天清晨，劳玉战战兢兢地端出麦片粥和白煮蛋，特意用鲜艳油润的彩陶餐具盛放，营造出丰赡可口的假象。张倩女边吃边说："还是麦片健康，刮油涮肠子，太适合我了。"

吃完早餐，她来到公司。走进公司的一瞬间，她恍然生出时空错乱之感。玻璃门上映现出她第一天上班时的样子，身姿轻盈，笑容明媚，对世间所有美好都心怀憧憬。不过三年时光，那身形正常的女孩已如梦境般杳渺，现在的她，是个充满歧义的存在。她感到一阵惊惧，从头到脚浸漫下来的惊惧，呆立了半天，还是走进去了，像被某种无形而澎湃的强力吸进黑洞和旋涡，她走进公司，坐在电脑前。

电脑是被锁住的，机箱后面有个盖子把接口封死，不能插 U 盘，也不能上网。一坐在电脑前，她就把自己凝固成一块顽石，除了 debug（排除程序故障），什么都不想。墙上贴着一张纸，上面写着一个日期：2013 年 12 月 1 日。这是寒光凛冽的最后期限。对电子产品来说，时机就是钱。作为项目经理，进度就是一切。市场上竞争对手多，电子产品的价格又往下走，早一步赚钱，晚了不仅赚不到钱还要亏。她管理的研发团队，成员大都是刚毕业的大学生，氛围还不错。每次接到项目，她先鼓吹团队集体的荣誉感，失效后开始描绘年终奖的诱人愿景，冲刺阶段就不得不亮出梯度考评的必杀技。她本人也是个不可忽视的感染源，用勤奋感染着大家，全然不顾劳心者治人的古训，仍在研发一线解决着具体的技术问题，是项目组里最能坐得住的人。

她把自己锈在了机器里。

连着三天她都在 debug，连着三天晚餐也都是蔬菜，圣洁而寡淡的蔬菜。她挑起一根捅进嘴里，扯动起咬肌，艰难地咀嚼着，跟吃草一样，跟吃牲口草一样。焯过的菜心，失去了水分和弹性，口感软塌塌的、干抽抽的，是剔去筋骨的空洞感，像糠了的萝卜、絮了的柑橘。

窗外是四月的黄昏，雨刚停住。植物枝叶焕然，鲜亮簇新的翠色，水意从里往外弥散，上等翡翠般莹绿透亮。

晚餐时段的空气是热闹的，似乎随时会爆出噼里啪啦的声响。它涵藏住家家户户的饭菜香味，彰显着世俗生活的喧腾可亲。饱满滞重的油烟混合着南方傍晚沉甸甸的潮气，形成了凝胶般的质地。不知谁家蒸了新米，被水汽唤醒的新米散发出稻花的清香。楼上的四川少妇又做回锅肉了，先用花生油爆炒辣椒，生辣椒有股四下窜动的冲劲儿，接着，五花肉从锅边溜进滚油里，白滑如玉的脂肪痛苦而欢快地皱缩起来，逼出一股来自动物油脂的、悠久的地老天荒的香味。

香味越来越稠厚，一波波地潮涌而至，极具分量感和挑动性。香味里伸出毛乎乎的小爪子，撩一下，又撩一下。劳玉看到女儿皱起鼻子，长长地吸了一口气。她警戒地站起来，似乎要用肉身抵挡住这次奇袭。

张倩女没动摇，她只是默然走到窗口，伸长脖子，就着空气中婀娜的香味，在转化挪移的幻觉中，吃掉了整盘青菜。

劳玉拉她坐下，抚着她的肩膀说："倩女，再忍一忍，再忍几天胃就饿小了。"

张倩女说："现在还好，晚上是最难熬的，光盼着明天，盼着明天吃点东西。"

她眼睛忽闪一下，问："除了昆曲，我爸还会什么？给我讲讲，转移一下注意力。"

劳玉笑道："这几年没有新学什么，他的圈子也散掉了。"

张倩女说："那就讲讲你们年轻时候的事吧。"

劳玉说："讲过很多遍了，还想听？"

张倩女说："我爱听。"她在心里默念：说起来，我俩都是爱美的人。

劳玉开始了，她把语气调整得很沧桑："说起来，我俩都是爱美的人。

"年轻时，我的辫子跟别人编得不同，我把辫子里编进一条蓝底白碎花的飘带。那天早晨，我去医院上班，他在街上看到我的背影，辫子里有碎花飘带的背影。为了找我，他跑了几条街，跑得脸上汗涔涔的。他是降落在我面前的，真的，从天而降，拦在我面前，说，我可找到你了！"

每次说到最后这句话，劳玉就陡然提高音量，仿佛祭出一句梦幻动人又饱含着宿命感的咒语，仿佛有此一瞬，人生便已了无遗憾，日后诸多苦痛，有这份狂喜打底，便足以让她保持缄默了。

张倩女配合地露出神往的表情。虽似戏文里的故事，但她从未怀疑它的真实发生，正因为相信那华丽而薄脆的美，才愈发惋惜，格外伤怀。母亲幽幽缅怀的语调又一次把她拉回到留州的家：一栋青灰色的二层小楼，一座花木摇曳的院落，一个沉静而松弛的窗下人。少女时代的张倩女拥有一扇二楼的窗子。她喜欢独坐窗下，先花点时间和自己相处，再眺望窗外的世界。她熟悉院子里每一只雀鸟，知道傍晚时分远处的屋顶上会起一层淡淡的薄雾。后来的日子里，她再未像那时一样敏锐、充满灵性和容易喜悦，她和万物心有灵犀，能察觉到任何细微的变化，她一片痴心地牵挂着天空的阴晴雨雪，她时常伸出手去，抚摸广玉兰叶片上厚而滑溜的蜡质。那时，她饶有兴致地窥探着院子里的父母，大部分时候，他们是各安其分的一对夫妻，偶尔，他们像各自怀有什么秘密，沉思，叹气，在对方的眼皮子底下瞒天过海。她朦胧地意识到，生活自有其晦暗不明的某个部分，混沌、庞杂、幽深，甚至惊心动魄，让她思绪纷乱，似懂非懂。

那阴影斑驳之处，依旧未被照亮。饥饿感蓦然袭来，她赶紧喝下一大杯水。

若是往常，劳玉的讲述会到此为止。不料，今天她又多说了几句。

"多少年了，我们一直想去留州西郊的净尘山住两天。山顶上有一个湖，有一尊释迦牟尼像。山上的房子是乳白色的，窗前垂下镂空的米色纱幔，推开窗子，是一大片绿色的湖水，湖面上落满花瓣。去过净尘山的人，都这么说。我们也不知道在忙活什么，始终没去成。"

这是张倩女第一次听说净尘山。她记得留州西郊有片荒山，想必这两年被人看中，开发成旅游休闲区了。应该是个旖旎迷人的地方，母亲说到净尘山时，眼睛里像有晶亮的水银珠子在滚动，像缎子面在灯光下刚刚展开，忽然有那么一下，亮得晃眼。

这种珠子般的亮光，她也曾在父亲的眼睛里看到过。唯独她没有，她一点都不像自己的父母。

她暗暗叹了口气，说："妈，我工作后反而没让你省心。要不是为了照顾我，你和老爸也不用分开，别说净尘山了，你们的时间足够漫游全国。"

劳玉摇摇头，什么都没说。

淡淡的惆怅弥漫开来。她们同时想到，减肥才不过三天，这跟食欲较劲儿的日子，真熬炼人啊。

减肥减到一周，张倩女的身体和意志正无限接近着溃散。她稍微一动就头昏眼花冒虚汗，肚子里没有一点油水了。她不断在幻想中大嚼辣子鸡块、香酥羊排、脆皮烤鸭，不停地吞咽丰沛的口水，她想把胃整个儿泡到油里，油津津地发光才过瘾。

这晚，张倩女坐立不安地捧着一台平板，在美食论坛间切换，浏览着红烧带鱼、粉蒸牛肉、油焖大虾的图片，她迷恋这些颜色和味道都很浓郁的食物，镜面屏幕细腻的分辨率显得菜肴愈发诱人，酱汁闪耀着天然珍珠般的光泽，上头仿佛笼着一圈柔和的虹晕。她的脸和美食越贴越近，劳玉听见很响的咂嘴咂舌的声音。

她暗叫不妙，怕女儿故态复萌地哀求她："妈，行行好，给我炒两个鸡蛋去。"她赶紧提议："倩女，睡吧。"

黑色平板传出嘀嘀的响声，张倩女说："等等，高中同学群里有人说话，这群好久没动静，今天怎么活了。"

提示音一声连着一声煞是急促，她点开看了一会儿，脸色变得很凝重。

她说："高中毕业整十年，大家都想聚一聚。"

劳玉说："高中同学聚齐了，不容易吧。"

她说："都四海为家了，很难聚拢。除了留州的一拨人，剩下的分散在几个主要城市，初步决定按城市各聚各的。"她想起自己的模样，身体稍微一动，肉就像水一样起伏波荡，不是清新的汁液，而是质地浑浊黏腻的脓水，好似内瓤沤烂了的冬瓜。她不禁打了个大大的寒噤。

劳玉却精神大振，她闻到一股气味，天赐良机的气味。对减肥来说，再没有这么好的契机了。之前一直减不下去，或许就少个如此重要、逼得人毫无退路的聚会。她说："高中同学情分最厚，十年又是整数，倩女，你得参加。"

两人一算时间，离聚会还有半个月，微弱的近乎衰竭的减肥动力忽地强劲起来。劳玉面露喜色，她心里有一种隐隐的感觉，好像减肥得到了神秘力量的加持和庇佑。张倩女也感到能量成块成块地涌过来，重新注入她的体内。

此后的日子，军心如铁，气势如虹，张倩女满足于各类低卡而富含纤维素的蔬果，毫无怨言。她甚至很少坐下，看电视也站着，扭腰，抬臂，半蹲，踢腿。

半个月后，重要的时刻来到了。称体重无异于一次审判，张倩女赋予其庄严的仪式感。她先排空体内所有的废液，再不停地高抬腿跑，最后，她除去衣物，近乎全裸地站上电子秤。她垂下头，怯怯地张开眼睛。

跃动的数字扎疼她的眼睛，她虚脱般靠在墙上，颓然道："三斤，才三斤。"直到现在，她都不能接受这身肉是属于她的，好像只是携带着它们走来走去。但一说减肥，身上的肉似乎就收到警示的讯号，它们变得沉默，眼神诡异，蹑手蹑脚，态度却愈发强硬，不是临时驻扎，而是永久居住。

劳玉扶住她，宽慰道："是个好开头！记得有一次你饿了好几天，一称还重了呢。"

晚上，张倩女掩耳盗铃地穿了一袭黑色长裙，惴惴地来到酒店。大堂里站着一个年轻男人，男人的眼神冷淡地在她身上掠过，继续往外张望。可她一眼就认出来了，叫道："李凌飞，副班长！"

她的声音没有变。李凌飞眨着眼，说："张倩女？"他叫出名字前几秒钟的犹豫，他欲言又止的惊疑又玩味的样子，让张倩女好不容易积攒的信心，刹那间散成一把碎沙。

高中同学的分化本就严重，何况又在异乡相聚，总共凑起来七个，大都是当年班主任宠溺的红人儿。所以潘舒墨出现时，气氛陡然一变。张倩女心里也咯噔一下，真没想到会遇见他。说起来，潘舒墨也算个人才，会说相声，会弹吉他，会写毛笔字，可惜成绩一直徘徊于中下游，后来听说只上了大专。众人的眼神里，带了点审查和透视的意味：他不该出现在这里，不该出现在这个自诩高端、势利入骨的城市。

男同学为聚会精心准备了这几年的"履历"，于不经意间透露一二，又有知情识做的托儿，顺势哄抬一番，一时其乐融融。女同学甫一听说聚会，就兵临城下般地节食、美容、配衫，并在当日化好烦琐的妆，在水晶吊灯的照耀下依次亮相，容色鲜妍欲滴，像刚刚完成了一次精细的抛光。

他们表面看起来还好，溜光水滑，没有硬伤。这晚，张倩女的伤口却一次次被掀开，等不到干结成痂，又一掀到底。往日的同窗一打照面就说："倩女，你怀孕了呀。"不是发问，是笃定的恭喜语气。

她对此不置可否，唯恐引发同学们探询钩沉的兴致。她勉力维持着笑容，浆洗过的笑容，腮帮子渐渐感到酸胀。聚会进行到一半，主食还没上,她就想逃走了。

是潘舒墨让她稳住了阵脚。

她和潘舒墨是神似的,表情和动作里都敛藏着缺陷、短处、禁忌之类的东西。后来,她注意到,大家提议交换家庭住址时,他全身一僵,借故上了厕所,回来时又在门口踟蹰片刻,确认转换了话题才重新回到餐桌,并暗自舒了一口气。

酒意和夜色一起变浓了,大家开始撮堆吹牛,她和他也自然而然地坐在了一起,互相掩护着对方。她内心升腾起强烈的预感,他和她不会到此为止。两人没有故作热络地聊天,却悄悄完成了最深层次的沟通,满怀着并肩作战的相知相契、相依相靠,似在共同对抗某种难以名状的压迫和伤害。

## 2

聚会过后,张倩女对自己的要求更加严苛,在单位的午饭也不碰淀粉和肉类。劳玉喜忧参半,一会儿觉得女儿成功在望,一会儿又担心她方式峻急伤了元气。

周末,张倩女在柔和的晨曦中醒来,是个淡蓝色的清明的早晨,雨季过去了。她走到窗边,看见一只长尾白鹡鸰轻盈地在空中滑过,纤细的双足一勾,落在了树枝上,树枝荡了几下。

早晨的空气中有几丝淡淡的青草香,她拉伸着身体,感觉四肢轻盈,双臂舒展如缀满羽毛的翅膀。这美好的幻觉促使她拿出了电子秤。她排空体内所有废液,除去衣物,近乎全裸地站上去。

数字梦幻惊艳。她不敢动,唯恐那数字是露水,轻吹一口气就滚落进尘埃,灰飞烟灭。她用眼睛盯紧数字,轻轻蹲下,用手抹抹显示屏。

她听到一声欢呼。四下无人,半天她才反应过来,这颤抖的欢呼声是自己发出的。

　　正在阳台晨练的劳玉走进来，凑近显示屏看了看，一看，这位素来冷静的女医生竟蹦起高来。

　　从八十公斤到七十五公斤，整整十斤的战果，堪称大捷。

　　时机正好，劳玉顺势提出："倩女，要不去相个亲吧。男孩研究生毕业，进了深圳的一家研究所，老家也是留州的，知根知底。牵线的阿姨磨叨了好久，我一直没回话呢。"

　　张倩女皱紧眉头，说："才减下来十斤，我基数太大了，现在就出去吓人，行不行啊？"

　　劳玉说："先见见面，就当交个朋友吧。"趁女儿还犹豫着，她赶紧打电话联系，把约会定在了周日晚上。

　　张倩女吸取同学聚会的教训，那条黑色长裙穿在她身上，营造出了乌云压城的末世灾难感。唯有高挑削薄的女孩，才能空荡荡地挂着长裙，挂出仙风道骨、飘飘林下风致的韵味。她仍然没有凹进去的腰身，却鼓足勇气系上一根腰链，勉强粗勾出模糊的曲线。

　　她早早来到约会地点，靠窗落座，利用光可鉴人的玻璃，摇头晃脑地对自己进行审查。胖女人永远没有磊落，穿衣镜前所有的努力，都为隐匿和掩藏，为制造"显瘦"的错觉。桑蚕丝、雪纺、塔夫绸，任何轻盈飘逸的面料，接触到她雄健的体魄，都是一次血糊淋啦的相撞，绷在身上一点都流动不起来。她驾驭不了简洁时尚的紧身衣物，更不适合烦冗拖沓的民族风。她致力于达成科学般精密的"可体"效果，又技巧地选择了拉长颈部的V领。正拨弄着头发，忽然在玻璃上看到有人朝这边望过来，她猛然意识到自己的丑态。

　　她只好端坐在座位上。不一会儿电话响了，一个年轻男人张望着走进来，应该是徐辉。她拼命吸着肚子起身打招呼，并在微笑时紧紧收住下巴。

她特意将约会地点定在光线迷离的咖啡厅，也自认为向徐辉展示了个人最好的形象。本来，她对这次相亲抱有谨慎的乐观，现在却发现，徐辉的脸被冻住了，迅速挂上一层严霜。这表情，她太熟悉了。失望，惊愕，受了冒犯般的自怜，以及已无法控制的嫌恶。

点完饮料，徐辉把头转向邻座。邻座的两个女孩猛然一看，长得竟是一样的，密实的假睫毛，羊脂玉般的肤色，粉嘟嘟水光釉面的嘴唇，虽落窠臼，却依然赏心悦目。她们都穿着娇俏的蓬蓬短裙，露出弧度优美的小腿和玲珑的脚踝。

为了不冷场，张倩女只好不停地说话。徐辉不跟她做任何眼神交流，只使用简短的语气词应和，看起来相当不兴奋。张倩女并不生气，是分内的待遇：胖子都没脾气，胖子都是滥好人，胖子谈不上性别，胖子心里敞亮，胖子无论被同伴怎样冷落或埋汰，都不能介意。

趁她低头喝咖啡，徐辉伺机从裤兜里掏出手机，一惊一乍地说："哎呀，忘了单位还有点事。"他拿出一百块钱，快而用力地捻了捻，这才放在桌上，说，"不好意思，真不好意思。"

张倩女久久地摩挲着这张纸币，受宠若惊。以前见过的男孩，有不到三分钟就借故先走的，有莫名地得了理让她请客的，相形之下，徐辉真是忍辱负重，涵养过人。徐辉起身离开时，她想厚着脸皮对他说，我自食其力能挣钱，也愿意匀出精力来照顾家庭，把方方面面兼顾好。到底没说出口。看样子他又是个唯美的实用主义者，不会看在收入的分上和她相处一段日子，发现和享用她的贤良。不到三十岁的男人，大把光阴，机会无限，精明也是有骨气的精明。

还顾不上为自己伤感，她倒替牵线的阿姨担忧起来。之前几位介绍人，事后都曾用一种貌似隐晦而又确凿无疑的方式向她表功：为她挨了骂、落了埋怨云云。

然而，今晚的打击注定接踵而至，它潜藏在意想不到的地方，等着完成最后一击。

咖啡厅细长的水晶花瓶里插着几枝洁白的姜花,当张倩女从姜花旁走过时,正好有几片花瓣簌簌落下。她一愣,魂飞魄散,急忙快步离开。

她想,肯定是胖子身上的人气特别浓浊,熏坏了柔弱的姜花。

她回到家里,怏怏地给母亲打个招呼,就蹩进卧室里掩上了门。她胖大的虎躯里是无所凭依的委顿,将近一米七的个子,像被什么东西坠着,顿时就矮了下来。结果无须多问,劳玉在女儿卧室前站了良久,心想:可惜我陪不了你一辈子,不然,真不愿意让你去受委屈,反反复复地受委屈。她发一会儿狠,又劝着自己,不得不顺下这口气。

夜里,劳玉睡得很不踏实,模模糊糊地听到开灯和开门的声音。不知过了多久,一种极力压低又凌乱不堪的声音,长驱直入她的耳朵,她猛然坐起来。

是吞咽的声音。

厨房的灯,白晃晃地亮着。张倩女像个慌乱的小动物,瑟缩着身体大口吞咽。劳玉哎呀一声,说:"闺女,这速冻水饺都过期了!"

倩女说:"没事,冻得好好的。"说完,她像猛然意识到什么可怕的事情,木木地说,"妈,减肥又失败了。"

她失神地说:"流食吃够了,我想要咀嚼的感觉。中午在公司里,人家吃包子吃油饼,我喝稀粥,看着,只能干看着。我想吃点实际的东西,给个馒头夹两片咸菜,我也知足。全身没劲儿,饿极了,饺子一下从喉咙滑下去,半盘子没了我还不知道什么馅儿的。"

女儿不求甚解地吞下半盘饺子,这让人心酸的事实劈头砸过来。作为历次减肥行动中严厉的监督者,张嘴就是名言警句的智慧母亲,劳玉再拿不出什么高明的手段,她本能地说:"吃吧,吃吧,难为你了。"

张倩女猛烈地摇摇头,霍地放下筷子,跑进卫生间。劳玉紧跟过去,接下来看到的一幕,令她有一种身体被拎起来倒控的感觉,血液全部冲向头部。她看到女儿把食指和中指伸向喉咙，又是抠，又是捣，从嗓子眼里发出一声声干呕，嘴角撑到了耳朵根，脸都变了形，跟怪物一样。

劳玉冲过去抓住她的手，说："不减了，不减了。"

张倩女挡开母亲，咕嘟咕嘟吐出来一堆糜状物，狭小的空间里弥漫起酸腐的热臭。她嘴角流出带血丝的涎沫，佝偻着腰，呼哧呼哧大口喘气。劳玉拍打着她的后背，眼圈不觉间已红了。

张倩女用水漱漱口，说："妈，不能就这么败了。我下去跑步，把没吐出来的热量消耗掉，你，你接着睡吧。"

她沿着小区的绿道奔跑起来，她觉得自己出的不是汗，是一层油，每个毛孔都在往外分泌着油脂。她真想把自己点着了，让赘余的脂肪尽情燃烧。突地脚一软，她跌坐在地上。身处密匝匝的居民区，她却感觉到可怖的空旷，她被这浩瀚而精彩的世界孤立了。

她伸出双臂环抱住自己。

她不想成为母亲的拖累，更不想让父亲知道自己如此狼狈。眼下，她需要另一种意义上的亲人。她和那个人在气氛微妙的社交场合上，曾建立起某种秘密的亲缘联系。

她冲动地拨通了潘舒墨的电话，不铺垫也不客套，她问："你住哪儿？"

潘舒墨住在下沙村的农民房里，高贵富丽的深圳在这里急刹而止。潘舒墨打开门时，一脸窘迫，像被人撞破了什么见不得光的丑事。单房里的家具粗陋不堪，贴木纹纸的两门衣柜，浸透了历任房客汗液、看不出原色的床垫，床头挂着几个铁丝衣架。然而，张倩女注意到，饭桌的矿泉水瓶里塞着一蓬血红色的火焰般的野花，窗下又挂着一串手工编织的风铃。显然，小屋的租客在困顿之余，依然对生活有所期盼，有一颗热爱和讲究的心。

张倩女回想起那个如坐针毡的聚会之夜，两人谨小慎微，连呼吸都不敢尽兴，两人都是某种意义上的 loser（失败者），眼巴巴地看着别人比赛幸福。

几只小飞虫在撞击着吸顶灯，为玻璃罩子里暖热的光亮，一下一下地撞去。他们默然而坐，莫逆于心。他们已准备好诉说，告诉对方，自己到底为生活付出了什么，那是孤身一人时不愿爬梳的记忆和不敢直视的现实。

潘舒墨用赞美打破了沉默："你学历高，发展得顺利，不像我，刚够吃饭。"

张倩女摇摇头，说："代价太大了。我这辈子都忘不掉做的第一个项目。一毕业就签了华跃，先分到机顶盒的项目组，负责开发硬盘接口，设计完做测试，发现对硬盘进行读写操作时有数据错误，不同厂家的硬盘出的问题还不一样，也就是，我要 debug 了。没日没夜地攻关，夜里加班时吃消夜，越吃饭量越大，不到半年就明显看出来胖了，跟蒸馒头一样，忽地就发了起来。回头一看，我的身心里，也有一个无法解决的 bug（故障）。"

怪不得她胖成这副模样。潘舒墨唏嘘道："深圳人都羡慕华跃待遇优厚，我也曾痴心妄想，希望成为华跃的一员，其实，钱哪是那么容易赚的。"

张倩女说："催命一般，实在扛不住时就想吃东西，吃大鱼大肉，每顿都吃撑着，有东西在嗓子眼堵着才舒服。"

"倩女，你这是病，是情绪性的暴食症。"

"是，管不住自己，再饱也没用，还是想吃。"

张倩女无奈地苦笑，潘舒墨投桃报李了："我更惨，在一家小私企上班，什么杂活都干却攒不下钱，像机器在空转，根本买不起房子。你知道吗，今天，没房子和没朋友之间发生了必然的联系。因为自己没有家，我就不愿去朋友家做客。他会熟练地领着我参观房间，介绍采光多好,储物空间多巧妙。温婉贤惠的老婆势必露两手,忙活一桌子丰盛的酒菜,有老火汤,有海鲜,鲜得发甜的蛤蜊,肉都是充满弹性的。我心情低落,还得赔着笑脸,赞美他有品位,艳羡他有福气,享受人生神仙日子云云。聚会那天,我是最后一个到的,不敢进去,比上沙场还怵头。"

张倩女想起聚会上他张皇而游离的模样,当听同学报出自己住在某花园几栋时,他如遭电击,面如死灰,旋即出去躲了半天。

她安慰道:"房子不都贷着款吗,那幸福也不是实心的。再说,朋友间的家庭聚会很正常,没恶意。"

"不是稳定频率的家庭聚会,一般只有一次,再没有第二回了。当然不是恶意,我也不怪他们。人熬到一定阶段,就要集中释放一次、展示一次,然后,各奔各的前程。也许他们下次展示是十年后了,不知我还有没有去当道具的资格。"

两人的神色都变得黯然起来。生活的本质是庸常、脆弱而不容异端的,一条衣食住行、生老病死的既定轨道,稍有偏差,你跟人群的交集就会越来越少,很快就被隔绝在外了。

他偷偷地看她一眼。年轻的她竟有一副慈祥之态,令他想起姑姑婶子等长辈女性,令他想起孕妇、奶娘之类的女人。她身上的温馨和蔼,仿佛轻轻一动就会洒出来。他忍不住向她靠了靠。在深圳这几年,他经历了诸多无法宣之于口的伤害,格外仇恨那些嗅觉灵敏、嗲声嗲气的女孩。她们对用不上的男人,比对有威胁的同性还要厌弃,连面子上的敷衍都省却了。

张倩女察觉到,他的身体靠了过来,越挨越近,她感觉到了他的鼻息和体温。

雨季明明走了,外面却好像在下雨。在这间狭窄到让人无端亲密的小屋里,他们若有所待。

丰乳长腿兼之楚腰可揽,会大大增强男性的情欲,但潘舒墨扑倒在这具肥厚的身体上时，感觉到明显的回弹力，那是一种坚实有力的肉感，一种陌生而强烈的刺激。

张倩女的身体暖烘烘的，像一点点鼓胀起来的面包内瓤，越来越松软，像藕粉冲过水，渐渐苏醒了鲜藕的颜色和芳香，变成一块通体晶莹的流动的琥珀。潘舒墨的口气很清新，令她联想起甘笋青柠檬汁的气味。他的舌头似滚烫的豆腐脑儿、鸡蛋膏儿，颤颤巍巍的，抖抖搂搂的，嫩得出水。他的手拂过她的后背，像用柔滑的奶油裱花，像融化的乳酪四下流淌，是天鹅绒般柔软的触感。他身上男性的体味，令她想起肉类炭烤烟熏过的特殊香气。他凑在她耳边低声细语，是经秋霜打过的小白菜，甜甜的，糯糯的。他像个男欢女爱的天才，铺排的手法错落有致，宛若层次分明的慕斯蛋糕、夹精夹肥的红烧樱桃肉。他先用急火上色，再小火温油慢慢地攻。他的坚挺，像极了那些嚼劲儿足、富有质感和韧性的美食：馕、肥肠、脆骨、墨鱼卷、牛肉干、荞麦饸饹，猪油里滑过的半透明的隔夜米粒。

蓦地，软烂的面条上，一股脑儿地扣上热热的浇卤。轰轰烈烈的油泼辣子，沸油激出奇香。雪花般的糖霜，纷纷扬扬地飘落下来。

水乳相融，骨酥肉烂。她的干枯和饥饿，以奇异的方式得到了纾解。她终于不再是一坨死肉了。

小屋里的黑暗，光滑得像一匹丝绢。她深深渴望着，天空落下来一滴灼热的松脂，紧紧裹包住两人，她和他，扭绞、缠绕、交错，从此天长地久，直至化为尘埃。

不知过了多久，当她起身离开小屋时，对墙角纸箱子里堆放的杂物感到惊愕不已。对八十年代中期出生的男性来说，它们的存在着实突兀。几十个二锅头的空瓶，红标签绿瓶身，还有哈德门瘪瘪的烟盒。这分明是属于劳工阶层的，粗糙浓烈、直击感官的口味，这廉价的口味里，有人生难以言传的快乐。酒精、尼古丁，都是好东西，足以抵偿白日里遭受的痛苦，是苦干一天的至高奖赏。

潘舒墨一脸沉醉地说："我喜欢喝醉的感觉，酒劲儿总在一瞬间发作，千军万马地来了，接着天昏地暗，能好好睡一觉了。小时候，我讨厌我爸喝大酒，我爸那种男人在北方一抓一大把，就着一瓶桃罐头能喝一斤白酒，喝得吐绿胆汁，喝得快死了挺尸般躺着，下次还是喝。现在，我特别能理解他。我爸喝酒时，又哭又笑，说他活腻了。"

他停顿一下，重复道："又哭又笑，说他活腻了。没人信他，也没人理他。"他的话音忽然变了，发出了变声期男孩才有的凄厉声音，声音破碎成几股，每一股都像带着锯齿的箭镞，在空气里到处乱窜。

张倩女回到家就瘫倒在床上，耳边始终回响着潘舒墨碎玻璃般的哭腔。他多像雨季里阴干的衣裳，没有一丝阳光的味道。他怨气太重，经济能力有限，目前已可预见到中年的一事无成和脾气暴躁。作为婚姻亲情和妇女美德的一部分，她势必要承担丈夫的不得志。可这又有什么好怕的？她心底深藏着一个秘密，连母亲都没告诉。两个月来减掉了十斤肉，同时，她的月经也停了。

她的气味盘旋在小屋，潘舒墨依然沉浸其间。是的，她从视觉上摧残了他，她五花三层的身体让他恶心欲呕。她的后半生将在徒劳的减肥中度过，永无成功之日。然而，他试探着拥抱她时，蓦地起了个念头：也许，他抱住的，是人生的另外一种可能，这感觉让他怦然心动。她温厚善良，透着工科背景的沉稳朴实；她在全球著名的通信公司担任项目经理，她将带给他梦寐以求的真正意义上的城市生活。想到这里，他立刻变得很软弱，在审美上毫不犹豫地变了节。

他们翻来覆去地想，到最后，几乎是怀着必然牺牲的悲壮感，毅然决然地、热烈地接纳了对方。

这晚，劳玉站在窗前，直到看见女儿开车进了小区才躺下。对减肥这场旷日持久的战事，她感到疲倦了。跟最基本的生存需求开战，取胜何其艰难。接下来，是僵持、胶着，甚至还要反复。她的神经绷得紧紧的，早暗自渴望着一个痛快的崩断。每次女儿宣布减肥失败，她的沮丧都是假装出来的，实际上，如释重负，云淡风轻。

3

华跃技术有限公司位于深圳的西北角，它是个生殖力惊人的母体，具有扩散膨胀的特性，在周边衍生出环状排布的居民区和购物中心。华跃的总裁很少出现在公共场合，作为庞大的高科技商业帝国的执掌者，他太过神秘低调了。几年来，只有公司开大会时，他才惊鸿一现。他是活着的传奇、商业时代的偶像，这几年，他在全国及海外布局，摊子铺得很开，在各大名牌院校招聘毕业生，欲把计算机电信精英一网打尽。他身上向外辐射出一种强烈的危机感，也许，都快变成强迫症了。

华跃批量制造出城市中产乃至富裕阶层，这家民营公司对员工的勤奋程度有极高要求，同时在金钱回报上也绝对慷慨，很少有公司会大方地把股份（利润）与员工共享。对华跃人来说，工作区和生活空间并无明显界限，搅和在一起了。张倩女居住的社区离公司只有几站路，楼盘定位准确，两年前刚一开盘就被华跃员工抢光。每天，她行驶在居里夫人大道上，过两个红绿灯，一拐弯便是公司。偶尔，被汹涌翻腾的厌倦情绪驱使着，她会刻意绕远路，拉开一段距离遥望华跃圈。

它像一只巨大的灰白色的茧，风雨不透，固若金汤。

周一晚上，照例还要加班。张倩女和她的团队，秉持着华跃人特有的习性，熬夜，不运动，亚健康，性格偏内向，信仰埋头苦干和不请假，习得的麻木忍耐，适应高强度工作，以加班为核心价值观。

研发房里多是年轻的小伙子，阴气却一直很重，无论春夏秋冬总让人感到一丝凉意。生铁般的冷光灯下，这群脑力劳动者脸色青白，似一群忙忙碌碌的鬼。对这代人来说，拿知识和健康换钱很正常，在其他公司，牺牲了健康也换不到钱，而在华跃，遭受多少痛苦，相应就收获多少甜头，食髓知味，欲罢不能。这份工作糟践了你也愉悦了你，它包含着某种魔鬼般的魅惑成分，令你的人生有所附丽。它像一袭穿厌的华服，毕竟镶金错玉，不能说扔就扔。

夜里九点半，大家从座位上起身，幽灵般晃荡到休息间，准备补充能量。公司厨房供给各类美食，烤串、乳鸽、炒花蛤，只要加班的员工想吃，鲍鱼海参也照样提供。

一个个加班的深夜，张倩女吃掉了难以计数的曲奇饼、蜜三刀、烤鸡腿、卤汁牛肉，各种高热量零食，疲惫和焦虑激发出强大而原始的肉食欲望，祖先的基因程序重新启动，只有甜品和肉食才能给予她力量，让她浑身有力气，让她实现了从菜鸟到高手的地狱式成长。自那个雨夜决定减肥，她就清空了零食抽屉。别人加餐时，她躲得远远地咽唾沫。现在，减肥已来到瓶颈期，肉都带着吸盘，嘬在骨头上，再往下，是以克为单位计数的。

今晚，消夜的香味格外热情，飘散得到处都是。她烦躁地踱来踱去，有好几次都蹭到休息室门口了，又咬住嘴唇转身离去。她提醒着自己，没志气，没毅力，还说什么瘦身？你不想再穿魔术收腹裤，不想再穿黑衣服，你想穿酒红、雪青、柠黄、芥末绿，想穿印花、棋格、镂空，穿月光一样的薄纱裙子。你要向地球上最伟大的减肥偶像妮可·里奇学习，从"土肥圆"羽化为时尚女王。

她走到窗边，推开窗户，把头伸出去。纤弱骨感的月亮，斜挂在研发大楼的一侧。大楼的玻璃外墙是绚烂的金属蓝色，月光下闪着微光，像大海兜底一掀，直立而起。

在这栋布满服务器的建筑物里，她身体内部的服务器正无声地瘫痪。她强提着一口真气，奋力支撑起一副空壳，试图用意志来对抗体内的枯槁和紊乱。

饱嗝声从休息室传过来，悠长、畅快，似召唤，又似诱引。她觉得自己全身上下只剩一个胃，她在用胃感受和认知整个世界，一个干瘪和异常敏感的胃。不知哪根神经一松动，她忽然就泄了气。她绝望地跺跺脚，心想顾不上那么多了。带着放纵一回的快意与痛楚，她奔向了休息室。

接下来发生的事情，完全偏离了她的设想。

她冲进休息室准备纵情狂欢，凶猛的油膻味弓着腰一头撞过来，毫无预兆地，一股酸水从抽搐的胃里泛上来，她失控地呕了一声，液体涌上喉咙又被她强行咽了下去，她捂住胸口，拼命往下压。

同事们目瞪口呆地看着她，她平复住呼吸，背对着门，慢慢退了出去。

经此哗变，她惶惑不已，不知该表扬坚贞不挠的身体，还是为它的自行其是而羞恼。她亲自败坏了自己的胃口，烤串之流，已非她的补给。最近一次她体验到饱足感，是在潘舒墨的小屋里，某种甜蜜而异样的饱足感。那天之后，借着她难得的空余时间，他们又在茶社清吧等处约会过几次。

小屋和小屋里的男人，正隔着雾气迷蒙的深夜，脉脉地凝望着她。

她的身体又不听话了。

她撇下工作溜出研发大楼时，有梦游般的不真实感。好孩子，好学生，好员工，一路走来，她身上有一种被驯化的优秀。在公司这些年，她从没翘过班呢。想到项目组的同事，她有些惭愧。他们实诚、一根筋、肯下力，这都是年轻人才会具有的美好品质。年轻的工程师们也面临着各自的困境：发量可疑，颈腰椎病，在重复劳动中深陷和坠落，既无时间也无热情保有和发展一点自己的兴趣，被富足安稳的生活牢牢控制而一点都不敢动……

无论如何，她逃出来了。去下沙村的路上，父亲仿若与她同行，今夜的她，正向着流逝的时光，接续上父亲的骨血和根脉。

潘舒墨的住处，门虚掩着，里面传出音乐声，是许巍的《水妖》。

那段磅礴激越的吉他声响起了，瀑布一般凌空而下，轰然落地。她从背后抱住他，像对着一盅酥皮海鲜汤，把层层叠叠的起酥轻巧地卷起。他回过身来。她又把自己铺成一张金黄色的蛋皮，妥帖地包住肉泥。她预热、升温、焗烤，让青花鱼充足的油分从容地渗出，在皮肉之间鼓胀充盈。她是浓稠繁复的酱汁，耐心地完成一次入味的腌渍。

肥白的汤圆在热腾腾的滚水里浮浮沉沉，糖浆越熬越黏稠，火锅欢腾地冒出白气，娇软的鹅肝化成玉液琼浆。终于，一口细细的白牙，温柔地咬开了酒心糖、灌汤小笼、奶黄流沙点心。一把秀气的小刀子划过牛排，脂肪的芳香刹那四溢，被猛火锁住的肉汁缓缓流出，露出水红色的嫩肉。石榴开裂，宝石般的籽粒飞溅出新鲜清甜的汁液。

世界沉沉入眠，静谧而甜美。

潘舒墨突然从小床上弹起，踢踢踏踏地跑进卫生间。

这个时候，好比喝下一杯好茶，正回甘呢，他跑去做什么了？张倩女用床单裹住身躯，好奇地跟过去。她看到，他竟然在搓洗一件短袖衬衣，忧心忡忡，直到把衬衣抻平晾好，神情才放松下来。

他什么都不说，面有惭色。张倩女约莫猜到了，也不点破。

过了一会儿，他发觉如此卑微的自尊毫无认领的必要，解释起来："深圳这天气，一天下来衬衫全湿透了，一股酸臭味，而我只有两件衬衫，意味着每天都要洗一件。赶上阴天下雨，替换的那件干不了，就使劲儿拧，哪拧得干呀，最后还是湿答答地穿上，下摆紧贴着肚皮，用身体的热乎气一点点烘干。"

每年都有那么几个月，湿气成为南方的主宰，湿气蠕蠕地爬进人的四肢百骸，骨缝里仿佛要渗出水来。青苔在背阴的地面绵延出厚而密的一片冷绿，又沿着树干向上生长。在阴湿深入骨髓的夜晚，张倩女做过一个梦，梦见全身垂下流苏般的长长的绿毛。

潘舒墨说:"所以,五件短袖衫是在深圳生活的底线,这样就能拥有一个从容的工作周,不用上班时记挂着家里的衣服能不能干。"

她明白了,难怪总觉得外面下着雨。在此地居住的人,大都只有两件衬衫,一下班就洗好晾出去,水珠从一个个窗口滴下,砰然落地,恍如雨季。

他问她:"你有没有想过,我们为何要这样活着?为谁活着?急于被什么承认?你,我,李凌飞,杨菁,王磊……"

她一脸倦怠,说:"没细想,顾不上细想,就一步步被逼到了这里。"

他失神地说:"乖,不捣乱,擅长和解,默默挣钱,训练有素的隐忍,我本来不是这样的人,太压抑了。"他盯住她,说,"你也不是。"

她能听懂他的话,心像被蜇了一下,疼得她捂住了胸口。她想起父母来,想起他们眼睛里偶尔闪过的、水银珠子般的晶亮晶亮的光芒。

她皱着眉头,使劲儿地说:"我讨厌自己,讨厌那份工作。我训练自己热爱它,把它当成人生的寄托,可你不知道它有多无趣!"说完很解气的样子。她接着问:"真的没有选择吗?"

他说:"少数人的选择不叫选择,是败退。我想过回留州,父母能照应我,小地方日子也舒服,我喜欢怎样就怎样。可到底差了点什么,白天还好,夜深人静时难免后悔不甘,也许这辈子都过不好了。依循本心地生活,就真能幸福吗?真会满足吗?说放下就能放下?我没把握。"他向外看去,说,"深圳就在我对面。"沿着他的视线,她看到远处是保利剧院,充满未来感的造型和色彩,宛若银河系里的天体。

他一脸迷醉地说:"我经常查看保利的演出信息,上周是林怀民的《九歌》,这周是瓦格纳的《指环王》,太丰盛了。"

他又摇摇头:"可惜,我被焊在了下沙村。这是消磨志气的地方,让人意兴阑珊。最消沉的那段日子,我特别希望,希望天降横祸,一辆玛莎拉蒂冲过来撞上我,如果幸运的话,不死只是半残,我不告富豪,肯定选择和解，这本来就是钱能解决的事。我一有钱，就置业，就在深圳定居！"

他猛然抓住她的胳膊，摇晃着，说："倩女，你不知道我心里有多急！我多想混出点名堂！"

张倩女想起了自己的羞耻。相亲的男孩用指控的眼神看着她，仿佛她是不洁的、有罪的，他们的神气里，透着唯恐被她沾上、被她缠上的机警、冷淡与小心翼翼。有个男孩怕她不自觉，还敲打她说："在动物的世界里，雌性过于肥胖，是对所属物种的犯罪。"

足够了，羞耻就是她和潘舒墨的信物，他俩的山盟海誓，远比众多城市男女精算得来的婚姻更经得住推敲。

想到这里，她说："你不会焊在这里的，下周见见我父母，咱俩定下来吧。"

潘舒墨表现出一种恰到好处的惊诧，随即握紧她的手，用力点点头。

本来，张倩女想扎扎实实、慢词长调地谈一场恋爱，听了潘舒墨的话，她感觉事情突地紧迫起来。这个坎一下子就迈了过去，倒也凝练。

周末，张倩女去机场接到了父亲张亭轩，这是他第二次来深圳。前年他初到深圳，发现女儿变得如此不堪，震惊而痛心，问了一通，骂了几遭，终也无能为力，住了一星期就闹着回去。

父亲迫不及待地逃回留州的小院，也遁入旧日的生活中。小院里，时光逆流回溯，停驻在可堪温习的某一段日子。那时，他每天坐在庭院里，气定神闲，虚位以待。宾客结伴而来，或擎着两包桃酥，或拎着一网兜橘子。寒暄过后，宾客环绕着石桌坐定，父亲开始高谈阔论。他是杂家，是通才，是天赋异禀的民间奇人，会聊天，会讲笑话，周身充满磁力。从历史到宗教，从诗词到音律，他博闻强记莫测高深，时有精辟之论。宾客们如沐春风，做倾听状，做顿悟状，做陶然欲醉状，频频颔首，间或插话。

渐渐地，这批宾客是空手而来了，表情里多了几分亲昵的轻佻。父亲的兴致也不那么高了，演讲时观点和金句经常重复。终于，这茬宾客竟渐至零落消失。父亲的叹气声，在大片的寂静里缓缓流动，又被风传得很远很远。好在，很快又有另一拨人找上门来，父亲坐而论道，重展风采。

二楼窗下的张倩女震惊地发现，父亲居然是背出来的，他太熟练了。已然烂熟。这使得他的演说流畅生动，从不磕磕绊绊，洋溢着充沛的自信，上天入地，光彩四射。他的听众是小城的各色闲人，无业、自由职业或病休在家，共同之处在于爱好文艺。母亲出于医生的洁癖，曾厌恶地指出："那梳大背头的似乎不是什么雅人，是个名声不佳的神棍。"父亲摇头说："哪是神棍？是本城堪舆界的名人。"他又提议，"客人在时，你也一起坐坐，你就凑个趣嘛！"她蹙紧眉头，说："是让我去倒一圈茶吧，我可没工夫闲聊，还得做饭呢。"

固定而频繁地与父亲来往的闲人，只有戚叔叔一个。张倩女从窗口望下去，发现他俩像古画上的两个人。两人一坐就是半天，静物般沉默。偶尔，戚叔叔的话音儿随着穿堂过屋的微风，飘进张倩女的耳朵，她听见戚叔叔说："风雅委地，时运不济啊。"

有段时期，两人找到了一个可持续讨论的话题，那就是《红楼梦》。他们谈论无才补天的贾宝玉，互相恭维对方是"留州甄士隐"。戚叔叔特别喜欢谈秦钟的遗言，说一个正值韶华的妙人儿临终那么挫败，为什么？因为没实力，没有立足于世的实力。父亲点点头道："秦钟遗言，说不定正是宝玉一生悔恨之处。他若功成名就，家族兴旺，也就保住了众姐妹的大观园。"戚叔叔说："大观园永不凋敝，这是他的理想啊。殊不知，功名利禄那条路，才是滋补理想的唯一正途。"父亲说："那么美好的生命在末世挣扎，要救她们，只能自己跳进泥淖，他不愿跳，就眼睁睁看着，再一个个地哭着纪念。"

二楼窗户里，张倩女从书架上取出《红楼梦》，按回目翻查到秦钟去世的段落，她反复将遗言读了几遍，只觉平淡无奇。

这时，她听戚叔叔说："年轻时读红楼，秦钟去世的一段没引起注意，年纪大了才咂摸出味道来。"父亲附和道："浪荡子秦钟临死时大彻大悟，说错的是自己，格外让人觉得沉重。"

戚叔叔走后，父亲独自坐在阴凉的丝瓜架下，鉴赏着庭院里的日影、花木和鸟声。他像一件古老的旧物，蒙着厚厚的灰尘，轻轻一碰就嘎吱嘎吱地响，一阵风就摧枯拉朽。他的眼睛，像两孔黑魆魆的山洞。张倩女知道，只有把各色闲人拢到家里来，才能为他带来一丝光亮。那段日子，她时常替父亲担忧，前方那些庸常的日日夜夜，他该怎么度过呢？

很快她就读了寄宿高中，接着离开留州去上大学。她断断续续地听母亲说起，父亲学了太极拳、旧体诗、昆曲，而且，父亲是留州第一批学会喝工夫茶的人，学会后鄙夷地把大茶缸子扔进垃圾堆。母亲的讲述拼接起父亲这些年的生活，看来父亲对自己陷入那种机械而可鄙的滑熟中去也早有不满，于是勇于跨界不断研习新才艺，推陈出新以维持上座率。

此刻，阳光穿过机场透明的顶棚，照亮了来来往往的旅人。张亭轩说："倩女，还在减肥吧，瘦些了！瘦了好，我不怕别的，就怕糖尿病三高什么的找上你。"他的头发像落了一层薄雪，灰白色的脏雪，比起同龄的男人，他更显萧索衰老。

快到家时，张倩女朝父亲诡秘地一笑。她推开门，身子立刻闪到一边，满怀期待地看着父亲。一套崭新的骨瓷餐具，亭亭玉立在餐桌上。白底釉下彩，明艳的黄绿色，那颜色仿若刚点上去，还水灵灵的呢。图案是蝴蝶忽闪着翅膀落在水仙花上，用手轻轻一弹，便发出清脆而悠扬的响声，这是为迎合父亲的审美情趣，特意添置的新餐具。

张倩女一直记得，某个夏日的黄昏，父亲赋闲在家一年有余时，他忽然毫无征兆地发难，伸长食指，指着石桌上的几个搪瓷盘、不锈钢盆，说："无论多好的菜，用这些家什一盛放，就叫人毫无食欲了，真是破败潦草！不能用好看点的盘子吗？"母亲说："一样吃，还能变了味？"父亲摇摇头，拖着长音道："夏虫不可语冰，朽木不可雕也！"

这话似乎蕴藏着可怕的杀伤力，张倩女看到，母亲的脸霎时紫红肿胀，她的嘴唇不受控制地哆嗦，想辩解什么又说不出来。母亲拼命眨眼睛，把眼泪硬硬憋了回去。第二天，她从百货一零买回整套五十六头的骨瓷碗碟，把晶莹剔透的瓷器在餐桌上铺陈开来，一件件细细玩赏了半天，看起来，她比父亲还要喜欢这些美丽又脆弱的小玩意儿。

父亲的言行举动，为日常生活增添了幻境般的戏剧效果。他或午后高卧或焚香静坐，每逢彼时彼刻，母女俩就不再高声说话，走路也蹑手蹑脚，如履薄冰地供奉着他的优美和诗意。有时，闲人们翩然造访，母亲袖筒卷得高高的，正在院子里晾晒衣服，一条褴褛的红内裤还往下滴着水呢，蓦地，她从粗鄙无文的生活场景中抽离而出，像登上炫彩的戏台，生疏而做作地说，不巧啊，他踏青去了。不巧啊，他赏雪去了。不巧啊，他钓鱼——不是，他垂钓去了。母亲拙劣地拿捏着声腔，张倩女很替她难为情，但父亲每次出门的时候，的确是这样跟家人告别的，我踏青去了，我垂钓去了……

作为高雅新餐具试图取悦的对象，张亭轩神情复杂，显然他不知该如何反应。他视而不见地靠坐在沙发上，从茶几下面拿出纸杯，给自己倒了一杯凉白开。

4

这是南方盛夏季节特有的暴雨天气，黑夜瞬间驱散了白昼。雨下得如此酣畅，整个城市恍若在大雨里漂浮起来，积木般晃晃荡荡。几道银亮的闪电不时划过，像天空疼痛地裂开几道口子。

早晨一起来，张倩女就给父母叨叨，说潘舒墨在公司上班，坐办公室的，家庭也是留州的小康人家。她反复强调，你们放心，他不图我什么。我俩很早就认识，又交往了一段时间，是有感情基础的。想到两人共有的羞耻感，她又加上一句，是牢固的感情基础。张亭轩欣慰地表示，先同学再恋爱，挺有缘分呀。劳玉的狐疑并未消散，只是不便露骨地质疑女儿的女性魅力。劳玉满腹心事的样子让张倩女有些不安，母亲年事已高，减肥又跟着受罪，精神高度紧张，有好几次，她感到母亲濒临爆发了，谁知母亲毕竟内功深湛，自个儿又消化了。

潘舒墨赶到张倩女家中时，衬衣粘在身上，新做的发型岌岌可危，手里的烟酒糖茶却没被淋湿。张倩女接过礼品，替他拨了拨头发，说："真想不开，东西是小事啊。"

张亭轩站起身来，冲潘舒墨满意地一笑，小伙子斯文白净的相貌深得其心。劳玉的脸上却露出医生惯看悲欢离合的淡漠表情，转身去了厨房。张倩女跟过去，大声说："妈，我给你打下手。"旋即凑到母亲耳边，说，"和气点，他又不是你的病人。"劳玉点点头，嗔怪道："瞒得真紧，我都没有心理准备，你急火火地就把你爸叫过来了。"张倩女说："也没想到这么快，不过话说回来，年纪到了，人又可心，还拖着干吗？"

这顿饭启用了雅致的新餐具，以示隆重。潘舒墨极力赞叹餐具的精美，张亭轩没接话，岔开了话题，说："吃菜吃菜，凉了就没法吃了。"

张倩女自律地挟起几根青菜，潘舒墨体贴地说："倩女，你胖瘦都好看，中午这顿也没关系，来点清蒸鱼吧。"张倩女架开他的筷子，笑着说："自己受用就好，别来招我。你别不信，我是一定能减下去的。"只有她自己明白，如今，减肥的坚决里揉进了几丝柔软，不光为重建自身的生活，更是因为心疼他。连着两次，她都看得很清楚，激情退却后他的视线落在她身体上,如灼伤般迅速移开,并痛苦地闭上了眼睛。

席间,劳玉不冷不热的,张亭轩和准女婿倒甚是投契。趁两人在热聊围棋,张倩女说:"舒墨很有才情,全身都是文艺细胞。他连手指都那么漂亮,会吹笛子,会画山水,对了,还会变魔术。他聪明着呢,下棋一下就是一天,连饭都不吃。"

夸着夸着,张倩女看到,母亲的脸,母亲的笑,像突遭奇寒的瀑布,水流着流着凝成长长的冰凌,尖尖地向下戳着。父亲也像被人掐到痛处,热乎乎的气氛忽然就冷下来了。张倩女心一沉,本来,她以为父母会世故而心照不宣地接受这个男孩,并演技精湛地表现出对他的关爱。

劳玉蓄势待发,讥诮地说:"呵,这一身的本领,能出名吗?能变现吗?"她又板着脸问,"除了会吹笛子,会变魔术,你会做家务吗?"

她的口气令人很不舒服,潘舒墨保持着风度,说:"阿姨,你是指做饭洗衣服吧?会一点,会做。"

张倩女说:"妈,哪有问男孩子这个的!"

劳玉一脸严肃地说:"倩女,你不了解家庭生活,这很重要。"她接着问,"舒墨,你会带小孩吧?我是说,你以后会学着带小孩吧?"

这不合常规、近乎刁难的提问令潘舒墨更加尴尬。劳玉像变了个人,老巫婆般逼视着他,发出阵阵冷笑。

张倩女扶住桌子,说:"妈,你太过分了。"张亭轩也责怪道:"你,你这是什么意思,荒腔走板,太失礼了。"

潘舒墨站起来,用拇指钩住裤子口袋,小声说:"我还是先走吧。"张倩女瞪了母亲一眼,说:"我跟你一起走。"这时,张亭轩也跃跃欲试地站起来,似乎也想往外走。

"你们谁都别走。"

说着,劳玉疾步走到门边,顺手抓过皮包挎在肩上,用身体挡住门,像在守护一个出口,一个可以逃出生天的出口。她说:"我走。"

没人能预料到这个后果。往昔岁月里，情绪变化无常的张亭轩曾多次摔门而去，闹脾气的张倩女也曾夺门而出，去街上游荡或去同学家倾诉。

劳玉幽幽地说："这么些年了，我不止一次地幻想，想你和你爸消失掉，哪怕消失一两天也好。"

几个人都愣住了，仔细一回味，这话里有一种平静包裹下的惊天动地，一种不断滋长、无从化解而日趋深沉浓重的痛苦，让人悚然心惊。这话也挺伤感情的，但张倩女无比清晰地感觉到，这不是一个伤不伤感情的问题。

劳玉接着说："每天最高兴的事，似乎就是忙活完了，把自己扔进沙发里。"她的话不见刀锋，却分明已划破了什么。

张倩女对母亲的习性印象深刻，母亲确实有一个投掷的动作，把自己痛快淋漓地投掷进沙发里，然后蜷起身体，半张着嘴巴看电视。本来，张倩女以为母亲完成这个动作时身心舒畅，现在她才领悟到这个动作里隐含着的放弃与屈从。本来，她以为沙发里的女人快活圆满，现在她才体会到，这幅家常画面里暗藏着的惨烈、销蚀和幻灭。这里头，有一种绵密、隐蔽而阴险的力量，有一种无底深洞般的腐蚀性的快乐。

她又想起自己透过小窗看到的一幕：下了班的母亲久久站立在家门口，她抬起脚来，又后退几步，迟疑地逡巡着，当她终于迈进自己家时，即使相隔一段距离，张倩女还是看到了，她的肩膀在战栗。接着，她走进厨房，再出来时，蓬松如雾的发卷已塌陷。最早，她进厨房前会戴上白帽子，后来不知为何也不戴了。

积蓄已久的雨水，宣泄般扑向大地。

劳玉守住了门口，披坚执锐，这不是她的风格，此刻与过往缺少过渡。她终生都在自我控制，合乎规范与道德，她以通情达理、宽厚和顺而著称，从不由着自己性子胡来。她擅长把喜怒哀乐搅拌均匀，得体地应对她的丈夫、女儿和病号。还没等众人回过神来，她敏捷地拉开门，像一条鱼一样轻快地滑了出去。

劳玉就这样滑了出去，剩下的三个人张口结舌地站着，房间里满满的，全是难堪。张亭轩手里的健身核桃球都忘了放下，他像拿了一块热地瓜，不停地把核桃从左手倒到右手，右手换到左手，他的眼睛不敢看潘舒墨——这个代他受过的年轻人。

不知何时，潘舒墨也悄悄离开了，张倩女完全没注意到。她仍在回味着刚才的一幕：母亲滑了出去，宛若一条鱼滑进海水。她懂事以来，一直无法将目之所及的头皮屑般琐细零碎的母亲，跟当年那个充满艺术气质、遭遇街头爱情的女孩联系起来。但母亲滑出去的一刻，两个形象终于令人信服地重叠在了一起，美丽，疯狂，不计后果，单细胞动物般透明，一通电就亮了，太阳一晒就热起来……此后的日子里，张倩女始终记得这个如梦似幻的场景，母亲娴熟地、行云流水地滑出去，好像在意念里演练过多次。

晚上，劳玉发回一条短信：别找我，我很好。

两天后，张亭轩返回留州，回到独门独院的两层小楼里。到家后他给女儿报了平安，说："深圳是个好地方。你看小区里的荔枝、芒果、波罗蜜，不用专人照料，自个儿就能长好，一嘟噜一嘟噜地结果子。只是我住不惯。你要想爸爸了，就回来看看。"

张倩女说："爸，有时候上来一阵儿，真想任性一回，不干了，天涯海角地想去哪儿去哪儿。"

张亭轩思忖良久，说："不要冲在最前面，也别落在后头。你现在就挺好，城市人，高工资，多少同学羡慕呢，可别瞎折腾，叫人笑话。你们这拨孩子，聪明，遵守秩序，适应力强，大有可为。"

他的话虚弱无趣。张倩女心里很难过，嘴上却说："爸，别担心，想想罢了，还能去哪里？我以成为华跃人为荣，我会坚持住的。"

放下电话，她不得不承认，父亲早就是个老头了，那层炫目的光圈也早已消散。

经历了多年的过度解读和透支消费，那个熠熠生辉的晚上终于油尽灯枯。那晚，音乐教师张亭轩把妻女召集起来，他说："音乐课是高中的附庸，校长不懂音乐，学生们也毫无音乐才华。对我来说，上课就是浪费生命，把自己一点点废掉。我辞职了。"他宣布时语调平静，像轻松地完成一个高飘的空翻，飞升而去。父亲的平静是一种绝对的震慑，传达出勇敢、坚定、深思熟虑等丰富的讯息。母亲没有哭闹，也没有昏厥，相反，她的眼睛忽地亮了一下。那会儿，时代还未突然加速，人们还不上蹿下跳，房子是祖业，钱值钱，母亲作为知名的内科医师，受人尊敬且收入不菲。上小学的张倩女正是表面乖巧、内心激荡并极度渴望偶像的年纪，她觉得，就该有父亲这般高级独特的人物，不上班，无所事事，日子拿来虚度。父亲是自知的，他英明地踏进遴选过的生活，不含杂质地成为自己，替胆怯的人们做梦，宛若灰暗人世的一星微光。多年来，张倩女自卫般地拒斥着真相——显然，父亲享受不了没有界限的自由，内心也从未宁定，他把那晚的抉择，拉低到魔怔、犯傻、失误的层次，降格为一时糊涂的愚蠢决定，甚至，像懦弱无能的逃逸。

他先莽撞地拒绝了世界，过后才发现，自己根本没有拒绝这个世界的能力。为兜住这个错误，他潜心学习书法和国画，攻柳体，习花鸟，欲以润格致富，结果只能过年时为亲友免费写挥春。他专门钻研过演说技巧，期盼进阶到有识之士听他白话还给他钱的完美境界，结果只吸引了小城的一批珍禽异兽。

张倩女记得，父亲为邻居女人写春联时，女人拉着劳玉，夸赞道："你男人真巧啊。"劳玉摆摆手："巧什么巧，万金油，玩家子，一会儿风一会儿雨，神经兮兮。"邻居女人亲热地用胳膊肘扛了她一下，脸上露出意味深长的笑容，说："好好哄着吧，让他自在！"

现在的父亲，是神色惊恐而脚步虚飘的男人。他花费了大半生的时间，亲手推翻了自己。

过了几日，劳玉又发来一条短信：别找我，我在净尘山，想一个人待几天。

张倩女想起母亲的描述，山上的房子是乳白色的，窗前垂下镂空的米色纱幔，推开窗子，迎着人的是一大片碧绿的湖水，窗边爬满茑萝、丹桂、凌霄、木香、扶芳藤，花枝垂入湖水，湖面上落满花瓣，风从远处吹过来。她依稀看到，母亲就站在窗前，全身像在花香里蘸过，芬芳迷人。她回了一条：亲爱的妈妈，照顾好自己。

此时，她才想明白母亲话里的深意。原来，母亲说的"我们"，不是指她和丈夫。"我们"，是母亲跟另外一个自己。

母亲的手机始终打不通，她的生活处于自觉闭合的状态。晚上，张亭轩向女儿打探消息，张倩女说："我妈应该也在留州，西郊的净尘山。她想一个人待着，你不用去找她。"

张亭轩说："西郊哪有什么净尘山，是连成片的荒山，没名字，也没开发呀。"

张倩女心里一动，说："她成心不让我们找到她。"她伤感地想到，实际上，她和母亲从未亲密无间，她想当然地认为，母亲这般的普通妇人，早已不需要某种层面上的高贵而多余的生活。

张亭轩说："咱俩没事就打打她的电话，说不准什么时候开机。"

张倩女答应着，电话那头，父亲接着说："你妈最懂我了，我们是一类人，只不过……"他终究没再说下去。

张倩女感到脸颊上热热的，是眼泪在流。她羡慕这个失意的男人，他精彩过。她也佩服老妈，五十几岁的人了居然还有力气挣扎！

她站起身来想透一口气，想仔细看看，自己的眼睛里到底有没有水银滚珠的亮光，刚站起来，就察觉到一股压迫的力量形成合围之势，渐渐逼近她。十面埋伏。她瑟缩着重新坐下去。毫无疑问,她的敌人更加阴沉强大,那是一个裹挟着整整一代人的庞大而严密的系统,像一个深深的坑洞,让她怎么爬都爬不出来。

她找了个借口挂掉电话。

眼泪慢慢干了。

又坐了一会儿,她打开电脑搜索,不断输入关键词,净尘山、湖水、白房子,然而,她在浩浩汤汤的信息世界里找不到一个匹配的结果。

她枯坐在黑暗里,潮汐般的饥饿感准时涌上来。她拨通潘舒墨的电话:"在哪儿呢?"

他报以沉默,半天才回答:"还能在哪儿,问都不用问。"

饥饿又来了,它躁狂地伸出尖尖的牙齿,乱扑着咬人。她的腿,拖着她下了楼,她的手,伸到货架上,准确地拣了一堆臭名昭著的零食,薯片、鱼蛋、花生米、豆腐串、炸鸡翅。她渐渐适应了它们的气味,她拈起鸡翅根,油顺着手指头往下流,这是蛊惑人心的场景,饱含着尘世的乐趣。她死死咬住油透了的动物残肢,有一种沉沦的快感。

总算过瘾了。她彻底不要自己、自我惩罚般地大嚼着,押着脖子,昂起下巴,动作近于困兽的撕扯。她沿着一个光洁如镜的斜坡往下滚,舒服。滑畅,一切都那么顺利。

东西很快吃光,悔恨和自弃纠缠在一起,她无比嫌厌自己,亦心灰意冷,虽卸去减肥的重负却并未感到轻松。生活不知道出了什么问题,也许是致命的系统错误吧,总让她有欠缺感,总让她不停地想吃东西。从明天起,她要疯狂吃遍各种经典的下饭菜,地三鲜、卤猪耳、咸鱼茄子煲、尖椒鸡蛋末、油豆角焖排骨、红烧肉炖小土豆……她要把每片猪头肉在芝麻酱里滚一圈再送到嘴里,那得有多香啊!电流般的酥麻感在她全身传导。

此刻,潘舒墨在下沙村埋头洗衬衫,迷茫地搓洗着,水流卷着泡沫漫过他下棋的双手。父亲在小院子里，研究地上的月光一寸一寸地向西推移。母亲在那个据说叫净尘山的地方，孤独，幽闭，安详。

　　她坐在窗下，想起二楼的那扇神奇的窗子，那会儿她能看到，无数条小路通往云朵洁白的天空。

　　她从窗子望出去，是无边无际的华跃圈。她突然感到很厌倦，就这样看着窗外，不知不觉中，天已经亮了。天地如此宽广阔大，可她不知道，还能去哪里。

来访者

## 1

我记得江恺第一次坐在我对面时脸上的表情。我熟悉这样的表情，练过瑜伽了，修过佛打过坐了，老庄和张德芬都看过一遍了，还是不行。

江恺坐在对面，阳光透过玻璃和一层薄薄的纱帘，落在他脸上。发型挺时髦的，头两侧只有短短的发茬，头顶的头发留长却没有塌下来，也没有一撮撮黏在一起，看样子是手指蘸点发泥往上抓的，抓得很蓬松，略微凌乱地立起来，说不出地恰到好处。再看衣着，条纹针织镶边的棒球服，天蓝牛仔裤，浅褐色哑光皮质的德比鞋。一打眼就能估摸出来，他受过教育，有份体面的工作，审美也合格，看上去是个活得不错的人。

他让我觉得很不安。初次来访的防御、不信任、试试看、半信半疑，他统统没有，越是这样我心里越沉重。他看起来正常，实际上已经不知道怎样往下活了，只是还没到完全绝望的程度。完全绝望的人不会尝试改变，他坐在我对面表示他对人生仍怀着渴望，或许把我当成了最后的希望。我呢，只是选择这份职业的一个普通人，既不睿智，也不神奇。

这几年每接洽一个新来访者，想到反反复复、缠绵难愈的过程，心就累了，提不起兴致来了解和琢磨一个全新的对象。每个人都是一座博物馆，也是一座垃圾山。而来访者不是来展览生命中的功业并邀请我鉴赏的，他们会在职业化的导引下，在一个个失去戒备的松弛时刻，任由心底的一条条浊流暗河泄洪般地冲出来，而我在一片狼藉中仔细辨查，拣拾出有用的材料，耐心地抽丝剥茧。这是跟人相关的工作，跟人相关的工作只能耐住性子，一层一层，一步一步，还未必总是向前，时不时绕一圈就回到了原地。

前几次咨询我说得很少，鼓励江恺多说，放开说。江恺需要说话，需要尽可能地倾倒，他就是对着树洞说上几个小时也是有效果的。跟我一起听他说话的，是一盆菖蒲、两株琴叶榕和几只毛绒玩偶，龙猫、哆啦Ａ梦、小兔本杰明。

房间里光线柔和座椅舒适，江恺说话的时候频繁做手势频繁喝水，基本不和我对视。工作出了问题，婚姻濒于破裂，母子关系也不睦。江恺的故事并不特别，但他说话时脸上闪过的那种年轻人才会有的迷茫神色，让我心里很不是滋味。我想帮帮他。他说起自己的出生年份，是再熟悉不过的四个数字，我儿子也是那一年出生的。

接下来的几次，回溯童年，梳理记忆，细细翻看密密麻麻的褶层，久远的场景和事件苏醒过来。初时，江恺像个局外人一样在描述，说着说着开始可怜自己了，开始动怒了，攥紧拳头，脸涨得通红，音调升高，身体却瑟缩起来。我没有介入，放任他在痛苦中待一会儿，再待一会儿，差不多了才让他自由联想，继而邀请他一起分析。我也会在恰当的时刻揭示出表象背后隐藏的心理机制，让他有豁然开朗的惊喜感。相对于其他咨询来说，我基本算不上使用技巧，也尽量避免让对话进入既定的程式中，更没有为了获取信任而卖弄经验和学识。回想跟江恺面对面的十几个小时，是新异的体验，不像在工作，也没有什么目标的预期，平实，随性，自然而然。

直到一个锋利的声音抓破了这个下午。我的手机号不留给来访者，江恺打固话找到咨询助理，他的请求是被转述过来的。隔了一个人，迂回了一下，我还是能想象出电话里的声音，惊恐无助，尖尖的高音，刀刮玻璃，麦克风骤然啸叫。这声音灌进耳道，牙根一下子就酸了。

他想见你。来不及提前预约，问能不能临时安排一次。

在咨询室坐定，我还在后悔，不该开这个口子的。房间里的一切都经过精心设置：生命力强的绿植，灰蓝的地毯，暖光落地灯，原木圆桌，米色布艺沙发椅，红茶，糖果，蜜饯，这些不经意间抚慰着来访者的小设计，此刻也在安抚着我。刚坐进转椅，耳边咚咚地响起江恺快步走来的脚步声，过了一会儿，声音消失了。

真安静。透过窗户打开的一道窄缝儿往下望，地面上人和车的移动似乎变得慢吞吞的，草坪树木的颜色亦是黯淡的，像个远古的场景，不仅是距离的迢遥，还有时间上的邈远感，远到迷迷蒙蒙，影影绰绰，睁大眼睛也看不真切。耳朵里也听不见什么声响，像身处真空，也像来到一个空荡荡的梦境。嘈杂的市声往高处走着走着就走不动了，扑腾着往下掉。

敲门声响了两下。他的手举着还是放下了？我定定神，说，请进。

江恺还算镇定，也许赶来的路上已经尽可能调节了。

我笑了笑，表示他丝毫没有打扰我。我把转椅朝他挪一挪，身体往前探，鼓励他开口讲。

他说，我打了主任。

虽然有所准备，听了他的话我还是一愣怔。最近这两个月，每个周末都跟他会面，他的成长、求学、婚姻及工作情况已了解个大概。我知道他表面上的温顺是很不稳定的，他的人际交往存在很大问题，他不是一个容易相处的人，但这种不好相处更多地是指向世俗层面上的不圆滑和情绪化，也不至于打上司呀。

我首先担心咨询中是不是有什么误导。曾建议他体会心底的真实情感，不管这情感是正面的还是负面的都不要抗拒，也许这就释放出了他的攻击性。我紧张起来，让他详细说一说。

不公平，他说，已经不是第一次了。

大抵是单位里推诿扯皮的那类事，不新鲜。听他讲完，我长舒一口气，问他，是什么程度的……嗯……肢体接触？

推主任一下，用了很大力气，他往后退几步，坐地上了，我又蹲下去用手臂锁住他的脖子。他比画着。

我既不摇头也不叹气，不动声色地看着他的擒拿动作。

同事赶过来把我拉开，主任跟喘不过气来一样瘫坐着，他胖。没等他被人扶起来，我转身跑了。

我点点头，然后就是联系咨询助理，来到我这里。来的过程并不顺畅，他说路上手一直抖，握不紧方向盘，勉强开了一段，把车停在路边，打的士过来的。

突发事件劈面砸来，我也需要消化。在我这儿，事件最后定格为一个画面：这个看起来很强硬的男孩匆匆逃走，留给人们一个张皇失措的背影。

这会儿，劝解、指导、提出后续处理办法都是不合适的，也别用术语去分析，他需要先松弛下来，不再发抖，不再害怕。

剥开一颗椰蓉软糖，递给他，他捏住糖，还在愣神，细雪一样的椰蓉缓缓飘下来，悄无声息地落在地毯上。

我指着茶叶罐问他想喝什么茶，紫罐里是大吉岭，栗色铁罐里是伯爵银针，锡兰红茶放在木盒子里。他说喝什么都行，这才想起把软糖放进嘴里，含住了。

我坚持让他选，说，江恺，你来做主。他指了指栗色的罐子。

水开了，冒着热气的水流注入玻璃壶，混合着蓝色矢车菊、橙色金盏花的银针茶渐渐展开蜷紧的叶片，柠檬油的香味往外挥发，香气在空气里悠悠荡荡，沉下去又浮起来。

江恺双手环住茶杯，啜一小口。我也不说话，看向窗外。天色暗下来，这屋里的沉默再纯粹不过了，是没有方向的沉默，也不含着责备，更没有蕴蓄涌动着下一波的焦躁。我们安静地坐着，时间平滑地淌过去，好像从来就没有遭逢过火烧眉毛，也没有一蓬蓬荆棘阻断了去路。

他始终不问怎么办，他累了，大概就想挨着一个可以亲近和信赖的人，陪他坐一会儿吧。

茶冲了几泡，香味一淡，房间里显得更清净。时候已不早，下面还有预约的咨询，至少要留出半小时空当让我独自待着，攒攒精神，准备进入下一位来访者的世界里。

谢谢您，我先走吧。他把剩余的茶水喝完，站起来往门口走，临出门转过身来冲我笑笑，小心地掩上门。他脸上时常露出小学生的神气来，不是孩子的而是小学生的，我能辨别出两者间的微妙区别。嚼软糖的时候他也是小口小口的，手捂着嘴，低垂着眼睑，像个怕光的小动物。

完成当天的咨询已是夜里十点多。对面的高楼，一大截子消失在黑沉沉的夜雾里，只剩下点点灯光若隐若现，江恺的脸庞也渐渐模糊起来。下午他来访，没说多少话，主要为平定情绪，刻意不细说，我却隐隐觉出来，之前的那些回，他看似迫切的倾吐也是经过精心选择的。咨询有一段时间了，也许我们还是在表皮儿浮着，渗不下去。想想也正常，人心底某些犄角旮旯自己都不愿去，自己都不愿看得太清楚，更别说让旁人进去看了。这从来都不是一件轻巧的事情。

## 2

南方的冬天走走停停的，冷了几次也冷不下来，约略有个意思罢了。树叶陆续地掉，不似北方迅疾严厉，一下子全掉光，裸出枝枝杈杈，枝丫上总还笼着一层绿意，只是绿得薄了，不像夏天那样累累的。

临近年末，期末考试的缘故，青少年来访者多了，婚姻咨询也多起来，好像婚姻也要经历年终大考一样。最近这个月江恺没有出现，看看下星期的预约表，依然没有他的名字。

周六下午的咨询排得满，我过了饭点儿才下楼。拐进茶餐厅，靠窗坐下，捧着餐单看半天，还是点了云吞面，饮料呢，鸳鸯、热鲜奶、阿华田、好立克、柑橘蜜、红豆冰、可乐煲姜，一行行看下来，最后我在杏仁霜后面打了个勾。

茶匙一下下搅动杏仁霜，白色的小旋涡旋转着，甩出来清冽微苦的杏仁味。附近写字楼加班的人三三两两地进出，大都挂着胸牌，坐定话不多，埋头填饱肚子。餐厅里很静，用餐区跟切配间只用玻璃隔着，玻璃后面一根银色横杆，悬着一排挂钩，钩着油鸡、烧肉、卤鹅、青蒜，射灯打下来，青蒜碧绿如洗，烧肉的皮色是枣红枣红的。

抬头看见一个颀长的背影，等他转头，转过头来却不是。这些天，看到高个子男孩就忍不住想起江恺来。

出电梯，沿着走廊往办公室走，我远远看见一个人在门口来回踱着步。走近了，发现是个面生的年轻女人，冲着我点头。目光越过她，望向前台，值班的姑娘不在。拉开包的拉链，摸到里面的强光手电筒和高分贝报警器，心里踏实了些。

我不往前走，女人也不动，互相对视几秒。她说，您是庄玉茹老师吧，我见过您的照片。

我紧攥住手电筒，心想随时备着的东西竟然真要用上了。

庄老师，我是江恺的妻子，我叫于小雪。

手还是没从包里拿出来。走廊的灯光偏暗，于小雪走近几步，我才看清她的脸。看清了，攥着手电筒的手指不由松开了。当时形容不出来，后来回忆起跟于小雪唯一的这次见面，回忆起她的脸，一个词才浮现出来，弧度。生硬、苦愁、凌厉的脸上是见不到优美弧度的。于小雪呢，眉毛从中间开始弯，眉尾恰当地收住，不至于耷拉下去，双眼皮儿不深不浅，两道秀气纤巧的虹，嘴角向上翘，横躺着的月牙儿，从耳垂到下巴颏儿也是一条流畅的弧线。很喜相的一张脸，无论笑不笑，笑意是满的，要溢出来的样子。成年人的面相泄露的信息太多了，无关乎天生的五官美丑，面相里往往隐匿着一个人的心理和生活状态。

走廊另外一头的保安朝这边走来，我取出钥匙打开门，犹豫地看着于小雪。她迎着说，能占用您一点时间吗？我拿不定主意，身体却侧过来让一下，她赶快走几步跟在我后面进了屋。

她坐进江恺常坐的沙发椅，环视房间，视线最后落在书架上。我以为都是专业书籍呢，原来不是。她喃喃念出声，《通俗天文学：和大师一起与宇宙对话》《中国首饰史话》《李白传》《夜航船》，这是……呀，还有这么多绘本和漫画。

不清楚她的来意，我礼貌地笑笑作为回应。

家里现在有很多心理学书籍，《释梦》《荣格文集》《行为主义》《自卑与超越》《论人的成长》，都是江恺买的，我有时也翻一翻。

心里忐忑，等着她切入正题。我这个职业在来访者家属那里名声并不好，有的目之以传销、灵修、邪恶催眠一路，有的不以为然，觉得不过是伪科学、读心魔术，有的时刻提防着，怕咨询久了依赖上，跟亲人反而疏远了，最习见的是把我们看成江湖骗子糊弄人，新时代骗术，闲聊天儿居然按分钟收费，还那么贵，简直是敲诈。

庄老师，你会保密吧？她问。我以为她要跟我聊聊江恺，没想到说的是她自己。

声音圆润好听，珠子一般滴溜溜地滚动着过来。

就是一刹那，我看他一眼，偏巧他也看我，那一霎可真长啊，什么都没发生，什么都发生过了。之后又见过几次，都是一帮人一起。听见他跟人打听我，我装作不知道，其实心里挺高兴。今天，他跟我，两个人，在咖啡馆待了一下午，把不多的几种饮料试了个遍，好意思又不好意思地坐着，都不说告别的话。直到咖啡馆灯亮了，我心里乱，告辞出来，在公园里晃了晃，实在没头绪，才来这里碰运气，看看您在不在。

她又详细说起两人怎么在草木染工作坊共事，我边听边细细地捋。于小雪是纺织面料设计师，这个我早听江恺提起过，也由此想通了他为何穿着打扮颇为讲究——从他表现出来的对自己的认同度这方面来说，本不该这么讲究的，想来都是于小雪对他的积极影响。

因职业之便，我对男女间的事了解甚多，深知那全不由人的疯魔劲儿，就像一把火，除非烧完燃尽，不然过不去。我担心江恺，一时默然，对眼前的于小雪，却更多的是理解。我知道婚姻有多难，知道跟江恺在一起生活有多累，也猜到于小雪对"草木染男士"的好感，恐怕是因为在痛苦中浸泡太久，想露出头来透口气，未必是动真情。

何况，她为什么来找我呢？肯定不是为了说这些。

她接着说，庄老师，你是专业人士，你帮帮江恺吧。我想不到别的办法了，信心也快磨没了，早租了房子说搬出去，又舍不下小家，你不知道我有多看重这个小家，一想到跟他过不下去了，光是想想就忍不住掉眼泪。

这代人是爱过才结婚的。我暗自庆幸。

她说，最近这几年不知道怎么熬过来的，遇见烦心事他情绪低落，一低落就好些日子，毫无理由他也会突然不满意，好像他本身需要痛苦，好像心绪恶劣倒变成享受一样。外面阳光那么好，扭头看见他，他头顶上压着一大团乌云，我一哆嗦，全身冷透了。他有时待在房间里会忽然大叫一声，接着传来猛砸键盘的声音，好像自己跟自己说起话来，跟念咒一样。渐渐地，各居一室我也安不下心来，飘飘摇摇地等着，干等着他大叫一声，叫完了反而安心了，好像跌进看不见底的洞，掉着掉着总算着地的感觉。

她的声音绷紧了，眼眶里滚着泪珠，眼尾的睫毛湿湿的。

一次次重复，就跟进了闭路循环一样，看不到头。前一阵子他跟单位又闹起来了，这个，他跟您说了吧？

那天下午临时加了咨询。我仔细咂摸这个"又"字，心里明白了几分。

她趁我不注意擦擦眼睛，说庄老师千万别对他有成见，他是一点儿坏心眼儿也没有的人。他多单纯啊，上大学那会儿他脸上就写着三个字：好男孩。

她谈及大二那年去找高中老同学玩，认识了江恺。她随口提到的大学名字让我心里一震，江恺只跟我聊过他的专业，从没跟我提起过他毕业于全国数一数二的学校，我有些吃惊。

提到大学时代她高兴起来，跟我讲他们相处的一些画面，讲得很细致，不愿意漏掉往事一丝一毫的好，脸上始终是小女孩的欢喜劲儿，眉眼更弯了。

我忽然觉得大有希望，很明显她比江恺健全，她是可以从经历中获取养料并被平淡生活秘密滋养着的一类人，这对江恺来说太重要了。

好男孩，怎么就变成这样了呢？末了，她说，说完垂下头盯着地面。

她相信别人，她主动来找我。刚才还说起，江恺提出来看心理咨询，她没有质疑没有冷嘲热讽，帮着在网站上选咨询师，浏览简介和照片，说选这位吧，慈眉善目，看着很亲切。

我的年纪，大概跟他们的母亲差不多。

怎么会对他有成见呢？他是我的来访者，我会帮助他发现一些问题，帮助他的过程也是在帮助自己。每个来访者的心都像冻了几十米的冰层，不能急，慢慢来吧，小雪。我轻声喊出她的名字，她抬起头看着我。

我接着说，心理咨询可以从幼年入手从过往经历入手，家庭、父母、成长历程，沿着这个方向去找线索，这是流行的手法，这种手法因为很少触及现实、相对安全而被广泛采用。但不要忘了一句话：我是一切存在过、一切业已完成的事物的总和。人是什么，人是所有经历的总和而不仅仅是童年的经历，你呢，你曾经是，现在也仍然是江恺的经历。

她的声音抖得很厉害。我看到他在受苦却帮不了他，也没能让他感到快乐。夜里他经常做噩梦，喉咙里发出特别惊恐的叫声，双手在黑暗中乱抓，我想让他醒过来，又怕中断一个梦不好。白天的时候偷偷看着他，既想耐下心来安慰他，又想扭过身去躲得远远的。

我明白她的处境，她正渐渐丧失跟丈夫共同生活的兴趣。江恺的烦躁、怨恨、不高兴像病菌一样四处滋长，高频率的爆发让她身处家中而难获安宁，在爆发和等待爆发中熬时辰，家庭的场、家庭的氛围，吃人不吐骨头。

我把叹息压下去，对她说，我知道你厌倦了，再坚持一下，别放弃。你是江恺的生活伴侣，也是一个良好的客体，跟你相处的美好体验会改变他内在的心理机构，这样他就有希望重新建立起跟环境、跟他人的健康的客体关系。

最后我告诉她，我最喜欢的心理学家是阿尔费雷德·阿德勒。他认为儿童在五岁左右形成了生活风格，也就是构建起了人生原型，但阿德勒不看重过去，他还说过一句话，生命总会设法延续下去。

她眼睛亮晶晶的，用力点点头。生命总会设法延续下去，我相信你庄老师，我也不会轻易放弃的。

送走于小雪，我先推开窗户让风吹进来，又关掉吸顶灯只留一盏低瓦数的台灯，最后把自己放妥在躺椅里。眯了一会儿，我坐起来准备回家，抓起手机放进挎包，手指又触到了包里的防身用品。几年前一次咨询的时候，坐在我对面的人总盯着花瓶看，透明玻璃花瓶，注水到瓶身的一半，一束鹅黄色的小苍兰亭亭地站在清水里。咨询完了，我手捂胸口调息半天，心跳才渐渐慢下来。从此，房间里没有了玻璃花瓶也没有了瓷瓶和陶瓶，植物栽种在塑料花盆里，干花们，鼠尾草、地中海蓟、满天星、珊瑚红豆、莲蓬，住进了各种形状的藤编、竹编或柳编的花器里。

来访者是个十几岁的初中生，也许他只是喜欢那束花。

## 3

每年三月份，我会离开深圳去别的地方住一阵子。各地的景区风光迥异，扰攘是一样的，我受完罪就离开了，景区还在没黑没白地受罪。有一年夜宿河畔的古镇，深夜躺在床上，窗外的人声像涨潮一样漫上来，渐渐盖过了水声。月洞门雕花木床挨着窗户，窗户下面是窄窄的河，打开窗户，红灯笼映着粼粼的流水，对面临水的街上站着人，拱桥上也挤满了人。古镇像个揉着眼睛缺觉的孩子，哪天能睡个囫囵觉就好了。也去过传说中适宜隐居的偏僻地方，发现隐士真多，已经热闹起来，难见荒烟蔓草，跟外头的气息差不多。后来就悄悄回老家住，市郊的宾馆，水库边上的度假屋，临行前或跟亲友见个面，更多的时候直接拉起行李走。坐上出租车，在座位上转头往后看，熟悉又陌生的小城越退越远，渐渐模糊了，是山水画虚虚蒙蒙的远景轮廓，像一场似有还无的残梦，遥遥挂在卷轴的一角。

很少跟亲友谈起我的职业，有人问起来，能含糊过去就含糊过去。这份工作神秘而高危，枯燥又刺激，似乎藏纳了数不清的秘密，但更多的时候我了解的不是个体独特的痛苦，而是公共性质的痛苦，洞悉的也非个体隐秘，不过是对世俗价值的反复体认，对永恒的贪嗔痴慢疑的来回温习。我的房间里噼啪闪烁着心灵幽深处迸裂的暗蓝色火花，同时也堆积了世事人心最表面的一层泡沫，浑浊而固执，强风吹过来都一动不动。

钻研过几本心理学方面的书，还是揣摩不透上级的心意，有时候用过劲儿，有时候又不够主动。经历几任领导，这方面没少下功夫，好像一直没找对感觉，领导对我也不太重视。

做销售三年了，业绩一直不理想，好几次差点被淘汰，量上不去，不被淘汰自己干着也没意思，没有愿景啊。每年固定培训也学了些招式，说穿了卖东西就是讲故事，讲故事的技巧我已经掌握了，但心理不够强大不够坚定，对人家脸上的表情会特别在意，磨不开脸面去磨客户，也不知道用什么办法能轻松混成哥们儿，很苦恼，想请你在这方面帮我提升一下。

我有个高中同学，是我在深圳唯一的朋友。本来我们经济条件差不多，都是一套房一辆家庭型轿车，后来他跳槽去了一家金融公司，每年年底奖金下来了都发笔横财，换了豪华车，现在又准备换房改善生活品质。我呢，后悔大学时没学个好专业，现在还领着死工资。每次跟他见面，回来我都特别——怎么说，就是那个词——焦虑，但他毕竟是我在深圳唯一的朋友，人都需要友谊，其他社会上认识的不敢交心呀。我短期和长期都看不到赚大钱的希望，心里急，睡不着觉，可能快抑郁了。

这些本该跪在菩萨跟前默默念叨的话，说给我听了，菩萨不用回应，我得回应，厌恶和倦怠会一起袭来。来访者们境遇各异，有一点是相同的：每个人都气鼓鼓的，觉得自己的人生很失败。我经常会有捂紧耳朵的冲动。他们的脸孔年轻而老气，更是令我不忍细看。好在这类人士所受的是滚滚红尘的浅表伤害，没有真正的问题要解决。再加上自助心理学这么流行，分支细，锁定精准，营销心理学、交际心理学、恋爱心理学，通俗易懂，实用性强，实在不需要专门花钱面询。

四月初回到咨询中心，桌上放着这一周的安排表，江恺的名字又出现了，预约的是一个工作日的晚上，我仔细看了几遍，确定是江恺。

晚上，我提前到咨询室，开窗换气，再把窗子关上。掸干净茶几，调好灯光，倚在沙发上等。江恺提前了几分钟到，说上个月就想预约，助理说你休假去了。

　　我请他坐下，聊了几句闲话。江恺主动提起单位的事，我问他最后怎么处理的，他说，写检查，会上公开道歉，之后饭堂里见面也互相打个招呼。才不过几个月，他说起来像是很遥远的事情了，也许那天他的慌乱和绝望，不仅仅出于对上司的畏惧、对前途的担忧。我感觉他可能不在乎这些，让他害怕的，可能是另外的东西。

　　反正我又搞砸了。他扶着额头，准备从头说说。

4

　　毕业那年参加了研究所的招聘考试，几百人竞争的职位，我笔试面试都是第一。入职头一年工作很认真，跟同事关系也融洽，大家对我评价不错。接下来也不知怎么回事，就跟兜不住一样，跟同事吵跟领导也对着干，人缘越来越差，一去单位就觉得空气紧张，待在那里也是讪讪的，只好去找别的出路，看看选调什么的。选调也是通过考试，我擅长这个，试了几次就考上调走了。

　　在新单位工作上手很快，一切都很顺利。谁知道过了一段时间，就跟鬼上身一样，又把挺好的局面破坏掉了，我很容易跟人结仇，事事都想反抗，不是成心的也没什么坏心思，不知道为什么，形容不出来的感觉。

　　中间还有，不详细说了。现在这个单位是去年夏天刚换的，刚到单位的时候特别高兴，我渴望加入陌生的群体中，这样我就是个新人了，是另外一个人了，没人知道我的底细，可以重新再来一遍！谁知道那天跟中了邪一样还是搞砸了，就好像有另外一个人在暗中指挥我，在秘密规定着我生活的走向，不管我怎么做，都是往那一步上迈。

　　听着江恺的叙说，我眼前不断出现一幅画面，画面里藏着深深的悲哀，叫人看一眼就不由得心情黯然。一个年轻人清晨醒来时是怀着希望的，洗脸刷牙，穿上干净的衣服，默默给自己鼓劲儿，开始新的一天，尝试着友善对待周围的一切。然而在某种神秘力量的驱使下，希望和美好总是迅速溃散，无论他多么努力都走不出这个轮回。

这些年一直不太顺。江恺总结道。

我问，你主动挑起冲突的人有什么共性吗？

他想了一会儿说，仔细想想，都是品性很不错的人，但会在某一个瞬间让我感觉受到了约束。

约束？还有没有更多的词语可以描述？

压迫，剥夺。服从别人让我感觉很难受，像一座山压过来，把我压成薄薄的纸片，也像一大把管子插在我身上，生命一滴滴被吸走了。他很肯定地说。

越来越清晰，我准备开始梳理。看起来，他是个自由的成年人了，不管家庭和父母以前如何，他早已挣脱而出。然而，过去并未走远，像个诱惑，向他招手，一扇扇门次第洞开，长长的通道显露出来，熟悉的口令响起，他毫不迟疑，扭头往回走。召唤他的到底是什么？

觉察和认知是最重要的，只要能认知到是什么在操纵他，就可以用相应的方法来治疗。

回想起来，不过是些微不足道的事情，但让我有受束缚的感觉。为了摆脱这种感觉我总是尽快原形毕露，尽快让人知道我不好惹不能沾，是个怪人是块滚刀肉，别给我分派任务，别跟我交代事情，别打扰我，离我越远越好。扭曲的是，我又多么希望跟每个人的关系都是正常的。没救了，你理解那种感觉吗？好不容易焕然一新，然后稀里糊涂又是老路，意识到自己又回来的一刹那，一下子就灰心了，一点儿心劲儿也没有了。日子太长，我想把阳寿分给小雪，分给你，分给医院里得了绝症的那些人。他郁郁地说。

我忽然改主意了。

我儿子跟你同一年出生。我说。

也在深圳吗？他肯定比我好得多，我的意思是比我快乐得多。

不在深圳。

那就是在国外了。

他死于脐带绕颈。抱出来的时候已经凉了硬了，除了在我肚子里活动、呼吸、生长，一秒钟也没在世上活过。

我们面对面坐着，一切都静止了下来，恍若漫漫长夏，热气凝滞不动，世界也被粘在了原地。

又过了几年我跟丈夫也分开了。

接着呢？再婚了吧？

我不再往下继续。岔开话题说，我之前在老家是做财会工作的。

都过去了，都过去了。江恺安慰着我，好像我是他的来访者。我看着江恺的脸，一时恍惚起来。最近这几年，长成青年人的儿子频频造访我的梦境，他有浓黑的眼眸和上扬的眉毛，个子高高的，喜欢穿天蓝色牛仔裤。白天走在街上，碰见男孩子从我身边经过，我会停下脚步转身看着他们，直到他们的背影消失在拐角的地方或汇进人流看不真切了，我才继续往前走。

江恺的眼睛忽然一亮，说，庄老师，你看圣斗士吗？我最喜欢的圣斗士是凤凰座一辉，工作后挣了钱，收藏了很多一辉的模型，有一座是他穿着金色的圣衣，身后垂下长长的凤凰翎羽。一辉总是死去再复活，而且凤凰座的圣衣也是有生命的，毁坏了可以自愈。

他讲述起凤凰座一辉的几场著名战事，战斗的激扬，涅槃的灿烂，太阳仿佛伴随着精彩的故事冉冉升起，带着隆隆的巨响声升起，迸射出道道金光，辉映着他年轻的脸。他说自己不该被生下来，抱怨活着真没意思，但是他又多想好好享受生命，好好享受来人间的这一趟啊。阳光，星空，连绵的青山，雨后的草地，诗一般的公式，友情，体育运动，书，电影，花朵，热乎乎的家常菜，各种各样的好东西。

我告诉他，别灰心，千万别灰心，这不是什么绝症，也没有严重到要从心理领域转到精神卫生领域，已有的理论足够帮你认知了。

到底是为什么？他问。

我尽量不给他定性，假我，俄狄浦斯情结，人格障碍，部分社会功能的缺失，这些标签于他无益。人是多么复杂和差异化的存在，不是几个概念几种分类就能说清的，我尝试着用他能听懂的语言，跟他一起分析和逐步发现。

你感觉有个神秘人在指挥你，你是被迫进入到情境中的？

非我本心所愿，我想在平和友善的环境中工作啊。

仔细回想一下，事情失控之前你一般处在何种状态？

不知道，就是感觉难以忍受，局面、氛围都不对。

轻松的气氛，良好的人际关系，为什么难以忍受？

他皱起眉头，是呀，为什么？

也许，这些会令你感到不适，因为不适你才想改变。

改变舒适的环境？他瞪大眼睛。

你不断创造条件，让自己置身于对抗性的境地中。

我创造的？但处在这类境地中并不愉快，很压抑。

并不愉快，可是你熟悉，你熟悉这种恐惧：敌人在身边，让你不得安宁。你盼望回去，让自己沉入业已熟悉的恐惧中。

业已熟悉的恐惧？

是的，与其等待不可知的恐惧，不如先期沉入熟悉的恐惧中，这样就有一种虚幻的掌控感。如果说有个神秘人的话，这个神秘人，就是你的恐惧。

他说，那业已熟悉的恐惧是什么？敌人又是谁？

一种症状的背后必然勾连着一大段过往，熟睡的个人生活史，需要慢慢叫醒它。我说。

他那么聪慧，我觉得他已经意识到了什么。他回避着我的眼睛，说，这一层要慢慢体会。

我点点头，不用急，今天也差不多了，回去好好休息吧。

5

江恺离开后，我在诊疗室躺了一会儿才回家。回到家，走进卧室，打开衣柜门，感应灯随即亮了，敛藏的光在小小的空间里伸展开来，大衣、毛衣、衬衫，挤挤挨挨拥过来。我从抽屉里拿出一块洋布，蓝底白花，颜色旧旧的。不是用旧的，是不曾流走的时间一层层蒙在上面，让它变得晦暗也变得沉重。

那是我唯一的一次昏厥。原来苏醒不是一瞬间的事，而是一节节、一格格的。先是有耳朵了，听见喊我的名字，声音像从很远的地方传过来，传到耳边已经衰弱，回声荡悠悠地响起，在空旷处经久不散，<u>丝丝缕缕地飘着</u>，声音的细丝被一根根抽长，渐渐断了，风一吹，没了。接着，我感觉到身体的存在，不是实心的，是玻璃球，能看见里面树枝一样的脉管、悬浮流动着的血液。再往后，有触觉了，指甲盖划过的地方凉凉的，是铁架子床。最后，有什么东西重重扑在身体上，我猛地坐起来。

孩子的脸是青紫色的，双目紧闭，他还没来得及看我一眼、看人间一眼，眼睛就合上了。人们在床前箍成一个半圆，纷纷劝说着，要把他抱走，我扯过被子盖上他，只露出拳头那么大的头，说让我抱着他吧，就一个晚上也行。熄灯后我靠着一个枕头，在黑暗中注视他。相邻床位的人背过身去，叹息声比披散下来的头发还长。我摸索着下床，绕过弯曲的楼梯，走到有路灯的地方端详他的脸，我想记住他的模样。那做母亲的一夜很短很短，<u>一丛丛黑黝黝的冬青树很快从晨曦中显现出来</u>，顶着初生般的湿漉漉的绿。夜里多个疯狂的想法，比如说把他做成木乃伊，把他浸泡在某种溶液里，把他冷冻起来等待医学的飞跃，像晨雾一样升起又消散了。最后我手里攥住的是一块裹他的棉布，我凑过去闻，大口吸气，好像这样他的气息就能在我的身体里往复循环了。后来过了很久很久，我已经可以叙述和谈论这件事情时，别人听了觉得可怖，对我来说却是一辈子最温柔的夜晚。我跟我的孩子在一块儿，胸膛贴着胸膛，静静地等着天明。

江恺提到过他的母亲。洛阳人，恢复高考后考入邻省的院校，毕业后回老家分配进科协工作，然后结婚生子，日出日落，清晨暮晚，在办公室和自己的小家之间来回往返，像生活在小城市的无数女人一样，大半辈子的经历都很简单。

## 6

今天的咨询，我试着问询江恺一些问题。谈及过往的经历，谈及母亲，一鳞半爪的，他仍未提供太多细节，费力想一会儿，摇摇头，好像实在没有什么重大的事情可说。他解释，就那样，每个人都是那么过来的，没什么特别的。

他对母亲的感情尤其复杂，也许有足够的材料可供解析，却不愿别人触碰。虽然他支支吾吾的，我也大体上能估测出他的成长环境，画出一个大致的轮廓，并可以预见到那些"并不特别"的日常背后隐藏了些什么。

他说，上次咨询完回到家，关于"熟悉的恐惧"，思来想去有点明白了。

最重要的是自己的觉察，觉察到就够了。我不想勉强他全部说出来。

那晚把想到的都写出来了，写完一看，线条很清晰。

我并未表示赞同，说，人精神上的迷惑和混乱，成因往往很复杂，我们可能只是找到一部分原因。甚至找到一个因也没有那么重要，主要是在找的过程中确认了自己想要改变和新生的信念。

他附和着，当然，拎出来线条只是第一步，难的是怎样不走回老路。

我建议道，有些情况下一旦发觉自己正往熟悉的情境里滑行，意识马上接管过来，强行中止。多试几次，一次奏效有了正面的体验，以后就容易应对了。

我记下了，等着试试这个方法。对了庄老师，我再请教一个问题，像我这种情况，焦虑变成常态了，每天总感觉很累，工作不忙的时候也又困又乏，有什么办法改善一下吗？

我了解他的情况，对他来说焦虑不是那个谁都能随意说出的流行词，而是实实在在的折磨。手头没有事，身体坐下来了，周围也没有别人，却还是感觉闹哄哄的，为什么？因为思维太可怕了，它不停止你就没法得到真正的休息，为了片刻的宁静，人们想过多少办法呀。

该怎么描述呢？这样说吧，我每一秒都活在下一秒，脑子里一个念头挤开另一个念头，成千上万个念头不停翻涌，太累了。还有一些时候会突然全身发抖，心脏猛烈地跳，好像要跳出喉咙离开身体，跟快要死了一样。他补充道。

焦虑是表象，是次生情绪，关键要认识到引发焦虑的源头。另外，焦虑漫上来的时候，你会看到什么画面或听见什么声音吗？我问。

有声音，是秒针咔嗒咔嗒的声音，这声音一响好像就永远不会停。我静不下来，坐也不是，站也不是。

我点点头，说，感觉自己精力好脑子清楚的时候，分析一下为什么会听到这个声音。至于方法上，瑜伽的冥想，道家佛家的打坐，都会有帮助，心理学上的正念练习也已成为很受重视的治疗方法，有个常用的小办法，数呼吸，有的心理学家认为数呼吸和焦虑不可能同时发生。你找找这方面的书，按步骤来练习练习。

可以练习是吧？

试一试，正念练习不是包治百病的特效药，每个生命都是独特的，人和人太不一样了，调节的办法因人而异，慢慢摸索吧。我犹豫着，要不，我分享一下个人体验？

他坐直了身子。

我说，旅行的时候，有些美景来得出其不意，它撞进生命的那个瞬间，我活着却忘了自己活着，既融合又出离，既迟钝又敏锐得不可思议。出神和忘我之后是大自在，是真休息，感觉特别满足，感觉还有太多未知的好处等着我去发现和喜爱，继续生活的兴致就很高昂。

他说，太神秘了。

我有些沮丧，嘴里却鼓励着，江恺，有一天你也会体验到的。

心理学上对人的这种状态有很多研究，我刻意不援引理论，更不想启用多巴胺、皮质醇等名词，从神经机制的角度来说明背后可能的原理，那些美妙的瞬间，不能求取也无须解释。风，阳光，景物，乐曲，一段文字，生活中的一个偶然，都有可能把我们带到那个安静的地方，从那里走出来的人，身上会焕发着异样的光彩。

既不玄妙也不灵异，只是需要一些机缘。

## 7

接下来的一次咨询还是一小时。

这次刚上来他就有点不在状态，眼神游移，说话总重复。我不逼问他什么，只是暗中放缓了节奏。后面他寻着个空当说，过两天要回趟老家，请假手续已经办好了。

家里有事吗？我问。

有事。外婆心衰住院，住院的时候没通知我，现在好转些，出院搬到我姨家了，我妈才告诉我。

那就回去看看吧。

怪怪的。最近这些年回家都是因为有人生病。前年我爸喝酒摔伤了胯骨，还有一次是奶奶感冒转成肺炎，在医院里住了些日子，我陪床陪了几天。我跟我妈很久没打电话了，她一打电话，我接通之前就在想，是不是又有人住院了。

很少打电话？

不知道该聊什么，更怵头回家，很怕见到他们，很怕当面跟他们说话。

我说，洛阳是个让人神往的地方，我还没去过呢。说完了，我察觉到自己竟然期待地看着他，心里的想法就此清晰起来。

他说，并不是想象中的样子。大概地下还属于古代吧，地上满街连锁，就连仿古也跟别处无异，工艺是差不多的。

龙门石窟该去看看。我说。他看看我，似乎想接句话，张张嘴又合上了。

为了避免在停车场再碰见来访者，我一般会迟些下去。发动好车子，要开出停车位的时候，远远地，两道车灯打过来，接着一辆宝石红色的车子驶近，车窗降下一半，江恺露出头来，要不，我给你当个导游，庄老师？

我打开车门，走下来说，谢谢你，江恺。

开出停车场，很快驶上一条沿着海湾修建的快速路，道路两边的灯被一盏盏抛在后面，仪表盘上的数字跳动着，我发现自己越开越快。脚离开一点儿油门，车速慢下来，心里依然很乱。洛阳之行我将以何种身份出现呢？心理咨询师不是神仙不是救星也不是导师或朋友，我无法预见多重关系会为治疗带来什么，这让我觉得危机四伏。也不是头一回了，接访江恺的过程中一次又一次破例，也许在职业生涯的末期，我不想再自欺再使用最省劲儿的办法，一个熟极而流的套路化和市场化的诊疗程序，那样只是可以较快地显现效果，并确保咨询师在惯性中舒适滑行。变换一种方式，来访者可能会有更大改善，很多心理学家的治疗不是完全靠一个模子，而是尊重随机和偶然，也并不避讳跟亲友的接触交流。那种治疗方法古典从容，跟谋生无关，跟今天通行的职业规范也是抵牾的，却是倾尽了努力让一个生命最大限度地自如地活下去。心理学学派众多，任何一个天才的心理学家都有能力开创几种分析诊疗的方法，杰出的心理医生则会为每位病人制定独特的治疗方案。为了让来到世间的生命少一点成长的伤痛，让父母们养育孩子时少一点蒙昧，温尼科特耗费毕生精力研究上万名婴儿，细致观察母婴之间的相互作用。科胡特、克莱因、贝克、马斯洛、霍妮，他们终日面对着遗忘、防卫、不诚实的对象，在不可知论的压力下试着了解人类解脱人类。想着想着，我心里有了支撑，力量慢慢回来了。

8

几天后，我跟江恺在高铁站会面。上了车，我们第一次并排而坐。江恺低头看看车票，说想起来了，刚结婚时我跟小雪也是坐这趟车回老家的。

我记得于小雪说租了房子准备搬出去，不知道现在怎么样了。忽然想到另一个女人，一个中年将尽的来访者，在即将步入暮年的时候她坐在我对面，总结自己的婚姻：二十多岁时离开原来的家庭组建了另外一个家庭，以为新生活要开始了，那时不知道这是人世间最难的事情之一。一晃几十年，经历了成千上万次争吵，到头来，说到底，是被一个非亲非故的人平白折磨了这么多年。

于小雪会不会也这样走入暮年？想到这里，我看江恺一眼，他正望着车窗外面。

起先高速列车在多山的地方行进，穿过一个个高大的山洞，接着地势平缓了，只剩几座线条圆润的小山娇憨地站立着，溪流缓慢婉转地流向远处。时值仲春，水田和菜畦笼着轻烟般的绿，水墨的风韵，不像盛夏时绿得那样实，那样有筋骨。

中午吃完盒饭，江恺闭上眼睛休息，我也歪在座位上打盹儿。半睡半醒间，我听见耳边的呼吸声急促起来，转过头去，正好迎上他睁大的眼睛。

怎么了？哪里不舒服？我问他。

他把手掌覆在额头上，半天才调匀呼吸。他凑近我，低声说，越往北走越害怕，之前看过的恐怖片都浮现出来了。一闭眼就看到《断头谷》里的场景，到处是浓雾，树林里跑出来一匹马，闪电划过，一下子看清骑马的人没有头。无头人全身铠甲，手里拿着长柄利斧，他在追杀我。我跑到一棵树下，看见一颗颗头颅从树根下滚出来，脖颈处的断茬还滴着血，血珠慢慢渗进泥土，地也变红了。电闪雷鸣的，暴雨落下来，雨水混合着血，汪起一个个血红色的水洼。

太真切了，跑得喘不上气来。他摇着头又摸摸袖子，那么大的雨，衣服居然没有湿。

我本想问个究竟，看到他虚脱的样子，加上此时又在疾驰的密闭列车里，只得按捺下来，起身帮他接了一杯热水。他疲惫地望着窗外，河流，田野，远处的民居，不停地往后掠。我知道他不在这里，不在这节车厢里，他又奋不顾身地沉浸到了某个特定的情境里，置身于他竭力想忘记的一段过往中。我想起他在一次咨询中问过的问题：怎样才能获得他人的爱？我没有正面回答，只是告诉他，从你生下来到现在这一刻，肯定有很多人爱过你或正在爱着你。其实我想说的是，真正的爱无法获得或赢取。我还有一个猜测，他话里的"他人"也许可以换成另外的词：

母亲。

快进洛阳站了，他站起来取行李，行李箱很重，我帮他接了一下。取下行李，他呼出一口气，好像终于下定决心，说，我没告诉他们，我爸妈，没告诉他们今天回来。之前拿不定主意，没想好这次回来见不见面，刚才经历一次追杀，我决定了，看完外婆就走。

一时不知道该怎么接话。他提议在龙门石窟附近找家酒店住下，我说都听你安排，问他什么时候去探望，回答说明天上午。

到了酒店，天色尚早，他说，庄老师累不累？安顿好可以去石窟转转，走几步路就到了。我点点头，说去转转吧。其实他刚经历了梦境中的一次猎杀，肯定比我疲惫多了，他只是撑着一口气想早些带我游览。

9

站在石窟门口望过去，成千上万的石刻佛像沿着伊河东岸逶迤而来。

光滑的崖面往里掏，掏出来凹型的佛龛，凿锤对着大块的岩石，凿下不是佛像的部分，佛，就出现了。巨大的佛像跟山体似断还连，只能仰望，低处的岩石上，数不清的小造像依着山势密密排列着，小佛像只有几厘米那么高，却依然让人觉得壮丽。

江恺一路介绍着，哪一尊是精品，什么年代，有何特色。他说记不清来过多少回了。又走了几十步路，他指指前面，快到了，龙门最大的一尊佛。

我们来到卢舍那大佛面前。此处游人最多，导游被扩音装备放大的声音此起彼伏，几个历史人物的名字不断被提及。我没有细听传说，仰头看去，看到大佛融进了山石中，她是菩萨，她也仍然是半座山。我被她的神情迷住了，忘记了她是石头，奇异的感觉涌上来，好像我无论移动到哪个位置，她的目光都像暖煦的风一样吹拂过来。还记得有一年去西安散心，见到秦陵深埋在地下的永生军团，一个个高大的陶俑，斜斜地扎着发髻，没有眼珠和瞳仁，永远无法与之对视，看着看着一股凉意顺着脊背爬上了后脑勺，大夏天的，我打了个大大的冷战。

不是为了旅行而来，此时游兴却真上来了，问江恺能不能再去白马寺，他看看表，说赶过去试一试。

来到白马寺，寺门关着，已经闭门谢客。我们沿着赭红色的围墙走了走，暮色渐渐围上来。灯光疏疏落落地亮起，不远处是一家小酒馆。

郊野之地，路上车辆很少，行人也零零星星，天黑下来，是荒村一般的寥落清寂。进到小酒馆里，我们商量着点菜，芹菜炝花生米，小酥肉，焦炸丸子，蒸槐花，主食要了半打锅贴。菜单翻过来看到有糯米酒，我问他，喝点酒吗？他笑笑，度数不高可以。

很快，店家温了一壶酒上来，酒壶旁是一个小瓷碟，放着干桂花。我先把酒倒在杯子里，再撒上厚厚一层桂花。乳白色叠着金黄色，米酒的酒香托着桂花的甜香，在不大的屋子里漫溢着。

热酒入口顺滑，跟酥肉、丸子和闲聊也相宜，我们又要了一壶。北方初春的夜晚还有些清寒，喝了几杯酒身体才暖和起来。我拈着酒杯，想起大佛的面容，嘴角浮现出笑意。

笑什么呢？江恺问。

我说，江恺，你去过很多次石窟了，给我说说，你在大佛脸上看到了什么？

很庄重，庄重里还有点亲切。他说。

嗯，庄重，亲切，还有吗？想想她的衣服。

衣服，衣服是袈裟，石头的袈裟。江恺有些出神。

对，石头袈裟，是石头吗？

不是。他仰头喝下一杯酒，手拿着酒杯在桌子上画圈，说，是石头也不是石头。

我回忆雕像的每一个细节，心里不住地赞叹，大佛的通肩袈裟像随手捋起水的波纹，披在身上，衣纹悬垂着，一道道绵软自然的弧线，看不到任何峻急紧张的转折。

石头凝固下来的是什么？说说你的感觉。我继续跟他探讨。

他说，垂感。

会不会还有一个词可以替代？我说。

他捏住眉心，让我想想。

石头凝固下来的，是松弛。他说。

对，那是石佛最好的状态，也是人最好的状态。玻璃门上起了一层雾气，隔开小酒馆和外面茫茫的夜。我看见，他耸着的双肩渐渐沉下去，脖子出来了，变长了。

他低下头，盯着自己的脚，惊讶地张大嘴，说你看，脚在使劲儿，我的脚居然在使劲儿，明明喝着酒说着话呀，使劲儿干吗呢？我循着他的视线见到桌下的一只脚，只有前脚掌着地，隔着鞋子仿佛也能看到，他的足弓绷紧，脚趾在用力抠地。

脚慢慢放平了。

原来我一直是这样的，像剑拔出来，弓拉得满满的。江恺不敢相信。

过了一会儿，他说，下雨了。我用手抹抹玻璃上的雾气，向外看去，只看到一小框黑夜。

他吸吸鼻子，下了，我闻见雨味了。

杯中米酒，安安静静地待着，慢慢地，上面澄出一层透明的清汁。半晌，雨点才稀稀疏疏地落下来，闷声打在地上，似乎数得清。渐渐地，雨点小了也密了，像簌簌落下无数粟米般的小花蕾。

刚才好像去了一个地方，从没去过的地方，那里太寂静了。他的神情恍恍惚惚的。我不去打搅他，等待他彻底回过神来。又过一会儿，他说，不知道该怎么描述那种心安的感觉，很陌生，也很美妙。

我点点头。好长一段时间了，故去的儿子没有再出现在梦境里，他好像走了，真的走远了。

咱们接着聊吧，庄老师。

又加上一份牛肉汤，就着热腾腾的汤，我继续跟他闲聊。文章、书法、琴曲都能看到背后的人，至少看到人某个时期的状态，他是焦灼的还是安详的，生硬的还是柔软的，甚至于能感觉到他的气，他呼吸的长短和轻重。比如说有的文字整篇读下来，能感觉到作者气短气促，因为文章也在呼哧呼哧大喘气；还有的文字一惊一乍，吸引，当然吸引，就像字里行间伸出一只手，强拉着你走。再说说女人的美。有的女孩子认为优雅是摆出来的、拧出来的，是对抗出来的，其实自然放松的时候才可能谈得上好看，骨架舒展，脊柱曲度正常，挺胸抬头不但不累，反而是最舒适的。

人的体态以及面庞的纹路走向里，几乎储存刻印着过往所有的情绪和心理习惯，那些恐惧和焦灼并没有倏忽而逝，而是以另一种方式日久天长地凝结了下来。

走出小酒馆时，我才意识到刚刚是一次艺术治疗，没有感觉到它的开始也没有感觉到它的进行，概念和知识隐去，点、节奏、设计、目标皆不明晰，即兴而偶然。

我也很久没这么松弛了。

躺在酒店的白色大床上，江恺的话还在耳边回荡。细雨潇潇，一灯如豆，木桌木椅，酒菜温热，门外传来鸟儿振翅飞过的声响，过后天地俱寂，更是悠然神远。他环顾四周，说，我这些年，就是这样的时刻太少了，太少了。

## 10

酒店的餐厅供应自助早餐，我端着盘子一圈走下来，盘子里有了白煮蛋、香肠、青菜和切成小块的油条。放好盘子，想起粥还没盛，去盛了一碗小米粥，顺手接一杯豆浆，往回走的时候，江恺进来了，他看见我，示意我先找位置坐下。

上午他计划看望外婆，我是跟着去还是自己游览洛阳，昨天没有商议，也是怕他拒绝，我故意没有提及。他取餐坐下，我想着既然吃早饭遇见，正好也就一起去了。

为了表弟上学近，我姨没往楼上搬，住的还是平房小院。老人家心里恋着住平房，出院才同意过去的。我家住在高楼层，外婆才不肯来呢。江恺一路说着，很快出租车在一个胡同前停下来。

胡同很深，往里走了几十米，江恺仔细看看大门，辨认一下，说是这里。

开门的是一个有点年纪的女人，短发，体胖，毛衣在身上匝出来一个圈一个圈的。她袖子挽着，手上沾满白沫，好像正在洗东西。江恺愣一下，叫声阿姨，女人看看他，摇头表示不认识。江恺说，王莉是我小姨。女人哦了一声，把门完全打开来，说都上班去了，就我跟老太太在家，我姓徐。

徐阿姨，我从外地赶回来看看我外婆。江恺边说边往里走，我跟在他身后。

院子方方正正，中间垦出一块松软的菜地，蔓着菜苗，搭着黄瓜架和扁豆架，一大一小两只狸猫在院子一角的香椿树下躺着。女人把我们引到东头的房间，转身离开了。江恺快步走进去，我跟着迈步，随即又缩回腿来，就站在门口往里看。

老人坐在床沿上。毕竟是八十岁的老人了，认出外孙，话跟不上，吃力地咳出几个音节。江恺跟她说话，她也听不清。我试着根据她的脸想象江恺妈妈的模样，然而这张脸已没有清晰的轮廓，眉毛掉光只剩下浅浅的白印子，眼皮垂下来几乎覆盖住眼珠。透过眼皮没遮住的不规则的两条缝儿，她定定地看着江恺。

江恺坐在她身边，说歇着吧，外婆，咱不说话了。阳光铺在床上，老人眯上了眼睛。江恺轻轻站起来，从背包里往外拿东西，一一放在桌子上，奶粉、蛋白粉、钙片、蜂胶、花旗参、一套保暖内衣。还有一只智能手表，这种手表可以测血压、呼救，我在商场见过。他拿着手表回到床沿，戴在外婆手腕上，她还是没有醒，他就握着她的手，不言不语地看着她。老人猛地醒过来，两人又开始说话，翻来覆去那几句，她听不清，他也听不清。

老人指指屋角，一个简易马桶放在那里。她站起来，江恺赶紧扶着，她挪一步，江恺挪一步。她并不胖，坐下去时身子却显得很沉，重重地砸在马桶圈上。她解完小手，继续坐着，好像解小手就用光了力气，只能在马桶上坐着攒劲儿。好大一会儿她表示可以站起来了，江恺两手放在她的腋下，几乎是把她叉起来的。她喘息片刻，抓着江恺的胳膊往回走，更慢了，一顿一挫地挪着。我看看手机，在这房间里一来一回居然耗去二十多分钟。

日光一点点移动着，月季花的影子印在窗玻璃上，老人的头缓缓垂到胸前。

他蹑手蹑脚地走出来，我们一起来到院子中央。江恺不住地摇头，说前年还不是这样的，能打牌能上街买菜，老人老起来太快了。

徐阿姨在偏房里忙活，见到我们就推开偏房的小窗户，探着身子说，中午陪你婆吃饭吧？我多收拾几个菜。

不了。他高声说，又转头低声向我耳语，一会儿我姨我姨夫该下班了，咱先走。

女人说怎么不吃饭呀，追出来送。看她掩上门，我们才往外走。

在胡同里走了一小段，江恺忽然停下来，往后退几步。胡同口迎面走来两个人，一前一后，都推着电动车。江恺转身看看大门，已经关上，又往胡同另一头看，堵死的，他双手抓着背包的肩带，一下子紧张起来。我把手轻轻搭在他的背上，怎么了，江恺？

我看着他，很明显他想飞走却少生了一对翅膀，他出了一身大汗。

那两个人走近，走在前面的是个女人，嘴里叫着江恺的名字。

你们怎么来了？江恺沉着脸。

你姨叫我们过来一起吃饭。女人看到江恺的脸色，有些畏惧的样子，说，她不知道，不，你不是还没买上票吗？你姨不知道，我们不知道你回来。

我倒是听明白了，也猜到他们是谁了。料想是保姆通知主家有客来，主家再往下张罗，就把他俩张罗上了。江恺好像受到很大伤害，说，谁要吃饭，走了。

女人嘴里说这孩子，不停地拿眼觑看江恺，畏畏缩缩的。他厌烦地别过头去，闭上眼睛又睁开，忽然迈开步子从两辆电动车之间走过去。

江恺。

女人的声音怯怯的，尾音细弱，可能只有她自己听得见。

江恺停住步子，肩膀一耸一耸地大口呼吸，忽地回过头来，我们都吓了一跳。他脸涨得通红，嘴唇哆嗦着，我不知道他要说什么，只能等着。

他咬着牙说，爸，你这辈子真亏了。

音量不大，一字一顿，硬，刺耳，没头没脑，却又直奔靶心。我没想到是这句话，接着才注意到推另外一辆电动车的男人。男人穿着三粒扣羊毛背心和深色西裤，普通的长相，头发黑白掺杂，北方中年男人差不多都是这个样子的。

这话是不能单独出现的，前头必然有很多很多句，这句话开裂的地方，不尽之意汩汩往外冒。

江恺嘴里说着你别逼我了，跌跌撞撞地走出胡同。我看着他的背影，又看看他泥塑般呆立的父母，辛酸一波波淹上来，怎么也压不下去。胡同夹道里，不知谁家的一棵玉兰树，长长的枝条伸出院墙，在半空中一颤一颤的，顶上的花开了，花瓣像莹润的白玉片子，底下花苞鼓鼓的也快绽开了。

你是？不知过了多久，女人问起来。

江恺的同事，办公室挨着，我姓庄，碰巧来洛阳出差。我撒了个谎。刚才我注意到，江恺看见她时倒退几步，她也一样在认清楚江恺时，往后退了两步，踌躇一下才继续往前走。

她点点头，尴尬地笑笑，说，真是怕了他了。话头随即一转，来家里坐坐吗？

这次来洛阳是想借机见见江恺的父母，甚至以为我能一力促成双方的和解，昨天江恺说不回家时我还有点失望，没想到今天在这种情况下见面，一时劲头儿也不大了。

挣扎片刻，我说方便的话就去家里，随便聊聊。

## 11

两人一路引着我来到小区。小区的建筑物很疏朗，花园开阔，种着些合欢、夹竹桃、石榴、垂丝海棠，地上除了草坪还有大片的毛杜鹃和矮牵牛。水系景观也愉人眼目，防腐木的平台，曲水游廊连起几座小巧的六角凉亭，岸边随意散落着几块景观石，流水潺潺，红红白白的锦鲤在硬币大小的绿萍间游弋。江恺妈妈还未从打击中恢复过来，放好电动车，上楼的时候走错楼道，丈夫喊她也没听见，自己觉出来才慌忙往后退。

她邀请我倒不是随口客套，是巴不得跟熟悉儿子的人聊聊天，掌握些情况，求个安心。

我坐在沙发上，左右看看，好像哪里有点不对劲儿。我装作很感兴趣的样子，说参观一下装修吧。江妈站起来，说哪里装修了，能住人就行。先来到江恺的房间，她说搬过家，这里的布置还跟江恺小时候差不多。一个老式的写字台挨着窗户，写字台桌面和两侧粘满贴画，我凑近看，贴画不是年深日久磨出来的那种斑驳，看上去像被人大力撕过，彩色图案和白色粘胶一条一条交错着，隐约还能看出一点变形金刚和足球小将的图案。单人床上的被褥卷着，露出下面的床板，床旁边是书橱，透过书橱玻璃能看到一排排题典。我拉开玻璃仔细看，除了题典还码放着一厚本一厚本的模拟试题，都是土黄色的书脊。衣柜贴墙放着，也许柜门后面就存放着江恺的各种小物件？珍藏着童年记忆、散发出私人气息的小物件。趁江妈背对着我往外走，我打开一扇柜门往里看，见柜子一角放着塑料绳捆扎在一起的书，匆匆一瞥，最上面一本《圣斗士星矢》的封面是一片一片的，被透明胶布粘了起来，还是可以看出曾经碎裂的样子。

跟着江妈往外走，忍不住回头再看一眼，窗帘半掩着，屋里有些暗。

接下来我说参观房子的格局就行，只在房间门口张望张望。陈设都差不多，东西很少，一点儿杂物也看不见，每个房间都有钟表，卧室里最多，似乎有三个。

再回到客厅，江爸不见了，想是趁机逃脱躲进了房间。江妈坐下来，叹口气说，别人家的儿女越长越成熟，江恺快三十的人，越来越孩子气。这孩子变了，不敢认了。

孩子气也不是什么坏事。我说。

他在单位怎么样？

挺优秀的。我有意使用这个词。

江妈脸上有喜色，说，从小就是小大人，坚强，懂事，学习好，从不弄鬼掉猴的。我年轻时气性大爱着急，有一回趴在床上生闷气，他呜呜哭着给我端来搪瓷杯，妈你吃点方便面吧。我接过杯子，一摸杯子壁是凉的，原来他用凉水泡的面，我一下就笑了。

我笑不出来，仿佛看到了那时的江恺，一个安慰母亲的小男孩，一个照顾大人情绪的小男孩。

知道邻居们怎么夸他吗？到现在我还记着，说这是个英雄孩子。

小英雄江恺。我环顾客厅，想找到一张江恺儿时的照片，白墙上什么都没有挂，电视柜上只有一个关着的机顶盒，指示灯没有亮。

江恺小时候可不像现在这么木讷，聪明机灵着呢，那时候说起神童来，江恺也算一个。

我露出一丝苦笑。多年的咨询经历让我有机会看清背后的底细，很多所谓的聪明小孩，不过是因为成长环境恶劣，时刻准备着应变而不得不警醒聪明。一个孩子哪里需要这么多聪明，孩子要是像个孩子，该有多好。

她继续说，一直到他考上学，没操过心也没感觉到什么叛逆期，平平顺顺过来了，那些年过得真快。她喜欢回忆，说起来就停不住。她想使劲儿拉着我，在那段日子里多转悠一会儿，那段日子里，江恺身兼金童、尖子生、小天使数职。

阳台上的衣架被风吹得砰砰乱晃，我心里隐隐的感觉变得更加清晰。我说，这么大个阳台，前面又没遮挡，光照充足，怎么不养点花？

她愣一下，嘴里含混地说小区有花，很快扭回正轨，说，江恺呀，那些年真是争气。

后来呢？

后来，后来不知怎么回事就大变样了，我对他的希望不像以前那样容易实现了。

你对他能有什么希望，就是母亲对儿子的希望吧。我说。

我希望也没用，他这些年不太顺。小学、初中、高中都挺顺，接下来在大学、在社会上反而磕磕绊绊的。他说自己没什么朋友，也看不到什么希望，一个年轻人怎么能说这样的丧气话呢？他的眼神也变了，小时候眼睛里晃着两个小太阳，一看就是个热诚孩子，现在冷冰冰的，让人见了就想躲开。

她忽然想到什么，说，跟真事儿一样，前一阵子给我写信，打印出来寄给我，说一打电话就吵架，说不透。有什么好说的，他就是不孝顺，他就是烦我，我喘气儿都有错。

信上怎么说？

神神道道的，看心理咨询什么的。我打听了，什么咨询，是哄着他说小时候的事，全赖在父母身上。他这么大个人，对自己就没有责任吗？简直走火入魔了，就会埋怨我，说我没有灵魂，活得不真实，好像我是那种很坏的女人。冤呀，没处说呀，到现在我都不知道哪些地方做错了，想破脑袋都不知道。我这辈子什么也没做就培养了一个孩子，孩子竟然说我猎杀他，你看这用词，我不过稍微严厉些，管得贴一些，当妈的不都这样，也没见人家的孩子活不成。

她看着我，寻求支持，你说是不是？孩子来了，说来就来，谁天生会做母亲的？

我小心地看她一眼，她周身似乎没有多少热乎气儿，看上去又扁扁的，没有长宽高，像个小黑点在茫茫的水面上晃荡漂浮。我听懂了江恺的那句话，并非指向男男女女那方面的，他另有所指，她根本没听懂地臊红了脸。刚才一进门我就感觉冷感觉不舒服，对这样一个家庭来说，屋里少了点什么，这个少，并不牵连着钱的困窘。屋里干干净净却没有一盆花草，哪怕一盆仙人掌或一盆枯死的花，也无装饰品，或好看一些的生活用具，色彩也单调，望过去一片灰扑扑的。跟朴素无关，是荒芜的气息，草草的，不知道在往前赶着什么。因为莫名的惶急，一切刚好够用就行，准确得吓人，闲置在这里是不被忍受的，热情、快乐，也嫌多余。

在这个叫作家的地方，发生过很多无人在意的小事，它们伏脉千里地决定着成年江恺的一举一动。注意到我在打量四周，她说，我从年轻就喜欢素净。

她是能说会道的女人，颇善敷衍，也会做戏，眼角眉梢藏不住的却是冷淡，对此刻活着的冷淡。她坐在我旁边，但感觉上她并不在这里。她的积极和机警不过是浮泛的一层壳，里头空空的。她的动作表情里藏着作为一个生命体的深深的懒怠和疲倦，岑寂的绝望如穹顶般低低地笼罩着。我仿佛能看见她独坐在漫长的光阴里，像在默默忍受某种酷刑。

我向她推荐通俗一点的心理学书籍，她笑笑说，咱把年纪别上这个当了。我说，也可以翻翻《金刚经》。她说，小区里现在入教的不少。

我再次问起信的内容，她不愿多提，说好几次想回封信，又觉得不过是换一种方式吵嘴，没有新鲜的话要说，还是算了。

她失神地望着窗外，说，那些年，不用问不用多说话，我只要看他一眼，就一眼，他就知道哪些该做，哪些不该做。我也不怎么动手打他，不用动手，我只要不高兴，不理他，他自己就慌得跟没魂儿一样。

一只小飞虫从窗户里飞进来，很快不见了踪影。过了一会儿，屋子里面光线暗的地方，出现一个绿莹莹的光点，晃动着，忽地，绿色光点一闪而过，消失在明亮的地方。

我坐在她身边，虽然她并不认为自己需要陪伴，我还是想陪她坐一会儿，就像陪着那些在深渊里挣扎渴望得救的来访者一样。他们总是坐在我对面，有的不会哭也不会笑，有的天黑下来就如大难临头，好不容易熬过去一晚，第二天还必须一切如常地上班，有的一闲下来就觉得心慌，不停地干事，不停地制造高潮，目标达成之后却一片虚空，更加难受。

她背着光坐在椅子上，双手从两腿间垂下去。半天，她抬起一张凄苦黯淡的脸，叹口气说，变了，世道变了，让我赶上了。

会好起来的，日子总会好起来的。我宽慰着她。这会儿我不想跟她争辩，更不想指点或责备她，想着这辈子大概只能见这一面，我就想把身上的暖意尽可能分给她，把信心也传递给她。我是真有信心，她儿子多善良呀，咨询的时候也有意无意地替她打了那么多掩护。

她霍地站起来，吓了我一跳。她死死盯着墙上的表，惊叫着怎么一晃就十二点多了。接着她很慢很慢地重新坐下去，低声说，又该做饭吃饭了，这日子过着，真是麻烦呀。

锦鲤游得很快，摆动的尾巴像一抹抹大红颜料在水里化开了。跟江妈道完别，我在水池边坐下来。水清且浅，阳光透下去，池子里晃晃荡荡的满是光。池中央有一棵睡莲，从茎中伸出来的长长的根，在水中一条条清楚分明。两朵莲花挺出水面，一朵年轻，一朵不太年轻了，一朵是蓝色的，一朵是紫色的。几只小乌龟趴在睡莲叶子上，一动不动地晒太阳。鱼在水里游弋，乌龟在叶子上晒太阳，天空和云彩也映在池中。我仰起脸来透过树枝的缝隙望着天空，北方的天空总显得更高远一些，我这才长呼出一口气。

出现在街头巷尾的江妈是一个看不出任何异常的妈妈，就是这个正常让我憋闷得透不过气来。一个多么常见的家庭，粗粗一看还是个好家庭，夫妻俩都有安稳体面的工作，几十年没病没灾过下来了，孩子学习好有出息，在大城市安顿住了，这看似完满的一切却让我感到深深的惋惜。江妈上面，我看到一条粗大的脉络从遥远的地方延续下来，江妈只是其中的一环，江妈背后，深厚久远的传统巍然而立，押着她，押着许许多多的生命。

她送我时说了最后一句话，江恺迟早要后悔的，后悔对我大吼大叫，等我死了他会扑在棺材上大哭，后悔我活着的时候对我不够好。

## 12

洛阳春天的牡丹不可辜负,看到真牡丹便觉得这些年受了国画的骗。阳光下的欧碧如薄薄的绿玻璃一轮轮叠着,一串由轻到重的铃声,清新鲜灵得让人忘了它其实也是富丽的。自然年年都开,见到的一刹那却恍惚觉得这是它的第一次开放。

在牡丹园里接到江恺的电话,他说又没控制住,真抱歉。我告诉他,不用控制,不用道歉。他当日就离开了,这会儿通话已是两天后。我说起信件,他才知道那天我去了他家。他问你们聊什么了,我不知该从哪里谈起,直到挂了电话,他也没再提起信件的事情。

回到酒店,看到前台站着一个人,在跟接待员说着什么,是江恺的父亲。我以为他是来找我的,正想上前,见接待员从存放柜里拿出几样东西放在台面上,一样一样都很熟悉,探望外婆时带的礼物,江恺给父母也备了一份,不同的是,父母这边还多送了几本书。接待员把东西一股脑儿放在酒店的袋子里,递给江恺父亲,我退几步躲到旁边的旅游纪念品商店里,看着他拎着袋子匆匆离开。

回程的高铁上接到江恺的短信,问我什么时候回去,想预约下一次咨询。我又谈起信件并给了他邮箱,他回复,庄老师,我需要时间想想。

到家已是深夜,一进门发现窗边的虎尾兰跟走的时候不一样了,整体好像长高了些,新的叶片从土里钻出来,叶子微微卷成一个小筒,还没有完全舒展开。接着我朝沙发看过去,毛绒动物们坐在宽大松软的沙发背上,白色鬃毛的马驹,大眼睛的小狮子,火红的狐狸,套着毛背心的绵羊,两只手牵着手的柴犬,猴子呢,它向一边歪倒了,我走过去,把歪倒的猴子扶坐起来,把它的黑色呢帽也正了正。我在客厅里陪着所有物件坐了一会儿才转到卧室里,临睡前看看邮箱,一堆未读邮件,却没有我等的那一封。

　　休息过来也没去单位，隔壁的刘先生知道我回来了，拉着我爬山、打壁球、逛茶叶展会。他开着一家中药店，有些年份了，进货的时候自己忙一阵子，平时有人看店，他只是偶尔去转转。我们先是当邻居，不知不觉又成了玩伴，经常一起爬山也一起认识植物。刚知道我的职业时，他露出惊愕和担忧的表情，下一次见面他对我说，以后我们要多游泳。我说你今天怎么没头没脑的？他说，你天天泡在别人的苦水里，全是些避之不及的人和事，多大的折磨。我这才领会到他的意思，收下了这份关心并告诉他，我有督导师和自我体验师，他们是我的守护神。我想起咨询中心网站上对我的几行介绍，姓名、资历、受训背景以及咨询范围：压力和情绪调节，神经症，自我探索和个人成长，急性心理创伤。我差点儿忍不住告诉刘先生，挂在网站上面的名字并不是我的真名。

　　江恺预约的是周日晚上。我早早来到咨询室，把洛阳买的牡丹绢花插在藤筐里。花朵绣球般大，颜色是渐变的粉，只有一瓣显得各色，近于深红，像湿了的胭脂，红色冷不丁一大步跳到粉白，倒是一点儿也不呆。摁下音箱开关，一阵雁鸣声响起，远远地从云霄里传过来的鸣叫声，在长空中一梯一梯地往下走。CD里是七首古琴曲，看来上回听到《平沙落雁》了。音乐声中顺手打开电脑，一看邮箱，江恺的邮件躺在里头，两天前就发过来了。

　　愣怔一会儿，才点进去看。

　　妈，有一次给你打电话，没说几句气氛就变得冷而怪，你好像收藏了很多冷话和怪话，跃跃欲试地就等着找个机会说给我听。挂了电话我顺手拿起手边能拿到的东西，猛砸书桌一通。也是那天晚上我发现，桌子靠墙的一边儿光滑平整，靠我的一边儿全是大大小小的疤痕，一个小坑一个大坑的。

　　我坐在桌边回想这些年。大学的前几年浑浑噩噩，本以为考上大学就可以"做自己",可问题是我根本不知道自己是个啥。最后一年躲不过了,拼命学习补亏空,我知道我会考试,也通过考试找到了工作。工作后每天做着差不多的事情,往前一看,前头没有选拔性考试等着我,也没有传奇功业等着我去建立,一切都很平淡,我就提不起劲儿来了。零零碎碎的工作压迫着我,我情绪变得很差,就摆出一副很不好说话的样子,别人都怕跟我打交道。我盼着生病,这样就不用来上班了。过了不久,早晨醒来一下床,趴在了地板上,我真生病了,发高烧连续烧了几天,病好后我就换了工作。

找到新工作的最初我拼命表现,希望身边的人喜欢我欣赏我,表现了一阵又烦了。

空气里遍布铁钳,箍得我喘不上气来,很轻松的工作也会让我暴怒,稍有波折我就会很担心。我顶撞所有跟我商量事情的人,说别逼我了,别逼我了,他们都尽量少跟我打交道。我发脾气的样子很像你,就像你在替我生活。

接着,又到一个新单位。几个月后熟悉无比的感觉回来了,我既渴望被肯定,又讨厌别人指挥我命令我,很怕跟别人接触,好像任何小小的接触对我的生活都是一种打扰。我像一根绳子,被两个想法拔来拔去。我不知道该怎么办,感觉又要跟别人争吵,感觉又将大祸临头。我在本子上写道:江恺,记住,当心头升起一股烦躁时,不要再用习惯的方式去发泄和对抗。合上本子再翻开,妈你知道我看见什么了吗?我看见几段长得差不多的话,分布在本子的不同页码,原来这些话,早就一遍遍写过了。我没法逃避了,各种困境一股脑儿围过来,我游魂一样在屋里走,小雪看着我,她的眼神让我的心沉下去了,单位的人也是这么看我的。

你是谁?你怎么会变成这样呢?他们的眼神透露出这样的疑问。

我怎么会变成这样呢?那晚之后我开始看心理咨询,咨询师让我认知到,原来黑夜如此漫长,走了二十多年仍在原地转圈,原来成年后自以为自主生成的众多行为，都不过是对过去的延习和模仿。我总是回到我们家的老房子，爸在家里待不住，屋里就我们两个人。我坐在书桌前，紧张地用指甲划过桌面。你的目光落在我后背，像一块大石头。你好像浑身有用不完的劲儿，牙咬得紧紧的，双目灼灼地盯着我，表情无比坚毅。目标就在前头，我压抑着所有的愿望往前奔（我多想跟着几个小流氓在溜冰场边学跳太空步啊），让自己时刻处在极不自然的亢奋中。激荡的日子几年一个跃进，一个突破接着一个突破，我只有完成了才能得到你的爱，我只有成为一个完美的好孩子才能得到你的爱，我也随时准备迎接你的尖叫和哭泣，因为即使这样，你还是觉得慢，觉得不够好，你督促我尽快忘记怎么一步步地走，路，跳着过就行了。大部分时候你不说话只是沉默着，我也沉默着，沉默过后我躺在床上却感觉像刚刚经历了一场恶战。有时候我情愿你狠揍我一顿，也不要冷冷地不理我。否定，否定，否定，成块成块地投掷过来。忽冷忽热，冷和热都是过度的、激烈的、戏剧化的，极致的冷和极致的热。空气紧张得绷直了，我也绷直了，并就此逐渐失去了健全地活着所必须具备的弹性。

　　我终于离开你了。

　　我从未离开你。

　　有些东西，深藏在我的体内，用我觉察不到的方式决定我的命运。幽灵跟我寸步不离，牵引着我一次次回到熟悉的情境，我以为妈妈还在背后，鞭策着我干大事，一件接一件。再看看自己，长大了强壮了，能不依靠妈妈就活下去了，于是我把往日的怒火喷向现在。此时此刻压迫者并不存在，我这半生都在跟想象中的压迫者做斗争，这个百变的压迫者易容乔装，化身为工作制度和生活秩序，化身为某领导，化身为一个弱关系的朋友，也时常化身为某位萍水相逢的服务业人士。我跟他们斗争过后，那种熟悉的压抑感也回来了，我又不舒服了，我需要让自己不舒服。

还要多久才能穿过黑夜？我不知道但我一直没停住脚步。在电话里跟你谈过多次，你只有一种反应：不屑一顾。我说婴儿时期的母婴关系有可能决定一个人的终生命运，你说瞎编乱造，婴儿能懂什么记得什么。我说家庭生活中细如针尖的伤害代代相传且无人称之为伤害，也没有人愿意深究情绪剧烈波动的母亲对敏感的孩子来说意味着什么，你说家家难免的勺子碰锅沿怎么就成了伤害。我说想跳出旧有的模式换一种方式生活，你理解为"娶了媳妇，有了自己的家"，你至今认为我们关系恶化是因为于小雪的挑唆。事实上，于小雪让我知道活着不是一件不幸的事情，她鼓励我，鼓励我打扮打扮自己，用心挑件衣服，找好一点的理发师设计发型，以前总觉得我不配、我不行，现在我已经可以享受这个部分了。从认识小雪她就整天笑嘻嘻的，我喜欢她的笑，她的笑跟太阳光一样宝贵。有一阵子她不笑了，我知道为什么，当我感觉一切都没有希望时，我用沉默惩罚自己，也惩罚她。

妈，你也可以多笑笑，印象中你总是不高兴的，听到好消息也只是勉强笑一下，笑容很快消失，好像从来没见过你咧开嘴大笑。梦见你的时候，你孤身站在沙漠中，五官是往下走的，像受到格外强大的地心引力，简直是要往下流了。

你可能不理解我写下的这些话，没关系，不是为了让你承认些什么，更不是为了埋怨、懊悔和仇恨。这么多年来，你跟我一样疲惫，你跟我一样经受着说不出来的隐秘折磨，我们被困在一个共同的炼狱里。我经常在你脸上看到嫌弃的表情，我以为你是嫌弃我，后来才发现，你更多地是在嫌弃活着的自己。也许，我们可以一起尝试着认识层层包裹下真实的自己，一起尝试着分析为何我们浪费宝贵的生命一遍遍重演着相同的剧情，我盼望，不管在什么境况下咱俩都始终怀有努力生活和寻找快乐的意愿。

在大人们认为我什么都不懂的年纪里，我也清楚地知道，跟妈妈在一起很难受。但我多么想亲近你，你是我在这世上唯一能亲近的人。现在，我仍然想亲近你，闻闻你身上的气味，即使我五六十岁头发都白了，我还是想让你搂着我，白头发的你搂着白头发的我，我老了，但我还是有妈的人。多少次了，恨意突然涌上来，我再也不想服从和满足你，再也不想为了你迷茫中慌乱抓住的精神支柱而奋斗，这一切多么虚假。我像清除病毒一样大力删掉你，过不了多久又偷偷加上，也屏蔽过你，又忍不住想看看你的动态，再把你放出来，算不清楚，不知道重复过多少回了。一想到你流泪我心里就难受，爸说你大白天一个人躺在床上，脸对着房顶，不出声地流眼泪，我当时就像孩子一样哇哇大哭起来，我想马上回到老家，为你擦眼泪，帮你做一碗甜酒煮鸡蛋。想到有一天你会死，会被烧成灰埋在地下，我的心就像被剜出一个大洞，我妈呢世界上再也没有我妈了，大洞越变越大，直到整个人都空了。我也不见了。人只要还有妈，就有底气有胆子，就有恃无恐随时变成小孩子；没有妈，大概就会感受到彻彻底底的孤独吧。

母子关系会影响孩子的所有关系，会影响我看待世界的心态和目光，会影响我的生活信念。但最重要的永远都是现在，我知道任何关系都无法强行修复，我能做的是先对自己负责，学会敬畏日常，让生活成为能量的不竭源泉，再把从心底生出的活力和爱分享给别人，并在不久的将来分享给我的孩子。

看来是时候了，我为我的来访者感到高兴。

13

江恺走进来，右手捧一束鲜花，左手拎袋子，里头是两杯果汁。他问，庄老师，你喝火龙果汁还是苹果汁？

见到他手里的花我心里就明白了，看来想到一块儿去了。屋里没有花瓶，我说谢谢你的花，先放着，一会儿我带回家。选什么果汁呢？他问。我选了一杯火龙果汁。

最近在忙什么？

他说，平时上班，周末打游戏散步晒太阳，学着做几道新菜，还报了一个舞蹈班学跳太空舞。

能跳跳吗？

他打着响指轻轻摇晃身体，好像在找感觉，然后嘴里说着月球漫步，开始滑步，手顺势抬起来搭住虚拟的帽檐儿并往下压了压，一副怡然自得的样子。

我为他鼓掌。

他微笑着坐下来，说，现在你知道了吧庄老师，不是什么极端的成长环境，没有发生过特别可怕的事情，家里没有杀人犯也不是虐待和赤贫，只不过是家庭中一些习以为常的甚至被当作美谈的做法，还有一些无形却细密的罗网，再加上我个人的脆弱。

我说不是你的问题，往上追溯源头时我们会为事件本身的细小和随意感到惊讶，但孩子就是这样被细细碎碎地塑造成今天的模样。

接下来，他慢悠悠地谈起自己，后来过了很久我依然记得他平和的语气和坦然的眼神。

我是个特别守时的人。有一次在外面玩忘记回家吃饭，不记得我妈是怎么管教的了，只记得我从六岁起就养成守时的习惯，只要我妈让五点前回家，我肯定会在四点五十七到五点之间出现在她面前。我至今保持着这个习惯，跟人约好时间，哪怕穿越大半个城市，无论坐地铁还是开车，我都能提前三分钟到达，这是我妈给我的"天赋"。回想小时候在外面玩，玩的什么不记得了，只记得我隔几分钟就会问附近戴表的人现在是几点。

我是个缩手缩脚的人，好像周围的一切都很危险，我什么都不敢动。

有一年暑假在奶奶家住了几天，发现茶几、柜子可以随便碰触，所有的抽屉都可以拉开，我不敢相信，隔了几天才确信这是真的。我尽情把抽屉拉到最开，仔细摆弄里面的每件物品再关上，像探索完奇幻新世界一样满足。我想喊就喊，想跑就跑，想躺就躺，还有一群表弟表妹跟我一起疯。而在我家，抽屉是不许拉开的，茶几上的杯子是不许乱动的，沙发和床也不能随便躺。有一回放学的路上，下水道里跑出来一只老鼠，我看见老鼠忽然觉得很亲切，我跟它的神情是一模一样的。

我很小的时候就学会了察言观色和讲笑话。妈妈总是一脸不高兴，大部分时候我不知道原因，我想让她多笑一笑，我要成为家里那个活跃气氛的人，我要经常有好消息报告给她。她一黑着脸，我就羞愧我就恨自己。后来我累了，也习惯了家里的气氛，照镜子的时候，我的阴沉跟周围的阴沉是融在一起的。

有一段日子我特别矛盾，小学语文课上第一次学"敌人"这个词，老师解释完含义，我第一个想到的人是妈妈。接着就开始谴责自己，谴责自己是个道德品质败坏的孩子，妈妈给我生命，把我养活大，督促我上进，怎么能有这种想法呢？这念头一冒出来，我就扇自己耳光。

我从来不觉得自己能活长，好像随时会被抛到野外，孤零零死去。后来我发现，乖、学习好、当模范、被叔叔阿姨夸似乎能够保住我的命。再后来保命又如何呢？睁开眼睛的一刻，不知道自己存在的理由是什么，不知道属于自己的生趣在哪里，不知道接下来漫长的一天该怎么熬。我每天都比前一天多死一点。

现在呢？我问他。

我敢进厨房了敢摸炉灶了，我会提前腌上牛肉，腌一天一夜，第二天大火煮开再文火慢慢煨，我愿意等着，为几口就能吃完的一道菜等着，等候的过程让我很心安。对了庄老师，见过我妈了吧，她还有希望吗？我是说，她还有快乐起来的希望吗？

想起江妈来，我有些恍惚，这世上真有一个她吗？我看不清她的面目。她存在吗？真正喜欢些什么吗？她未经选择地笃信了一些价值，并错认为那就是苦心找寻到的意义，跟从那些价值已耗尽她的精力，还能为自己喜欢点什么呢？无论喜欢上什么都意味着源源不绝的付出，那需要蓬勃旺盛的真正的生命力。

我说见到了，现在心里还记挂着她，她始终在苦海里漂荡，日子太难过了。她受不了一天一天地过，想抢在时间前头做点什么，却把现在也弄没了。

他点点头，如果有个快进键，我妈会一键按下去让这一辈子赶紧过完。我也一样，中考的时候特别希望睡一觉半年过去，已经在高中了；高二时我又盼着睡一觉，一睁眼知道自己上了哪个大学，知道一个结果就行了。

江恺，你不是任何人的翻版，你一定要有信心。人活一世都爱询问意义，我觉得活着的意义是接受自己的缺陷但从不放弃自我完善，对咨询师来说终身成长更是职业需要。你妈妈的精神发育可能停顿在了某个时刻，再也没有觉察、更新和蜕变，奴役她的东西却不断强化，越来越膨胀，强大到吞噬了一个活泼泼的生命。

我有信心。痛苦了这么多年才明白，我要去生活，一天一天地过日子，越平淡的日子越值得认真过。人这辈子也没有一个万能的确定性的保证：我做到什么一切就都好了，反而我什么也做不到，什么也不是，我依然存在，依然会有人爱我珍视我。

那么……我看着他，希望他来说。

咨询可以暂时告一段落了。他说。

读完江恺的信我就长舒一口气，我为我的来访者感到高兴：他不再需要我了。卡伦·霍妮说解决心理问题好比翻大山，理想的情况是分析师只充当向导，指出最佳路线，现在江恺已经可以独自翻山了。不管这之后他还要经受多少次大同小异的反复的折磨，不管那个声音还会不会响起，调遣他，愚弄他，毕竟他敏锐地觉察到了生之困扰并决意袒露和改变，他怀有强烈的认识自己的愿望，他的生命会越来越清明通透。再说，还有一个爱他的生活伴侣呢，想起这对年轻人来我心里就暖暖的，眼神也变得温柔起来。眼前经常会出现一个画面：他们像童话中的两个孩子，一起穿过有巫婆和猛兽但也有很多美丽风景的大森林。

庄老师，能说说你最成功的一次治疗吗？

不能用成功来形容，说说最难忘的来访者吧。

大概五六年前她跟母亲一起来的，不，母亲扶着她来的。南方的暖冬穿毛衣足够了，她缩在大棉袄里勉强露出头来，脸上一点活人的生气和神采都没有。她母亲告诉我，女婿心梗说没就没了，结婚才三年，蜜一样的，没过够。她不吃不喝，有点力气就拿头撞墙，别人建议把她送进康宁医院，她母亲不同意，说先来看咨询，不行再送院。

你是怎么做的？

我什么也不能做，常规方法在突发和剧烈的精神刺激面前显得很拙劣，也很虚伪。她哭，我陪着她哭，能疏导一点算一点。私下跟她母亲说，打安定让她睡着觉。

接着，她一个人来，我还是由着她一遍遍倾诉，在纸上一遍遍写出来。亲人、好朋友，该说的都说了，别人毕竟有自己的生活，生死也挡不住太阳每天出来，我能做什么呢？就是听她重复地说，陪她哭一场再哭一场，鼓励她向前看、往下过，一秒一秒地往下过。

有一个时期她很认真地跟我谈起丈夫的去向，有时候说他封闭培训了，有时候说他去上海出差了，下周回家，还给她买了裙子、化妆品和几盒蟹壳黄。我认真听着，说真好真好，顺势跟她讨论美丽的衣服、好吃的东西、这个季节的树和花，她说她想起来了，出门时看见小区里的扶桑开了满树的花。我太高兴了，你知道这对她来说有多难吗？

后来，我在不引导宗教信仰的前提下跟她一起念《大悲咒》。你不用觉得奇怪，佛教和心理学殊途同归，都是安慰人、解脱人的，遇到过不去的大坎儿的时候宗教的作用更容易体现出来。

前后咨询了半年时间，她不再出现。

为什么难忘？

没想到还会再遇见她。前不久我跟几个朋友打羽毛球，打完拐进体育馆旁边的超市里买水。一进超市我就看见她推着一辆购物车，车子里放得满满的，豆腐、饼干、巧克力、酱菜、卷纸、儿童拼图。她的耳环很显眼，明亮的金色大圈，真洋气。我远远看着她，江恺你知道那一刻我的心情吗？我被她感动了。

是你救了她。

我摇摇头，救了她的是流逝的时间，是男欢女爱一日三餐，是贪生和恋世的好品质。日复一日的生活是最有魔力的。

沉一会儿，江恺说，我妈可怜就可怜在这里。我们这些人，该怎么形容呢？被架空了，靠激素和补药勉强撑着，红着眼睛很用力却什么也看不到什么也感受不到。下一次见到我妈，我不想再逃跑，我想坐下来跟她说说心里话。如果可以选，我希望小时候调皮不听话，上一般的学校，考普通的大学，一辈子没有巅峰，茶茶饭饭过实心的生活，知道什么是真实的，健全到能爱身边的很多东西。我会跟她讲，这是我的理想，等到闭眼的一刻我会把这当成一辈子最大的成就。

我点点头，说，实心的生活从现在开始也不晚。我不赞成把成年人的困境都归咎于过去，童年、家庭、父母等。不要忘了你自己的责任，人要为现在的自己承担应该承担的那部分责任。

我继续跟他分享那些闪耀着光彩的案例，讲述人的荣光与胜利，赞叹人的灵性和潜能，而另外的部分我自己知道就行了，我不会让江恺知晓这个部分。比如说，两年时间里我跟一个来访者聊了上百个小时，共同经历了一些决定性的时刻，不断地坚定信心。最后一次咨询时他问我，其实一切都没有改变，对吗？比如说，一个十七岁、体重一百九十斤的少女，坐飞机到处追星，回到家就躲进房间拉紧窗帘，吃饭只吃炸鸡外卖。她被父母送过来后，门刚关上她就拿出写好的遗书，一页一页念给我听。比如说，在目前的环境里，咨询中心要生存我要执业，就必须采用某种类似美容场所的令我感到羞耻的营销办法，预充值、买十个小时送一个小时等等。

我们没有按照规定的时间结束，古琴曲从《渔樵问答》到《忆故人》转了几个来回，雁鸣声又响起时，江恺讲起从洛阳回来后的奇遇，讲得很细致，脸上始终带着笑容，我被他感染了，一幅幅场景如在眼前。几个月以后，我依然记得这些场景，仿佛我也身处其间，就站在旁边静静地看。很多很多的亮光涌向我，有的是天上来的，有的是相爱的人身上散发的，还有一种光，是属于苇草般柔弱又强韧的生灵的。

## 14

于小雪带江恺来到她租的房子里。

一个单间，面积很小，因为阳台朝南才下决心租的。她说。

江恺站在阳台上，满眼都是植物，番红花、蓼蓝、栀子、菊花、蒲公英，接着香气环绕过来，红花跑在最前面，紧跟着栀子香，菊花香细长细长的，在外圈轻轻一拢。最后他才看到大片的颜色，日光下朗朗的，绯红、靛蓝、青黛、杏黄……草木在布料里继续生长，形态、味道、颜色甚至魂魄都还在，风刮过来，摇摇曳曳的一片田野。

于小雪说，我有个提议，咱们俩谁想单独待一待就来这里。墙角放了一把椅子一张小圆桌，可以坐下来泡杯茶，等到茶晾温可以入口时，人也就安宁了。

江恺点点头，抬起手来摩挲布料，什么时候染的？

多亏你。她勾过一片布披在他肩上。太浓烈的情绪会在空气里凝成一个个小水珠，把屋子里的人都打湿了。我湿淋淋地躲到这里来，立志远离你，发誓不再猜测你黑着脸的原因，谁知道染染布料再做做饭就没那么生气了，想着还是回家好。小时候一刮风下雨，我妈就借机张罗着做好吃的，包饺子烙盒子炖排骨，兴头那么足也不怕费工夫。我看着外面大风大雨的，再瞅瞅屋里忙活的她，不知为何反而心里特别踏实。

他想起那些细蛛网般粘牢他的恶劣心绪，想起他一手为自己创造的绝境，深深叹口气，转头看看肩上的布，白而轻，感觉像是披了一小片皎然的月光。

我准备结束咨询。

为什么？

咨询师始终没给我明确诊断，她知道给一个人做标签很容易，诊断是容易的咨询是一时的，那个层面能解决的已经解决，剩下的要交给生活。

交给咱们俩。

很难很难，改善一丁点都很难，还时不时会回到老地方。或者这样说，有些病不会痊愈，可能要一直跟着我。

别怕，有什么好怕的，要说起病来谁又没有病？不管怎样我们先吃顿好的，刚才看见路口的菜摊上摆着嫩绿嫩绿的茴香苗，我们下去买一把？

两人一起动手，和面，洗茴香苗，切肉，调馅儿，擀皮儿。饺子包好，于小雪下锅煮，江恺从橱柜里拿出小白碟子，倒上醋，又见到架子上有一瓶小磨香油，便取过来在醋里点了几滴。

吃完饺子，两人把海绵垫子放在地上，在这间可爱的小屋里并肩而坐，偶尔相视一笑时，在对方脸上看到了快乐。这快乐是孩童式的、似乎怀着些小秘密的，唯有他俩可以意会和共享，这快乐还暗含着些小风波过去后的庆幸和知足。

玻璃窗下日光闪烁，花影缓缓地在地砖上走，仿佛时间缓缓地流动。

最后一缕斜射进来的光线也消逝了。准备回家时，于小雪神神秘秘地说，等会儿等会儿，你先闭上眼睛，我说可以啦你再睁开。

于小雪拉着他的手走几步，说可以啦。江恺睁开眼睛，眼前有异样的光亮。哪里来的光？过一会儿他仰起头，这才看到玄关顶上装满各种各样的灯。

进门时，他并没有注意到狭窄幽暗的玄关上方有什么。星星灯挨着月亮灯，猴子灯旁边是橙黄色的南瓜灯，银色圆盘坠下几列高低错落的玻璃球灯，是一场流星雨，布艺灯的灯罩上印着几杆竹子，灯光投下竹影，最大的一盏灯上头聚拢着烛焰状的灯头，下面垂着蓝色八角珠穿起的长流苏。

小时候最喜欢去灯饰店，一通电，像首饰匣子打开了。光照在身上是有声音的，无数珠子一齐往下落。这几个月每接到一张订单就奖励自己买一盏灯。这里是我的好去处，也是你的，慢慢地，你心里那间老房子就塌了，不见了。

那是小时候生活的地方，是个家，别让它塌掉，我变了它也会跟着变，我变好了它也会跟着变好。

我一边想象这些画面，一边在公园里闲逛。

几个票友在湖边唱曲儿，正唱到《牡丹亭》的皂罗袍，慢悠悠的清唱，青烟袅袅而上，风后面拖曳着细细的柳丝，溪水潺潺流过光洁的石头。我凝神听一会儿眼睛就湿润了，五十多岁了，活了这么久，还能喜欢《牡丹亭》，这让我觉得幸福极了。

晴朗的好天气，天空蓝得澄净透明，荔枝林鸟声不绝，水边的蕨类植物丛中传出虫叫的声音。老人们在树荫里活动身体，年轻的情侣、穿校服的学生在草坪上或坐或躺，父母们铺开橡胶垫，扶着孩子学步。我看着他们，但愿这平静安乐在生活里源源不绝地出现，但愿父母永远不要让孩子置身于孤注一掷的境地，哪里需要什么孤注一掷，但愿孩子永远不会听到这样一句话：你再不努力就晚了。他们保持住了柔韧，明白身处生存的丛林必然损耗一部分生命，而另一部分依然可以自在地舒展，在最高的层面上接受万物本空，具体的生活中却眷恋人间烟火并深知这就是最珍贵的养分；他们携带着先天和后天、身与心的缺陷，经历和体会这一世，日出日落，悲喜掺杂。

草地的尽头有一棵老樟树，树下长椅上坐着一位头发花白的老太太，我走近时看清楚了她的脸。一张普通的衰老的脸，此刻毫无表情，却依然让我感到惊心和震撼。不知历经多少磨难灾祸的锻打，以及无常的作弄，柔软的血肉仿佛具有了铁一般的质地，连纹路也像刻上去的，看着这张脸，就看到拼着命才活到这个年纪的漫漫的来路，也看到了生的壮阔。她歪着头闭起眼睛，像是睡着了，阳光从树叶的缝隙漏下来，受难的面庞定格的最后一个表情，是安详。

风把笛子的声音送过来，小狗沿着台阶蹦蹦跳跳。卖菠萝的一对夫妻在一棵洋红风铃木下出摊儿，丈夫削皮切块，妻子收钱，把穿好的菠萝递出去，不时有风铃花辞别枝条落在她肩头，还有的花调皮，在她身上蹭一下才蹁跹飘落。路边的亭子售卖小饰品，网格货架上挂满五颜六色的头绳，一道道发箍，顶上停着薄纱蝴蝶、蜻蜓、瓢虫，儿童戒指的指托上面图案丰富，冰雪公主、表情各异的猫和小熊，不过是塑料质地，却让人感到沉实丰裕的欢乐。一个小女孩拿起镶珠小皇冠插进头发里，又把银色发卡别在两边，照照镜子，满意极了。水钻、树脂、玻璃珠子，射灯照着，闪亮绚丽，漫天的星斗光彩流溢，梦幻王国在等着她，她脸上不断露出惊喜之色。游乐区里，几个男孩吃完橘子开始撕手里的橘皮，嗞嗞，嗞嗞，扬起细细的轻尘般的雾，清冽的橘子香弥漫在周围的空气里，人们经过时染上了一身的橘子味儿。

公园旁边，靠近居民区的地方，停着平价蔬菜售卖车。灯笼椒砌成一座小塔，白花芥蓝上面有蜜蜂嗡嗡地飞，玉米们头戴着缨穗横七竖八躺着，小黄姜、鲜百合、生栗子、蒜头、绿豆、花生，一小堆一小堆，这样摆着就感觉喜气洋洋的，有一种年代久远的可靠的殷实气息，叫人觉得善，叫人觉得安心。蹲下去，拣青菜，挑土豆，站起来，钩子上取下一溜儿猪前腿肉，我知道，这些才是我跟世界真切、深刻而强韧的联结。

今天早饭吃的黑芝麻杏仁糊和炸馒头片。我把馒头片在打散的鸡蛋液里过一遍，用大火和热油把表皮炸酥，出锅沥完油，咬开焦黄的边儿，内瓤雪白松软，发面细小的孔洞里冒出热气来。这样回想着，喉头突然涌上来一股熟悉的味道，是咸味儿，盐的味道，是搅打蛋液前放下去的一小撮盐，这古老的味道让我鼻子一酸，眼睛里潮乎乎的。

明天吃什么？小米南瓜粥配鸡蛋葱花饼吧，想着明天的早餐，我幸福极了。风吹着后背，好像我往后一倒，它就会伸手抱住我。

这世界真好，生而为人真好。

# 代后记
## 谈谈短篇小说

　　金圣叹评批《西厢记》之《拷艳》，在总论中历数三十三件快事。我从头到尾细读一遍，尤喜第十三则和第十七则，摘录如下："重阴匝月，如醉如病，朝眠不起。忽闻众鸟毕作弄晴之声，急引手搴帷，推窗视之，日光晶荧，林木如洗。不亦快哉！""夏日於朱红盘中，自拔快刀，切绿沉西瓜。不亦快哉！"那也说说自己的几桩快事吧。其一，周末不设闹钟，一觉睡到自然醒，醒来日光正好，洗衣服，晒被子，看阳台上的花草安静地吸纳阳光。其二，春天逛菜市场，遇见荠菜、水芹、香椿、野藜蒿，一丛丛水灵鲜碧，散发出春季才有的生命气息。其三，回北方老家探亲，倦极入眠，不知大雪悄然下了一夜。第二天拉开窗帘，见满地洁白，远远近近的屋顶上也覆着一层厚雪，往日寻常的城市景物变得苍茫而古典，隔窗赏一阵子雪色，复又倚在床头拥起棉被，雪光映照中读明清小品文。

　　最重要的一桩快事放在最后说。这桩快事能长期供给快乐，绵绵不绝，并且也无须花费多少金钱，坐在家里即能轻松实现。俗尘生活中还有什么事项能让人不太费力地获取快乐呢？那就是读小说，读长长短短的小说。

　　读长篇小说称得上人生的至高享受，但在智能手机成为人体新器官、信息汹涌、时间碎裂的生活中，阅读长篇变得越来越困难，专注的能力下降，沉浸式的体验渐次稀少，甚至看见一本厚厚的长篇就心生惧意。打开一部长篇小说往往意味着走进一个全新世界，从阅读感受上来说，甚至会令人感觉比现实世界还要广袤、丰富、完整。早些年有过阅读长篇的美妙经历，怀着憧憬翻开第一页，缓缓进入另一个世界，跟小说里的人物相处相伴，沿着故事的长河顺流而下，不知不觉地，杂念俱无，心境变得很单纯。等到合上最后一页，回到现实中来，竟有恍如隔世之感。这之后，书虽放在一边，心里仍有它的位置，像牵挂老朋友一样时时想起，这是读者跟读过的长篇建立起了某种情感联结。

读短篇小说则另有一番趣味。就短篇的规模来说，它很难建立起一个完整的世界，它注定是零散的、刹那的，如切片，如火花。短篇小说是即兴的艺术，所需的材料不太多，很多时候一个瞬间、一个闪念、一个核心的细节就能催生一部短篇小说。我的短篇小说《朋霍费尔从五楼纵身一跃》写于 2015 年的初夏，这篇小说灵光闪过的一刹那要追溯到更早的时候。曾有一位亲友向我诉苦，她长年照顾生病的家人，差不多失去了个人自由，简单出个门都变得异常艰难，几成奢望。面对如此具体的困境，我也想不出好办法来，只能苍白地安慰几句。她没有再说什么，但接下来，我在她的表情里读到了她没有说出来的一个闪念。那晚，我凝视这个闪念，把它细细剖开来看。我相信某个闪念里可能包裹着一个星汉灿烂的宇宙。这句话大概也可以概括短篇小说的重要特质：一个闪念里的灿烂宇宙。

短篇小说不具备史诗巨著的体量，也没有宏大叙事的负担。它可以"胸无大志"地，用显微、慢速的手法，写透一个小小的横断面，写出针头线脚里的浩瀚宇宙，一样可以荡气回肠，一样可以抵达阔大之境。短小的篇幅虽是一种限制，但也成就了文体上的优势。长篇小说如大江大河，很难避免粗放和笨重，托尔斯泰、狄更斯的长篇算得上精彩了，亦有不少章节冗长啰唆，读得人昏昏沉沉。短篇则拥有更轻盈的身姿、更精致的形式、更讲究的语言，以及天赋的观察世界的灵动视角和表现世界的多样手段。简而言之，短篇小说的书写方式自由多变，呈现出来的面貌斑驳有趣，这是一个气象万千的艺术世界。随便翻看一部短篇选本就会发现，入选的小说很难用一种标准或模式来衡量，世上优秀的短篇各有各的好，为读者提供了繁复的审美感受。

有一类小说真正符合"短篇"的命名，用笔精炼，在留白上下功夫，或语焉不详，或戛然而止，常有以少胜多、余味袅袅的奇效。沈从文有一篇小说《山道中》，看题目就知道是关于行路的故事。写三个老兵回家乡，在山路上遇到一批旅客，然后写路上吃什么东西，三个老兵怎么聊天，写得很散漫。散文化的写法，没有形成张力或者说构成悬念，读起来没有多大波澜。三个人在路上走着，读者唯一关心的问题可能是这仨人能不能到家、什么时候到家。读起来感觉很轻松，没有戒备心，好像后面注定无事发生。作家是故意这样处理的，让我们读起来精神很放松。但是，《山道中》的结尾突然出现一笔：三个老兵在途中遇到一批旅客，本来是闲笔，不过是遇上跟他们一样赶路的旅客，但结尾很突然，他们遇到的这批旅客中的一个人竟被劫杀了，到这里，小说猝然结束。什么都没有了，小说也一下子停下来。前文写这名旅客的时候故意一笔带过，不引起读者重视。结尾一个突转，又含糊其词，不细说旅客怎么被杀的、被谁杀的。一个旅客带着钱，在路上突地就被人劫杀，这远比泼墨描写多少强盗出现、旅人怎么遇害带给读者的冲击力要强。这里你可能会疑惑，作家怎么处理得这么轻、这么随意？但正因为这种写法，命运无常的东西一下子出来了，无常的命运就是这么没有道理。人命是轻贱的、偶然的，突然到来的这才叫命运。

再如沈从文的另一个短篇《丈夫》，题材非常大胆，写法精妙，小说也超越了简单的伦理道德观。故事里的丈夫来船上看望妻子，也知道妻子从事古老的营生赚钱。对此沈从文是没有评判的，他只是讲述者，并在讲述中留有空白。这天晚上，喝醉的士兵在岸上叫骂，妻子只得在前舱里接待，其他人躲在后舱，后来老鸹看到"前舱的事情不成样子"，这里就一语带过了，这晚颇闹腾，接下来又有水保、巡官要来，丈夫一夜无话。第二天他和妻子说话，对话里留有大量空白，始终没有写丈夫在那一晚到底听到了什么、想到了什么，但是丈夫决意要把老婆带走。读者只知道丈夫要带妻子走，丈夫的心理变化小说没有明写，这是非常巧妙的处理。还有川端康成的名作《睡美人》。《睡美人》写老年人的欲望，写出了一种含混之美。故事里的老人来到一个特别的地方，在那里等待他的是不省人事的女子，他挨着女子躺下，共度一个夜晚，但这些女子是无论如何都叫不醒的。睡美人哪里来的？这些姑娘为什么出现在此地？她们是什么身份？为何一直不醒来？她们活着，呼吸着，但你叫不醒她们。读者一边阅读一边自由联想，用自己的方式填充此处空白。

极简主义的代表人物是美国作家卡佛，他笔下有多篇凝练如结晶体的短小说。后来读者也了解到卡佛并不喜欢这个标签，而且所谓"极简"更多的是被迫，是编辑删改后的效果，删过的一版也比原始版本更有味道、更具想象空间。对作家来说，藏住话，往俭省里写，确实不容易。除了上面提到的小说，以叙述空白著称的作品还有村田喜代子的《望潮》、乔伊斯的《伊芙琳》等，此处不再赘述。

又有一类短篇小说以意境见长，比如契诃夫的《吻》、迟子建的《雾月牛栏》、弋舟的《随园》。怎么形容阅读这类小说的感受呢？大概就是身处梦境的感觉，是水上行船随波荡漾的感觉。这样的小说不耐讲述，无法概括，更适合感知和体验。我所偏爱的正是这一类小说，我的短篇理想也是写出可供读者漫步流连的短篇小说，写出可供徜徉的短篇小说。不要着急上火，不要硬拉着读者奔向结尾，结尾没那么关键，整个故事也没那么重要。打个比方，希望写作短篇小说不似走一条直路，急火火地一路到底，而是一路上走走停停，逗留盘桓，故事未必一波三折，但情绪和节奏是蜿蜒的、跌宕的、有层次的，希望读者读完我的短篇印象深刻的不是故事，而是某种气息和神韵。

最后，聊聊这本小说集吧。我出生成长于山东，亦在山东师范大学求学多年，这次有机会在家乡的出版社出版集子，心情跟以往不太一样。书系的入选者皆为 80 后作家，书系命名为"情感共同体"，甚有情味和意味。20 世纪 80 年代是我们长大的年代，关于时代与生活的集体记忆使得建构共同体成为可能。当然一个人既称得上作家，也就意味着其关注、萃取和表达的个人化，独特性往往大于共通性。谈到某一代作家的特质，比如说 50 后或 70 后，脑中经常一片空白，不知从何说起，而具体到某一位作家，则会浮现出一副鲜明的脸孔。这个"情感共同体"大概包裹着可供归纳的重叠的部分，也杂然纷呈着不同的风貌和性格。

小说集收录了我的十部小说，从写作、发表的时间上看也横亘十几年的时光。集子中称得上"少作"的是《毕业生》，发表于 2008 年，近作《日光照亮北斗》则发表于 2021 年秋天。

感谢 80 后作家大系的主编孟繁华老师、张清华老师，感谢山东文艺出版社，感谢过往和之后可以写作的时光，感谢准备阅读这本书的读者。